和平杯

纪实

寇 援◎著

天津出版传媒集团

天津人民出版社

图书在版编目(CIP)数据

和平杯纪实 / 寇援著. -- 天津：天津人民出版社，
2024. 11. -- ISBN 978-7-201-20788-9

Ⅰ. I25

中国国家版本馆 CIP 数据核字第 20242BK253 号

和平杯纪实
HEPINGBEI JISHI

出版发行　天津人民出版社
出 版 人　刘锦泉
地　　址　天津市和平区西康路 35 号康岳大厦
邮政编码　300051
邮购电话　(022)23332469
电子信箱　reader@tjrmcbs.com

责任编辑　高　琪
装帧设计　天津市和平区浩达图文设计制作中心

印　　刷　天津午阳印刷股份有限公司
经　　销　新华书店
开　　本　787 毫米×1092 毫米　1/16
印　　张　22.5
字　　数　420 千字
版次印次　2024 年 11 月第 1 版　2024 年 11 月第 1 次印刷
定　　价　145.00 元

推动京剧票界活动发展的领军人物

——《和平杯纪实》

何永泉

　　寇援主任是"和平杯"中国京剧票友邀请赛的主要创办者、策划者、组织实施者,常年担任"和平杯"组委会办公室主任一职。自1991年开始,他伴随这个海内外闻名遐迩的大型赛事已走过了33年历程。寇主任为"和平杯"付出了极大的智慧、心血与汗水,同时也与众多著名的京剧表演艺术家、各地领队、培训老师、海内外"中国京剧十大名票"、"中国京剧十小名票"、京剧票友社会活动家,以及各地金牌京剧票房负责人等结下了深厚友谊,被誉为"推动我国京剧票界活动发展的领军人物"。

　　我和寇主任相识于首届"和平杯",那年我俩都是47岁,寇兄长我几个月,他给我的印象是精明、干练、开朗、善谈并富于幽默感。当时他是和平区文化馆的馆长,区领导责成文化馆来抓"和平杯"邀请赛,这项全国性群众文化活动的重任自然就落在他这位馆长的肩上了。自首届"和平杯"邀请赛举办后,寇主任是馆长、主任一身兼。"和平杯"邀请赛所涉及的方方面面非常广,工作量之大难以想象,寇主任一项一项都要安排落实,付出了大量的心血,数年来他的辛勤付出大家有目共睹,因此他荣获了"感动和平先进个人"的光荣称号。

　　2004年,他从馆长位置上退了下来,但是"和平杯"组委会常设办公室主任这个职务领导还是要他继续担任,这一干又是20年。他把全部精力都投入如何把"和平杯"办得更好,参与的群众更多,影响更大、更广泛上来。20年来他就吃住在组委会办公室内,日夜为"和平杯"的发展、创新操劳。先后设计了评选"和平杯"的"十大名票"、评选"中国京剧票友社会活动家"、"和平杯金牌京剧票房"、命名成立"中国少儿京剧培训基地"、设立"中国少儿京剧杰出贡献奖"、建议设立"港澳台及海外'十大名票'奖项"。他还策划组织了"和平杯十大名票惠民专场",由30位"十大名票"获得者联合演出了《龙凤呈祥》《红鬃烈马》这样的大型剧目及"和平杯金牌京剧票房展演"。同时,他还组织了多次京剧艺术进校园、下农村、到社区等活动,受到了京剧票友和广大京剧爱好者的热烈欢迎。从以上这些事例中我们可以感受到"和平杯"在他心目中所占据的位置了。

寇援主任有着非同一般的组织能力和周到细致的工作经验，在他的领导下组成了一支强而有力的团队。每个人分工明确的同时还身兼数职，在工作中互相配合、团结一致，大家任劳任怨，发挥出各自的专长，尽全力把工作做好。

进入决赛的选手都要到天津中国大戏院的舞台上去竞争"十大名票"。每届进入决赛的选手都在60名以上，可来津人员绝不止如此。特别是每届"十小名票"的决赛，亲友团人数十分可观。来津人员增加，相应的食宿、交通等的工作量就会加大。另外每届的颁奖晚会要请市、区领导出席，中央电视台戏曲频道来津录像，还要协调专业院团配合演出及中国戏院可使用的时间等等，面对这些复杂琐碎的工作，寇主任指挥有方，带领为数不多的团队人员把各项工作安排得井井有条，使其能有序开展。遇到一些突发事件时他也是沉着冷静、不急不躁、耐心疏导，化解矛盾以不影响整体工作进程。他的身体力行深深地感染着整个团队，保证了一届又一届"和平杯"邀请赛能够圆满完成。

即使每届大赛的颁奖和汇报演出结束，寇援主任也依旧是闲不下来，他又开始策划每届期刊的稿件和画册的题词与照片。排版的样本他都要逐字逐句地校对、审阅，以免出现差错，所有的工作完成后就又该准备下一届活动如何进行了。

寇主任不但是研究馆员，他还是中国群众文化学会常务理事、中央文化干部管理学院客座教授、天津群众文化学会会长。曾被评为全国首届"群众文化之星"，并获得"文化部第十一届群星奖科研成果金奖"，被和平区政府授予"特殊贡献奖"。在《人民日报》等报刊发表论文40多篇，三次获得全国论文评选一等奖，出版专著《文化馆的改革与管理》《光荣的文化馆人》。

寇主任虽早已是全国群众文化领域的佼佼者，但是当年举办全国性的京剧票友邀请赛对他来讲却也是个新课题。为此他特意请到了天津青年京剧团原副团长、市文化局处级调研员白晶环，白老师又推荐我，之后天津艺术职业学院院长孙亭福退休后，也被请来共同参与组织策划有关赛事活动。

"和平杯"京剧票友邀请赛的起点很高，曾邀请著名京剧表演艺术家张君秋、袁世海、梅葆玖、尚长荣为艺术顾问，著名京剧表演艺术家王金璐、杨荣环、马长礼、云燕铭、李丽芳、汪正华和京剧名票电影艺术家舒适、程之都担任过决赛评委。寇主任认为，这是难得的向诸位艺术家请教、学习的机会，特别是在诸位艺术家点评参赛选手表演的长处和不足时，他都会认真聆听、品味、思索，感受颇丰。寇主任平时也注重翻阅有关京剧知识的书籍、资料，以开阔眼界，提高自己对京剧表演艺术的鉴赏水平。功夫不负有心人，在寇主任不断地努力下，他从对京剧不甚了解逐渐地达到了行家的水平,在"复赛""决赛"中从只听评委点评,变为也发表自己的观点,而且他的观点往往与评委一致。用我们行内的话说就是寇主任"练私功了"。我这位老兄就是这样一位笃实好学、勤于思考的学者型"和平杯"办公室主任。

"和平杯"中国京剧票友邀请赛的创意一提出就得到了和平区委、区政府的高度肯定,经天津市委宣传部批准后,由天津市委宣传部、市文化局、和平区委主办,和平区政府承办。当首届"和平杯"成功举办后,这项赛事被列入天津市政府每年为群众所办的20件实事子项内容之一。连续几届的成功举办使"和平杯"声名远播,"十大名票"享誉全国,引起了中央及各省市群众文化部门领导的关注和重视。特别是2006年中央宣传部原部长丁关根来津,听取了寇主任有关"和平杯"邀请赛的汇报后,对这项群众文化活动给予了充分的肯定,认为评选方法很好,并决定把每届"和平杯"邀请赛"十大名票"的汇报演出纳入中央电视台戏曲频道的重点栏目《空中剧院》中播出。这是《空中剧院》栏目自2003年开播以来,唯一一个非专业院团演出的节目在该栏目播出,且十几年来从未间断。这对扩大"和平杯"邀请赛的影响力起到了巨大的推动作用,同时也使荣获"十大名票"的选手能在《空中剧院》栏目中展示自己的风采,留下珍贵的艺术影像资料。因此,这也成为广大京剧票友渴望成为"十大名票"的动力。

"和平杯"中国京剧票友邀请赛是一项京剧爱好者的赛事,自1991年开始至今已历三十三个春秋。在这30多年间,"和平杯"吸引了全国各地广大的京剧爱好者踊跃参加,并有许多外国朋友和外籍华人来津参赛。一项群众性的文化活动能够坚持这么长时间,而且是越办越好,影响到全国并走向世界,不说是绝无仅有但也是极为罕见的。寇主任接受《光明日报》的记者采访时表示,"和平杯"30年经久不衰的原因有很多,领导重视、群众喜爱,但是公平、公正的评选也是重要原因之一。

"和平杯"参赛选手的入选方法不是按现场打分,而是按组委会规定的程序,由寇主任通知各地的群众文化部门进行初赛,按规定的名额评出进入复赛的选手,再由组委会办公室邀请天津的京剧名家组成复赛评委会,观看各省市寄来的选手剧目,评出进入决赛的选手。决赛的评委会由戏曲专家、名家、全国京剧院团的一级演员及戏曲院校的一级教师组成。在观看选手演出时评委们会做好记录,然后连夜评议,待充分发表意见后议出"十大名票"的候选人,大约有13名。最后再打分投票,按得分高低排序,取前十名为"十大名票"。实践证明,这种评选的方法比较科学严谨,经过观看记录选手临场表现的影像后进行认真地评议,取得基本的共识再进行投票,这样评出的结果公正合理。在评议的过程中,也有个别评委偏袒本地区选手,或因与选手有着特殊关系而发表不当言辞。如有一位评委私下与其他评委打招呼,说某选手是他的师兄弟希望大家关照,一定要把他评上"十大名票"。寇主任认为"和平杯"之所以能够连续举办,而且是越来越红火,评选的公平、公正是它的灵魂。如果给这位水平不够的选手开了后门,让他进入了"十大名票",这不仅有损各位专家、评委的声誉,失信于天下,也会使这个品牌毁于一旦。他说:"我视'和平杯'为自己生命的一部分,广大票友视它为圣洁的京剧艺术殿堂,决不允许任何后台黑幕发生!"在评委会上那位评委公然提出他的要求,寇主任则重申了组委会的评选原则,强调每位评委都要遵守评选纪律,其他评委也都表示要维护"和平杯"的声誉,不能无原则地满足那位评委的要求。最终那位选手没能入选"十大名票",保障了"和平杯"一贯的纯洁、干净。

在"和平杯"30多年的时光中,以寇主任为首的整个团队成员都已是年过花甲了。艺术总监白晶环、艺术顾问孙亭福二位已是年过八旬,身老体弱,不能参与每届的策划和赛事活动了。但是寇主任知道二老很是牵挂"和平杯",所以会把每届筹备、初赛、复赛、决赛的情况及时和二老沟通,听取他们的意见和建议,抽空还要去家中看望两位老人。他多次和我谈到这二老曾出面帮他解决了许多难题,他由衷地感谢这二老对他的支持和帮助。虽然他们不能参加具体工作了,但他们依然是这个团队的成员。

寇主任伴随着"和平杯"已走过了33年,当年那位精明、干练的文化馆馆长如今已是白发苍苍的耄耋老者,但他依然精神矍铄、睿智健谈。33年在历史的长河之中只是短暂的一瞬间,但是对一个人来讲,一生之中又有几个33年呢!寇主任把这33年全部投入"和平杯"的繁荣发展之中!如今"和平杯"这朵艳丽的花朵已然开遍祖国大地并飘香海外,唱响全国、唱响世界。这不是夸大,是海内外京剧票友和广大京剧爱好者亲身感受的事实!

寇主任把自己这33年的经历、感受汇集成册——《和平杯纪实》。书中记录了寇主任投身振兴京剧艺术,繁荣群众文化生活的生动事例,以及有关"和平杯"多届赛事中所发生的感人故事。这既是"和平杯"光辉历程的生动写照,也是京剧票界一本难得的艺术史料,同时还是如何做好群众文化活动的重要参考资料。寇主任表示《和平杯纪实》出版后,将采取无偿赠送的方式,赠给票界的朋友们及广大的京剧爱好者。在此,我深情期待阅读《和平杯纪实》。

几句肺腑之言

周贤贵

寇援主任专著《和平杯纪实》的出版，不仅是广大京剧票友们翘首企盼的事，也是中国京剧票友发展史上最好的足迹见证。

我干群众文化工作60多年，值得我学习的人不少，但最让我佩服、敬重的人，只有"和平杯"的领军人物寇援主任！

我经历过不少全国性的业余文艺赛事活动。大都是开始办得轰轰烈烈，三两届虎头蛇尾，继而就烟熄火灭。"和平杯"中国京剧票友邀请赛，坚持连贯，不断完善、创新，从两年一届到一年一届，先后举办了大票友赛16届，小票友赛9届，且越办越好，影响全国，远扬海外，整整坚持了33年，不只影响了一代人，可谓全国独此一家，绝无仅有！并且，在寇援主任精心策划的多项提议下，开创了在全国评选"十大名票""十小名票"的先河，首创了评选"中国京剧票友社会活动家"、"中国少儿京剧培训基地"、全国"金牌京剧票房"评选等重要举措，在业余京剧这块阵地，撒满了火种、点亮了明灯，让京剧票友活动星火燎原、越烧越旺，其心可鉴，功莫大焉！从1991年首届"和平杯"起，我便一直是湖北领队，届届参加，陪寇援主任一起走过了33年，情同手足。耳濡目染，他的为人处世让我学会了什么叫高屋建瓴、知人善任、化繁为简、举重若轻……所以对于他的能力、智慧与胆识，我格外佩服！

一个曾经受到周恩来总理接见过的青年文艺战士，而今退休之后不图享乐与安逸，长年吃住在简陋的办公室，一心扑在"和平杯"事业上，用他自己的话说："和平杯与我的工作紧密相连，是我生命的组成部分！"每届"和平杯"比赛，我的耳边总是能听到他那疲倦熟悉的沙哑嗓音；我还曾亲眼目睹了他为参加票友活动而摔断肩骨但仍忍痛坚持工作，实在让人心疼！

我曾经在一篇文章中写道："寇主任，凭我多年的接触与了解，他是一个有理想、有追求、有担当、有责任心的人；是一个才华横溢、精力充沛的人；是一个能够做到廉洁自律、始终坚守原则底线，即使默默奉献与付出很多也决不会让人知道的人；是一个以他的人格魅力感染人，对身边的同事，对众多的朋友，尤其对广大票友始终手留余香待人,很富有人情味的一个人;更是把"和平杯"事业融入血液中,已经把它当成自己生命组成部分的一个人!"所以,对于他的人品、情怀与担当,我十分敬重!

我总觉得,任何岗位有了那个人,才有了那个事业。毕竟,寇援主任年过八旬,迟早要退下岗位。我和许多票友与同人对于"和平杯"的前景总有种莫名的担心,因为"和平杯"是天津的,也是全国的。用天津和平区一位领导的话说,和平区哪一届政府如果把"和平杯"放弃不办了,那将是中国京剧历史的罪人!所以,我真诚希望会出现能与时俱进继续为"和平杯"增光添彩的能人!不愿看到,会有自以为是把"和平杯"办得不再受欢迎的庸人!更不想看到,会有一意孤行而砸掉"和平杯"这块儿来之不易"金字招牌"的罪人!

欣闻《和平杯纪实》出版,兴奋之余,夜不能寐,由衷地写了以上几句肺腑之言。是为记!

2013 年 8 月,寇援同志被评为第三届"感动和平"人物

九州票友第一擂
盛世菊坛和平杯

賀和平杯卅華誕

嵩山人菜

璀璨和平林
辉煌鸟梦人

贺寇援主任专著出版发行

癸卯岁末 朱宝光书

目录
CONTENTS

目录

感　言

点 评

对第二届"和平杯金牌京剧票房"点评

随　笔

附　录

"和平杯"中国京剧票友邀请赛综述

在中国京剧发展和振兴的史册上,有着光彩的一页;在中国群众文化光辉灿烂的事业中,也有着一个著名的品牌,这就是已在中国唱响且正在唱响世界的"和平杯"中国京剧票友邀请赛。

一、"和平杯"的缘起

1990年1月25日是农历腊月二十九,作为十分注重民俗节日的天津,人们都在忙于房屋的清扫、家庭的装扮、年前的采购等事务,有些急不可耐想过年的孩子还不时提前放几声炮竹,更使人们感到浓厚的年味儿。这天上午11点左右,北京朝阳区文化馆牛福生馆长带着一名文艺部干部风尘仆仆来到天津和平文化宫我的办公室。他们提出,1990年是四大徽班进京200周年,想和我们联合组织一个京津两地票友纪念活动。说实在的,虽然我看过一些传统京剧,也熟悉一些现代京剧广为传唱的唱段,但是总的来说对京剧没有任何研究,对其发展历史和其中奥妙知之甚少,关于徽班进京,也是第一次听说。听他们介绍完以后,我敏锐地感觉到京剧艺术作为我国优秀的传统文化还是有着深厚广袤的土壤的,文化馆有责任为其弘扬做出贡献。北京同行们在年关还为群众文化事业操劳奔忙,这么敬业的精神更使我深深感动。经双方商定,为了纪念徽班进京200周年,京津两地各选派十名票友组成代表队进行联谊展演。

为了筹建天津代表队,和平文化宫联合天津群艺馆、天津戏剧博物馆、天津警备区八一礼堂四家成立了组委会,大家推举我为主任。经商讨,决定在天津举行 "90天津市中青年十佳京剧票友选拔赛",组建天津代表队。这里应该提一笔,天津举办的选拔赛参赛年龄定在50岁以下的中青年,是天津电视台记者冯东生同志提出来的。

经天津各大新闻媒体报道以后,天津市历史上首届京剧票友的专项赛事拉开了帷幕,并引起了很大反响。经过在八一礼堂举行初赛、复赛后,有14名选手进入决赛。决赛定在天津著名的戏剧博物馆古戏台举行。为了能够使这项活动吸引更多群众参与,和平文化宫副主任苗学斌同志建议决赛采用电视台现场直播、观众投票的方式产生天津"十佳"。一时间,观众直选的消息传遍天津的大街小巷,成为人们茶余饭后的热门话题,刊登选票的《天津广播电视报》被一抢而空。决赛直播以后,八万张选票蜂拥寄送到组委会。以孙元木等十人组成的代表队随即产生。北京市经过选拔,也产生了以金福田为代表的十人代表队。

1990 年 7 月中下旬,京津代表队在北京工人俱乐部举行了首场联合演出,宋任穷、荣高棠等领导同志观看。那天虽下着小雨,但上座率却高达 90% 左右,观众反应热烈。一周以后,两地代表队移师天津,在八一礼堂举行了第二次联合公演。出乎意料的是,天津的演出竟然"炸了锅",不仅座无虚席,而且剧场门前近百名无票观众为寻到一张"富裕票"久久不愿离去!剧场内更是掌声、叫好声不断,且一浪高过一浪。为了纪念徽班进京 200 周年所组织的京津票友联谊赛成功举办,使我们看到了京剧艺术在天津具有的浓厚群众基础,因此受到极大鼓舞。

1990 年年底,和平区主管文化的副区长黄东生同志把我和时任和平区文化办公室文化科科长的张志玉同志同时叫到他的办公室,商量如何打造和平区群众文化品牌。我根据京津两地票友联谊赛的热烈程度,提出组织全国京剧票友大赛的建议,并提出评选冠名京剧"十大名票",这个想法得到了他们二位的认同,在汇报给当时和平区区委书记张好生、区长刘福生后,也获得了同意。

根据和平区领导的提议,我们很快制定出"91 和平杯中国京剧票友大赛"的实施方案。1991 年 2 月,我带着方案到了北京文化部,向群文司司长魏中珂同志当面进行了汇报。魏司长十分热情地给予了肯定,并表示在上报文化部领导后,愿意作为主办单位之一。她建议将"大赛"改为"邀请赛",表示全国现在叫"大赛"的赛事太多、太杂。由于全国业余京剧发展很不平衡,文化部群文司给各地发文也不会强求各地参加,还是会留有余地。她说:"我囊中羞涩,只拨给你们一万元表示支持吧!"后来群文司给部领导上报了请示文件,很快得到了文化部代部长贺敬之同志、常务副部长高占祥同志的同意批复。贺敬之代部长在批示中说:"此项活动甚好,应给予支持,经费上如有困难,可找运甲(时任文化部部长助理的高运甲同志)同志商量"。高占祥同志欣然为"和平杯"的主题"振兴京剧艺术,促进和平友谊"题写了条幅(顺便说一句,"和平杯"这个主题是时任天津市人大常委会副主任的石坚同志提出来的)。

根据市文化局领导同志的建议,由和平区领导出面,聘请京剧专家、天津市委宣传部部长谢国祥同志出任组委会主任。后来,市文化局又选派了京剧专家、原天津青年京剧团副团长、艺术处白晶环老师来组委会协助工作。在白晶环老师的建议下,邀请了何永泉同志加入筹备办公室。由此,开始了"和平杯"

中国京剧票友邀请赛的光辉历程。

在筹备首届"和平杯"邀请赛过程中,谢国祥部长作为组委会主任、京剧专家,多次听取筹备工作的汇报,对赛事应该遵循的原则和每一项细节都提出十分具体、操作性很强的意见,其中有很多一直沿用至今。例如,"和平杯"评委的选择是全国有一定影响力的老艺术家为主,天津评委所占比例不超过一半;评委的介绍以姓氏笔画为序,不介绍职称职务,统称"名家";评选不采取现场打分办法,而是演出完,评委议论后再出成绩;赛事采取以省、直辖市、自治区集体组队报名的方式,一般不接受个人报名;坚持赛事的全国高水平,选手必须彩唱,对获奖选手重在精神鼓励,不发现金、不搞物质刺激;对专业京剧院团、京剧院校、正常退休人员给予一定限制;聘请司法公正部门进行赛事全过程监督公正;等等。

首届"和平杯"由文化部群众文化司向各地文化厅(局)下发文件,采取以省、自治区、直辖市等大系统为单位,由文化厅(局)推荐报名(每单位限报6个彩唱节目)的方式进行。

一石激起千层浪。文化部群文司的文件一下发,从1991年4月下旬开始,一股振兴京剧的热潮在整个票界崛地而起。大江南北、海峡两岸、境内境外,凡是热爱京剧的炎黄子孙,无不为这规模空前的票友盛会额手称庆,一切关心华夏文化发展的人士无不为这弘扬民族文化的有识之举倍感欣慰。

为了使各省市区的文化主管部门能够支持这项活动,天津市文化局副局长刘瑞森同志,一个省市一个省市地给各地文化厅(局)主管领导打电话,希望得到大家支持。各省市区的文化厅(局)更以强烈的事业心、责任感通力合作,为"和平杯"的首次举办做出了卓越贡献。据统计,包括台湾省在内的全国23个省市区的数千名票友参加了分区选拔赛。162名选手的录像带报到天津参加预赛。我们聘请了京津两地著名京剧艺术家组成预赛评委会,在天津国民饭店连续5天认真观看录像,最后评出47名票友莅津参加决赛,角逐"十大名票"。

1991年10月8日,首届"和平杯"的决赛在久负盛名的天津市中国大戏院正式拉开帷幕。和平杯组委会名誉主任高占祥同志,组委会顾问万国权同志、张君秋先生,中国戏剧家协会党组书记赵寻同志,以及天津市吴振、鲁学政、杨志华、黄炎智、石坚、朱文梁、陆焕生、钱其敖、肖元、何国模、廖璨辉、方放等市级党政领导,均参加了决赛期间的有关活动。

决赛分复赛、决赛两个阶段。复赛由47名选手逐一登台亮相,由评委会先评出20名选手再进入最后的决赛。为了满足戏迷观众的要求,决赛地点改在能够容纳 2100 名观众的天津第一工人文化宫剧场举行。

在和平区公证处的现场公证下,由(以姓氏笔画为序)马长礼、王晶华、从鸿逵、刘秀荣、刘雪涛、齐致祥、李荣威、杨荣环、吴同宾、汪正华、张庭宣、龚和德、舒适共 13 名京剧名家、评论家组成的评委会认真进行评判。刘瑞森同志主持决赛评委会工作。

决赛以后,举行了隆重热烈的颁奖晚会。文化部群文司常泊司长宣读获奖名单,万国权、张君秋现场接受了电视采访。首届"十大名票"逐一登台亮相,天津电视台进行现场直播。随后,来自中国台湾地区、中国香港地区,以及美国、加拿大、泰国等国家的票友谢许萍苏、朱永福、吴翔、刘巍、孙先松、陈明坤、杨淑女、杨天、吴金钟、孙文雨、阴曹萍、程梅华、袁家洁参加了 6 场助兴演出。天津市各大京剧院团鼎力相助,连续 13 场演出场场爆满。在天津这个传统戏剧之乡的主要马路上,到处悬挂着"祝贺和平杯开幕"的彩旗、标语,大街小巷里"和平杯"一时成为人们的热点话题。包括新华社、中央电视台、人民日报社在内的国内外 30 多家新闻单位刊登了消息、报道。"和平杯"成为广大京剧票友和戏迷的盛大节日。

在中国京剧发展历史上,首次评选出"中国京剧十大名票""中国京剧十佳票友"和 27 名"中国京剧优秀票友"。热爱京剧的中华儿女不会忘记这一天,倾心京剧艺术的万千票友不会忘记这一天, 博大精深的中国京剧不会忘记这一天——1991 年 10 月 14 日,天津。

二、"和平杯"的历程

"和平杯"是中国京剧发展史上规模空前的票友盛会。它首次以政府文化主管部门采取广泛发动、层层选拔的方式,在全国范围内进行票友评选活动;首次由文化部授予中国京剧"十大名票""十佳票友""优秀票友"称号;首次以政府文化主管部门的名义,邀请港台及海外京剧票友参加比赛或特邀演出、观摩活动。

33 年来,在全国各地文化主管部门的大力支持下,在海内外票友的积极参与下,"和平杯"为"振兴京剧艺术、弘扬民族文化"做出了杰出的贡献。它发动了全国 30 余个省、自治区、直辖市以及港澳台地区京剧票友参加活动,同时还吸引了亚洲、欧洲、美洲、大洋洲的 17 个国家京剧爱好者参赛。据举办者初步统计,在已经举办的十六届成人"和平杯"中,参加基层预赛选拔的京剧票友 4 万余人,通过录像带报送到天津组委会参加复赛的票友达到 4631 人(不包括集体节目选手),直接到天津参加现场决赛的票友有 1289 人。它推出的 190 名海内外"中国京剧十大名票",就像点亮了一百九十盏明灯;它评出的数百位"双十佳票友""优秀票友",就像洒下了几百颗火种。这一盏盏明灯和一颗颗火种有力地促进着全国业余京剧活动的开展,以及京剧国粹艺术在全世界的传播。

"和平杯"中国京剧票友邀请赛规则完备、程序严谨、赛制正规、评选公正、认定权威、参与广泛且高手荟萃,是中国京剧票友的盛大节日。《光明日报》曾这样评价"和平杯":"开创了由文化部为'十大名票'命名的先河。它不仅为全国的京剧票友搭建了高层次的竞技舞台,更如同一个窗口,向人们展示着天津市群众文化工作如火如荼的影响。""其影响力已远远超出天津市,在全国甚至世界票友界都有很大的影响。""和平杯不仅是业余京剧活动的一道靓丽的风景线,而且是群众文化工作的成功典范。"(摘自 1998/11/16,《光明日报》,《京剧票友大赛名不虚传 天津群众文化红红火火》)

"和平杯"组委会一直秉承"坚持连贯,不断完善,创新发展"的宗旨,在坚持每两年举办一届成人票友赛的基础上拓宽活动领域,增添新的活动项目,使"和平杯"不但成为全国票友最佳展示和最高竞技的舞台,也成为促进中国票友事业健康发展的平台。

为了深入贯彻中共中央、国务院《关于进一步加强和改进未成年人思想道德建设的若干意见》,从 2007 年开始,"和平杯"中国京剧票友邀请赛组委会在坚持原来每两年举办一届成人票友赛的基础上,开始隔年举办一届全国京剧小票友邀请赛,至今已成功举办 9 届。小票友赛加盟"和平杯",给这项赛事带来了朝霞般的色彩。到目前,全国共有 28 个省、自治区、直辖市的 8000 多名小选手参加了各地选拔活动,2644 名小选手演出的录像视频寄到组委会参加复赛,904 名小选手(包括美国、加拿大、法国、新西兰、日本的小选手)进入决赛(不含集体节目选手)。它既是我国少年儿童京剧才艺展示、推广、示范的平台,也是全国京剧进校园成果的展示平台。

"和平杯"中国京剧小票友邀请赛决赛场面气氛火爆,演出盛况空前,各项辅助活动丰富多彩。这些京剧小选手们在天津度过了一次愉快美好的"京剧夏令营"。经过比赛,评出的"和平杯"中国京剧"十小名票""优秀小票友"大都成为当地少儿京剧活动的领跑者,有多人多次参加了央视及各地的春节联欢晚会和大型戏曲晚会,成为我国京剧舞台上耀眼的京剧童星。组委会制作了 3000套"和平杯"京剧小票友邀请赛历届汇报演出的视频光盘汇编,免费发放给全国京剧进课堂的中小学校作为其辅助教材,引起了强烈的反响。

"和平杯"已经名副其实地成为包括全国各个年龄层次业余京剧活动的中

心舞台。

2010 年 10 月，在第十届"和平杯"中国京剧票友邀请赛决赛期间，中共天津市委宣传部组织了重点文章《花儿为什么这样红——和平区 20 年不辍打造"和平杯"中国京剧票友邀请赛文化品牌》在天津各大报刊一版发表，《中国文化报》也全文转载。

"和平杯"中国京剧票友邀请赛既是一个票友展示才艺的最高竞技舞台，也是一个促进全国业余京剧活动开展的平台。在这个平台上开展过一系列辅助活动，如，组委会隆重表彰了白晶环等十名对"和平杯"有突出贡献的各地组织工作负责同志，授予"和平杯"杰出贡献奖；表彰了周贤贵等 4 批共 40 名对推动京剧票友活动有突出贡献的同志，授予"中国京剧票友社会活动家"称号；对于在少儿京剧普及中做出突出贡献的 40 家单位，评选命名为"中国少儿京剧培训基地"；授予 40 名个人"少儿京剧杰出贡献奖"；为促进京剧进校园活动开展，增加了少儿团体京剧节目的展示评选项目；为促进业余京剧组织的发展，评选命名了海内外 3 批共 131 家"和平杯金牌京剧票房"等。这些创新举措，既有力地促进了各地京剧票友活动发展，也大大夯实了"和平杯"持续发展的基础。

2012 年 9 月 22 日晚，由和平杯组委会组织的"盛世菊坛'和平杯'"进京汇报演出在全国政协礼堂举行，这是文化部主办的"大地情深"——国家公共文化示范区创建城市群众文化进京展演的重要场次，获得了极大成功。

从 2012 年开始，组委会多次邀请历届"中国京剧十大名票"来津参加展演和京剧进校园、下社区活动。从 2016 年起，连续 4 年组织了"海内外中国京剧十大名票"参加新春演唱会。2017 年 9 月，组织了喜迎党的十九大，海内外"中国京剧十大名票"联袂演出《龙凤呈祥》《红鬃烈马》两场大戏。2018 年 1 月，又组织了庆祝改革开放 40 周年，"和平杯"海内外"中国京剧十大名票"两个折子戏专场演出。还举办了"十大名票"佼佼者杨晓云、顾丽娜、郭盛、尹晟佳、白洪亮、田胜强、彭净、刘钥霞个人专场演出（王涛参演），组织"首届和平杯金牌京剧票房"来津展演，所有戏票均免费赠送社区居民及戏迷票友。

为了拓展"和平杯"在世界的影响力，从第十三届开始设立了"港澳台及海外十大名票"奖项，目前历经 3 届，共评选命名了 3 批共 30 名，推动了中国京剧在世界的传播。

为了充分利用新媒体技术，扩展"和平杯"演出的影响，从 2016 年开始，"和平杯"的各场决赛、海内外"十大名票"专场演出，都采用网络现场直播的方式进行；组委会还组建了"和平杯票友赛"微信群，在各地开展少儿京剧培训经验交流会和 99 家金牌京剧票房展示,收到了极佳的效果。3 年疫情防控期间,组委会组织了"抗击疫情,票友在行动"的网上创编节目展播,"和平杯"的决赛也移到网上进行,点击量超过 140 万次。

由"和平杯"组委会组织的"中国京剧十大名票演出团",先后赴广东、山东、河南、河北、湖北、浙江等十多个省市一展风采,受到各地京剧爱好者的热烈欢迎。同时赴澳大利亚参加了"2018 墨尔本中国戏剧节",举行专场演出,好评如潮。人们赞扬"和平杯"的功绩,钦佩"十大名票"的水平,由衷地认可文化部社文司原司长、现为文化和旅游部副部长的张旭的题词:"要想当名票,参加和平杯。"

"和平杯"评选的公平公正,在广大票友中赢得了极高的声誉。著名京剧艺术家张君秋、袁世海、梅葆玖、尚长荣先生先后亲临赛场担任艺术顾问,已有超过百位京剧名家、专家担任过决赛评委。

原中宣部部长丁关根同志亲自在津听取汇报,并委托中宣部文艺局副局长孟祥林同志专程来津向第九届、第十届"和平杯"中国京剧票友邀请赛的"十大名票"赠送"CCTV 空中剧院精粹选编光盘"。

中央电视台戏曲频道从 1991 年开始,在黄金时段播出了 16 届和平杯成人赛事和 9 届少儿赛事的颁奖晚会。从 2007 年开始,连续 14 年直接派出录播车辆来津对颁奖晚会进行现场录制,在"空中剧院"栏目播出。这在全国群众文化活动中是绝无仅有的。

为了把"和平杯"中国京剧票友邀请赛坚持下去并越办越好,天津市委、市政府多次把它列入改善人民生活的 20 件实事子项内容之一,列为天津市公共文化重点项目。2004 年,天津市和平区人民政府设立了"和平文化发展促进会",作为"和平杯"组委会的常设办公室,并且把办好每年的"和平杯"列入区委、区政府的重点工作目标,给予经费保证。

"和平杯"中国京剧票友邀请赛,名副其实地成为天津市文化的一张亮丽名片,成为我国公共文化服务体系中的一个著名品牌。

2009 年 12 月,"和平杯"中国京剧票友邀请赛被评为全国首批"群众文化品牌"。

2010 年 5 月,"和平杯"中国京剧票友邀请赛获得全国第十五届"群星奖"服务项目奖。常设办公室负责人寇援同志被和平区政府授予"特殊贡献奖",并被评为第三届"感动和平"人物。荣获首届"全国群众文化之星"称号。

2017 年,组委会建立的"和平杯微信平台"上线了大小票友赛历届颁奖晚会及重要演出视频,以及《和平杯》21 期杂志的主要内容、百家金牌京剧票房的经验交流材料,不仅成为广大京剧爱好者喜爱的微信平台,也为京剧票界留下了一份份宝贵的史料。

　　"和平杯"已经在全国唱响,正走在唱响世界的路上。为了全方位立体展示"和平杯"中国京剧票友邀请赛,下面把发生在赛事过程中的一些花絮、我对赛事的一些感言、对"和平杯金牌京剧票房展示"中的点评等进行了整理,以便大家更好地了解这项活动。

花　絮

　　2024年是"和平杯"中国京剧票友邀请赛创办33周年。作为参与策划、组织、具体操办各届大赛的见证人、过来者，很多难忘的故事常常萦绕心怀。下面选择一些小故事花絮，朴实记载如下，以飨众多喜爱京剧的朋友们。

五世同堂的首届"和平杯"开幕式

1991 年金秋，以"天子津渡"之地得名，以"拱卫京师"之势而设垣的天津，再次为弘扬华夏文化做出贡献。由文化部群众文化司、天津市文化局、天津市广播电视局、天津市海外联谊会、天津市和平区人民政府联合主办，天津市和平区人民政府承办，天津国际广告公司协办的 91"和平杯"中

91 和平杯中国京剧票友邀请赛开幕式

国京剧票友邀请赛在天津隆重举行并获得了巨大成功。

10 月 8 日晚，首届"和平杯"开幕式在著名的天津中国大戏院举行，1800 个座席爆满。文化部常务副部长高占祥，中国戏剧家协会党组书记、常务副主席赵寻，邀请赛艺术顾问、中国文联副主席、著名京剧表演艺术家张君秋，全国政协常委、民建中央副主席、京剧名票万国权，特邀嘉宾、香港名票金如新、张雨文、丁存坤、钱江，以及天津市党政军负责人吴振、鲁学政、杨志华等 20 余位领导，和平区区委书记张好生、区长刘福生等出席了开幕式。

开幕式由组委会常务副主任、和平区副区长黄东生主持，在文化部常务副部长高占祥，天津市副市长钱其璈，组委会主任、市委宣传部部长谢国祥分别致辞

组委会常务副主任黄东生主持开幕式

赵松樵演唱《南天门》

后,进行了精彩的演出。

开幕式演出主要剧目有:92岁高龄的京剧表演艺术家赵松樵在两位7岁学童陪伴下演唱《南天门》,著名京剧表演艺术家张世麟表演《蜈蚣岭》,杨乃彭、张学敏表演《坐宫》,孟广禄表演《探阴山》,张克表演《碰杯》,兰文云表演《滑油山》,刘桂娟表演《锁麟囊》,还有戏校学员杨杰表演《八大锤》、学童王龙玺表演《盗御马》、张尧表演《甘露寺》等。

这场开幕式演出,老中青少幼五世同堂,别开生面,十分精彩。拉开了"和平杯"中国京剧票友邀请赛的大幕,30多年过去了,一直还为人们津津乐道。

"把票友名称换掉就参赛"

现在提到京剧票友,大家都感到很平常。可在20世纪九十年代初,情况就不同了。

1991年3月,文化部群众文化司向全国各省市区、各大系统的文化主管部门,就举办"和平杯"京剧票友邀请赛向全国各省、直辖市、自治区文化厅局发出正式文件,同时也向解放军总政治部文化部、武警总队文化部发去了文件,希望按照文件要求组队参赛。没过多久解放军总政文化部发来回复,说"票友"这个名称如果改成"京剧爱好者"的话可以考虑参加,并说他们和武警总队文化部门沟通也是这个意思。

当然,最后的结果是首届"和平杯"中国京剧票友邀请赛的名称没有改变,按照预定的计划如期举行,解放军和武警没能组队参加。

票友,伴随着京剧的产生而产生、发展而发展,但在"文革"及以后较长的一段时间里,这个名称曾经被视为"四旧"很少有人提起,喜欢学唱京剧的人一般也不称呼自己为票友。从举办首届"和平杯"以后,票友的名称又逐渐在全国叫响,并赋予它很多新的含义。

介绍评委一律称"京剧名家"

"和平杯"决赛现场介绍评委的时候,不论年龄、不论资历,一律以"京剧名家"称谓,以姓氏笔画为序。这种做法现在被认为是司空见惯的事,实际上是我们吸取以往的经验教训以后改进的。

1990年6月,为纪念徽班进京200周年,组织京津票友联谊赛,举办"津门中青年十佳票友选拔赛",在八一礼堂举办3场预赛,聘请了赵慧秋、王则昭、张文轩等诸位老师做评委，第一场比赛现场介绍评委时我们没有任何经验，简单认为张文轩老师做编导工作，就把他放在了第一位介绍。当时也没感到有什么不好。没想到的是，在第二场比赛即将开始的时候，有两位评委老师说什么也不进剧场了，在剧场门前质问我："介绍评委，你们凭什么把张先生放在我们前面？"一下子把我问住了。可临时现改根本来不及，只好再三道歉，考虑不周，请老师原谅。后来老师看我的面子勉强进了会场。后两场比赛就没有在现场一一介绍评委。

这件事给了我很大教训。转年在筹备首届"和平杯"京剧票友邀请赛时，我向组委会主任谢国祥汇报了这个情况，谢国祥同志考虑了一下表示，这个问题值得重视，"和平杯"赛事介绍各位评委时候一律以姓氏笔画为序，统称"京剧名家"，不介绍每个人的职务、职称、荣誉等。由此便形成了惯例。

"和平杯"是"三生有幸"啊

首届"和平杯"得以顺利举办，离不开主办并承办的和平区委、区政府的大力支持。1991年，在主管文化的副区长黄东生同志的主持下，倡议并制定了具体的实施方案，得到了区长刘福生、区委书记张好生的大力支持。三位区领导的名字都有一个"生"字，时任天津市文化局主管群众文化的副局长刘瑞森同志开玩笑地说："和平杯的举办，真是三生有幸啊！"

刘瑞森同志为港台票友赠送纪念品

"和平杯"是政府行为，主办单位是文化部牵头的各级政府文化主管部门，主要经费是由政府拨款。

验明正身的"十大名票"

1991年7月下旬，在天津著名的国民饭店二楼会议室里，首届"和平杯"中国京剧票友邀请赛正在进行复赛选拔，来自京津两地的京剧专家评委：马长礼、刘秀荣、王晶华、杨荣环、李荣威、吴同宾等，正在审看各地报送的参赛

邢秀红演唱《望江亭》

选手的录像带,京剧行家、文化部群文司的张庭宣处长也以评委的身份参加了评选。评委们边看边议,十分认真。

当放到湖北报送的选手邢秀红同志演唱的张派名剧《望江亭》时,惟妙惟肖的演唱在评委中引起很大争论。马长礼老师首先发话,这个选手不能评,这就是张君秋先生早年的录音,她这是弄虚作假!杨荣环先生也随声附和说太像张先生了,票友不可能唱得如此好。评委会意见不一,但多数还是倾向谨慎一些,认为这个选手不评为好,省得在天津决赛时弄出笑话,影响组委会和评委会的声誉。我当时在场,感觉这样做欠妥,但在各位专家面前又无法表态。全国首次评选"十大名票",这个荣誉在广大票友中至高无上,万一出现偏差,那一定会对这名票友造成很大伤害。我当即提出建议,由组委会派人去武汉核实。为了不影响评选进程,尽管经费紧张,还是决定请文化部张庭宣处长、天津群艺馆的杨洁华老师二人立即乘机飞往武汉。他们二人到达武汉后,在湖北省群艺馆周贤贵主任的协助下,把当时在武汉黄鹤大厦任播音员的24岁邢秀红请来当面进行了演唱,结果证实的确是她本人的录音录像。长途电话打过来后,评委会一片赞叹。

邢秀红同志不负众望、实至名归,被评为首届中国京剧"十大名票"。在天津中国大戏院进行的颁奖晚会上,作为艺术顾问的张君秋先生为邢秀红的演唱鼓掌。演出结束后,张先生偕同夫人谢虹雯女士特意来到后台,在邢秀红获奖证书上签名并给予其指点。这后来成了一段佳话。

邢秀红同志获得"十大名票"的消息在武汉引起了很大震动,很多人慕名来到黄鹤大厦,想一睹她的风采。据传,大厦的营业额有了大幅度增长。

在这届决赛中,台湾选手程梅华女士也唱了《望江亭》,且实力非凡,可偏偏遇上邢秀红演出同一剧目同一唱段,总分便被排在了第十一名,只好屈居二等奖,被评为"十佳票友"第一名了。这也是比赛的偶然性和残酷性吧!

张君秋先生为邢秀红签名

感恩韩淑玲

"和平杯"十大名票韩淑玲同志把自己的网名和微信名叫作"感恩韩淑玲"。多年来,她逢人说得最多的话就是感恩"和平杯",感恩关心她、帮助她的所有人。说起来,这里面还真有一段值得称道的小故事。

韩淑玲同志原是河北沧州发电厂的一名临时工,酷爱京剧,经人介绍,拜在了天津京剧谭派名家王则昭老师门下。每次来天津学戏都是利用节假

韩淑玲演唱《辕门斩子》

日,偷偷地来,偷偷地走,生怕单位不支持影响转正。首届"和平杯"决赛,21岁的韩淑玲彩唱《辕门斩子》,扮演杨延昭,高亢嘹亮又充满激情的演唱轰动津门,一举夺得了"十大名票"。演出结束后,评委刘秀荣老师推荐她在天津市京剧院又唱了一出大戏《穆桂英大破天门阵》,中央戏曲学院的朱文湘、李文才、张关正等领导和教授纷纷找到她,认为她是难得的人才,想推荐她到学院进修深造,包括天津青年京剧团在内的一些专业院团也在考虑吸收她进团的问题。

韩淑玲的演唱在中央电视台播出,并被媒体广泛宣传以后,轰动了整个沧州市,沧州市发电厂领导开会,为了使这颗冉冉升起的明星留在本单位,立即做出了三个决定:一是立即给韩淑玲同志转正;二是以后她到天津学戏,可以以公派的身份,来往费用单位报销;三是把她选调到沧州发电厂工会工作。

韩淑玲同志自那以后改变了自己的人生轨迹,她工作努力勤奋,不仅经常受到表扬,而且代表发电厂多次在全国电力系统各种赛事活动中屡屡斩获大奖,在央视举办的全国京剧票友大赛中获得"金奖",成为单位一张亮丽的名片。

韩淑玲是个有情有义的人,她起名"感恩韩淑玲"正是生动的写照。

杨正明断臂演《王佐断臂》

杨正明先生是从郑州水工机械厂刚刚退休的高级经济师,从6岁开始登台,是一名资深票友,担任过河南省京剧联谊会副会长、郑州老干部京剧协会副会长。在河南省的"和平杯"预选赛中,61岁的杨正明通过演唱《王佐断臂》一剧入选决赛。进津前,河南举行了入选选手的赛前展示演出,原河南省委书记韩劲

花絮

杨正明在首届"和平杯"演唱《王佐断臂》

草、政协主席宋玉玺、组织部部长张赤侠及300名观众观看了演出。杨先生上场演出《王佐断臂》时,不慎一个高难度的"吊毛"动作失手,摔断了左臂,马上用救护车送到了医院。大家都深深为他失掉到天津参赛的机会惋惜。为了安慰他,河南省票友联谊会常务副会长蒋青年先生到医院去探望。本来,蒋会长想说几句这次参加不了下届再来的鼓励话,没想到,杨正明先生斩钉截铁地说:"我决不放弃这次去天津的机会,我已经告诉医生,不要打石膏,用绷带就行了。"征询大夫的意见,大夫认为,断骨刚刚接好,一定要静养些时日,不宜活动。可是大家怎样劝也不行,谁也拗不过他。没过几日,杨正明先生挎着缠着绷带的左臂,在家人的陪伴下随队来到了天津。

他带着"断臂"上场,演出的剧目又恰恰是《王佐断臂》,一时成为各大媒体争相报道的赛事花絮,也成为至今还为人们津津乐道的"和平杯"历史上的一段佳话。

领队室内的"手枪"

1991年10月12日下午5点左右,参赛票友选手驻地津东饭店的一名服务员焦急地找到我说:"主任,出大事了,我们在你们票友客房里发现了一把手枪!"这一消息犹如晴天霹雳,我一下子惊呆了。初步核对客房住客是北京参赛队领队×××(原谅我隐去其名)。这一来,更使我紧张的心一下子提到了嗓子眼儿。为什么这么紧张,事情的原委是这样的:

首届"和平杯"决赛程序分两轮进行,全部参赛人员演出后,评委会评出20名重新抽签进行第二轮的决赛,评选出前十名的"十大名票"和后十名的"十佳票友"。没能进入第二轮的选手为三等奖,获得"优秀

参赛票友在公证处监督下进行抽签

票友"称号。

第一轮以后,北京队的叶庆柱、兰仁东、章尔琴三人进入第二轮。这个成绩应该说还是很好的,但北京市的领队、北京市文化局干部×××对他心目中的某位选手没能进入第二轮却忿忿不平。成绩公布以后,他企图阻止进入第二轮选手进行出场顺序的抽签,弄得这三位选手不知所措,一时造成十分紧张局面。眼看着赛事难以正常进行下去,组委会紧急商量如何做好北京队工作,这种情况下又突然听说在北京队该领队的客房里发现了一把手枪,怎能不令我们格外震惊!

得知这个信息后,我立即向在现场的天津市文化局主管群众文化工作的副局长刘瑞森同志报告。刘局长指示我们要沉住气,经过商量,选派了一名工作人员和饭店服务人员一起以打水为名进入房间探视了解情况,同时通知公安人员做好应急准备。不久,去房间探视的人员回来报告说,×××的床上确实有一把手枪,不过是仿真手枪,是给孩子带回北京的礼物。由此,虚惊一场。

为了使活动能够顺利进行,刘局长当即在宾馆使用长途电话打给北京市文化局沙局长,请求协助工作。沙局长在电话里通知×××前来接电话,对他严肃批评,叫他立即组织选手抽签。当晚9点多钟,沙局长从北京直接驱车来到天津,代表北京市文化局正式向组委会道歉。

她登上了"十大新闻人物"榜

金玮是内蒙古医学院(现今为内蒙古医科大学)心理学教授,64岁时参赛"和平杯",报送的是并不多见的程派剧目《羚羊锁》。由于年龄偏大,化妆不是很好,再加上录像的质量很差,评委会观看带子时断时续,因此,她开始并没有进入决赛的名单,内蒙古报送的选手在决赛中也是"全军覆没"。根据组委会制定的"以质量为主,适当兼顾地区"的评选原则,为了使更多地区的票友能够进入决赛,在复赛即将结束时,担任复赛评委的白晶环老师提出,这位老太太(实际她当时只有64岁,舞台上显得老一些)扮相差一些,图像也不清晰,但唱的还有味道,请大家再听听,能不能少让一个省份"剃光头"。评委会同意了。就这样,代表内蒙古的金玮同志算是勉强进入了决赛。

决赛中,金玮同志一唱成名,她韵味十足的程腔程调得到了专家评委和天津

017

金玮在首届"和平杯"决赛演唱《羚羊锁》

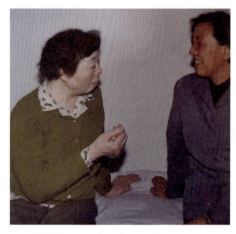

金玮、金玳姐妹在首届"和平杯"
决赛场上喜相逢

观众的一致认可,登上了"十大名票"光荣榜。

当年,内蒙古评选年度十大新闻人物,金玮同志因为获得中国京剧"十大名票"而榜上有名。

再说一个与金玮有关的故事。金玮演出的《羚羊锁》原是她父亲金味桐先生于20世纪40年代末为程砚秋先生所编的剧本,并于1952年9月出版,程先生因故未能上演,其弟子赵荣琛得到此本,于20世纪60年代初进行排演,可惜上演场次较少,演出本也在"文革"中散佚。20世纪90年代初,金玮教授整理演出了全本《羚羊锁》,颇受好评。金先生的另一个女儿,大连理工大学的金玳副教授也曾在大连演出这一剧目并获奖。

1991年10月,这两位多年很少谋面的同胞姊妹各自从内蒙古和辽宁赛区脱颖而出,在天津首届"和平杯"的决赛舞台上相见了。二位拥抱在一起,喜极而泣。金玮参赛剧目就是父亲的作品《羚羊锁》,金玳参赛剧目也是程派名剧《文姬归汉》。

金婉茹参赛的两件事

在首届"和平杯"决赛的比赛现场,选手逐一亮相,现场气氛热烈。担任决赛报幕的是天津电视台著名主持人高岚女士。

演出进行中,高岚上场报道:"下面上场的是本届比赛年龄最大的选手,爱新觉罗的后裔——天津的金婉茹,她演唱的剧目是《钓金龟》,扮演康氏。"一下子,剧场里面观众议论纷纷,特别是外地参赛的选手和领队们不高兴了,怎么别的选手上场不做介绍呀,唯独天津的选手这样,什么意思呀?坐在观众席的我也感觉这样做不

金婉茹和京剧名家一起进社区演唱

太妥，马上赶到后台。问高岚这是怎么回事儿？高岚拿出一张纸条给我看，说这是你们组委会的一位同志在台边递给我的。我一看，这是一位天津群艺馆姓王的干部，在金婉茹上场前私自塞给主持人的，请她介绍，金婉茹本人并不知情。王姓干部的这个举动造成了负面影响，尤其是发生在东道主天津身上，使大家怀疑评选的公正性。当时担任评委会主任的是群文老专家、天津市文化局的刘瑞森副局长，他十分果断做出决定，立即停止了这位王姓干部在组委会的工作，责令他回天津群艺馆报到。

尽管决赛时出现了令人不快的介绍事件，但由于金婉茹是资深的老票友，具有较强的实力，还是顺利地进入了最后20名角逐"十大名票"的决赛阶段。由她助演佘太君，演唱《辕门斩子》的河北票友韩淑玲也同时进入决赛，在决赛两场抽签时，两人同时抽签到了一场，韩淑玲出场在先，金婉茹出场在后。这时候问题又出来了，天津参赛队领队找到组委会提出，金婉茹老师年纪大了，如果在前面给韩淑玲助演会花费很大的气力，势必会影响自己后面决赛的成绩，要求换人。当然，我们不可能同意这样的要求，刘瑞森副局长说："对个人来说，这是关乎戏德的事；对这项活动来说，这是关乎东道主形象的大事，宁肯影响天津自己的成绩，甚至放弃比赛，也不能给外地助演松劲。"就这样，我们征求了金婉茹老师的意见，金老师欣然同意助演，而且表示她本人根本没有换人的意思。经过决赛以后，韩淑玲以总分第六的成绩荣登"十大名票"光荣榜，金婉茹以总分第十二名成绩列为"中国京剧十佳票友"。

"到我家去住吧！"

首届"和平杯"的决赛，北京谭派选手叶庆柱演唱《空城计》轰动了中国大戏院。他演唱的一段《空城计——我本是卧龙岗散淡的人》，竟然得到了现场观众的14次叫好声、欢呼声。要不是组委会规定选手一律不返场，那他就真的"下不来台"了。天津很多老戏迷说，自打谭富英先生在中国大戏院演唱以后，再也没有听过这么醇厚的谭味儿了，真是过足了戏瘾。

当晚演出结束后，演员卸装乘车回宾馆驻地。大部分演员都走了，只留下最后一辆车收尾，我是最后离开剧场的，已是晚上11点了，没有想到的是在中国大戏院门前，有十多人把叶

叶庆柱在首届"和平杯"演唱《空城计》

叶庆柱进社区演唱

庆柱围起来，和他攀谈，不停地夸赞，说什么也不让他离开。我只好过去解围，说时间太晚了，送演员的最后一辆车等着我们呢。现场的戏迷（应该叫"庆柱的粉丝"可能更贴切）还是依依不舍，这个说，叶先生我请你吃夜宵；那个说，叶庆柱到我家去住吧。

仅从这件小事，就可看出天津人爱戏、懂戏及待人的热情，天津这个京剧大码头，真是名不虚传！

叶庆柱同志获得了首届"和平杯十大名票"第一名，过了不久，央视《东方时空》的《东方之子》栏目特意为他做了一期专题节目。

周巍峙逛小吃街

1993 年 10 月 15 日，举办第二届"和平杯"中国京剧票友邀请赛决赛，全国政协常委周巍峙同志到天津来参加颁奖活动。对这位老革命、文化界的老领导，可能一些人并不熟悉，但我们年轻时都唱过由他谱写的中国人民志愿军战歌："雄赳赳，气昂昂，跨过鸭绿江……"每想到这里，对他的敬意在心底油然而生。因为他当过文化部代理部长，所以还习惯称呼他为"周部长"。

这天晚上，我们计划安排在天津烤鸭店接待老部长。下午 5 点多，我到他

周巍峙同志向"十大名票"表示祝贺

下榻的宾馆准备接他前往就餐。见面他知道了我的来意后，一口回绝了我，并要求我马上打电话把预定的饭局退掉。他说，干什么这么破费呀，以后也不要安排什么大的饭店，我不喜欢这样。我再三劝阻也无效，只好顺从老部长的意见，给和平区出席接待的办公室负责人打了电话，退掉了预定好的晚餐。可是当时已经临近该吃晚饭的时候了，怎么安排才好呢？周部长见我有点儿尴

尬，就笑着问我，天津大街上是不是有小吃呀？我说，有啊，就在离中国大戏院不远的辽宁路上，有个小吃一条街。他一听说，兴致起来了，说你陪我逛逛吧。

这样，我陪着周部长晚上六点多来到了辽宁路，这条街上熙熙攘攘，各种小吃摊位一个连着一个，叫卖声一片，烟雾缭绕。我们从街的南口进入，周部长像欣赏艺术品似的，浏览着一个个小摊儿，站在路边品尝了烤肉串，吃了天津的茶汤，又吃了天津的卷圈儿，可能还有一两种别的什么吧，周部长吃得津津有味，高兴得像个孩子。每个小吃都是几块钱，周部长想自己付钱，见我真有点儿着急了，才做了让步。回想起来，两个人总共花了二十多块钱。这件事给我留下了十分深刻的印象。

后来我想，要是能带个摄影机就好了。可又一想，如果当时真的带上个摄影机，还不知道又要挨老部长多少批评呢！

舒适和程之的小故事

在第一届"和平杯"决赛，以及第二届举行的全国京剧知识擂台赛中，我们请到了两位在全国很有名气的电影表演艺术家，同时也是资深票友当评委。他们就是

首届"和平杯"决赛评委（右一为舒适先生）

第一届的舒适先生和第二届的程之先生。这里就说点儿与这二位电影艺术家有关的小故事吧。

首先说说舒适老师。舒适老师接到担任"和平杯"决赛评委的邀请以后，欣然允诺。我们提出是否派人或请上海当地人护送他来津，他一口回绝了。说自己身体很好，既然答应来就不给大家添麻烦。那年舒老已经75岁高龄，体格健壮、性格豪爽，和人接触时很健谈。天津过去一直被圈里人称为京剧的"大码头"，京剧土壤十分丰厚，票友众多而且实力很强。在这次决赛中，选手各个表现不俗，在两场决赛后的总评会上，组委会怕天津评上一等奖的过多，就一再做评委工作，希望控制天津一等奖的数额。在首届授予"十大名票"称号的10名票友中，经过评委会的认真评议，有5名进入候选人的名单。这时，担任评委会主任的刘瑞森副局长真有点儿坐不住了，我也有点儿沉不住气了。如果这样评选，天津选手过多，尽管评上的水平不错，也实在不利于活动的大局，不利于

程之先生在第二届"和平杯"上
祝贺演唱

今后的发动发展。刘局长提出大家先休息一段时间再评。在评委们休息的当口,刘局长把我和白晶环老师叫到一边进行商讨,又给组委会主任、市委宣传部部长谢国祥同志打电话汇报情况。谢部长指示尽量做评委工作,天津不宜评选一等奖过多。休息过后,大家又回到了评选的会议室,作为评委会主任的刘瑞森副局长向大家转达了谢部长的意见。意见刚刚传达,意想不到的事情发生了。只听"啪"的一声响,舒适老师把桌子一拍,站起来说:"我们艺术家评选就得对得起自己的良心,天津好就是好,干什么不评?不然要我们来干什么?这样的话,我们可以打道回府了!"气氛一下子紧张了起来。在马长礼、杨荣环、刘雪涛、刘秀荣等众多评委的劝阻下,舒老的气才勉强消。经过最后的打分计算,天津的孙元木、刘学欣、刘荣丽、李世勤四位票友进入了前十名,获得了首届"十大名票"的称号。现在看来,这四人评为十大名票是实至名归的。尽管如此,评选过后,外地还是有人说:"天津花了四十万元(指活动经费)买了四个'十大名票'。"舒适老师当时在评委会上拍案而起的那一刻,至今给我留下了深刻的印象。

再说说舒适老师另一个小故事吧。1991年10月15日上午,舒适老师准备离津,家人说天津的大白菜特别好吃,嘱咐他带些回上海。到天津站检票时,说什么要叫他托运才能上车,舒适老师说,我买这些大白菜一共也没花几个钱,托运的钱比这还多呀,留下就送给你们吧。当时送他上车的何永泉老师忙向车站人员介绍说,这位是著名电影明星舒适老师啊,是来天津"和平杯"比赛当评委的,说咱天津的大白菜好,带几颗回家,能不能通融一下。车站人员仔细辨认出舒适老师后,连忙说:"不知是舒老师来了,失礼,失礼,我帮您拿着,陪您上车吧。"就这样,舒适老师顺利带着白菜上了车。

再说说程之先生来津时一段有意思的小插曲。程之老师是1993年10月14日下午从天津西站下车到天津的,由我接站。当时由于组委会的车辆调度出现点儿特殊情况,我打出租车去接程老师来宾馆。出租车司机听我介绍是接著名电影演员程之先生,兴奋得不得了。一路上,听我和程之老师说话不断插嘴,在走到南门外大街的路上,一下没注意竟闯了红灯。交通警察过来把手一举,车子停下来了,按照规定,罚款是没得商量。司机也很紧张,忙下车道歉,但警察就是不听那一套。司机没办法说,你知道我今天拉的是谁吗?他是电影明星程之老师啊。警察听说后，朝车里仔细看了看，确定是程之老师无疑后，竟给程之老师行了个举手礼说："程老，您好！您好！真不知道是您老，走您的！"天津人特有的热情劲儿表现得淋漓尽致。临到最后，司机说什么也不要打车的钱。

程之先生为"十大名票"叶庆柱操琴

程之先生为"和平杯"主持了全国京剧知识擂台赛，他那丰厚的京剧素养和幽默的主持风度使这项活动满台生辉。后来，他又在天津戏剧博物馆古戏台上为这届参赛的票友清唱了《断密涧》《姚期》选段，并为"十大名票"叶庆柱操琴，获得了满堂彩。

"京剧知识竞赛"掀起的热潮

1993年，第二届"和平杯"举办时，组委会还同时举办了全国京剧知识竞赛，在《中国文化报》及天津、辽宁、吉林、河北、山东、安徽、陕西、湖北、上海9省市的《广播电视报》同时刊登竞赛试题。有4万多名戏迷参加，竞赛答卷像雪片一样从四面八方寄来。同时，寄到组委会的还有2000多封来信，这

组委会办公室工作人员拆看各地来信和答卷

些参与者和来信人分布在包括台湾在内的全国30个省市区，还有日本等国的华侨，最大的88岁，最小的只有12岁。经过办公室工作人员仔细核对答案，有198人答案全部正确，这些来信情真意切，下面摘抄几段：

天津身患癌症的张梧逊信中说："我是在输着液的情况下完成了竞赛答题，并写这封信的，我要告诉父老乡亲，我一辈子热爱京剧！"

在济南战役致残的张志新老人："我是为民族的解放而致残的，我希望民

族文化能够振兴起来。"

长春一汽集团的马建春替他78岁老父亲代笔说:"振兴国粹谁能挡,遥祝赛事盛空前。"

内蒙古歌舞团刘汉臣感叹:"我为当前京剧的低谷而痛心。"

锦州邓锐良写道:"现在京剧不景气已经快到《洪羊洞》三星归位了,每每忆及其鼎盛时期,不禁唏嘘不已。如不下力振兴,恐怕只能唱《哭祖庙》了。"

台北市的孔庆玉先生说:"大陆政府对我中华文化传统艺术提倡培植,不遗余力。但本人93年3月返大陆探亲历时两个半月,渴望在上海、杭州等地亲睹京剧演出,遍寻而不得,深感奇怪。"

湖北一名自称"有正气"的谢同志说:"广播电视部门今后要多多组织京剧节目和讲座,少给无病呻吟者瞎捧场。"

西安市葛森林寄来一首诗:"国家兴亡,匹夫有责;国剧衰之,我辈有罪。天地有正气,京剧非夕阳!"

安徽省六安地区杨天琪寄来了长达四千字的论文,山西省名书画家张范九寄来了他多篇剧评和文章⋯⋯

全国京剧知识竞赛引起的巨大反响,以及这些来信给了我们极大的鼓舞,更加坚定了我们办好"和平杯"的决心。

别开生面的京剧戏迷邀请赛

1993年10月13日,在第二届"和平杯"时,由和平杯组委会主办的"中国京剧戏迷邀请赛"在天津电视台演播大厅举行。河北、北京、天津、上海、江苏、安徽6个省市组队参加比赛,参赛队员都是当地戏迷中的佼佼者。比赛由著名电影艺术家、京剧名票程之先生和天津电视台著名主持人高岚女士主持,还特邀著名理论家刘增复先生、吴同宾先生做顾问。比赛分必答题和抢答题两部分。主持人幽默的主持,队员们热烈的答题,顾问渊博的京剧学识,使得参赛队员和现场观众受益匪浅。经过近3个小时的场上比拼,获得冠军的是天津队,队员蔺昆辉、孙元木、那韧获得"戏迷状

程之先生、高岚女士主持戏迷邀请赛

元"称号;亚军队是北京队,队员赵继安、李宾、马江涛获"戏迷榜眼"称号;季军队是上海队,队员陈琥、胡申生、赵卫获"戏迷探花"称号。

这次现场戏迷邀请赛,对于实现"和平杯"举办的"振兴京剧艺术,促进和平友谊"的主题,丰富决赛期间活动内容,是一次有益的尝试。从第二届开始,以后的每届"和平杯"举办,组委会都在力求有所创新,有所发展。

别开生面的天津中小学生京剧常识竞赛

2009 年,根据组委会决定,作为第二届"和平杯"中国京剧小票友邀请赛的辅助活动,举办天津市中小学生京剧常识竞赛。

2009 年 3 月 28 日下午两点,在和平区青少年宫二楼小礼堂,由"和平杯"中国京剧票友邀请赛组委会、天津市教育委员会联合主办的

刘桂娟主持"天津市中小学生京剧常识竞赛"

"天津市中小学生京剧常识比赛"决赛正式举行。参加决赛的是从全市 32 所中小学校笔试预赛中脱颖而出的 6 个代表队。他们是中学组的天津市耀华中学、河东二号桥中学、北师大附中;小学组的河东互助道小学、红桥实验小学、河西湘江道小学。邀请天津市青年京剧团刘桂娟主持,请赵慧秋、白晶环、杨乃彭做艺术顾问,天津市电视台现场录制,择期播出。

由于竞赛实况要在电视播出,决赛在吸取了初赛"答卷比赛"经验的基础上,尽量向表演性、可视性、趣味性靠拢,追求紧张热烈、妙趣横生的艺术效果。每一道题都通过电视屏幕、现场表演、现场展示的方法来表现。

整个比赛立体、艺术地展示了京剧的主要知识和主要特点,对普及京剧知识,让全社会都来关心"京剧知识进课堂"这一工程起到了促进作用。

花絮

中央电视台戏曲音乐部成为"和平杯"的主办单位

前两届"和平杯"的主办单位是文化部群众文化司、天津市文化局、天津市广播电视局、天津市政府台湾事务办公室、天津市海外联谊会及天津市和平区人民政府。通过各种渠道的联系,颁奖晚会的视频在中央电视台播出。我们觉得,如果争取中央电视台能够作为主办单位,那将大大提高这项赛事的知名度和传播力度。

1995年7月,我们联系上了中央电视台戏曲音乐部主任尹希元同志,他答应在一天下午两点半与我们见面。我约请了文化部办公厅办公室主任李效同志一同前往,我们两人打车按时到了尹主任办公室。刚一见面,尹主任抱歉地说:"对不起,刚接到通知,台里有一个会议他要马上参加,改日再谈吧。"我说:"没关系,我们可以等您回来。"我和李效两人在他的办公室里等着。大约一个小时后,办公室的一位同志告诉我说,尹主任刚打来电话,说可能会议很长,不知什么时候结束,叫我们别等他,再约个时间吧。我和李效商量,我说心诚则灵,不管多晚,还是要等他回来。当时天气已经很热了,就这样,我们一直等到下午近六点,才见尹主任回到办公室,见到我们还没有走,有点儿受感动。我们说明了来意,尹主任说他本人没意见,会尽快给台里打报告,如果得到批准就作为"和平杯"中国京剧票友邀请赛的主办单位之一。这样,从1996年第三届"和平杯"中国京剧票友邀请赛开始,中央电视台戏曲音乐部成了主办单位之一,每届的汇报演出,天津电视台现场录像以后由中央电视台播出。

"我要到和平杯来验证我的名票称号"

金福田先生

提起票界"马派"名票,首屈一指的当属北京金福田先生了。金先生1924年生,8岁入中华戏曲专科学校学习了7年,后抗日战争爆发为谋生没有走专业道路,成为造诣高深的票友。他崇尚并苦苦钻研马派艺术70年,对马派艺术的造诣和演唱不仅在票界堪称翘楚,而且也令很多专业演员难以望其项背。在1990年组织的京津两地纪念徽班进京200周年联谊赛时,北京金福田先生和天津孙元木先生联袂演出的《二堂舍子》轰动京津两地,成为至今很多人还津津乐道的一段佳话。

"和平杯"中国京剧票友赛举办以后，我们组委会工作人员常常议论，如果很多全国最有名气的票友不来参赛，那把"和平杯"说成是全国票友最高的竞技舞台，总是缺乏那么一点儿底气啊！

在首届"和平杯"举办时，我也曾托朋友询问了一下金先生参赛的意向。听到反馈的回答是："我来参加，谁来评啊？"我当时想，老先生这么清高，不来也罢。

金福田演唱《劝千岁》

1996年，当"和平杯"赛事举办第三届的时候，金福田先生参赛了。他演唱的马派名剧《苏武牧羊》选段无论是唱还是念，都深得马派艺术的精髓，实至名归地被评选为当届"十大名票"的魁首。后来朋友又问他，您不是不想参赛，怎么又来了？金福田先生笑着回答："看来，是不是名票，还得到'和平杯'来验证一下啊。"

在我和金福田先生以后的接触中，感到他不仅是一位对京剧艺术造诣很深的名票，同时也是一位待人亲和、十分谦虚的可敬老人。看来，当初他说的话有可能是误传。

2006年10月，第八届"和平杯"在天津人民体育馆举行的盛大开幕式上，我们又请82岁高龄的金先生登台彩唱了一段《劝千岁》，嗓音依然那么醇厚，身段依然那么潇洒，并获得了满堂彩。

金福田先生参赛以后的第二年，第四届"和平杯"举办时，在全国另一位享有盛誉的张派名票杨永树先生也参加了决赛，同金先生一样，也夺得了"十大名票"的魁首。

自从金、杨二位老先生参赛以后，"要想当名票，参加'和平杯'"这句话在票界广为流传开来。

2004年秋，时任文化部社文司司长张旭同志来津参加第六届"和平杯"决赛时，特意到"和平杯"常设办公室来看望大家，欣然命笔题写了"要想当名票，参加和平杯"的条幅。

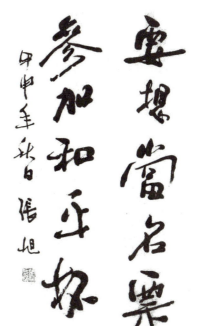

花絮

027

"请评委们听听我的声音吧！"

第三届"和平杯"颁奖晚会

1996年7月，第三届"和平杯"紧张筹备，各地正在陆续报送参赛光盘。这时，组委会办公室收到了一盘录音带，我们奇怪，报名参赛必须是视频光盘，怎么寄来了录音带，这很不符合规定呀。但是看到随着录音带一起寄来的信件，我和在场的办公室工作人员被深深震撼了！

"我是广西南宁一名85岁的老票友了，喜欢京剧一辈子，前一段听说天津正在举行'和平杯'全国京剧票友大赛，真想参加，到天津去看一看。可是我患上严重肺心病。医生瞒着我对我女儿说，可能挺不了多长时间了。生老病死没办法，我唯一的遗憾就是没能到天津请专家们听听我的演唱。我已经没有精力再录像了，就把我演唱《贵妃醉酒》的录音寄给你们，劳烦专家们抽空听一听我的声音吧。也许我不久人世，即使听不到你们的意见，录音寄出去了，心愿也就了啦。"

可惜，寄信人没留联系电话，我们很想按照来信写得很模糊的地址尽快给老人家回复。因为工作忙，一时也没能顾上。一个多月后，我们得到了确切消息，老人家已经离开了人世！这件事，在我的心里造成了巨大的遗憾，没能及时联系到老人家给她以慰藉，使我感到十分对不起她老人家，一生都会因此感到愧疚。

"谁不继续办，谁就是京剧发展史上的罪人"

2006年4月，组委会召开会议，研究第八届"和平杯"方案。大家提出，"和平杯"从1991年创办起，已经成功举办了15年，可以隆重地庆祝一下。经过研究，准备在容纳五千人的天津人民体育馆举行盛大开幕式。届时，邀请"和平杯"的艺术顾问、历届评委代表、"十大名票"的佼佼者登台，组织一台在"和平杯"历史上空前的、在全国都可以叫得响的高质量京剧晚会。与会人员兴致勃勃地讨论了开幕式演出的框架，大家都很兴奋。一名参加会议的同志说，这届开幕式和平区投入这么多，规模这么大，看来"和平杯"是不是到此就要画上句号了？听到这个话，主持会议的和平区委副书记王行安同志站起来，毫不犹豫地说："'和平杯'是和平区首先提出并创办的，但是它发展到现在，已经不仅仅属于和平区了，今后哪一届的和平区领导把这项活动停办了，那他就是京剧史上的罪人！"

中共天津市委宣传部文艺处处长唐海波、天津市文化局副局长赵婉香、中共天津和平区委副书记王行安、区委宣传部部长路艳青、和平区副区长庞学光；靠窗左起：天津市文化局社文处刘晓梅处长、文化部社文司高万生处长。

王书记的这句话给了我们莫大的鼓舞。从第八届开始，和平区政府不断加大对"和平杯"的投入，市委宣传部、市文化局（现在是文旅局）也给予支持。完全保证了每届"和平杯"所需的经费，告别了寻求企业赞助的历史。

"和平杯"牌子不能卖

如何保证"和平杯"的经费，是前几届组委会面临的实际问题。由于政府的财力有限，还不可能像现在这样把全部经费都包下来，部分活动经费还需要寻求企业赞助。这里的故事不少，其中讲两个小故事。

2000年，在举办第六届"和平杯"时，为了寻求企业赞助，我们想到了很有实力的天津崛起的一家医药企业——×××医药集团。

这一年5月的一天上午，我陪着和平区委王行安副书记来到了×××集团的总部。老总因为北京有活动，由他的副手代表他接待。我们介绍了来意，送上历届"和平杯"的资料汇编和本届的实施方案。双方交谈后，这位副总到隔壁房间打电话和老总交换了意见。回来后对我们说："老总十分高兴合作，你们的活动还可以做大一些，老总答应可以给你们提供200万资金。"我们一听，为之振奋且吃惊，好大的一笔资金。但是他又接着说："我们赞助的条件只有一个，希望能够冠名，能否把'和平杯'改为'×××杯'啊？只要冠名了，资金数目还可以再商量。"这可真是出难题了！

我们回答说："能够提供多少资金都欢迎，唯独这个杯名牌子不能更改。"在对方一再坚持下，只好和这家企业说再见了。

天津市政协主席刘晋峰为赞助单位代表郎凌远
颁发"贡献杯"

再讲一个寻求赞助的故事。在1996年举办第三届"和平杯"时，我们和天津艾特兰文化娱乐传播有限责任公司谈成了初步赞助意向，艾特兰文化娱乐传播有限责任公司董事长兼总经理叫郎凌远，他是个年轻潇洒有着学者风度的人，我和市文化局社文处梁秉洲处长与他商谈时，印象很好。原来我们请求企业赞助40万元，可是对方说现在公司运作时间不长，流动资金不是很多，就一次性赞助30万元吧。我们虽然觉得资金还差一点，但对方很有诚意，能够出资30万元就已经很不错了。

商谈过后，郎总请我们吃饭，饭桌上大家互相敬酒，气氛融洽热烈。梁处长是天津市群文界经验十分丰富的老领导了，向大家介绍了我如何在群文战线奋力拼搏，引起大家的赞扬声一片。郎总举起酒杯站起来向我敬酒说，就冲您对事业这股子热情和拼劲，不再说什么了，就40万！一分不少！

李蔷华老师拒收红包的故事

2000年10月21日晚，第五届"和平杯"中国京剧票友邀请赛决赛第一场结束，刚刚走出中国大戏院剧场侧门，忽然，担任决赛评委的京剧名家李蔷华老师把我拉到了一边，给了我一个信封，对我说："这是黑龙江某某给我的，我不能收，您替我谢谢她吧。但明天晚上她要上场，别影响她的情绪，还是在演出以后再退给她。"还嘱咐我说，"您可别再批评她，也别张扬。"

李蔷华

回到驻地，我打开了信封，里面有一封黑龙江京剧名家写给李蔷华老师的短信，意思是说，某某是她的学生，请多给予关照之类的话语，里面还有3000元现金。

我深深为李蔷华老师所感动。李老师这样做，不仅体现这位老艺术家自身廉洁自律，同时也充分体现了她对票友的关心和爱护。

我们把李蔷华老师拒收红包的事迹作为一个生动的教材,在以后历届"和平杯"评委会上进行宣传,收到了很好的效果。

这十万元不能收

一位北京京剧名家打电话给我,说中午到天津,希望见我一面。出于对该老师的尊敬,我在办公室对面的饭店安排了接待午宴。没有想到的是她还带来了一位她的学生,北京参赛的一名有钱票友。席间,这位老师借故出去,她的学生票友竟拿出了一个大书包放在我的座位前,说这里是十万元,请我收下,希望我在复赛中能对她给予关照。

当然,我不可能接受。再三推托不成,我只得很严肃地说,这是对我人格的极大不尊重,再不收回,我就只好不等老师回来就先离席了。她这才作罢。

每届"和平杯"差不多都会有几宗送钱、送物的事情发生,少则千八百、三五千,多则一两万,都说是与参赛无关,只是交个朋友,但我心里明镜似的。我给自己定下了一条纪律,当面送的拒收,拒收不成,就当他(她)面叫来办公室工作人员,嘱咐事后一定寄回,这样才勉强推掉。有的邮寄过来的物品,或是高档烟酒,或是高级营养品、水产品等。收到后立即原物寄回。办公室同志说,有的物品寄回去怕是坏了。坏了就坏了吧,这也是没办法的事。看起来似乎不近人情,但如果守不住底线,后果将不堪设想。

有的决赛评委在比赛前私下问我,有什么人需要关照的?没有,一个也没有!按照质量评选,绝对不搞暗箱操作!

评委会集体拒收红包

2010年10月19日晚,第十届"和平杯"决赛第一场结束已经是晚间10点多了,决赛评委们乘车回到了天津万丽酒店驻地的各自房间,推开门一看,都见有一个从门缝里塞进来的红包,里面装有2000元人民币。原来这是一名某省参赛选手送给评委的,上面写明她的出场顺序,希望能够得到关照,云云。可是,令这位选手没有想到的是,当天夜里,各位评委不约而同地将收到的红包分别都交给了组委会在宾馆服务的工作人员。赛后退还给了她。为了表示对这届决赛评委的敬意,我恭录下他们的名字(以姓氏笔画为序):王晶华、李莉、李文敏、李崇善、杨乃彭、宋昌林、张艳玲、赵景发、萧润德。

转天第二场比赛开始了。按照组委会预先规定,所有上场选手的鼓师、琴师由协办单位天津市青年京剧团统一安排,都不上字幕,唯独这位选手的字幕中特意打上了××、××(这两位在这届赛事中只担负了这一名选手的伴奏任务,个中原因不说也罢)的名字,引起其他参赛选手议论纷纷。

根据她的演唱水平,这位选手最后得了"三等奖"。没有想到的是公布决赛成绩以后,只有这位给评委送礼的浙江选手在丈夫陪同下找到组委会"论理",说评选不公等话。我对她转达评委会意见的同时,也理所当然对她进行了批评教育。

是啊,"和平杯"的成绩是金钱买不来的,也是各种"关系"托不来的。

何树刚回"娘家"

何树刚在第四届"和平杯"上
演唱《借东风》

2004年10月举行的第七届"和平杯"决赛,组委会和参赛票友的驻地在天津市华富宫大饭店(天津南市旅馆街)。10月17日是决赛的第一天,这天下午3点多,组委会会务组进来一位用轮椅推着的老人,大家开始还很惊讶,没过多久,大家都认出了他原来是陕西的何树刚先生,不约而同地表示了热烈欢迎。

何树刚先生原在天津纺织系统工作,迁厂到的陕西,在陕棉十厂退休。他从小就酷爱京剧,尤其喜爱马派。头两届"和平杯"举办时,他都因信息不畅没能参赛。等得到消息后,他就把参加"和平杯"作为自己最大的愿望,从1996年第三届开始,连续6年3届都进入了"和平杯"的决赛,分别演唱马派名剧《借东风》《三娘教子》《十老安刘》,虽然都只获得了"三等奖",但他每次都是喜气洋洋,说来了"和平杯"就是圆了梦、过了节,是一生中最快乐的日子。还说,今后不管能不能进入决赛也一定要来天津,"和平杯"是自己的家。2002年,第六届"和平杯"决赛时,何先生因病住院,他特意给我打来长途电话,询问情况,为自己不能前来感到遗憾。2004年,第七届"和平杯"举办时,82岁的何先生重病在身,生活已不能自理,在家只能坐着轮椅活动,极少外出。他知道按照惯例,这年10月"和平杯"肯定还要举办,就告诉子女一定要来天津观摩。子女再三劝阻也无济于事,只好满足老人这最后的心愿。两名子女硬是用轮椅辗转着把老人家推到了天津。

我们听到这情况很感动,破例为他安排了小型接待宴,也尽可能周到地安排他对各场演出进行观摩。

杨永树、顾丽娜为第八届"和平杯"揭幕

2008年,第八届"和平杯"决赛在天津人民体育馆举行了盛大的开幕式。参加开幕式的有天津市委市政府及文化部的领导,也有梅葆玖、张春秋、马长礼、刘长瑜、宋长荣等十多位京剧表演艺术家。开始有一个揭幕的环节,在物色人选的时候,是请领导还是请艺术家? 大家各抒己见。最后大家统一思想,

杨永树先生演唱《女起解》

觉得"和平杯"是票友的节日,还是选两名"十大名票"上台揭幕较好,大家不约而同地把目光投向了杨永树和顾丽娜。

提起北京张派名票杨永树先生,那名头可是响当当。天津市青年京剧团1984年成立,1986年李瑞环市长把杨先生请到天津,为天津市青年京剧团说

杨永树、顾丽娜为第八届"和平杯"揭幕

戏。作为一名地道的票友,能够为知名的天津市青年京剧团专业演员说戏,足见他的造诣之深。

杨先生年轻时候经常彩唱,年岁大了以后基本上就只有清唱了。为了能够在"和平杯"上展示,1998年他报名参加了第四届"和平杯",多年极少彩唱的杨永树先生彩唱了一段《女起解》,并轰动全场,实至名归地获得当届"十大名票"第一名。他的学生遍布各地,阮宝利、苗建林、谢忠等先后获得了"十大名票"。杨永树先生80岁高龄时,在一次票友聚会上演唱的《红灯记·光辉照儿永向前》的视频现在还在网上疯传。

应该给她授"特别荣誉奖"

票友代表叶庆柱、杨晓云等向王彩铃献花

2006 年 10 月，在第八届"和平杯"决赛期间，组委会举办了一次特殊的表彰会，为黑龙江选手王彩铃颁发了"和平杯"有史以来第一个"特别荣誉奖"。组委会常务副主任、中共天津市和平区委副书记王行安同志，向她颁发了获奖荣誉证书，"十大名票"叶庆柱、杨晓云代表全国各地的票友向她敬献了献花，评委会代表、著名京剧艺术家薛亚萍老师满怀深情讲了这两年她在美国如何通过跨洋电话教王彩铃同志学唱张派京剧的情况。最后，王彩铃同志非常激动地发了言。

她说，我是个酷爱京剧的票友，2003 年发现并被确诊为低分化腺癌，走了多家权威医院，给出的结论都是一样的，生命期只有 3 到 6 个月，已经化疗 9 次。(说着，她摘下了假头套，在场的人都惊呆了，头发几乎全部都掉光了)她继续说，是京剧给了我生活下去的勇气，给了我生命中的阳光，是敬爱的薛亚萍老师给了我温暖和鼓励，所以才能一直坚持至今。来参加"和平杯"是我梦寐以求的愿望。来这里之前，我要求推后一次化疗。我的梦想实现了，死也瞑目了。她这番感人肺腑的话语使在场的所有人都为之深深感动，很多人潸然泪下。

在这届决赛中，王彩铃以薛亚萍老师亲授的张派名剧《状元媒》参赛，获得二等奖，荣获"双十佳"。

从此以后，我和她建立联系，经常通话，关心并询问她的病情，每次她在电话里都十分热情，还不断发出笑声。

2008 年 10 月，第九届"和平杯"决赛前，彩铃的女儿给我来电话，说她母亲病情已经危重了，演唱和参赛是不可能了，但一心还惦念着来天津观摩。我再三劝阻，表示治病要紧。临近决赛开幕的前一天，我突然接到了她女儿打来的电话，说拗不过母亲的再三要求，正在医院化疗的母亲在她的陪伴下已经到了天津，为了怕出现万一，联系天津总医院继续化疗并住在了附近的宾馆。我们深感震动！特意安排了中国大戏院最好的一个包厢，请她们母女二人看戏。因我那段时间实在是太忙，只在演出的间隙上楼去看望了一下，也没有说更多的话。

此次见面以后没过多久，我就接到她女儿的电话，说彩铃安详地离世了，在她的床上，还一直放着她参赛"和平杯"获奖的奖杯和剧照。

白晶环给马长礼老师鞠躬致歉

2006 年 10 月，在天津人民体育馆举行的第八届"和平杯"京剧票友邀请赛盛大的开幕式上，诸多京剧名家登台演唱。当 77 岁的马长礼先生演唱《桑园寄子》后，天津戏剧界著名的主持人上台，在夸奖了一番马老师后，竟鬼使神差说"马先生可能多年没有登台，有点儿缺功"这样大不敬的话语，令全场愕然！坐在台下的组委会主任——天津市委常委、市委宣传部部长肖怀远同志听了以后都有点儿坐不住了，当场找现场录像的天津电视台负责人指示道，编辑时一定要把这段话剪掉。

马长礼先生在第八届"和平杯"
开幕式上演唱

第二天一早，我和白晶环老师就来到马老师的驻地——天津万丽大酒店，召开了决赛评委会(马长礼老师是本届评委之一)，当众给马先生道歉。马先生说："我当时真想给这位主持人下跪请他指教"，陪同马先生一起来的夫人小王玉蓉也埋怨马先生道，"说不让你来你偏来，自找没趣"。真是事态严重啊！白晶环老师站起身来，冲着马先生深深地鞠了一躬。我给您赔罪了！在大家劝阻下，马先生才稍稍平息了怒气。

这件事，给了我们一个十分深刻的教训。

社区里唱起的《智斗》

2006 年 10 月 16 日下午，在第八届"和平杯"决赛期间，组委会组织了京剧名家名票进社区活动。刘雪涛、马长礼、赵慧秋、沈健瑾等专家评委和一些名票共同走进了和平区的尚友里社区，并受到了大家的热烈欢迎。刘雪涛老师兴致勃勃地

马长礼、赵慧秋、张连琦在社区演唱《智斗》

在现场为居民作画,并题写了"居民之家"的横幅。在和居民的联欢演唱会上,京剧表演艺术家赵慧秋老师说,我多年以来一直盼着能和长礼一起唱段"智斗",想不到今天在社区里遇到,真是老天有意安排的呀。马长礼老师欣然应允。谁唱胡传魁呢?在场的和平文化宫戏剧干部张连琦正巴不得这个机会,哪能放过,立即自告奋勇邀了这个角色。于是,在社区小小活动室里三人一起唱起了"智斗",留下了一段佳话。事后,张连琦同志可得意了,逢人就说这段经历。

这位选手的一等奖就是不能评

中央电视台《空中剧院》录制第十二届"和平杯"汇报演出

2014年10月,举办第十二届"和平杯"时,湖北和天津各有一名谭派选手进入决赛,分别演唱《沙家浜》和《将相和》。现场观众反映,湖北选手的水平无论是唱还是做,都要高于天津选手。比赛临近尾声,一名决赛评委老师找到我说,决赛评委会一名主任(那届评委会设了两名主任)私下和每一位评委都打了招呼,说这位天津选手是他的师兄弟,一定要评上"十大名票"。他这次担任评委就是冲着他来的。为此,他还宴请了各位评委,弄得大家现在十分为难。我听说后心急如焚,在评委会当天午餐后十分明确地对各位评委表达了意见。"和平杯"之所以连续举办二十多年,越来越红火,评选的"公正公平"是它的灵魂。如果为这名不够一等奖的天津选手开了后门评上"十大名票",不仅大大损伤了各位专家评委的声誉,失信于天下,也会使这个品牌毁于一旦。我视"和平杯"为自己生命的一部分,广大票友视它为圣洁的京剧艺术殿堂,决不能允许任何后台黑幕发生!

当然,这位天津选手没能评上一等奖,今后"和平杯"的复赛、决赛的评委名单上,我们也肯定和这位言称"自己是京剧表演艺术家"的专业演员再见了。

这只是历届决赛评选中极其个别的案例,但也足以引起我们的高度重视。事实证明,坚持评选的公平公正,说起来容易,但真正一路坚持下来,那是需要坚定的信心和坚忍不拔的勇气的。

没能成功建立的彝族京剧演唱队

提起云南个旧振兴锡矿矿长张维福先生，那可是个在全国响当当的人物。作为改革开放后著名民营企业家、云南省红河地区劳动模范，为振兴京剧，他先后投入了 420 万元，组织了三次"锡都行——全国京剧票友演唱周"活动，等等。后来被"和平杯"组委会评为首届"中国京剧票友社会活动家"。他的事迹很多，这里不过多介绍，只想说一件我亲身接触并印象深刻的小故事。

中国京剧票友社会活动家
张维福先生

2004 年的第七届"和平杯"决赛，个旧两名选手——段秋华、张锡英，双双进入决赛，为此张维福先生自建的"凤鸣京剧俱乐部"特地为她们举行了隆重热烈的庆功大会，我应邀前往，代表组委会送上了一幅锦旗，上面有我编撰的两句话，"南疆梨园花也艳，一对彩凤入津门"。

在张维福先生用来接待的客厅里，我听到由张维福先生操琴，两名二十上下还很腼腆的彝族小姑娘为大家演唱的《贵妃醉酒》唱段。虽说达不到字正腔圆，但基本还是完成了演唱。看她们那认真的样子使我产生了深深的好奇，我就利用空闲和她们聊天。她们两人的普通话说得很不标准，但意思我听得很明白。原来她们是张维福先生招来专为来个旧唱戏票友服务的小服务生，按照张矿长提出来的"进入这个门，必须学唱一两段京剧"的要求，由张维福先生亲自教唱并操琴，一字一句练习了半个多月，才有今天的表现。

听张维福先生介绍，他准备筹建一支彝族青年京剧演唱队，目前正在物色培养人选。我听了以后大加赞赏，觉得这是一件十分有意义的事情，在振兴京剧国粹艺术中独树一帜。我答应他，待这支队伍成立演唱并具有一定水平后，争取把他们请到天津在"和平杯"上展示一下。只可惜，张维福先生还没来得及完成他的宏愿，没过多长时间就作古了，留下了深深的遗憾。那两位彝族小姑娘唱京剧的身影，至今一直留在我的脑海里。

花絮

重赛赛出的"十大名票"

丁德祺演唱《西施》

61岁的贵州男旦选手丁德祺参加第八届"和平杯"决赛,演唱梅派名剧《西施》。当场赛后他找到我,非常沮丧地说,临上场时才发现没有斗篷,只好将就了。能登上"和平杯"的舞台是自己票戏多年最大的愿望,没能留下一张满意的剧照和一段视频,真是终生遗憾啊!

听到丁德祺的这番话,我马上向白晶环老师反映了这个情况,她找来天津市青年京剧团负责协办工作的卢松老师进行询问,了解到之所以没有准备斗篷,是因为对他演唱《西施》的哪段唱段互相沟通不够。帮他化妆扮戏时本人也没有提出,临上场发现已经来不及了。主要责任应由本人负责,也有我们工作不细致的因素。我们想,既然也有我们的部分责任,那就应该给这名选手补救的机会,不使他留下太多的遗憾。于是,征得决赛评委会和公证处的意见,决定在全部比赛结束以后让他披上斗篷重新演唱,再进行一次录像。

真是没有想到,在最后的评选中丁德祺同志竟因最后一次的出色表现获得了一等奖,同为贵州省报送的冉江红同志也获得了一等奖,双双在"十大名票"榜上有名,引起了全国票界的轰动!

被追回来参加颁奖晚会的名票

马阳艺演唱《霸王别姬》

2007年8月,举办首届"和平杯"中国京剧小票友邀请赛,北京10岁小朋友马阳艺以演唱《霸王别姬》参赛。演出以后的转天上午,她的父亲马力心想:咱和组委会、评委会谁也不认识,没有托付任何人,也没花一分钱,再说这届比赛,江西的陶阳、天津的刘小源等高手很多,"十小名票"是想也别想了。于是就带她回了北京。没承想成绩公布,马阳艺以总分第六名的成绩进入"前十名"。我打电话通知马阳艺参加颁奖晚会时,马力十分激动,带着孩子迅速赶回天津。

2016 年 10 月 22 日晚，第十三届"和平杯"决赛最后一场结束以后，评委会连夜进行了评选，凌晨 3 点评选结果出炉。第二场上场参赛的辽宁参赛选手董庆海，以演唱《武家坡》总评分数第八名的成绩获得一等奖，"十大名票"榜上有名。组委会又连夜工作，凌晨近 5 点才最终敲定颁奖晚会的节目单。这时我突然想起，辽宁省领队柳静同志曾告诉我，辽宁省的部分参赛队员演出后因为家里有事已经提前返回了，是不是董庆海也走了呢？我拿不准，于是立即和柳静通电话。果不其然，董庆海演出后认为自己和组委会任何人都不认识，剧场里的掌声也不是很热烈，根本没有希望进入"前十"，两天前就返回了辽宁。于是，凌晨 5 点半，我几经周折

董庆海演唱《武家坡》

拨响了他的联系电话，把他从睡梦中叫醒，通知他获得"十大名票"，并请他参加颁奖晚会。接了电话，董庆海激动不已，在不断感谢的同时说马上起床赶赴车站来津。就这样，他终于在颁奖晚会上亮了相，也给自己票友生涯留下了一份难得的美好回忆。

年龄最大的两位"十大名票"

第 12 届"和平杯"中国京剧票友邀请赛评出的"十大名票"第一名，为湖南 90 岁高龄的杨昌俊老人，创下了"和平杯"二十多年历史参赛选手年龄之最，也创下了"和平杯"十大名票年龄之最。不仅成了当年新闻报道的一个亮点，也在全国票界引起轰动，特别是对浩如烟海的老年票友学习京剧是一个巨大的鼓舞。

杨昌俊演唱《钓金龟》

说起杨昌俊老人参赛，有几件事我印象很深。

在复赛时，评委会看到杨昌俊老人报送的《钓金龟》，感觉他深谙李派老旦的艺术精髓，高腔唱得苍劲挺拔，低腔也唱得委婉沉着，尤其是节奏较快的垛板，咬字真，气息也把握不错。评委们不由得议论纷纷，多年难得见到这样的票界李派老旦了。可是大家觉得他已经 90 岁高龄了，来津参赛是否安全，如果发

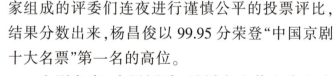

生意外那可就麻烦了。大家建议给他颁发一个"特别荣誉奖"，劝阻老人还是别来天津了。我把这个意见和湖南省领队、京剧促进会会长杨寿保同志沟通，杨会长答应和本人协商。很快就得到回复说，老人表示参加"和平杯"是他二十多年的梦想，自己身体康健，来津没有任何问题。没有想到的是在复赛将近结束的时候，组委会收到了从湖南株洲寄来的快递急件，上面有老人的亲笔信，还有他几个子女的签字。信函的主要意思是来津参赛，如果发生任何意外，责任全部由本人承担。评委会深深被老人执着的精神感动。就这样，杨昌俊老人来津参加了决赛。

他来天津报到后，因南北地域差异，时值深秋，第二天就患了咽炎，嗓子肿痛。他很着急，我们也很担心，派驻会医生到房间给他看病，并对他进行宽慰。

他是决赛第三场第九个出场。老先生底气十足，被饰演康氏儿子的小花脸搀扶着出场，头一句唱完就赢得了观众们碰头彩。组委会的相关领导还一直担心他唱不下来呢，结果，他按照规定的时间要求完整地演唱完了。由天津京剧院的专业演员饰演的小花脸现场抓彩，念白道："娘啊，我孝敬您啦，您老都90岁了，如果不孝敬您，这全场的观众也不干呐！"然后在全场的欢笑和热烈掌声中被搀扶下台。

杨昌俊的表演获得极大成功。最后5场比赛结束，由9位京剧名家、评论家组成的评委们连夜进行谨慎公平的投票评比，结果分数出来，杨昌俊以99.95分荣登"中国京剧十大名票"第一名的高位。

京剧名家、本届评委、马派老生传人朱宝光老师特意写了小诗赞叹杨老先生：

九十高龄唱大戏，中华史册也称奇。

台上一出《钓金龟》，震撼全场掌不息！

第十三届"和平杯"京剧票友邀请赛首次设立评选"港澳台及海外十大名票"，来自美国的89岁高龄徐涵芬女士榜上有名。她是仅小于杨昌俊获得"十大名票"称号的第二高龄选手。

徐涵芬在美国70岁开始才学京剧，杭州是丈夫老家，为了方便学戏，她来回穿梭中美之间，并乐此不疲。

2006年初，她得到即将举行第八届"和平杯"

徐涵芬演唱《审头刺汤》

京剧票友邀请赛的消息,虽已经 79 岁,但积极报名参赛,并如愿进入决赛,获得了"双十佳票友"二等奖。这使她信心倍增,尤其是在联欢会上遇见京剧名家薛亚萍老师,老师对她进行了热情指导,还特地邀请她去北京家中亲自辅导她如何科学发声!送她碟片!这使她欣喜若狂,从此痴迷京剧更是一发不可收拾。

2016 年,距她首次参赛"和平杯"已经过去 10 年,第十三届"和平杯"京剧票友邀请赛开始设立"港澳台及海外十大名票"奖项,徐涵芬终于以 89 岁高龄站上了"十大名票"最高领奖台。

2018 年 1 月,为庆祝改革开放 40 周年,组委会在中国大戏院组织了"和平杯"海内外京剧"十大名票"两个折子戏专场演出,邀请 91 岁徐涵芬女士演出《龙凤呈祥》,还特意为她配上了天津京剧院的 8 个宫女。剧场气氛十分火爆。

除了参赛"和平杯"外,她两次参加由北京电视台举办的"京剧票友段位赛",最高五段,她获得四段。她特地做了一只玻璃箱,专门摆放参加各种京剧赛事的奖杯、奖状!

如今,徐涵芬已经 96 岁高龄,仍然精神矍铄,活跃在杭州由她发起组织的票房里。

徐涵芬不愧为中国票界的一棵常青树!

没能参加颁奖晚会的"十大名票"

唯一没有在颁奖晚会留下影像的是第六届"和平杯"的"十大名票"——甘肃省的余文鑫。

余文鑫,西北民族学院学生,2002 年 6 月他报名参赛了第六届"和平杯",将录像带寄到天津后,突发重病,住院两个多月,动了大手术,两腿萎缩,站立起来都十分困难。当年 8 月 20 日前后,他在病床前得到了进入决赛的通知。别说是上台,就连上

余文鑫演唱《捉放曹》

炕都十分困难的他决心不放弃。从接到通知那一天开始,白天学走路,晚上没人时练唱。到了 9 月底,他终于能够颤颤巍巍站起来了,可还是蹲不下、跪不了。他唱的《捉放曹》有蹉步、跪倒的身段,对他来说是"高难度"动作了。用他自

己的话说:"只要腿能迈上火车的台阶,就要去天津圆自己的一个梦"。他凭着这股"狠"劲,硬是在10月12日开幕前来到了天津,登上了中国大戏院的舞台。给他助演的天津京剧院著名花脸演员王德刚先生也热情鼓励他:"你就放心演吧,天津观众特仁义,你真倒在台上了,我对观众说,这位选手刚做完手术,身体原因,大家多担待,绝对会给你鼓掌,别害怕!"那天的演出,跪倒的动作到底还是做不出来,只能站着唱了。演出结束回到宾馆又发烧了,身上出的虚汗把被子都浸湿了。

在10月16日决赛评委会上,有的老师就提出了他动作没有做到位的问题,我向大家说明了情况,各位评委都表示理解并赞赏他对京剧的执着及其坚强的毅力。孙岳老师十分赞赏地说:"这么年轻,唱得这么有韵味,确实很难得。"就这样,余文鑫以总分第十名的成绩进入了这届"十大名票"的名单。10月17日,举行颁奖仪式暨汇报演出,余文鑫虽然在别人的帮助下来到了后台,却因身体原因,无法支撑在台上那11分钟,只好放弃,成了"和平杯"历史上唯一一位没有出现在颁奖晚会上的"十大名票"。

现在,身为大学教师的他一直致力于在学生中普及京剧。从2017年起,组委会和他建立了联系,多次邀请他参加重要的"十大名票"演出活动,几次重登中国大戏院舞台,他的演唱好评如潮。天津不少老票友和戏迷评价说,就是在"十大名票"的行列中,余文鑫也是佼佼者之一。这也充分证明,当初决赛评委会的评选是十分准确和公正的。

顺便说一下,据统计,在前十六届"和平杯",国内获得"十大名票"称号的160人中获得这一称号时的平均年龄是42.9岁。在30岁以下年龄获得这一称号的有21位,其中甘肃省就有3位,特别显眼。一位是刚介绍的2002年第六届"和平杯"十大名票,22岁老生票友余文鑫;一位是2010年第十届"和平杯"十大名票,20岁花旦票友叶晋才;还有一位是2014年第十二届"和平杯"十大名票,29岁女花脸票友常静。

与京剧大师梅兰芳结缘的四位"十大名票"

电影《霸王别姬》曾获得戛纳国际电影节最高荣誉"金棕榈大奖"。女主角程蝶衣的徒弟小四儿那段"自从我随大王东征西战,受风霜与劳碌年复年年……"唱出了激越、哀婉的悲壮情怀。这余音绕梁的声音就是和平杯首届"十大名票"兰仁东配的音。电视剧《解放》《换了人间》里有毛泽东等中央领导进城以后观看梅兰芳大师演出《霸王别姬》的镜头,扮演梅兰芳的分别是首届和平杯的"十大名票"孙元木同志、第七届"十大名票"吴金江同志。八集电视专题片《京剧》里，扮演梅兰芳的演员是第六届和平杯"十大名票"刘铮。

四位"和平杯"评选出的梅派"十大名票"与影视剧目、专题片的梅兰芳有幸结缘，成为"和平杯"历程中的一段佳话。

兰仁东演唱《生死恨》

孙元木演唱《穆桂英挂帅》

吴金江演唱《贵妃醉酒》

刘峥演唱《西厢记》

京剧名家的后代参赛"和平杯"

"和平杯"被誉为"京剧票友艺术殿堂"和"最高的竞技舞台"，不仅吸引了海内外众多的票友前来参赛，而且一些京剧名家的后代们也来参赛助阵。第四届，张君秋先生的儿媳张新以《龙凤呈祥》参赛，获得"十大名票"。第六届，四小名旦李世芳之女李祖英以《拾玉镯》参赛，荣获"双十佳票友"；刘长瑜先生的侄子刘铮以《西厢记》参赛，获得"十大名票"。第十届，袁世海先生公子袁少海以《红灯记》中"赴宴斗鸠山"一折参赛，荣获"双十佳票友"……他们的参赛，说明了"和平杯"赛事活动获得了越来越高的认同度，也带动了更多的京剧票友关注和参与其中。

"和平杯"组委会欢迎这些京剧大家、名家之后参赛，但在评选中会和其他票友一视同仁，不会给予丝毫的照顾。组委会这种做法，得到了这些名家后人的充分理解和赞誉，也赢得了大家普遍的尊重。

张新演唱《龙凤呈祥》

刘铮演唱《西厢记》

"我穿的是尚长荣先生的服装"

优秀京剧票友张祥
演唱《曹操与杨修》

2008年10月，第九届"和平杯"决赛举行，吉林花脸票友张祥以《曹操与杨修》唱段进入了决赛。临近决赛时，张祥向组委会提出，说他扮演的曹操穿的是舞台常见的曹操形象服装，而这一剧目是上海京剧院新编的历史剧，尚长荣先生在服装上有较大的改变，找人照着做很难，且时间也来不及了。如果找在上海的中国剧协主席尚先生借用，实在不好张口。但自己又想在"和平杯"舞台上有完美表现，真不知如何是好。我们听到这个消息后，也是觉得有点儿为难。白晶环老师说，我给尚长荣先生打个电话试一试。让我们感到特别兴奋的是，尚先生接到电话以后二话没说，欣然同意把自己的服装借给张祥，并祝他演出成功，且把服装派人送到了天津。这位德高望重的著名京剧表演艺术家对票友的爱护支持，成了那一届"和平杯"决赛场上的美谈。

盛大的第八届开幕式

2006年10月13日晚，天津市人民体育馆洋溢着节日的气氛，门前广场上彩旗招展、华灯齐放、龙腾虎跃、鼓乐齐鸣。场馆内，高悬的对联道出了晚会的主题：九州票友第一擂，八届和平杯，驰名五湖四海；百年国剧不二门，十方民族曲，唱响万水千山。布置在会场四周的"和平杯"前七届70名"十大名票"的大幅彩色剧照特别引人注目。

第八届"和平杯"决赛开幕式充分体现了隆重、热烈、精彩、红火的特点。组委会副主任、中共天津市和平区委书记李润兰,代表承办单位致欢迎辞。组委会主任、中共天津市委常委、市委宣传部部长肖怀远致开幕词。"和平杯"十大名票代表杨永树、顾丽娜为"和平杯"揭幕。

天津人民体育馆场外

开幕式专场演出由京剧名家刘桂娟、何佩森主持。和平区"劳动模范"、"十佳公仆"、"志愿者标兵"、"功臣企业"、"特色文化社区"、驻区部队、外来务工人员代表,以及天津市各主要的京剧票房组成了不同方队,与海内外票友、各地京剧爱好者三千余人参加了活动。

开幕式上,京剧名家梅葆玖、马长礼、刘长瑜、张春秋、宋长荣,以及著名京剧演员魏积军、孙丽英、刘佳欣、石晓亮,天津京剧院获全国金奖的演员王艳、姜亦珊、凌珂、吕洋、闫虹羽、黄其峰,历届"中国京剧十大名票"代表金福田、叶庆柱、陈长庆、崔晓云、郭盛、顾丽娜、阮宝利、田胜强、陈学欣、兰仁东、白洪亮、吴宜琴、王才林,"津门十佳京剧小票友"刘大庆、陶阳同台演出。"马、谭、言"名票老生展示;"梅、尚、程、荀、张"男旦联唱;名家名票联袂演出"壮别""赤桑镇";"交响乐与京剧"现代戏联唱;童星刘大庆演唱《探皇陵》,陶阳演唱《汉津口》均让观众过足了戏瘾。

随着京剧表演艺术家刘长瑜的一声叫板"奶奶,您听我说!"观众席响起了"我家的表叔数不清……"的唱和;"老生""青衣""老旦""花脸"4个票友方队相互呼应,达到"一人唱、千人和"的艺术效果;《都有一颗红亮的心》《穷人的孩子早当家》《血债还要血来偿》《决不让美李匪

刘长瑜老师在观众席领唱《红灯记》

帮一人逃窜》，让人们深深感到天津不愧是振兴民族艺术的沃土。

著名京剧表演艺术家梅葆玖的演唱将晚会推向高潮。和平区区长代表组委会向梅先生颁发了"艺术顾问"聘书。

随着演出的进行，天津人民体育馆内成了欢乐的海洋。观众充分领略到了京剧"允文允武、亦真亦幻"的精髓，以及"生旦净丑、唱念做打"的魅力。人们奏起丝弦檀板，唱响黄钟大吕，共祝民族文化灿烂辉煌！

亮点频闪的第九届"和平杯"开幕式

京剧名家李经文、
"十大名票"温学兰演唱《红灯记》

2008 年 11 月 10 日晚，天津中国大戏院隆重举行第九届"和平杯"中国京剧票友邀请赛开幕式。

本届决赛开幕式隆重、热烈、精彩、红火。开幕式发挥老、中、青、少、幼京剧演员，以及历届"和平杯"评出的中国京剧"十大名票""十小名票"的作用，反映"行当"和"流派"的特点，做到名家与名票演出相结合、台上演出与台下互动相结合、文戏与武戏相结合、传统戏与现代戏相结合、清唱与彩唱相结合；在创新上下功夫，在特色上做文章；水平高、节奏快，共筑和谐、和平的气氛。其中，尚长荣先生与"十大名票"田胜强同台演出《飞虎山》；天津京剧新秀联合演唱含有"梅、尚、程、荀、张"五大旦角流派唱腔的《玉堂春》；历届"十大名票"演唱不同流派老生名段；京剧名家李经文与"十大名票"温学兰同唱《红灯记》；京剧名家王平、闫巍一展"中国戏曲学院京剧研究生班毕业生"风采，分别演出拿手剧目《华子良》《泗州城》；京剧童星闪亮登场；"十大名票"与台下票友共唱欢迎曲《和谐社会"和平杯"》；28 面"队旗"的入场式等都有新看点、听点、亮点和特点。开幕式现场成为欢乐的海洋！

艺术顾问尚长荣、"十大名票"田胜强演唱《飞虎山》

大受欢迎的赴京汇报演出

开场节目《盛世菊坛"和平杯"》

2012 年 9 月 22 日晚，位于北京西城区的全国政协礼堂洋溢着弘扬民族文化的热烈气氛。由天津市和平区主办的"和平杯"中国京剧票友邀请赛进京汇报演出在这里隆重举行。这场名为《盛世菊坛"和平杯"》的演出，是文化部主办的"大地情深"——国家公共文化示范区创建城市群众文化进京展演的重要场次，是全国票界的空前盛会，更是献给祖国 63 岁生日，以及党的十八大的一份厚礼。

观看专场演出的领导有文化部公共文化司、中共天津市委宣传部、天津市文广局，以及中共天津市和平区委、区政府的主要领导。还特邀了历届"和平杯"评委代表李鸣岩、杜近芳、刘秀荣、孙毓敏、杨乃彭、李崇善、王晶华、张春孝、邓沐玮、王平、李经文、高长德、李莉、谭孝增、张艳玲等作为嘉宾出席。

晚会由央视著名戏剧节目主持人董艺主持，戏曲频道《空中剧院》进行现场录制。

开场的创作节目"京剧歌舞"调动了各种艺术手段，通过"生旦净丑"的联袂演出和"允文允武"的艺术内涵，展现出"博哉京剧，伟哉京剧，壮哉京剧，美哉京剧"的绚丽斑斓。特别是名丑窦骞，以"念大状"的基本功歌颂了"和平杯"具有的"水龙吟，凤点头，梅兰齐芳小桃红齐映天女散花，龙凤呈祥普天乐同庆群英聚会"的艺术魅力。

花絮

047

"十大名票"屠传声、"十小名票"李沛泽演唱《徐策跑城》

演出从历届名票中遴选出 29 名(18 名"十大名票"和 11 名"十小名票"),他们行当齐全,包括生旦净丑,流派纷呈,演绎国粹特色,全面展示出我国京剧票友界的最高水平。

上海 74 岁的"十大名票"屠传声、辽宁 7 岁"十小名票"李沛泽合演麒派名剧《徐策跑城》轰动了全场。一老一少,唱、念、做,满台生辉。天津的"十小名票"李泽琳是一颗耀眼的京剧童星,他演唱的《智取威虎山》中李勇奇"深山问苦"选段,曾经被誉为"少儿京剧的经典",只是个子较矮。这次展演特意选择了有一米八大高个的天津京剧院著名青年老生演员凌珂为他助演少剑波,一高一矮的组合,格外有趣。山东德州的田胜强是当前我国票界有名的小生行当"十大名票",这次他演唱《飞虎山》时,为他助演的是优秀青年专业花脸演员王嘉庆。伶票强强的搭配将晚会推向又一个高潮。

最后由三位京剧名家王平、邓沐玮、吕洋携三位"十小名票"郝润来、刘大庆、唐育琦演唱的专为这台晚会创编的京剧歌舞《"和"字歌》,更是唱出了人们的共同心声:天地和,乾坤和,人际和,人心和,盛世菊坛"和平杯",和谐社会和谐歌。大家决心以文化大发展的优异成绩迎接党的十八大胜利召开!

"和平杯十大名票演出团"赴澳演出

墨尔本市政厅座无虚席

2018 年"五一"前夕,万物勃发,草木葱茏。"和平杯"中国京剧"十大名票"演出团承载着传播中华优秀传统文化的光荣使命飞赴美丽的澳大利亚,应邀参加"2018 墨尔本第十届中国戏剧节"。这是"和平杯"首次组团赴海外演出,在走出国门、走向海外的征程上迈出了具有开创性的一步。

此次"和平杯"澳大利亚之行,是通过"墨尔本中国戏剧节"组委会正式邀请,经过和平区领导研究同意,并被作为海外"戏剧节"主要项目,得到了周密安排。

戏剧节执行主席、承办单位墨尔本"好魅力"戏剧协会负责人吴新民介绍说:"墨尔本中国戏剧节自 2009 年开始举办,被文化部领导誉为传播中国戏剧文化的一个海外大平台。前九届戏剧节邀请的是湖北省京剧院、天津青年京剧团等著名专业京剧院团。这是首次邀请票友组团参加,主要是基于'和平杯'在海内外票友中极高的知名度和高水平的艺术水准。"

此次赴澳的"和平杯"中国京剧"十大名票"演出团一共23人，包括来自国内天津、北京、河北、山东、江西5省市的16名"十大名票"。他们不仅在京

"十大名票"演出后谢幕

剧演唱上是当今票界的佼佼者，而且在行动上也体现出很高的素质，受到广泛赞誉。他们担起"文化使者"的重任，经过十几个小时的彻夜飞行，于4月28日早晨飞临墨尔本。全体成员顾不上旅途劳顿，连宾馆都没有进入就直接进入排练场地排戏。在排练过程中，由于是首次合练，有些曲目和当地以票友为主组成的乐队很难一下子配合到位，大家友好磋商，反复练习，一个剧目合乐以后，演员都很有礼貌地向乐队鞠躬感谢，排练一直到下午才结束。当地的乐队和票友们为演出团的精神所感动，不断向大家嘘寒问暖，送来一杯杯沏好的热咖啡和各种小食品。排练场欢声笑语，充满了热烈温馨的气氛。

4月29日下午2点，"2018墨尔本中国戏剧节"开幕式，以及"和平杯"中国京剧"十大名票"演出团专场演出在墨尔本市政厅进行。墨尔本市政厅是座有着一百五十年历史的地标性建筑，是当地市政府举办重大活动的场所，体现了墨尔本市政府对这项活动的高度重视和支持。从当天中午12点以后，当地的侨胞和居民就从四面八方早早赶来排队等待入场，可容纳一千人的大厅座无虚席，以至于不得不临时增加座椅。

我国驻墨尔本总领事馆副总领事曾建华出席了戏剧节开幕式并讲话。他说："京剧是中国传统文化的国粹，通过墨尔本中国戏剧节这个平台，邀请国内名团、名家、名票来演出，推动了中澳文化交流，为澳大利亚多元化文化建设做出了特殊的贡献。'和平杯'中国京剧'十大名票'演出团的到来，不仅给这届中国戏剧节增添了很大光彩，通过和当地戏剧团体进行交流切磋，也会促进墨尔本戏剧水平的提高。"演出间隙，他还和文化领事邹彬一起到化妆室亲切看望了全体成员，再次欢迎和感谢各位名票的到来。

"我们迎着初升的太阳，走在崭新的道路上。我们是优秀的中华儿女，谱写时代的新篇章。我们迎着风雨向前走，万众一心挽起臂膀，我们要把亲爱的祖

花絮

国,变得更加美丽富强。"这是"和平杯"中国京剧"十大名票"演出团和当地"好魅力"戏剧协会的票友们共同高唱的《走向复兴》。这段"京剧歌舞"为"戏剧节"拉开了序幕,唱出了海内外中华儿女的共同心声。

"和平杯"中国京剧"十大名票"演出团共彩唱了10个京剧传统戏和现代戏的经典片段,并和当地戏剧票友联袂演唱开场和结束曲目,获得了现场观众的一致赞扬和衷心喜爱。

演出的剧目有顾丽娜、岳忠元的联手戏《赤桑镇》;有男旦周嗣恒、坤生王惠芳出演的经典剧目《四郎探母·坐宫》;有尹晟嘉、白洪亮昆曲《牡丹亭·惊梦》;有程派名票王雅文和余派名票孙志宏合演的《武家坡》。为电影《霸王别姬》配唱的名票兰仁东演唱《凤还巢》令观众惊喜不已;温学兰、王晓明的现代京剧《红灯记·痛说革命家史》引起全场共鸣;田胜强一段《小宴》表现出吕布的潇洒英武,观众连连喝彩;周春选、岳忠元两位"金派花脸"的演唱声震铜瓦,黄钟大吕的气势实属难得;谭派名票叶庆柱唱的《空城计》韵味十足。墨尔本部分京剧、越剧票友,以及广东联谊会侨乡合唱团也参加了演出。演出中,掌声、喝彩声,声声入耳,连市政厅澳方服务人员也对演员们竖起了大拇指。

首届"港澳台及海外十大名票"李玲的登场,将演出推向高潮。这位新西兰籍名票长时间居住在墨尔本,是"好魅力"戏剧协会的中坚力量,为京剧的普及做出了很大贡献。她领唱的《梦北京》代表了所有人的心声:"云海迢迢月儿明,几回甜甜梦北京。指引着九州四海齐飞跃,锦绣中华第一城——北京。"

演出结束后,很多当地侨胞到化妆室看望演员,表达对京剧艺术的热爱和对演唱的夸赞,久久舍不得离去。一位90高龄的老侨民在他孙辈的陪同下在演出结束后来到演员化妆室,紧紧拉着演员的手,一再说"谢谢你们又让我听到这么好的国剧",他激动的眼睛里闪烁着泪花。一位墨尔本天津同乡会的侨胞专门看望演出团的几位天津名票,述说他两年前回津时看到天津巨大变化的感触,询问天津这两年新的发展情况。还有一位移居墨尔本已经20多年80开外的侨胞,拉着演出团领队手激动地说:"1991年首届'和平杯'颁奖晚会,就是天津电视台高岚主持、文艺部给录像的,当时我就在电视台工作。时光过去了27年,真想不到,'和平杯'竟发展到这样辉煌,如今能在澳大利亚看到'和平杯'中国京剧'十大名票'演出,特别亲切,特别高兴!"艺术节组委会艺术总监北昆名家郭翀岳老师说:"这十届戏剧节,每届都得到了广大华人观众的热烈响应,想不到的是第一次由票友演出,剧场效果竟然比专业院团还要强烈。"

演出结束以后,演出团成员把化妆室收拾得干干净净才陆续离开。这么一件不起眼的小事,得到艺术节组委会的高度赞扬。

演出使大家更好地领略了中国京剧国粹的魅力，使广大海外侨胞体会到更多的乡音、乡情，为中澳文化交流谱写了新的篇章，给美丽的、文化多元化的墨尔本留下了难忘的美好的历史记忆。

5月2日下午，演出团移师到悉尼进行第二场演出，同样引起了很大反响。有的华裔朋友从三百多千米外自驾赶来，有些侨胞从外地乘坐火车前来看戏。澳华文联主席余俊武先生在致辞中热情欢迎并感谢"十大名票"来悉尼演出，让澳大利亚人零距离感受中国国粹的魅力，让侨胞们听到更多的乡音、乡情。演唱会进行的两个半小时中，全场观众兴致勃勃，从始至终没有一人提前离场。

墨尔本中国戏剧节能够连续举办十届，离不开浓浓的爱国情怀，离不开华夏文化爱好者的大力支持。澳大利亚的安徽同乡会、梅艺京剧社、中华京剧社、力士门京剧社、白马市舞蹈队、天津同乡会、广东联谊会、悉尼小明星京剧培训中心等都做出了很大贡献。看到这么多人关心、喜爱、支持中华文化，尤其是看到竟然有这么多京剧票房活跃在墨尔本，演出团的成员们都感到十分振奋。

这次出访，澳大利亚很多新闻媒体都来进行了现场采访，《聚澳传媒》《大洋时报》还进行了集中报道。中国京剧艺术网裴毅跟踪拍摄长达一个半小时的"'和平杯'首次组团赴澳进行对外文化友好交流活动"纪实片网上传播以后，在海内外京剧爱好者中引起了强烈反响。

这次"和平杯"组委会首次组团进行的对外文化交流活动，开创了"和平杯"京剧票友邀请赛走向海外的新征程，让美轮美奂的京剧在新时代"一带一路"上闪亮。

坤净三姊妹

在参加和平杯票友赛决赛群体里，有个"坤净三姊妹结义"的故事广为流传。大姐彭净，身在北京，第十四届"和平杯"十大名票；二姐刘钥霞，美籍华人，首届"和平杯"港澳台及海外十大名票；三妹王涛，身在广东中山，进入"和平杯"决赛优秀票友，被组委会授予第三批"中国京剧票友社会活动家"。这三位女花脸票友因"和平杯"相识，因酷爱京剧共同的爱好相知，因正直热情豪爽相近的

彭净、刘钥霞、王涛合影

性格结缘。她们在"和平杯"票友家园"三结义"的故事口口相传,受到海内外票界的广泛关注。2019年1月,"和平杯"组委会在天津中国大戏院组织"十大名票"专场演唱会,专门为她们组织了"坤净三姊妹"专场,受到了热烈欢迎。裘派创始人裘盛戎先生的女儿裘芸,特地从北京赶来祝贺并演唱了裘派代表剧目《铡判》《铡美案》。

白洪亮拜师张春秋

张春秋先生在第八届"和平杯"
开幕式上演唱

2004年,还未走出大学校门的白洪亮,即以一出梅派名剧《太真外传》征服了所有的评委和观众,摘得第七届"和平杯"中国京剧票友邀请赛的桂冠,并荣获中国京剧"十大名票"的称号,那一年他只有21岁,是获奖者中最年轻的一位。担任决赛评委的著名京剧表演艺术家张春秋老师对这个可爱的大学生男旦喜爱有加,对他给予了热情鼓励与辅导,由此结下了缘分。白洪亮心里对张先生感恩戴德,从那时就有拜师的想法,但是又怕自己年轻、功底太浅被老师拒绝。两年以后,白洪亮在上海再次与张春秋先生谋面,张先生给他传授了《贵妃醉酒》和《霸王别姬》两出梅派经典剧目。这时,刚刚大学毕业的小白提出要正式拜张先生为师的请求。年逾八旬的张先生欣然允诺,当即决定收下这个小徒弟。就在白洪亮返回长春准备拜师典礼和专场演唱会的时候,又一件喜事降临到他的身上。那就是梅先生的公子、京剧名家梅葆玖老师听到他要拜张春秋先生为师的消息后非常高兴,决定亲笔书写"著名京剧表演艺术家张春秋先生收徒白洪亮拜师仪式"的条幅相赠。白洪亮非常珍惜梅先生的这份情谊,把这幅墨宝制成条幅挂在拜师会的现场,并印在专场演出的节目单上,为整个拜师活动增色不少。

按照现在京剧拜师的惯例,学生给老师要准备一点儿礼物,作为拜师礼。可是张先生预先告诉白洪亮,你经济上还没有自立,家庭也不富裕,不准花钱买礼物,否则就不收你做徒弟。

拜师以后,小白就随老师回到济南,吃住在老师家,全身心地投入他所钟爱的梅派艺术中。也正是在这时,他向老师提出了要当一名专业的京剧演员的请求。老师非常理解爱徒的心思,同时也考虑,一个男孩子又没有练过幼功,到专业剧团可能会吃不消。但他的坚定终是感动了慈母般的恩师，在张老师的推荐下，白洪亮走进了济南京剧院的大门，实现了成为一名专业京剧演员的夙愿。

白洪亮在第八届"和平杯"开幕式上演唱

在剧团里，白洪亮无论是在艺术上，还是在待人做事上都得到了锻炼，变得更加成熟起来。

在以后"和平杯"的决赛中，张春秋老师又曾作为评委来到天津，白洪亮也专程来天津照顾老师。每晚，评委们在评委席刚一就座，白洪亮就跑过来给老师送上一瓶酸奶和热手巾后匆匆离开。当决赛结束以后，白洪亮又跑过来搀扶，嘘寒问暖。大家都说，张先生收了个好徒弟。

2006年10月13日，"和平杯"组委会在天津人民体育馆举行盛大开幕式。张春秋先生作为特邀京剧艺术家、白洪亮作为"十大名票"代表，分别进行了演唱，成为师徒同台演出的一段佳话。

京剧票友海外"兵团"的尖兵

在中国京剧票友海外"兵团"中，有一支特别显眼和引人注目的尖兵队伍，那就是在第十三届、十四届、十六届三届"和平杯"评出来的以美国卢德先领衔的30名港澳台及海外京剧"十大名票"、澳大利亚墨尔本"好魅力戏剧社"为代表的5个金牌京剧票房，以及吴新民先生等"中国京剧票友社会活动家"、胡建荣先生等"中国少儿京剧杰出贡献奖"获得者组成的队伍。这是通过"和平杯"的平台，在世界各地点亮的一盏盏弘扬中华国粹

美国票友宋飞鸿演唱《红嫂》

文化的明灯。

英国人格法、泰国人扬如意，另文做介绍，这里不再赘言。

"海外十大名票"宋飞鸿，京剧名家宋保罗之女，旅美多年，创业有成，多才多艺，在京剧上继承父业又广拜名师，她像飞行着的鸿雁，多年为传播京剧乐此不疲，在海内外举办过 35 场个人专场演唱会（还准备在云南 60 个县市进行巡演），举办过几十场大专院校京剧讲座，被两所大学聘为客座教授……创造了中国京剧发展史上票界的一个奇迹。说她是"海外京剧文化大使"名副其实。

美国拉斯维加斯票房负责人延洪祥

美籍华人延洪祥创办的美国"拉斯维加斯戏迷之家"被评为"和平杯金牌京剧票房"。这个票房拥有很强的实力，完全可以和国内优秀票房相媲美。他们吸收了旅居美国的很多优秀人士，包括国家一、二级的专业京剧演员。票房成员中就有两位荣获"港澳台及海外十大名票"——老生卢德先和女花脸刘玥霞，在海外京剧票房中独领风骚。正是由于延社长等人对京剧国粹的热爱和努力传承，才使票社成立，让拉斯维加斯历史上有了第一家京剧票社组织，第一次举办了京剧专场演出，并使京剧成为各种大型文艺庆典中必不可少的节目，他们也成为大陆京剧名家、名票当地最好的接"亲"站。让中国国粹的天籁之音，在这个每年有来自世界各地的近 4000 万游客的"世界娱乐之都"上空奏响，延洪祥先生功莫大焉！

移民海外 30 年的澳籍华人吴新民先生自 2008 年起，把当地几十名澳籍华人和取得绿卡的常住华人集聚一起，成立了墨尔本好魅力戏剧协会。这个海外票房，在坚持每周一至两次活动的同时，还在墨尔本孔子学院的配合下，在票社全体社员的参与下，从 2009 年开始主办一年一度以京剧艺术为主的"墨尔本中国戏剧节"，吴新民先生担任艺术节组委会执行主席。

"海外十大名票"蓝育青、"海外优秀票友"虞晓梅所在的美国休斯敦国剧社被称为"美国西南部最富有影响力的票房"，坚持活动 35 年，注册会员四十多人，每周日 4 个小时活动，逐渐培养出自己较强的演唱和文武场队伍，取得了骄人的成绩。"国剧"社的名称使身在异国他乡的华夏子孙根系故土，热爱祖国优秀传统文化的拳拳之心可鉴日月。

两次进入"和平杯"决赛并获得海外"十大名票"的李巧文女士，她所在的加拿大温哥华"颐社"行当齐全，演出活动从未间断过，公演过十多出全本大戏、几十场折子戏，还正式立案并得到当地政府在排练场地、演出资金等诸多方面的支持。

参加过"和平杯"海外专场演唱会的刘雅梅任和平杯金牌京剧票房"德国京剧协会"理事会主席，他们架起中德艺术交流的桥梁。为了使德国观众理解和接受京剧，他们创编了六七个"德文念白、京剧演唱"的京剧小品。在法兰克

加拿大票友李巧文演唱《廉锦枫》

福孔子学院举办过 50 场戏曲公开日活动，吸引众多欧洲中外戏曲爱好者参与。不仅如此，他们还在德国开展了"京剧进校园活动"，让德国少年儿童从小受到中国的国粹艺术感染。

参加过"和平杯"演唱会海外优秀票友的林静是法国京剧票友戏迷成员。作为一名热爱中华优秀传统文化的华裔儿女，在十分困难的情况下，一路披荆斩棘，即使当中有一段时间只剩下两个人，仍然牢牢坚守京剧在法国的这块"阵地"。她一心想的是"让国粹京剧在法国这个'艺术之都'能有一席之地"！

旅美多年科班出身的胡建荣老师，为让美国的孩子，尤其是华裔的后代们喜爱中国京剧，以古稀高龄创办了美国少儿京剧学校。2017 年 6 月，美国洛杉矶市政府为胡建荣先生颁发了"天使之城天使奖"。洛杉矶自誉为"天使之城"，无可厚非，把胡建荣先生比作是传播中国京剧国粹艺术的天使，我和大家一样是举双手赞成。胡建荣老师说"最大心愿是在美国把京剧变成一个能够让美国主流观众花钱买票欣赏的艺术形式，

秘鲁票友红音演唱《刘兰芝》

花絮

055

就像百老汇歌剧一样,在西方艺术殿堂占有一席之地"。2019年,胡建荣先生被"和平杯"组委会评为"中国少儿京剧杰出贡献奖"。

参加过"和平杯"决赛的美籍华人石鸿珍女士,在芝加哥创办"易学京剧班"。易学京剧班的学员多为6~15岁,不仅住地分散而且普遍较远。为了使培训工作顺利开展,他们对来学习的学员全部免费,她还亲自和其他热心票友负责接送,提供晚餐。活动从中午12点开始接学员开始,一直到晚上11点多送走,坚持了数年。他们每年演出十几场,这个数字在国内来说不算多,可这是在大洋彼岸的美国啊!有一次为了赶到美国一所中学辅导演出,竟在大风雪天里驱车7个小时!她说:"看到中华文化在异地播种发芽,再危险艰巨的路程,再劳累艰困的教学,都要继续勇往直前,为传承中华文化而努力!"寥寥数语,感人至深。

"洋票友"格法印象

2012年秋,在第十一届"和平杯"中国京剧票友邀请赛决赛中,纯英国票友格法以一出马派《赵氏孤儿》选段,经过角逐进入了决赛。大幕拉开,呈现在我们眼前的不是传统马派装扮的程婴,而是一位地地道道的英国洋教士老人。他披件破旧宽敞的大披风(这件披风曾是天津市话剧院著名演员李启厚饰演莎士比亚剧时穿过的服装),手持油画笔在画架上画油画,用观众熟悉的马派唱段演绎着一个不堪回首悲愤往事的"洋程婴"。清晰的吐字,准确的归音,板眼无漏、京字京韵、京腔京调,以近乎完美的演唱和衰步蹒跚的生动表演,在中国大戏院得到了广大观众一浪高过一浪的喝彩声。格法无可争议地获得了"和平杯"有史以来首次颁发的"评委会特别奖"。第十一届"和平杯"颁奖晚会在央视11频道"空中剧院"播出以后,格法身穿西式服装演绎中国传统京剧唱段引起强烈反响。央视戏剧频道负责人说"这是外国人如何演唱中国京剧的一种大胆尝试,具有开创性的意义"。

"洋票友"格法,一个外

格法演唱《秋江》,天津市青年京剧团一级演员王悦助演

国人，一个学者型的动漫专家，不远万里只身来到中国学京剧。他深知中国京剧不仅是中华民族的艺术瑰宝，而且是人类文明的珍品。二十多年来，他长期与妻子天各一方，常年奔走在中国各地寻师求艺，一直奔波在世界各地尽心尽力地传播京剧，真正做到了投身进去，不为名、不为利，鞠躬尽瘁地为京剧艺术献身。任何有志于弘扬京剧的人们，应该从中受到感动、受到启示。

格法演唱《赵氏孤儿》

2016年举办的第十三届"和平杯"京剧票友邀请赛将首次评选"港澳台及海外十大名票"。消息传出以后，广大票友期望格法能去参赛，并在心目中认为他是理想的人选之一。格法最初报名时，是以他最为熟练的《闹天宫》美猴王参赛，如果是这样，那评出好成绩应该是手拿把攥的。可临近报名结束时，他却突然改变了主意，报了自己根据视频自学不久的《秋江》，我真是为他捏了一把汗。《秋江》里的艄公这一角色虽"唱"的不多，但"念、做、表"实在是太吃功夫了，当前连专业剧团都极少演出。格法说："美猴王这一角色，演得太多，大家也很熟悉了，我要利用这次参赛机会学习新戏，促进自己的进步，《秋江》太美了，自己要好好学学。"大家知道，国内票友能够进入"和平杯"的决赛这个舞台，竞技票友最高荣誉"十大名票"称号，一定会以自己最拿手的剧目参赛，生怕出现一点点纰漏。而"港澳台及海外十大名票"是首次设立，获得这一称号更是扬名海外荣耀一生的事。可格法却把加深京剧的造诣看得比参赛成绩要重，这不得不使我对他更增加了几分敬重。在参赛前，我陪伴格法专程到天津青年京剧团请老师说戏，组委会特意安排了一级演员王悦为他助演。由于他的刻苦努力，最后，他以总分第四的成绩荣膺"首届港澳台及海外十大名票"。在和格法接触中，他几次问我："京剧这么美，为什么很多中国人却不喜欢呢？"我真是一时很难对他说清楚。

格法是一位地地道道的"洋票友"，对中国京剧艺术如此热爱和孜孜不倦地追求不仅在中国京剧发展史上留下一段值得称颂的佳话，而且带给了我们太多的思考。

花絮

泰国小伙子三进"和平杯"

杨如意演唱《贵妃醉酒》

杨如意（中文名）是泰国在厦门大学的留学生，这位外国胖小伙儿在校时，参加了学校组织的京剧活动，被美轮美奂的"旦角"演唱深深吸引。

2010年，杨如意第一次来到天津，在中国大戏院舞台上演唱了"梅派"名剧《贵妃醉酒》，荣获了第十届"和平杯"三等奖。

2014年，杨如意在第十二届"和平杯"上改唱"张派"，以《望江亭》谭记儿的角色登台亮相，荣获了"特别荣誉奖"。

2016年，杨如意在《霸王别姬》中扮演"虞姬"，终于如愿以偿，荣誉"港澳台及海外十大名票"称号。

杨如意回国后，在报纸上发表文章，介绍中国京剧，而且还教授学生学习京剧。他说，三次参加"和平杯"，每次都特别开心。"和平杯"给了我很多美好的回忆，和喜欢京剧的票友们结下了深厚的友谊，是京剧艺术把我们连在了一起。我今后的艺术之路还很长，我会继续努力，把中国的京剧弘扬到泰国来，传承和弘扬京剧艺术是我们共同的目标。

小票友收小徒弟

来自山西长治的8岁小男孩儿郭子骞，演唱京剧纯属自学成才，1岁多喜欢脸谱，两岁时就认识了一百多幅花脸京剧人物。3岁喜欢听京剧，专门看央视的戏剧频道。当地没有京剧氛围，只流行上党梆子地方戏，他却独爱京剧。然后就跟随电视和电台的京剧名家们哼唱，从没有拜过专业老师。在第六届"和平杯"京剧小票友决赛时，他演唱《甘露寺》，有滋有味，虽然没有进入前十名获得"十小名票"称号。但评委会对他的表现十分满意，认为他不仅嗓音条件好，而且悟性很高，在没有专业老师辅导的情况下，演唱还颇有点儿马派的风韵，确实是个可塑之才。

在我和他聊天中，听到一个饶有兴趣的小故事。上小学后，老师们发现了他对京剧的爱好和特长,上音乐课时老师让他在班里演唱,结果收获了很多小粉丝,许多同学都想跟他学戏。现在,别看他小小年纪,已收了9名同学弟子,有的学老生,有的学花脸,他都能教,成为班里的小明星。长治市尚没开展京剧进校园活动,郭子骞小朋友已成为在当地传播京剧艺术的小小"火种"。哈哈,他可能是我国年龄最小的可爱的京剧传承人吧?!

郭子骞演唱《劝千岁》

母女打擂

第七届"和平杯"京剧小票友邀请赛决赛过程中,出现了一段母女打擂的趣事。

本次参赛的两位指导老师,一位是来自安徽淮南小百灵少儿京剧团的团长李君,一位是来自中国戏曲学院附属中学的优秀青年教师孟雨润,她们分别指导淮南的小票友何思甜和北京的小票友梁翕然,学的都是老旦行当。这两位指导老师是亲生母女,妈妈李君曾是淮南市京剧团的专业演员,是著名老旦艺术家王梦云的高徒,创办"小百灵少儿京剧团"以来,培养了大批的京剧苗子,为传承京剧艺术做出了杰出的贡

李君团长和女儿孟雨润

献,她的学生许瑞瑶曾在第五届"和平杯"小票友邀请赛中演唱《打龙袍》并荣获"十小名票"。这次,她辅导的何思甜又以《岳母刺字》参赛。女儿孟雨润自幼受父母的艺术熏陶,在中国戏曲学院硕士毕业后,在学院附属中学做教师,这次也带着她的小票友学生梁翕然演唱《李逵探母》代表北京队参赛。由此形成了母女打擂的有趣场面。

李君女士能在天津和宝贝女儿相见非常开心,母女平时都为京剧各自忙碌,一年到头难得见上几面,这次利用参赛的机会在天津有了较长团聚的时间,都感到格外欣喜。

比赛结果出来了,女儿的学生梁翕然不仅获得了"十小名票",还是总分第

二名！李君听到决赛的成绩笑得合不拢嘴，那高兴劲儿不比她自己的学生获奖来得少。

梁翕然演唱《李逵探母》

何思甜演唱《岳母刺字》

"和平杯"的灵魂人物——白晶环

2004 年 10 月 22 日晚，在第七届"和平杯"中国京剧票友邀请赛的颁奖仪式上，组委会领导向白晶环老师颁发"杰出贡献奖"证书和特制的奖杯。全场观众报以热烈的掌声。在"和平杯"灼灼其华的光彩背后，凝聚着很多策划者、组织实施者的心血、辛勤汗水和不懈努力。其中，一个人的名字始终与之紧紧相连，她就是"和平杯"的灵魂人物——德高望重的白晶环老师。

白晶环老师出身梨园世家，她的父亲是著名京剧表演艺术家白玉昆先生。20 世纪 80 年代，在时任天津市市长李瑞环的关怀下，天津成立了天津青年京剧团，白晶环任主管业务工作的副团长，由于白晶环老师工作出色，后被领导调到天津市文化局艺术处任处级调研员，她积极推动天津市文化艺术事业发展，曾经积极组织、策划和实施了多项天津市乃至全国范围的大型文化活动。特别是以她为主策划的"首届中国京剧艺术节开幕式"，至今被业内人士广为赞颂。因她出色的工作业绩，被评为"全国文化系统的先进工作者"。

1991 年，一项在中国京剧史上写下浓重一笔、留下光彩一页的文化活动——"和平杯"中国京剧票友邀请赛横空出世。天津市文化局局长叶厚荣同志找到白晶环，请她担起这一重要赛事的协调和指导性工作。面对组织上的信任和这个时代赋予自己的使命，同时出于振兴京剧、弘扬国粹的强烈愿望，白晶环不顾当时已年过半百的身体，毅然担当起了这一光荣的任务。白老师进入组委会,站在京剧专家的高度,高屋建瓴地做了大量切实可行的工作。

白晶环老师讲话

从那一刻开始,白老师担负起"和平杯"中国京剧票友邀请赛每届的开幕式、闭幕式总导演,联络各地著名京剧专家当评委,解决票友参赛遇到的诸多难题,确保比赛顺利进行等很多关键性的任务。把"和平杯"打造成了全国一流水平的,最杰出京剧票友来打擂比赛的,有影响、有品位的"菊坛盛事"。

白晶环老师利用自己在菊坛的影响力、能量和艺术家们之间彼此深厚的友情,或亲自上门诚恳邀请,或打长途电话诚挚联系,先后把在中国京剧艺术界享有盛名的大艺术家们请到"和平杯"做艺术顾问。张君秋、袁世海、梅葆玖、尚长荣……这些令票友高山仰止、让观众为之欢呼的金灿灿的名字,曾多次来到"和平杯"现场进行指导;马长礼、刘秀荣、刘雪涛、王晶华、汪正华、李荣威、杨荣环、孙毓敏等近百名在京剧艺术界享有盛名的艺术家和京剧专家们,先后亲临赛场,公正公平地担任大赛的评委。这么多京剧名家们来到"和平杯"赛场,使参赛的票友们看到了承办单位对赛事的高度重视,从而备受鼓舞。

为确保票友赛高水平进行,每届组委会都请来天津京剧剧团的专业化妆师、服装师来为票友打脸、化妆、穿行头。请专业乐队为票友伴奏。为了不使这些见惯了名角儿、大腕儿的专业人员怠慢这些名不见经传的票友,白晶环每次都要提前召集这些人员开会,对他们讲"和平杯"的重要意义,讲参赛票友们对京剧艺术的痴迷追求,要求大家对票友们提供一流的服务。白晶环老人的心,就像她名字一样,被晶莹剔透的光环所环绕。

白老师和担任评委的京剧名家们都很熟悉,但这么多年来她从没有向评委提出过要关照某某票友的非分要求,从没有为一个参赛选手徇过私情。有私自找到她并送上礼金进行托付的,白老师一概坚决拒绝,并向徇私情者进行严肃批评。"和平杯"是天津的名片,是票友们心中的"圣杯",她绝不容许"和平杯"公平公正的声誉被不正之风所玷污。

每届"和平杯"大赛的圆满举办,都融入了白晶环老师的满腔心血。望着获奖票友们把证书和奖杯高高举起光耀舞台、台下的观众掌声雷动,那一刻白晶环老师脸上总会露出无比欣慰的笑容。是啊,所有的付出不正是为了京剧艺术

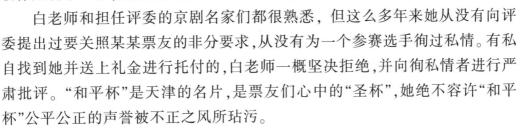

组委会为白晶环老师颁发"杰出贡献奖"

的繁荣和京剧人才的诞生吗？但愿中国传统的优秀文化代代相传，永放光辉！

1998年，第四届"和平杯"决赛前，白晶环老师由于工作繁忙，日夜操劳，嗓子染了疾病，医生安排她做手术，但她考虑到正在票友决赛期间，就推迟了手术时间。医生再三嘱咐她一定要噤声，不要说话，必须让嗓子充分休养，但她却把医嘱当作了耳旁风，全然不顾身体不适，毅然出现在了工作场地。为大赛出谋划策，为票友们排忧解难。甚至有票友生活和艺术上的难题向她提出时，她都会满腔热忱地耐心疏导与传授，给予妥善解决……

这天深夜，中国大戏院要连夜装台，准备转天的比赛，大家劝她回家休息，她谢绝了，她放心不下啊！因为舞美工作是对专业性要求很高、直接关系到比赛和电视台录像的大事，装台工作人员是她联系的，很多细节是她策划的，她生怕临时出现意外影响了装台的圆满完成。她一直和大家忙碌到凌晨工作结束后才离开。

那些天，白晶环老师仍像健康人那样忘我地指点着、操劳着，很多时候都要说话。组委会的同志们看到她疲惫、消瘦的面容，听到她日渐嘶哑的嗓音，都心疼极了，却都劝阻不住。而每一届装台都是这样，每一次白晶环老师都亲临现场，和年轻的工作人员一起连夜工作，直至万无一失，转天照常又要工作。

第九届"和平杯"开赛时，白晶环老师因患脑栓塞没有痊愈，就拄着拐杖来宾馆报到。她一边打着吊针输液，一边对票友比赛的工作进行着指挥和协调。

在历届"和平杯"决赛阶段，参赛票友需要帮助解决的问题很多，不少是突如其来的情况，例如，某某的服装遇到问题，某某的助演因特殊原因来不了，等等。白晶环老师都会有条不紊地解决问题，这样的事例不胜枚举。可以说，白老师就像一根"定海神针"，有了她的坐镇，我可以心无旁骛地做好组织工作，从不为演出专业上的事情分心。大家都说我们姐弟俩是珠联璧合。

从组委会接到票友们写来的感谢信或打来的电话中，每一字每一句都写着对白晶环老师"园丁"精神的感动与感激。都说，在获奖选手璀璨夺目的奖杯上，闪烁着白晶环老人的光彩。

记者慕名采访"和平杯"的灵魂人物白晶环老师，称赞她对"和平杯"的突出贡献时,她却把所有的功劳归于组委会的每位成员。她深情地说:"和平区组织的票友赛工作班子,严谨周密,气氛和谐,效率很高。我走进'和平杯',向大家学到了很多东西,我很庆幸和票友们结缘,我做得还很不够。但有一点可以无愧地说,我是'和平杯'的老队员,与'和平杯'结下了不解之缘。虽然我在文化局早已退

白晶环老师为"我爱京剧"征文获奖小票友颁奖

休,但在'和平杯'的岗位上我却只有起点,没有终点,我和票友赛的关系是九头牛都拉不开啦……"

在这里,我们向"和平杯"的艺术总监、可敬可亲的白晶环老人送上深深的祝福:祝您健康长寿,祝您永远不老!

"和平杯"的文胆——张志玉

我在1987年调到天津市和平文化宫担任党支部书记兼主任时,张志玉同志是区文化办公室(即和平区文化局)的群文科长。我们两人年轻时都当过兵,都参加过部队文艺演出队,从事过文艺创作。从那时开始,我们便作为知心的亲密战友一起并肩工作,相互支持、配合默契,至今已有36年。

之所以说张志玉同志是"和平杯"的文胆,不仅因为他是举办"和平杯"的创意者之一,参与了历届"和平杯"的方案制定,而且他还是历届"和平杯"的新闻通稿,各种重要活动领导讲话稿,荣获"中国京剧票友社会活动家""中国少儿京剧杰出贡献奖"的颁奖词,开、闭幕式领导致辞,晚会主持词的主要撰稿人。他创作的《和平杯赋》和为第八届"和平杯"中国京剧票友邀请赛大型开幕式创作的开场节目《盛世菊坛"和平杯"》妙笔生花,成为众口交赞的经典。他参与撰写的《十届菊坛盛会 廿载梨园春秋 花儿为什么这样红——和平区20年不辍打造"和平杯"中国京剧票友邀请赛文化品牌》在《天津日报》头版发表,《中国文化报》刊载;他撰写的《奏响不忘初心的梨园交响曲——28年"和平杯"京剧票友邀请赛综述》《我与和平杯共同走过三十年》《"云"游四海兴国粹"九九归一"抒豪情——第二届"和平杯金牌京剧票房"网上交流综述》等,这些对

张志玉老师在工作

"和平杯"发展历程带有总结性的长篇文章,对"和平杯"坚持连贯、不断完善、创新发展起到了重要作用。

在举办全国戏迷邀请赛时,对获奖的前三名代表队,他建议冠以"戏迷状元、戏迷榜眼、戏迷探花"称号;在评选优秀京剧票房时,他建议冠以"金牌京剧票房"称号;在因疫情进行网上决赛时,他在新闻通稿中提出开展"云"文化,让国粹艺术腾"云"而起。作为天津市十大楹联家,他撰写的"九州票友第一擂,八届和平杯,驰名五湖四海;百年国剧不二门,十方民族曲,唱响万水千山。"等大量有关"和平杯"的楹联,受到广泛好评。

张志玉同志是天津市职工艺术家,作品获得过"群星奖"金奖、全国总工会"五一"文化奖金奖等,和平区政府授予他二等功;2023年又被评为"最美退役军人"。出版过文艺作品集《秋天里的笑声》对联专著,《挑战数字魔方》诗词评论集《神奇的梦境》。他撰写的各类文章、创作作品,累计已经超过二百万字。很令我钦佩的是他每天一直坚持读书看报,不放松政治学习,对党中央的大政方针了如指掌。他生活充实,性格豁达,演奏者的《喜相逢》《我是一个兵》等笛子独奏曲至今还在网上流传,有谁能想到,演奏者是一位精神矍铄的76岁老人呢?

有这样情投意合的战友,我感到荣幸。有这样的人才支撑是"和平杯"的幸运。

扈其震和他率领的"和平杯"宣传组

"国粹弘扬迫切,金杯公益'和平'。勠力同心工廿载,推出'名票'飙红。彩绘梨园春色,赢来赞誉连声。奉献一腔血汗,甘当幕后凡庸。日夜辛忙圆大赛,通宵写稿难停。服务众多选手,充实无悔人生。"

这是扈其震同志2011年8月,在"和平杯"创办20年之际填写的一首词,畅谈他从事宣传报道工作的体会和感慨:《何满子·从事"和平杯"服务宣传工作20年》。

提到"和平杯"的宣传工作,决不能绕开的是宣传组领军人物、我的主要助手、和平文化宫副主任扈其震同志。

任何文化活动、大型赛事都离不开文字报道宣传。"和平杯"的宗旨、意义、评选原则、参赛办法,以及从初赛到决赛和颁奖演出的各个阶段的盛况,不仅仅需要参赛的有关人员知晓，还要靠各种新闻媒体报道宣传出去，要让各地文化部门的领导、社会上的各界读者和广大戏迷了解它、关心它、支持它。宣传报道工作的必要性和重要性毋庸赘言。

扈其震老师

1991 年 10 月，举办首届"和平杯"时，扈其震同志负责宣传报道工作。在决赛的那七八天里，与各地选手和领队同住在宾馆。那时没有手机，没有激光照排，宣传方式就是很传统的油印简报。他主要负责采访撰稿，那时没有电脑，完全靠手写稿子，定稿后交给文化宫的打字员李老师打字，并油印在一张张白纸上，最后装订成册。从决赛前就开始出刊，到大赛结束，总计出刊十来期。每天一期，每期载有三五篇文章，文章长短不一，总计六七页的样子，印刷百余份。装订后分送给组委会领导、新闻记者和所有领队、嘉宾及一些参赛选手。

那时候，白天集中采访，晚上到戏院观看比赛演出，回到驻地已经快午夜 11 点了，然后赶紧写稿。因为工作量很大，有时就在看戏过程中借助微弱的剧场灯光低头写稿。打字员随时待命，写好一篇打印一篇。等到印出装订好后，常常是半夜已过。为了让大家能及时看到新印出的《和平杯简报》，他带领一两个干部，分楼层给来宾的屋里送材料。又不能影响人家睡觉，就从下面门缝里把《和平杯简报》塞进去。等工作完毕，他们回到自己房间休息时往往已是凌晨了。

参加票友赛活动的各地来宾和选手们一早起床，就能在门口发现简报。他们纷纷到组委会反映，感到了解"和平杯"票友赛各方面动态和信息很及时很快捷，特别感激宣传组的同志们，也无不赞叹组委会工作高效。

就是这样，他用文学才华和极其认真的工作态度伴随着"和平杯"成长壮大。2008 年，"和平杯"组委会决定创办《和平杯》杂志。我任主编，开始扈其震同志任副主编，2009 年第三期时他则正式接手执行主编。至今这本《和平杯》杂志共出版了二十二期。每期杂志容量十来万字，每篇稿子都经过他反复斟酌，润色完善。哪怕一个标点符号，也力争准确无误。《和平杯》专刊，是"和平杯"中国京剧票友邀请赛历程的光辉记录，也是扈其震同志为这项事业呕心沥血的真实写照。

每届"和平杯"决赛期间，在短短的一周时间内要采访多位获奖票友、儿童选手和老师，对评委进行访谈，撰写大赛花絮，等等，工作量巨大又集中。扈其震同志邀请了他熟悉的几位作家文友来当文化志愿者，充实组委会宣传组的记者队伍。虽是编外人员，但他们热情奉献、积极肯干，每届都很圆满地完成了采访写作任

花絮

065

前排左起扈其震、寇援、井清江、李彦平
后排左起魏哲光、侯燕琦、杨士军、袁志军、孙玉田

务，他们的精神也感动了组委会办公室的领导们。下面介绍一下宣传组主要成员：

杨士军，公务员，笔名贵翔，在和平区某局任职。工作很忙，却在业余时间钟情京剧和文学。他虽然年轻，在京剧艺术方面却十分专业。他爱戏、懂戏，最关键的是能够很到位、很准确地评论京剧。近十多年，每到决赛期间，他看完比赛回到家已经11点多了，却还是把每晚的决赛盛况、票友表现的艺术水准如何等，写成综述文章，常常到后半夜才睡。天一亮又赶紧起床，还要去按时上班。可想而知，连续五六天这么连续奋战该是多么辛苦！他的一篇篇评论"和平杯"各场决赛的点评文章，写得格外精彩，很多报刊都予以转载。

70多岁的井清江老师，为人亲和爽朗、热情坦诚，是全面型的艺术家。退休前系一家大厂的工会主席，擅长雕塑、绘画、摄影，非常热爱京剧，并且很懂行，他那独具特色的京剧人物绘画，水平很高，曾参加过多次天津民间文艺界的大型展览。每次决赛期间，他不顾年老体衰，举着很重的照相机深入到彩排现场和中国大戏院的后台化妆室，不辞辛苦，抓拍了很多参赛选手富有表现力的精彩照片，为《和平杯》杂志与《和平杯画册》提供了不少好照片。他还能写文章，成为杂志主要撰稿人之一。他那些为当届入选"十大名票"或"十小名票"创作的戏画，人物非常逼真传神，被画的主人公很是惊喜。后一直被选择用来当作《和平杯》杂志的封面或封底。使《和平杯》杂志特色鲜明，引人入胜。

侯燕琦大姐是位老知青，负责每期《和平杯》杂志的校对排版工作，她总要认真完成，使得本杂志的错别字几乎为零。她是天津市作家协会会员，曾参加过专门的培训班学习校对专门知识，并取得了专门的职业认证书。现在有几家天津的大出版社聘请她为编外校对，工作称职，很是得到出版社的认可。

孙玉田系著名的天津七月诗社的社委，他是诗人也是摄影爱好者。文笔很不错，写稿子很快。他家离和平区较远，每次决赛期间来到驻地和演出的中国大戏院都需要花费很长时间,组委会经费有限,不能给他安排住在宾馆,所以采访工作很是辛苦。但他从不抱怨,甘愿付出劳动。

袁志军是一位退休的军队干部,参加过扈其震同志主办的"文学讲习班",为人正派耿直,敢于仗义执言,喜欢写作,更喜欢摄影。她的散文《祖国边关行》在"东丽杯"散文全国评奖中获奖。她还自费参加了摄影专业的培训班,花费了一大笔钱购买拍照器材。她拍摄的很多照片,参赛获奖不少。她的照片水平很高。2021年夏,她的丈夫开车,两人不顾70多岁的高龄,利用一个半月时间重走长征路,沿途拍摄了很多优秀照片,还写了多篇散文。她夫妇的"高龄老军人重走长征路"的事迹在《天津日报》《今晚报》《中老年时报》等报刊上发表,引起社会反响。袁志军在票友赛决赛期间,近几年不仅拍摄各种花絮,还接替了和平文化宫摄影干部高平的工作,负责拍摄每场比赛的选手剧照,为画册提供精彩图片。

新加入宣传组的年轻作者魏哲光,喜爱文学和京剧,她是天津弘仁文化传播有限公司的总经理,怀有很深的京剧情结,总想着为"和平杯"京剧票友邀请赛做些有益的事情,采访过几位"十小名票"和"十大名票",并写成了很生动的文章。

这些编外的宣传组成员,没有工作补贴,仅仅领取组委会办公室发的微薄稿费,实在不足以补偿他们所付出的辛苦。但这些人从不计较这些,只是无怨无悔地为"和平杯"做奉献,甘当文化义工。他们的精神实在可嘉可赞!

扈其震同志小我4岁,也是75岁高龄了,他仍然勤奋好学,每天笔耕不辍,令我十分敬佩。

"和平杯官微平台"操刀手——梅子姐姐

梅子姐姐叫徐胜岭,退休前在河北省宁晋县网通公司工作,"程派"票友。她喜梅、赏梅、爱梅,更赏梅的品格,便以"梅子姐姐"为网名陪伴自己一生。如今,"梅子姐姐"这个大名,在伶、票两界享有极高的知名度。

她担任过9年中国京剧艺术网高级管理、艺术总监、戏迷语音聊天室的室主。整理唱段、伴奏5000余段、伴奏曲谱5000余张,亲自撰写宣传评议文章100余篇。为了宣传需要,苦学计算机制图和各种软件,能熟练地掌握电脑知识和各种使用方法。

她曾组织多届"相约宁晋"京剧演唱会,有50多名京剧名家、40多名京剧名票应邀参加。

"梅子姐姐"徐胜岭

随着微信技术的普及,2007年,"和平杯"组委会决定建立"和平杯官微平台",聘请梅子姐姐作为管理员。如今,这个平台不仅上传了"和平杯"历届大小邀请赛颁奖晚会、各种重要演出活动的视频,而且还成了记录"和平杯"发展历程,名票成长轨迹,各金牌京剧票房、少儿京剧培训基地的经验,各位"中国京剧票友社会活动家""中国少儿京剧杰出贡献奖"等杰出人物事迹的重要载体,是"和平杯"对外宣传的重要窗口。这当中,凝结了梅子姐姐极大的心血。记得在组织两届"和平杯金牌京剧票房"交流的200天里,她拖着病体,几乎每天都工作到深夜,她制作的一篇篇美篇,图文并茂,在京剧发展中留下了翔实并精美的史料。

2010年,她被评为首届"中国京剧票友社会活动家"时,大家一致认为是实至名归。

万国权同志的"三不"

天津电视台主持人高岚在第三届"和平杯"
颁奖晚会现场采访万国权先生

1991年,在为举办91"和平杯"(首届)中国京剧票友邀请赛成立组委会时,组委会主任谢国祥同志提议,聘请万国权、张君秋二位同志为艺术顾问,聘请高占祥、石坚、朱文榘、钱其琛、何国模、胡晓槐同志为名誉主任,聘请香港名票金如新、张雨文、丁存坤、钱江为特邀嘉宾。

1991年,万国权同志时任民建中央常务副主席。天津老一代戏迷票友是很熟悉的,他曾就读天津南开中学,多年在天津工作,酷爱京剧,擅演架子花,是天津京剧名票之一。天津首届"十大名票"李世勤就和他同台进行过演出。

和万国权同志联系后,他欣然应允。从那以后,他连续担任了7届"和平杯"的艺术顾问、名誉主席。4次出席颁奖仪式,观看汇报演出,在现场接受电视记者的采访。

万国权同志和蔼可亲,在1994担任民建主席、全国政协副主席后,仍然没有一点点架子。他嘱咐我们,他来津参加"和平杯"的活动,告诉他日程和住宿地点就可以了。要"三不":一不要领导接送,二不要宴请,三不接受财物。这弄得我们很为难,汇报组委会领导以后,指示我们既要尊重万主席的意见,又要热情接待。

1998年10月,万国权同志来津观看了第四届"和平杯"中国京剧票友邀请赛汇报演出,当届"十大名票"第一名的河北选手陈长庆演唱完《赤桑镇》以后,万主席热烈鼓掌,激动地和周围人员说,这位票友唱得太好了!真是难得的铜锤,应该搞专业啊!以后不久,陈长庆就被济南市京剧团选进团里,并于2001年在好手云集、竞争激烈的"全国青年京剧演员电视大赛"中一路过关斩将,夺得"花脸组"最佳表演奖。他现为"国家一级演员",被广大戏迷称为"从票友里走出来的角儿"。

万国权同志的几次来津,一般都是由组委会办公室和他的秘书对接,安排工作人员在他入住的市政府招待所处迎接和安排。2000年10月,万国权同志第四次来津时,由于我因工作紧张而疏忽,没及时安排人在招待所迎候,万国权同志的车直接开进了招待所,幸亏当时天津市委统战部同志正在接待客人,顺便给万国权同志进行了安排,并给我打电话说明情况,听后我赶紧和白晶环老师立即打车前往,忙乱中把刚刚买的BP机都丢在车里了。见到万国权同志以后,再三道歉。万国权同志一脸笑容,说了几次没关系、没关系,对我反复进行安慰。在我强烈要求下,请万国权同志出来在天津玉华台饭店吃了一顿晚餐,万国权同志本不想出来,可能是为了安慰我,怕我过分自责才答应,进入餐厅后一再叮嘱我不要铺张,简单几个小菜就行了。这是我们请万国权同志唯一一次晚宴。这次误接万国权同志的教训让我终生难忘。

万国权同志多次来津,我们一直打算送给他一些礼物表示答谢,可又怕违背他的"三不"要求,心里一直过意不去。考虑到他是唱"架子花"的,我们到天津泥人张工作室精心挑选了一个京剧《野猪林》鲁智深造型泥塑,这也是他曾饰演过的角色,作为纪念品送给他。后来听他秘书说,万国权同志非常喜欢,一直摆放在他的办公室里。这也是我们送给他的唯一一件礼物。

深切缅怀敬爱的高占祥同志

2022年12月9日,惊闻敬爱的高占祥同志逝世,深感悲痛。

1991年,举办首届"和平杯"中国京剧票友邀请赛,时任文化部常务副部长的高占祥同志鼎力支持举办这项活动,还欣然应邀题词"振兴京剧艺术,促进和平友谊",并担任名誉主任,来天津出席开幕式并讲话。

1992年,我所在的和平文化宫被确定为全国首批文化事业单位9个改革试点单位之一,并承办了"首批改革试点单位座谈会"。高占祥同志出席了两天会议,对和平文化宫给予了"领导有方,管理有道,工作有招,改革有效"的高度评价。

高占祥同志出席
首届"和平杯"开幕式

1993年,高占祥同志又充分肯定了和平文化宫提出的:文化馆的改革和发展必须坚持四块牌子不丢,实现改革的三个目标（即坚持文化馆是国办的公益性的文化事业单位性质不丢;坚持文化馆在社区文化中的主导地位不丢;坚持文化阵地不丢;坚持综合预算的财务管理形式不丢。通过改革,要把文化馆的事业干"火"了;把家底干"厚"了;把干部干"富'了）。这些观点经过高占祥同志肯定后,有关文章先后在《人民日报》、中宣部《党办》杂志、《中国文化报》、《文化月刊》上刊登,在全国群众文化领域引起了很大反响。

1999年,我出版了《文化馆的改革与管理》,高占祥同志热情写了序言《百花园里绽奇葩》进行鼓励。

2016年春节期间,我赴北京参加中国诗酒文化协会团拜会（我曾担任过四年的副会长）,见到了高占祥同志,他仍然谈笑风生,精神矍铄。我当面向他汇报了"和平杯"京剧票友邀请赛的发展情况,他十分高兴,我邀请他抽空到天津走一走,我请全国群文系统一些他熟悉的老局长、老馆长来津和他聚一聚,他欣然答应。可惜后来因种种原因没能成行。没想到那一次见面竟成诀别。

敬爱的高占祥同志虽离开我们了,但他热情支持的"和平杯"京剧票友邀请赛从呱呱坠地已经走过了而立之年,唱响了全国,影响到海外。作为一名群众文化战线的老兵,决心以更加坚定的中华优秀传统文化自信,以更加优异的工作业绩告慰老部长的在天之灵。

首届"和平杯"十小名票为11名

举办"和平杯"少儿京剧票友邀请赛,这是"和平杯"创新发展的一个重要里程碑。从此,"和平杯"大、小票友隔年各举办一次,覆盖了各个年龄段。

为了给少儿"和平杯"预热并积累经验,2006年,我们先在天津市举办了

"和平开发杯"津门十佳京剧小票友选拔赛。这次选拔赛共有 50 名京剧小票友报名参赛,经过紧张激烈的预赛和决赛,最后荣获"津门十佳京剧小票友"称号的是陶阳、刘泽帅、刘大庆、魏玉慧、刘璐、郭胜、东进、张珊、李雪松、刘宠。特别是演唱《文昭关》并获第一名的 7 岁陶阳(当年他住在天津)更是声名鹊起,引起轰动。

陶阳演唱《文昭关》

2007 年,首届"和平杯"中国京剧小票友邀请赛拉开了帷幕。实施方案发往全国后,各地踊跃报名,至 6 月 15 日报名工作结束,报名参赛的有黑龙江等 22 个省市区共 235 名小选手。我们查看各地报名名单时没有看到陶阳的名字,我想:既然称"和平杯"中国京剧小票友邀请赛为"中国少儿京剧的最高竞技舞台",又是文化部牵头主办,如果像陶阳这样在全国已经享有较高知名度的小票友没有参加,终是一件憾事。我给已经回到江西的陶阳父亲陶国平打电话询问,得知陶阳很想参赛,但因为家庭出现了一些状况,使报名受阻。在我的动员下,他们很高兴参赛,随后将报名表和视频光盘寄到了组委会。

陶阳参赛,已经过了组委会规定的报名期限,怎么办?方案规定,最后决赛一等奖授予"十小名票"称号的只有 10 名,按照陶阳的水平,不出意外的话肯定应在其中。这样的话,原本按照规定时间报名的小选手就会有一名被挤出"十小名票"之列,显然不公。经过再三斟酌,最后形成一致意见,首届"和平杯"中国京剧小票友邀请赛的一等奖、十小名票的名额为 11 名(第十名并列)。

陶阳果然不负众望,夺得了决赛第一名,名列"十小名票"之首。后来我们邀请他多次来津参加"和平杯"的几场重要演出活动。

表彰"'和平杯'十大杰出贡献奖"
命名"中国京剧票友社会活动家"

为隆重庆祝"和平杯"创办 20 周年,在第十届"和平杯"举办时,组委会牵头组织评选、文化部正式命名表彰了"'和平杯'十大杰出贡献奖"及"中国京剧票友十大社会活动家"。

这是一项对近 20 年来痴心普及中国京剧艺术、繁荣业余京剧事业做出重要贡献的组织工作者、策划者、赞助者的大力宣传、表彰活动,意义非常深远。

"和平杯"杰出贡献奖及中国京剧票友社会活动家颁奖仪式

被表彰为"'和平杯'十大杰出贡献奖"的是天津的白晶环、广东的石者英、河南的蒋青年、上海的石磊、安徽的陈健、湖南的杨寿保、山西的张杰、河北的石大光、贵州的陈苹鸿、辽宁的柳静。

被命名表彰为"中国京剧票友十大社会活动家"的是江西的简祥富、云南的张维福、浙江的唐陈弟、上海的林德炘、天津的孙亭福、吉林的孙铁汉、湖北的周贤贵、陕西的徐金良、辽宁的张玫、河北的徐胜岭(梅子姐姐)。

这20名被表彰的同志,有多年来坚持做好省级代表队的领队,辛辛苦苦从事当地票友比赛选拔、录像报送、带队参加决赛等琐碎性事务工作,身体力行支持"和平杯",从而树立崇高威望的群众文化工作者;有殚思竭虑为"和平杯"出谋划策、身先士卒,确保全国性的京剧业余大型赛事活动顺利进行的京剧专家、戏剧工作者;有克服重重困难、开创性地组织策划京剧交流、比赛、联谊、巡回演出等公益性活动,向偏远省市及海外一些国家和地区大力宣传国粹艺术的热心的社会活动家;有离休或退休不歇脚、把余热贡献给心爱的京剧事业、让生命的晚霞映衬出文化光辉的老干部、老职工;有在当地的京剧票房、群众业余京剧团体中担当重任,全心全意促进本地区京剧艺术普及和繁荣的社团票房的主要领导者;还有无私奉献出大量资金、有声有色全力推动京剧艺术繁荣、使艺术流派传承有人的杰出企业家……他们的事迹都非常生动感人,他们的人品都很朴实高尚。

"和平杯"十大杰出贡献奖"及"中国京剧票友十大社会活动家"揭晓以后,在第十届"和平杯"中国京剧票友邀请赛的开幕式上正式公布,组委会为此举行了隆重的授奖仪式。届时,文化部、天津市及"和平杯"组委会的有关领导为获奖者颁发奖杯及荣誉证书。

两年一届的"和平杯"中国京剧票友邀请赛,已经顺利地走过了20个春秋。20年来,"和平杯"的声誉日益高涨,作为一项全国性的大型公益性文化活动,"和平杯"组委会的工作不仅得到了各方面领导给予的大力支持,更得益于京剧专家、学者及众多专业艺术家们的参与及帮助,还获得了全国各地的文化部门、群文单位及海内外广大票友们的大力协助。本次评选活动的根本宗旨就是要大力宣传和表彰那些为了京剧事业鞠躬尽瘁、默默奉献的幕后功臣们。

继 2010 年第十届"和平杯"评选命名表彰首批"中国京剧票友社会活动家"之后，2014 年、2018 年、2023 年，组委会又分别评选命名了三批"中国京剧票友社会活动家"。

第二批：吴大棠(湖北)、李天成(河南)、胡子宜(陕西)、孙元木(天津)、陈小燕(上海)、路大芳(广东)、徐秀玲(江西)、初晓红(山东)、王素坤(内蒙古)、徐震岭(山西)。

第三批：熊素琴(江西)、施之华(云南)、杜平等(河北)、李全忠(山东)、王涛(广东)、史春(黑龙江)、裴毅(京剧艺术网)、吴新民(澳大利亚)、刘雅梅(德国)、宋飞鸿(美国)。

第四批：刘福龙(天津)、刘丽华(湖北)、刘耀荣(湖南)、周奇英(福建)、顾才源(广西)、毛国柱(广东)、李国芳(江西)、乐双兰(山西)、李钢(陕西)、梁冰楠(台湾)。

评选命名"和平杯金牌京剧票房"

京剧票房是京剧戏迷票友活动组织，在京剧发展的历史上起到了重要的推动作用。在"和平杯"京剧票友邀请赛历届赛事中，各地的京剧票房做出了重要贡献。"和平杯"京剧票友邀请赛组委会决定，开展评选命名并表彰"和平杯金牌京剧票房"。这是在中国京剧发展历史中，首次开展的全国性的京剧票房评选活动。组委会提出的金牌京剧票房的评选条件是：

(一)在民政部门正式注册或有长期挂靠单位，成立 5 年以上，组织机构健全，拥有 20 名以上京剧票友成员，有固定的活动地点。

(二)加强社团组织的自身建设，坚持活动的长期性、经常性和持续性。

(三)坚持公益性原则，经常参加各种形式的京剧演唱活动，具有较强的演唱阵容，在各种票友赛事活动中取得佳绩。

经过第十三届、第十五届两届评选，共命名了两批共 103 家"和平杯金牌京剧票房"，分布在 24 个省、自治区、直辖市，还包括了澳大利亚、美国、加拿大、德国的 5 个海外金牌京剧票房。

在"和平杯官微平台"上进行了金牌京剧票房的经验交流，交流材料汇总出版了两期《和平杯》专刊，成为京剧的宝贵史料。又于 2019 年，在天津中国大戏院举行了金牌京剧票房的展演，获得了极大成功。2023 年，又评选了第三批共 28 个"金牌京剧票房"，总数达到 131 个。

和平杯金牌京剧票房授牌仪式纪念

事实证明,评选命名金牌京剧票房是"和平杯"创新发展的重要举措,它不仅仅给"和平杯"的可持续发展奠定了坚实的基础,更是对促进京剧票房建设,在海内外弘扬国粹艺术起到了不可估量的作用。

举办首届金牌京剧票房展演

在喜庆新中国 70 华诞的日子里,由"和平杯"中国京剧票友邀请赛组委会举办的"首届和平杯金牌京剧票房展演"圆满结束。参加这次展演的共有国内 15 个省、直辖市及德国的共 35 家金牌京剧票房的 470 名票友,45 个剧目。他们是海内外 103 家"和平杯"金牌京剧票房的优秀代表。

这次展演是第一次对全国优秀京剧票房风采进行集中展示,必将在京剧发展史上留下浓墨重彩的一笔。其覆盖面之广、规模之大、水平之高都是空前的。

天津美膳京剧社《现代京剧联唱》

在久负盛名的天津中国大戏院举行的这三场展演，不仅使现场观众过足了戏瘾，同时通过"爱奇艺"网络直播，也给广大戏迷观众送上了节日的京剧盛宴，成为国庆70周年活动中一道亮丽的风景线。

江西修水县山谷票友社《甘露寺》

展演的剧目中，除了像《龙凤呈祥》《红鬃烈马》《生死恨》《锁麟囊》等这些常见剧目外，还有像南派的《甘露寺》、现代戏《节振国》等近些年鲜见各地京剧舞台的剧目。

三场展演的开场和结尾节目很能展现当今京剧票房的特点和整体实力。像第一场开场的天津静海老干部京剧社器乐合奏《打虎上山》，第二场开场营口回族京剧团《乱云飞》，均气势恢宏；第三场开场的云南省文化馆京剧团的《京剧集锦》，展现了该票房生、旦、净、丑各个行当的超强阵容。三个专场大轴分别是天津美膳京剧社《现代京剧联唱》、江西修水县山谷票友社南派的《甘露寺》、江苏镇江菊吟京剧社的《探谷》，均是数十人登场，主演、助演、龙套，甚至服装、鼓师、琴师都来自本票房，满台生辉，令观众对如今票房的实力赞叹不绝！

展演中，云南芳华京剧团13名身穿景颇民族盛装的《黛诺》，以及集体京歌演唱《没有共产党就没有新中国》《我是中国人》等，这些只有京剧票房才可能编排的节目，体现了票房活动的特色。现代京剧《沙家浜》《江姐》《红色娘子军》《节振国》《海港》《红灯记》《智取威虎山》等的演唱，很好地诠释了展演的主题。

为配合国家京津冀协同发展的战略，展演活动的第一场安排的是京津冀专场。有10家票房参演，其他票房安排在二三场。在参演的主要演员中，有近30名参加过"和平杯"决赛并获得过"十大名票"等各种奖项，还有很多是第一次登上天津中国大戏院舞台就展现出不俗的实力。像北京新荣春京剧社的两位年轻票友演出的《平贵别窑》就是突出的代表，给观众留下了深刻印象。两位热心参加并辅导票友活动的国家一级演员，唐山国韵社王丽华（演唱《望江亭》）、大连西岗区群芳京剧团张新华（彩唱《梅妃》）登台，给这次展演活动增光添彩。随同各地票房来津的还有如湖南的沈明亮、云南的韩为民等很多专业辅导老师，或临场指导，或给票友助演，从一个侧面反映了优秀票房的建设和成长离不开专业老师的辛勤辅导。我们向他们致以深深的敬意！

江苏镇江菊吟京剧社的《探谷》

这次展演是优秀京剧票友的一次盛会。很多参演票友利用这次演出机会拜师学艺、苦学苦练,使自己的演唱水平有了很大提高。一些票友还自制了全套行头,自请了化妆和乐师。有的票友说,这次虽然花费不小,但是花钱买到了快乐,得到了技艺的提高和各地票友朋友的友谊,给自己一生留下一段最为美好难忘的记忆,实在是太值得了!德国京剧协会刘雅梅和她的琴师不远万里专程来津参演,代表了5家海外"和平杯金牌京剧票房"对这次活动的热情支持。大家在短短的几天活动中互相观摩学习,求教交友,表现出对京剧极大的热情,现场充满了欢乐的气氛。票友们爱祖国、爱京剧、爱戏友的精神使我们深深感动。

这次展演能够获得成功,里面凝聚着各金牌京剧票房负责人极大的心血和汗水。实践证明,京剧票房成功与否,关键在于社(团)长的人格魅力!有了热心负责、无私奉献的带头人,就有了凝聚力,就会有这个票房今天的精彩。在此,我们向参加展演的各票房负责人致敬!为参加展演的所有票友们喝彩!

让我们这些优秀的京剧票房在满足广大群众日益增长的美好生活期望中,在振兴京剧的进程中发挥着越来越大的作用,让金牌更加闪亮!

在首届"和平杯"金牌京剧票房展演活动中,作为东道主所在地的天津"和平杯"金牌京剧票房给予了亲切合作和无私奉献。天津美膳京剧社负责组建了伴奏乐队和演员化妆;天津钧天广乐提供了演出服装;天津滨海侨联京剧团提供了助演宫娥、宫女。他们热情为兄弟省市票房服务的精神受到了大家的赞誉,也为展演活动的成功举办做出了贡献。

努力把小票友赛办成少儿京剧夏令营

为了深入贯彻中共中央、国务院《关于进一步加强和改进未成年人思想道德建设的若干意见》,用弘扬民族优秀文化、普及京剧的艺术手段来加强未成年人思想道德和文化艺术素质教育,丰富少年儿童的课外文化生活,"和平杯"组委会2007年开始创办"中国京剧小票友邀请赛"。这项赛事从开始起就重视

参赛小票友参观天津自然博物馆

比赛，评出我国少儿业余京剧活动的领跑者、小童星，又在一定程度上淡化比赛，丰富活动内容。组委会举办少儿"和平杯"的初衷之一，就是努力把各地参加决赛的小票友们暑期来津办成少儿京剧的夏令营。

在已经举办的八届赛事中，为热爱京剧的小朋友们组织了一系列丰富多彩的活动,例如,组织参赛小选手联欢会,参观浏览天津戏剧博物馆、天津自然博物馆,游览天津海河、古文化街,京剧知识讲座,担任决赛评委的京剧名家进行辅导点评,组织京剧知识竞赛、竞猜京剧谜

组织参赛小票友"京剧知识竞赛"

语,深入天津京剧进校园活动较好的小学联欢,观摩国际少儿艺术节演出,组织中外小朋友联欢,组织"我爱京剧"征文和颁奖活动。

这些热爱京剧的小朋友们暑假期间到天津,既是参加比赛,又是度过一次愉快的京剧夏令营。

设立"幸运观众奖"

观众踊跃参加"幸运观众奖"投票

花絮

077

为了促使评选的公正性,提高观众看戏的热情,从第三届"和平杯"开始设立了"幸运观众奖",选票随着戏票一起发放,观众观看各场决赛后投票评选心目中的"十大名票"。和最后的结果对照,凡是选中 7 名以上者均有不同的奖励,开始时是发放现金奖励,后来改成发放纪念品。

"幸运观众奖"的设立极大地提高了观众,特别是参赛人员的热情。剧场周围经常看到三三两两的观众在互相评议演员的表演,希望借此检验一下自己的鉴赏水平。最后一场决赛结束,到投票站投票的人络绎不绝。决赛评委会的各位专家评委也十分关注观众的评选结果,每次评选结束尽管到了深夜,大家还是不肯马上回宾馆房间休息,一定要听听"幸运观众奖"的投票结果,看看评委会评选结果的观众认可度。

袁世海先生来津参加颁奖晚会

2002 年 10 月 28 日上午,组委会请何永泉老师出面,邀请他的老师、"和平杯"艺术顾问、著名京剧表演艺术家袁世海先生来津,参加第六届"和平杯"中国京剧票友邀请赛颁奖仪式。并请袁世海、杜近芳、刘雪涛、李荣威为本届的"十大名票"颁奖。

现场,袁先生接受了主持人高岚的采访。

高岚:"著名京剧表演艺术家袁世海老人,今年已经 87 岁高龄了,对'和平杯'票友大赛一直给予极大的关注和支持。袁老,请您谈谈对'和平杯'票友大赛的评价。"

袁世海:"我们是来学习的。今天,'和平杯'主办的同志把我们从北京约来,参加第六届'和平杯'的颁奖仪式和汇报演出,非常幸运,能见到这么多业余京剧爱好者朋友,演出很多的好剧目,而且身怀绝技,一点儿看不出是业余的,我觉得我们专业的要很好地向业余的学习。学习他们的耐心、苦求,学海无涯、艺无止境,活到老、学到老,我觉得京剧的前途大有希望。我希望更多业余爱好者变成专业,期待着你们在第七届'和平杯'取得更大的成绩。祝贺!祝贺!"

令人没想到的是,袁世海先生离津后不到两个月,12 月 11 号竟驾鹤西去!他在剧场接受采访时的音容笑貌永远留在我们美好的记忆中。

天津电视台主持人高岚
现场采访袁世海先生

周贤贵老师为"和平杯"人物造像

历届"和平杯"老领队、湖北省票界领军人物、首届"中国京剧票友社会活动家"获得者周贤贵同志，花费了 4 年的心血，创作了两百幅大都与"和平杯"有关的人物画，并结集出版。在票界引起了很大反响。

周贤贵老师为票友作画

这本面世的画集，占比重较大的是"十大名票""十小名票"的舞台形象，个个光彩照人、栩栩如生。在美术出版史上，包括为京剧名家的各种知名人物造像比比皆是。但是，真正为活跃在各个基层的"草根"，为可爱的痴迷京剧的票友造像并结集出版的，尚属首次。这本画集的出版，也会在我国京剧发展史上成为重要史料，留下浓墨重彩的一笔。

受他所托，我为这本画集写了序言，内容如下：

《菊坛流芳——周贤贵"群星耀津门"京剧人物画》由中国文史出版社正式出版了。这既是周老师个人艺术道路上的一个收获，更是"和平杯"京剧票友邀请赛发展历程中的一个亮点。

周贤贵同志从 1958 年开始从事群众文化工作，先后担任过湖北省仙桃市文化馆馆长、湖北省群艺馆戏剧曲艺部主任、中国戏剧家协会会员；2001 年退休后，担任湖北省炎黄京剧票友联谊会常务副会长兼秘书长至今。他多才多艺，硕果累累。先后发表、出版、获奖大小剧本十多部；出版散文集、报告文学集、群众文化论文集；创作发表戏剧人物画数十幅。

周贤贵同志作为资深的群众文化工作者、省级票友协会的负责人、历届"和平杯"湖北省领队，在群众文化岗位上奋力拼搏了六十个春秋，现已 79 岁高龄且身患高血压疾病。但仍然老骥伏枥，壮心不已，活力四射。谈到他的日常工作，我曾开过这样的玩笑：常年上"蹿"下"跳"，到处煽"风"点"火"！上，运作各级领导的支持；下，深入各个地区，和票房、票友建立了深厚的友谊，扇动弘扬国粹的旋"风"，点燃各地京剧票友活动热情的"火"焰。正因为如此，他不仅在湖北省的京剧票友中，也在全国的业余京剧界有着很高的声誉，被广大票友亲切地称为"中国票界大哥"。2010 年，他被评为全国十大"中国京剧票友社会活动家"时，人们评论他为"当之无愧，众望所归"。

我和周贤贵同志作为群众文化战线的同行，因"和平杯"相识、相知。近三十年

花絮

来，他那"一生勤奋，干净做事""高调干事，低调做人"的品格；他那"甘为票友作阶梯，化作春泥更护花"的奉献精神；他那"苍龙日暮还行雨，老树春深更着花"的进取心，都深深打动着我，激励着我。他是我敬重的兄长，学习的榜样。他不愧是我国老一代群众文化工作者的优秀代表。

如今，已近耄耋之年的周贤贵老师，将他创作的近两百幅京剧人物画作奉献给大家。这本画集既是"和平杯"各类人物风采的展现，也是周贤贵老师个人风采的展现！

这本画集所选的人物大都是和"和平杯"有关的。其中，有一些画作是周贤贵同志应票界朋友索求满怀深情创作的，我曾为此写过一首打油诗：

　　　　赞兄作画是真情，

　　　　周全朋友肯用功，

　　　　贤士古稀更蓬勃，

　　　　贵在心态永年轻。

让我们在享受京剧、享受"和平杯"、享受这本画集的同时，祝愿周贤贵老师永远健康快乐！

迎接党的十九大胜利召开
组织海内外"十大名票"演出两场大戏

为迎接党的十九大胜利召开，"和平杯"京剧票友邀请赛组委会隆重推出了"海内外十大名票专场演出"，届时，来自北京、天津、河北、广东、新疆、湖北、重庆、山东、甘肃、江西等省市及海外的 30 名"十大名票"将荟萃一堂，共同演绎《龙凤呈祥》《红鬃烈马》两出大戏。这是我国京剧票界精英荟萃的空前盛举。

2017 年 10 月 13 日演出的全本《龙凤呈祥》，将特邀京剧名家朱宝光领衔出演"乔玄"，由天津京剧院优秀青年演员左洪莲饰演"孙权"。昔日的"十小名票"

京剧名家朱宝光与"十大名票"孙元木、红音、田胜强等向观众致意

刘小源将与孙志宏、齐桂芬、崔晓云一起联袂登场饰演"刘备"。红音、周嗣恒、孙元木、冉江红饰演"孙尚香"。顾丽娜饰演"吴国太"、黄熳饰演"赵云"、寇胜利饰演"乔福"、邱光勇饰演"贾化"、田胜强饰演"周瑜"、王惠芳饰演"鲁肃"、于胜利饰演"张飞"。

10月14日演出《红鬃烈马》，叶庆柱、何一明、付晶晶、余文鑫、郭盛饰演"薛平贵"，王雅雯、王开颜、杨晓云饰演"王宝钏"。叶翱畅饰演"代战公主"，王博锐饰演"王允"，周春选饰演"魏虎"，陶丽娜饰演"王夫人"，寇胜利饰演"马达"，邱光勇饰演"江海"。

这两场大戏的演出展示了"和平杯"十大名票的整体实力，剧场气氛火爆，网上直播，反响强烈。

庆祝天津解放 70 周年　喜迎新中国成立 70 周年
"和平杯"举办"十大名票"个人专场演出

2019 年 1 月 15 日是天津市解放 70 周年纪念日，2019 年 10 月 1 日是中华人民共和国成立 70 周年。为了庆祝这光辉的日子，表达广大票友无比喜悦的心情，"和平杯"京剧票友邀请赛组委会于 2019 年 1 月 15 日至 16 日，在天津中国大戏院举办了 4 场中国京剧"十大名票"个人专场演出。这是继杨晓云、顾丽娜两位个人专场以后，再一次向世人集中展示"十大名票"风采，也是"和平杯"京剧邀请赛组委会连续第四年举办的新春惠民演唱会，演出戏票全部免费发放戏迷观众。这 4 场演出包括山东白洪亮、江西尹晟嘉"乾旦"专场；天津郭盛（老生）个人专场；山东田胜强（小生）个人专场以及北京彭净、美国刘玥霞、广东王涛"坤净三姊妹"的花脸专场。担任助演和祝贺演出的有裘派传人裘芸女士和叶庆柱、兰仁东、阮宝利、曲学贤、陶丽娜、岳中元、齐桂芬、张杰、王开颜、余文鑫、周春选、孙志宏、王惠芳、支帅这 14 位历届"和平杯"中国京剧"十大名票"。

著名京剧表演艺术家叶少兰、任德川亲临演出现场，为其爱徒田胜强、郭盛把

"十大名票"个人专场节目单

场助阵。

专场演出由天津京剧院协办,爱奇艺网站对 4 个专场全程进行网上直播。

专场演出结束以后,还组织了参加演出的海内外"和平杯"中国京剧"十大名票"下基层、进农村活动。

这次演出,拉开了"京剧票界喜迎中华人民共和国成立 70 周年演出活动的序幕"。一花引得万花开,万紫千红春满园。在充满生机与活力的 2019 年,热爱京剧国粹艺术的华夏儿女,用自己钟爱的京剧演唱形式,掀起一浪高过一浪的喜庆热潮!

庆祝改革开放 40 周年
海内外"十大名票"折子戏专场演出

温学兰演唱《李逵探母》

2018 年 1 月 15 日晚,"和平杯"中国京剧票友邀请赛组委会主办的"庆祝改革开放 40 周年海内外京剧十大名票折子戏专场",在天津中国大戏院拉开帷幕。

这次演出戏票全部免费赠送给社区居民和我市各京剧票房的票友,体现了"天津文化惠民季"的主旨和 "满足人民群众对于美好生活向往"的初心。此次"折子戏演出"共分两场,参加演出的有 38 名中国京剧海内外"十大名票",他们分别来自国内 11 个省市区以及美国、秘鲁两国,均有着不凡的实力和精湛的造诣。

美籍华人徐涵芬是首届"海外十大名票",尽管已经九十高龄,仍然底气十足、嗓音甜润,被誉为"票界常青树",此次她将在《龙凤呈祥》中扮演孙尚香;美籍华人蓝育青曾夺得"海外十大名票"第三名,她将于 1 月 16 日晚登场,与天津名票王惠芳共同演出鲜见的《西施·泛舟》;秘鲁籍华人红音曾获"海外十大名票"第二名,这次演出张派名剧《望江亭》。

"十大名票"温学兰曾因饰演《红灯记》中李奶奶名噪一时,此次出演《李逵探母》,展现出她传统戏的基本功。明晓东将扮演白素贞,与"小青"王永斌和"反串"的余文鑫共同演出《白蛇传·游湖》。首场演出的"压轴戏"是《西厢记·送别》,由新科"十大名票"贾宁扮演崔莺莺,田胜强扮演张珙,顾丽娜扮演崔夫

"十大名票"岳中元、孙志宏演唱《连环套·拜山》　　　"十大名票"明晓东、王永斌、余文鑫
演唱《白蛇传·游湖》

人,王燕扮演红娘。当晚的"大轴戏"是《连环套·拜山》,金派花脸岳忠元饰窦尔敦,杨派老生孙志宏饰黄天霸。

庆祝改革开放 40 周年"和平杯"海内外京剧十大名票折子戏专场,由爱奇艺直播室进行了全程直播。

饶有趣味的中外少年儿童联欢

新苗已吐新花蕊, 朝霞更闪朝阳辉。2015 年 7 月,第五届"和平杯"中国京剧小票友邀请赛决赛期间, 恰逢天津正在举办"2015 天津国际少年儿童文化艺术节",组委会选派《智取威虎山选段——打虎上山》《天女散花》两个节目,参加了 7 月 27 日和 7 月 28 日晚的两场演出, 并组织

陈秀华等老师为外籍小朋友化京剧妆

参赛小选手分两批观摩了菲律宾、蒙古、印度等多个国家以及中国澳门地区少儿艺术团表演的器乐合奏、舞蹈、杂技等精彩节目。

7 月 29 日下午,在天津和平文化宫我们与俄罗斯乌拉尔少儿艺术团、科特迪瓦艺术团共同举办了中外少儿联欢会,小朋友们演出了精彩的节目。组委会聘请 8 位化妆师为 8 位外籍小朋友化京剧脸谱妆,穿上京剧戏装,演练京剧骑马等程式化动作,让外国少年儿童体验中国文化、天津文化的魅力。也让中国小票友们留下了难忘美好的回忆。中外儿童共同唱出"和平、友谊"的"国际好声音"。

庞大的"和平杯"观摩团

社会活动家颁奖仪式

2010年10月,迎来了第十届"和平杯"决赛盛典。决赛期间,表彰了10名"和平杯"杰出贡献奖,首批10名"中国京剧票友社会活动家",48名历届"和平杯"十大名票来津进行了祝贺荟萃演出。

10月上旬,临近决赛的日子,我接到了刚刚被评选为"中国京剧票友社会活动家"的云南张维福同志打来的电话。他说,很抱歉,因为工作上的原因不能前来参加盛典和领奖了。但是,由于众多的云南票友对"和平杯"怀有极大的向往,太想观摩比赛,梦想着能够登上天津中国大戏院的舞台。所以,为了满足大家的愿望,他准备组织一个观摩团来津,虽然这些票友的演唱水平不是很高,但也想争取让他们在京津两地的舞台上展示一下。我问,准备来多少人,需要我做哪些协助工作?他说,大体有60人左右,所有的费用全部由他个人出资赞助,不给组委会添经济上的负担,能够预留观摩票就行。我被张维福同志推动票友活动的热情及付出深深打动了。

决赛前,我们迎来了由66名票友组成的云南庞大观摩演出团,他们是集体坐火车来的。另外还开来了一辆大巴车,拉了满满一车的服装与道具。在观众熙攘的中国大戏院前厅,几位女士分发着红红绿绿的"云岭票友也风流"的宣传材料。

尽管赛事活动安排得很满,我们还是尽可能在10月23日下午安排了云南来的票友在中国大戏院演出了一个专场。观众对演出给予了热情鼓励。

张维福同志,云南个旧振兴锡矿矿长,是一位有成就的民营企业家,也是一位京剧艺术的追求者、组织者。他用巨大的财力积极支持京剧事业的发展,积极支持京剧票界的建设,此项活动不仅在云南,也使全国的票友共享改革的成果。近十多年来,他总投资420多万元为票友开辟活动室、扩建俱乐部、搭建演出舞台、购置演出服装和文武场的乐器等,凡是到这里活动的省内外票友均实行免费住宿、就餐、唱大戏,在个旧举办了3届"锡都行,全国京剧票友演唱周"活动,特别是第三届"锡都行",邀请了国家重点京剧院团6家,仅国家一级编剧、一级演员、一级琴师、一级鼓师就有38位之多,来自全国17个省市的

500多名京剧票友免费住宾馆、吃桌餐、唱京剧，创造了中国京剧票友史上的一大奇迹，受到各级党委、政府、省内外票友的高度赞扬。

个旧市振兴京剧俱乐部自1997年至今，已定期举办了"京剧大家唱"540多场次，化妆演出276场次，接待了省内外来自24个省、自治区、直辖市的全国京剧票社117家，多次举办全国、全省和红河州的大中小型演出活动。

为了促进京剧的发展，他组建了个旧市振兴京剧演出团，在此基础上，他又组建了振兴京剧培训班，近3年来已办了6期200余人参加的京剧培训，全部免费。从而培训了一大批热爱京剧的中青年京剧爱好者，并培训出属于个旧的青衣、花旦、老生、小生、老旦和花脸等行当的演员，丰富了演出的剧目。他在培训过程中，使个旧的京剧票友演出水平不断提高，实现了"三大跨越"，既由清唱到彩唱、由彩唱到折子戏、由文戏到武打戏，个旧振兴京剧培训班的演出受到广泛的赞誉。他当选云南省戏剧家协会京剧分会会长后，推动了云南省业余京剧活动的发展。

送给孩子们"六一"的礼物
——免费赠送"和平杯"小票友赛光盘

至2016年，"和平杯"中国京剧小票友邀请赛已经成功举办了五届，它与"和平杯"中国京剧票友邀请赛（俗称"大票友赛"）相映生辉，在京剧发展史上共同书写着民族文化的动人诗篇。使"国粹艺术"闪烁出朝霞般的光彩。

在前五届"小票友赛"中，全国共有25个省、自治区、直辖市的3000多名小选手报名参赛，有1183人进入复赛，311名小选手来津参加决赛。这项赛事及一系列丰富多彩的辅助活动，是我国少年儿童京剧才艺交流、展示、示范的大平台。它评出的50名"中国京剧十小名票"，至今代表了我国少儿业余京剧的最佳水平，

免费赠送的前五届"十小名票"荟萃光盘

他们大都成为我国少儿京剧活动的领跑者，成为耀眼的京剧"童星"。其中很多已经进入了京剧专业院校继续深造。颁奖晚会均由中央电视台"空中剧院"栏目专程来津进行现场录制，在全国播放并引起热烈反响。

为了推动我国少儿京剧活动更快发展，促进青少年的素质教育，"和平杯"中国京剧票友邀请赛组委会将五届小票友赛颁奖晚会的光盘汇编集锦（共8

张光盘），制作了3000套，作为"六一国际儿童节"的礼物，免费赠送给各地京剧进入音乐课堂的中小学校、青少年宫、幼儿园、少儿京剧活动组织及孩子家长。

经过各地票友组织和各大新闻媒体的广泛宣传，进行咨询和索要光盘的中小学校，以及热爱京剧的小朋友（家长）络绎不绝，本着有求必应、立即办理的精神，一时间，组委会办公室工作人员处理来电、来信、寄送光盘忙得不可开交。大家虽然忙点、累点，但心里都十分高兴。

欧阳中石先生题写《和平杯》刊名

刊物封面图

2008年年初，"和平杯"京剧票友邀请赛组委会提出创办《和平杯》杂志，以适应宣传的需要。将这个想法汇报给组委会主任、中共天津市委常委、市委宣传部部长肖怀远同志后，得到了大力支持，他热情地为这本刊物撰写了发刊词。

编委会成员讨论时，认为应该请一位德高望重的名人题写刊名。这位名人首先须是著名的书法家，同时也是知名的京剧界人士，这样的身份才最适合。几乎同时，大家都想到了欧阳中石老先生。因为他现任首都师范大学教授、博士生导师、中国书法文化研究所所长、北京唐风美术馆名誉馆长。在京剧艺术方面，他的造诣非常深，早年曾拜在京剧大师奚啸伯的门下，是奚派著名的老生票友。同时，欧阳老先生还是全国政协委员、中国书法家协会顾问、中国画研究院院务委员等，属于社会名流。

于是，我们派与老先生认识的李崇祥去北京登门拜访，诚求墨宝。并按照惯例，带去了并不高的润笔费，以表达谢意。当晚崇祥同志回到天津，电话里和我说，欧阳中石老先生已经写好了刊名，字很漂亮，并祝贺"和平杯"票友赛越办越好。但润笔费他坚决不收。我听了很受感动，非常钦佩老先生的为人和品德。

就这样，欧阳中石老先生题写的刊名，伴随着《和平杯》杂志从那时走到了今天。当我们翻阅一期期全面反映"和平杯"京剧票友邀请赛盛况的《和平杯》杂志时，欧阳中石老先生的高风亮节就闪烁在我们眼前，并会一直鼓舞着我们坚持不懈地振兴、繁荣中国京剧艺术事业。

耀眼的吉林祖孙名票

第六届"和平杯"京剧票友邀请赛"十大名票"刘艳波，是继白洪亮以后获此殊荣的第二位吉林票友。她的小孙女丫丫(大名郭子嫣)是第六届"和平杯"京剧小票友邀请赛的"十小名票"，也是吉林的第一位"十小名票"。祖孙俩同获名票称号，在中国票界书写了一段佳话。

2020年3月5日，在组委会组织的"抗击疫情，票友不会缺席"的网络演唱会上，播放了由奶奶作词、孙女演唱的《众志成城战疫情》，词写得朴实生动，唱得声情并茂，引起了很大反响。

十大名票刘艳波和孙女十小名票郭子嫣

2021年，在纪念"和平杯"创办三十周年的专刊上，发表了刘艳波写的《"和平杯"圆了我祖孙两代的京剧梦》，生动记录了她培养孙女的过程。艳波的家境并不富裕，为了培养孩子，付出了满腔心血，读后令人动容。

如今，奶奶在上海陪着孙女在"上戏"深造。我们衷心祝福这祖孙俩生活愉快，更期待着丫丫学业有成、雏凤展翼、乘风高飞！

为参加过决赛选手设限

从第三届"和平杯"开始，在实施方案及在复赛评选中基本有这样一条规定：参加过往届"和平杯"决赛的票友，如果没有明显进步，难以进入高一级奖级，一般不进入决赛，将名额让给新的面孔。这项规定得到了全国绝大多数地区票友的拥护，不仅使更多票友进入决赛、圆梦登上天津中国大戏院的舞台，也激励着优秀票友不断进取。在获得"十大名票"的队伍中，两三次，甚至四五次参赛"和平杯"的比比皆是，十年磨一剑的不少，甚至二十年磨一剑的也大有人在。

组委会做出这样的规定，除了上述的初衷，也是和第二届发生的一位票友闹事有关。

1991年，在举办首届"和平杯"中国京剧票友邀请赛时，上海女选手×××演唱《遇皇后》，成绩不错，获得了二等奖，十佳票友的第四名。1993年，她第二次以《钓金龟》参赛，由于有一定实力，还是进入了决赛，结果获得了三等奖。对于票友和比赛来说，这都是很正常的事情。可没想到的是，这位×××选手没能正确对待。在公布成绩的当天晚上10点多钟，她来到评委驻地外面大声吵闹，直呼担任决赛评委(老旦名家)的名字，不停喊道："某某某，你出来，咱们比试比试！"弄得大家瞠目结舌，一片哗然，纷纷对她进行劝阻和指责。

这件事给我们上了一课。这位票友素质差，是她个人的问题，但是我们总结工作时也觉得，她获得过二等奖，在复赛时虽然觉得她有一定实力，但进入前十的可能性不大，可还是选入决赛是不够妥当的。由此，从第三届开始增加了这样一条规定。以后基本上也没有发生类似的事件。

我们常说，"和平杯"这个舞台，既是每位票友演唱水平的考场，也是对票友思想道德素质的考场。但愿票友们在两个考场上都能取得好成绩。

评选"十大名票"就凭一个唱段

在"和平杯"中国京剧票友邀请赛历程中，组委会曾经接到几位京剧界人士的建议，认为中国京剧"十大名票"是一个极高荣誉，不应该只凭一个10分钟左右的彩唱，建议增加现场京剧素质的考评，或者是增加演唱其他唱段，等等。还有人提出，现在"十大名票"评得太多了，含金量也会降低，应该少评为好。组委会认真研究了这些建议。

在开始创办"和平杯"时，就给这项活动定了一个主题，经过讨论，采纳了天津市人大常委会副主任石坚提出的"振兴京剧艺术，促进和平友谊"的理念。不久，文化部常务副部长高占祥同志欣然题词。以后，"和平杯"的一切工作都是围绕这个主题展开的。

对一名票友来说，差不多都是从喜欢并学唱某一个行当、流派的唱段开始的。一滴水能折射太阳的光辉，舞台上能够彩唱好一个唱段，基本能体现了本人京剧艺术技艺水平，没有较好的悟性和下苦功夫是难以做到的。举办"和平杯"，就是希望通过此项活动，使越来越多的人喜欢京剧、看京剧、唱京剧。评选京剧"十大名票"是"和平杯"首创，"名票"这个概念，没有严格的界定，每届评选的"十大名票"，受当届入选决赛选手整体水平、参赛行当、剧目等因素影响，也是有一定差异的。个别当届入选者如果放到其他届，也许榜上无名，这些大家都是可以理解的。但是评选"十大名票"，既是对其本人的肯定和褒奖，也是在中国票界又点燃了10把火炬，极大地促进了所在地区的京剧票友活动。

到 2023 年,已经评选出 160 名内地"十大名票",分布在 24 个省市区;30 名港澳台及海外"十大名票",分布在中国港台地区及美国、加拿大等 10 个国家。海内外这些"十大名票",都是通过一个个彩唱唱段评选出来的,基本上得到了广大票友和业内人士的认同,他们大都成为当地票友活动的中坚力量,成为弘扬京剧艺术的生力军和突击队,有着很高的知名度,发挥着难以估量的作用。参赛"和平杯"、入围决赛、争当"十大名票",成为相当多票友制定的"圆梦"三步走规划。事实证明,凭一个唱段评选"十大名票"不仅基本没有降低评选的质量,而且有利于促进广大票友的参与度和提高实力。

发生在台湾票友参赛期间的两件事

首届"和平杯"决赛,台湾选手程梅华、湖北选手邢秀红二位选手都是演唱张派名剧《望江亭》的同一选段,被评委会公认为决赛中张派唱得最好的两位。最后评选结果出炉以后,邢秀红获得总成绩的第五名,获得了"十大名票"称号,程梅华获得总成绩的第 11 名,屈居二等奖,是十佳票友的第一名。如果没有邢秀红的参赛,程梅华极有可能进入前十。但是没有如果,这就是比赛的残酷性和偶然性吧。决赛成绩公布以后,程女士平静地接受了结果,还高兴地参加了接下来的港台票友的祝贺演唱会。程女士的大度,待人接物的热情给大家留下了美好的印象。

赛事结束,组委会安排一辆面包车送程梅华一行去机场。没有想到的是,一名天津票友不知怎的也混上了车。在车上,这名票友谎称自己是组委会某位领导的亲戚,对程女士造谣说,观众都认为你唱的比邢秀红好,评选显然不公,你根本不知道,组委会早就内定了十大名票的人选,你唱得再好也白搭,等等。当时送站的司机是和平文化官的司机王子龙,王师傅平时沉默寡言,听到该票友大放厥词,实在按捺不住,当场对他进行了抵制和批评。送站回来后向组委会进行了汇报。我们得知后,对该票友进行了训斥。

1993 年,第二届"和平杯"举办时,台湾一位姓王的女士以杨派名剧《文昭关》参赛,据朋友说,来时她信心满满,对台湾的朋友说十大名票非她莫属。到津后,还特意找天津京剧院杨乃彭先生进行加工和辅导。决赛评委们一致认为,这位女老生虽然演唱过得去,但距离一等奖差距还是较大的,考虑到她来自宝岛台湾,适当照顾一下大家还是理解的,最后评定她为二等奖。没有想到的是,过了不久,王女士在天津的一位杨姓朋友竟恶意炒作,在《中国青年报》发表了一篇评论文章,为这位王女士叫屈,说评选有黑幕云云。我们看到后,以

花絮

组委会名义与该报进行了严肃交涉。王女士回到台湾以后,发表了很多不当言论,毫无根据地到处散布说组委会搞暗箱操作,把她排挤在十大名票之外。自我感觉良好是票友们的普遍特点,但像王女士这样,差距这么大还自以为是的也不是很多。

票友的群体是可爱的,也是复杂的,组织"和平杯"这样公益性的票友活动也要提防别有用心之人的捣乱和破坏,这是我们通过此事得到的教训。

一封匿名举报信引起的风波

第九届"和平杯"京剧小票友邀请赛决赛结束以后,组委会收到了一封从各方面转来的内容相同的匿名举报信。信中对复赛的结果提出异议,从而引起一场风波。

第九届"和平杯"京剧小票友邀请赛复赛,由9名京剧名家(均为各个行当的"国家一级演员")组成的复赛评委会,对全国24个省市区的256名个人选手、45个团体节目进行评选。评选原则是"质量为主,好中选优,在这个前提下兼顾地区和行当",最后有66名海内外选手、15个节目入选决赛。一个地区最多入选6名。

在地区的评选中,只看质量,不考虑这个地区内部具体单位的平衡。例如,辽宁省这次报送复赛的共有21名选手,来自该省14个地市级单位,最后入选决赛的4名选手全部来自丹东市。天津市参加复赛的选手共18名,最后评定结果有6名进入决赛,其中有5名来自天津市旭日国韵艺术培训学校。这也是以质量为主、好中选优、不考虑地区内部平衡的结果。

旭日国韵京剧艺术培训学校是"和平杯"组委会评定的全国第三批"中国少儿京剧培训基地",它依仗天津雄厚的专业京剧院团力量,聘请一批京剧一二级演员作为师资,培训成绩十分突出。第七届小票友赛有两名获得"十小名票";第八届有一名获得"十小名票";这一届又有两名获得"十小名票",分列第一名和第三名。天津少儿京剧活动在全国也属上游,参加复赛的小选手普遍具有较高的水平,这一届,旭日国韵五名选手进入决赛,完全是"好中选优"的结果。

复赛结果公布以后,至今没有听到任何对某某选手进入决赛质疑水平的反映。只是,天津其他几家少儿京剧培训机构没能有人进入决赛,有点遗憾。

天津市一家由专业净行二级演员成立的不太久的少儿培训机构,虽然有些节目进入了复赛,但没能进入决赛由此大为不满,几次和他沟通做工作不接受,声称"这没法和家长交代"(如果没有他事先和家长许愿,真不知他要交代什么?),又声称"没法和老师交代"(他的老师是全国著名花脸演员,如果知道这个徒弟的所作所为,真不知该作何感想?)

实事求是地说,他们进入复赛节目的整体水平也是不错的,只是和进入决赛的节目相比稍显逊色而已。这位少儿京剧培训机构负责人不敢说天津进入决赛的小票友哪个不够水平,更不敢说他报送的哪个小选手水平高于进入决赛的选手。为了发泄私愤,找了一个借口,说担任复赛评委的某个名家曾经在旭日国韵教过课(后经调查,这位老师在旭日国韵开设过成人京剧班,没有给小票友上过课),可能存在偏袒情况,要求推翻复赛结果,重新评定。他写了匿名信,一信多投,寄到天津市委宣传部、天津市文旅局、和平区政府主要负责同志及各级信访等部门。

收到这封匿名举报信的时间是 8 月 2 号,网上决赛已经结束,新的一届"十小名票""优秀小票友"已经产生。他明明知道,推翻全部复、决赛评选结果既无理又荒诞,是完全不可能的,还要到处举报,就是泄私愤而已。

这封举报信,只是一种猜疑,没有任何真凭实据,很好回复,不值一驳。

别说这次担任复赛评委的各位京剧名家没有自己的学生参赛,就是有,那又如何呢?复赛的评选是集体讨论决定,不是哪个评委可以决定的。在以往历届大、小票友的决赛中,先后有一百多位京剧名家担任过评委,在参赛队伍中不乏有自己的学生,都没有影响评选的公正,很多京剧名家反而对自己的学生更加严格,这样的例子不胜枚举。

公平公正,是"和平杯"决赛赛事活动得以顺利举办 33 年的关键因素之一。一封没有真凭实据的匿名举报信,除了暴露本人为了一己私利混淆视听以外,丝毫不会影响到"和平杯"在广大票友心目中的良好形象。

从 SOS 村走出来的京剧小童星

2013 年 8 月 11 日晚,第四届"和平杯"京剧小票友邀请赛第三场决赛在中国大戏院拉开了帷幕,当场的第 18 个节目《三岔口》片段,饰演剧中人物刘利华的是 10 岁的哥哥孙超,饰演任堂惠的是 9 岁弟弟董泽嘉。他们来自一个特殊的大家庭——天津 SOS 儿童村,孩子们都是孤儿,这小哥俩生活在儿童村中一个有着 7 个孩子的家庭,跟随未婚的张红霞妈妈生活。

哥哥孙超从 4 岁开始在华夏艺术团学习京剧,他从小就喜欢京剧,弟弟董泽嘉应该是受哥哥的影响,学戏的时间比哥哥要稍晚些。张红霞虽然对京剧完

孙超、董泽嘉演出《三岔口》

全是个"门外汉",为了满足孩子们想学京剧的愿望,使孩子们有一个快乐的童年,她到处打听天津哪里能够教孩子学习京剧。在孙超4岁时,张红霞妈妈乘公交车带孩子们去华夏少儿京剧艺术中心上课,因为路途较远,有时路况不好会堵车,不是很方便。后来,张红霞从生活费中节省下部分钱购买了一辆加盖罩篷的电动三轮车,自此这辆车成了母子三人的交通工具,风雨无阻,就这样一直坚持着。几年下来,张红霞对京剧的热爱和崇敬油然而生,如今,在家成为督促孩子们认真刻苦学戏的严格教师,演出时是他们的"大衣箱"和"跟包"。

孩子们的辅导老师王立才先生是一位从天津京剧界退下来的老演员,一辈子与京剧艺术打交道,有着丰富的舞台艺术经验。自退休以后,就在华夏少儿京剧艺术中心辅导孩子们学习京剧。王老师对孙超和董泽嘉特别偏爱,不仅教戏,尤其关注孩子们的成长。2010年暑假期间,儿童村办起了一个京剧学习班,免费提供儿童村的孩子们在这里学习京剧,学习京剧的孩子已发展到20余人。王立才老师也是京剧班辅导教师之一。孙超和董泽嘉每周六日除了去"华夏"上课外,每周的三五晚上在儿童村的大礼堂增加两次学习的机会,所以,他们哥俩的进步非常之快。在今年的"小梅花荟萃"中,他们的表演获得金奖;如今又获得"和平杯"小票友大赛的二等奖;不久又将出现在央视少京赛决赛的舞台上。

"和平杯"金牌宣传员——裴毅

2008年6月的一天上午,组委会办公室的大门打开,迎来了一位北京朋友,自报家门说是慕名而来的中国京剧艺术网的记者裴毅。由此和裴毅结识,15年来,在"和平杯"历届大小票友决赛现场及组织的包括中国京剧"十大名票"赴澳大利亚演出的几乎所有大型活动中都见到了裴毅的身影,他融摄影、摄像、编辑、解说为一身,为"和平杯"留下了大量珍贵资料,称他为"和平杯"的金牌宣传员实至名归。

如今，裴毅不仅在票界，就是在众多知名的京剧演员中都具有很高的知名度，请他协助摄影、摄像、编辑的数不胜数，日程排得满满的，这固然是他有精湛的技艺，但更重要的是他为人真诚、对工作极其负责、对名利淡薄的品格。

中国京剧票友社会活动家裴毅

一位业余摄影记者，把传承京剧视为肩上不可推卸的历史重任，致力于京剧的普及与提高。他把京剧活动的摄影、摄像展现给大家，让海内外票友共享，从此梨园春色有他的光彩，菊坛芬芳的鲜花有他的浇灌。

2018年10月，在第十四届"和平杯"京剧票友邀请赛上，裴毅被评为第三届"中国京剧票友社会活动家"。下面是组委会对他的颁奖词：

中国京剧艺术网的忠实志愿者。利用业余时间投入大量精力、物力，帮助网站建设和内容填充，负责线上线下京剧名家、戏迷票友的沟通与交流。策划实施大型戏迷票友活动，拍摄、编辑、制作近2000期网络视频节目。足迹遍及全国各地社区及海外票房，为国粹传播推广留下宝贵的资料，特别是为"和平杯"推广报道做出贡献。不辞辛苦、任劳任怨，赢得戏迷票友及社会各界人士认可并拥有良好口碑。哪里有京剧，哪里的戏迷票友就能看到他勤奋的身影！

可敬的李丽芳老师

现在互联网上，疯传着一段李丽芳老师最后演唱《海港》的视频。这是2000年3月28日，李丽芳老师癌症手术后由人搀扶登场，在上海京剧院建院45周年庆典演出开幕式上投以身心全力，神清气足地完成的生命绝唱。两年后，李老师谢世。每当看到这段视频，我就不由想起和李老师相识的那段难忘日子。

李丽芳老师

1996年，举办第三届"和平杯"时，白晶环老师提议聘请上海的李丽芳老师担任决赛评委，白老师给李老师打电话说明了缘由，李老师欣然允诺，我们提出请上海的票友代为购买机票并陪同她前来。李老师说，不用给组委会添这么多麻烦，自己身体很好，完全可以自己前来。最后还是她自己到了天津。

在决赛期间，我和李老师接触了几次，深深为她对票友的热情所感动。

参赛票友得知李老师担任决赛评委十分高兴，特别是一些旦角选手找到我，希望找机会请李老师辅导指点一下，或合张影留作纪念。但是由于组委会有严格规定，决赛期间禁止选手和评委单独接触，因此没法安排。我把大家的想法告诉了李老师，并请她谅解。李老师说，很理解票友的心情，我会关注每位票友特别是旦角的演唱。并叫我把这几位票友的名字、联系方式告诉她，决赛评选以后，有可能的话她来联系谈谈自己的一些意见。

我很清楚记得，在决赛现场，李老师认真观看了每一位选手的演唱并做了记录。第一场决赛刚刚结束时，李老师就迫不及待走出评委席，急匆匆赶着去洗手间，我马上派工作人员陪同前往。过后李老师见了我说，很抱歉，晚饭时汤喝多了些，只能一直坚持着。好在没有错过观看每一位参赛票友的演出。以后自己一定注意，入场前少喝水了。多么认真负责又可爱的老师啊！

评委会上，李老师差不多对每位票友都发表了自己的意见。例如，71岁湖北男旦选手吴杰演唱《红娘》，李老师评论说，看得出来，这是位资深的老票友，岁数大了，嗓音和气力跟不上，但是他能够"藏拙"，太会唱、太会表演了，一般的专业演员都很难做到。在评论新疆选手杨晓云演唱的《西施》时，李老师特别高兴，票界真是藏龙卧虎啊，想不到新疆竟有这么中规中矩的大青衣。李老师还对参赛的日本选手前田尚香演唱的《思凡》给予了很高评价，她说，昆曲界常说，"男怕夜奔，女怕思凡"，这位日本姑娘真是难得，有专业水平。

1999年春节前，我去上海参加全国群文界的一次活动，听说李丽芳老师身体出现了一些状况，就给李老师打了个电话表示慰问，想顺便前去看望一下。没有想到的是，说什么李老师也不同意我到家里去，还要请我吃饭。我再三进行谢绝。不久她又来电话说已经在南京路上订了饭店。我再三推辞不掉，只好应约前往。饭桌上，李老师身体已经明显消瘦，她很关心询问她担任评委的那届评选出来以后有什么不良反响。她还对我热情鼓励，一定要把"和平杯"坚持办下去，不要松劲，以后身体好些，如果需要愿意再次担任评委。

这次和李老师的会面，竟成诀别。痛哉！痛哉！

年龄最大的决赛评委——刘雪涛老师

刘雪涛老师担任过五届"和平杯"决赛评委，两届颁奖嘉宾，每届决赛期间组织的票友联欢、下社区、进校园等活动，都是最积极、最热情的参与者，他平易近人，没有任何架子。签字、合影，来者不拒；写字、作画，有求必应；辅导、指点，更是耐心细致。组委会给他参加活动一点儿报酬，他笑着谢绝说，这是我高兴参加的事。

刘雪涛先生为和平区尚友里社区作画题字

雪涛先生大我 22 岁，我一直把他当作尊敬的长辈，可他一直亲切称呼我小兄弟，鼓励我一定要把"和平杯"坚持搞下去。有好几次春节前，都是刘老先生给我打电话问候，寄来他以自己的书画作品制成的贺年片。弄得我十分不好意思。快过年了，连我爱人都提醒我说，快给刘老提前打电话吧，别让老人家又抢先了。

2006 年，举办第八届"和平杯"时，刘老给我打电话，提出对"和平杯"有难以割舍的感情，自己身体状况很好，如果有可能希望再当一次决赛评委，到天津来和大家聚一聚。我们商量以后，考虑到他身体状况十分好，就答应了。就这样，84 岁高龄的刘雪涛老师成为和平杯历史上年龄最大的一位决赛评委。

刘秀荣老师的二三事

1991 年 7 月，首届"和平杯"的复赛在天津"国民饭店"举行，白晶环老师提议，把刘秀荣及马长礼、王晶华、刘雪涛等老师从北京请到天津，和天津的杨荣环、李荣威、吴同宾等一起担任复赛评委，审看各地报送的录像带。

从那时起，刘秀荣老师先后 4 次担任过"和平杯"决赛评委和颁奖嘉宾，她对广大票友有很深厚的感情，对前来讨教的票友从来都是以诚相待、热情鼓励、具体指导，受到广泛赞誉，留下一段段佳话。30 年来，我和先生有过多次交往，结下了深厚友谊。我亲切称呼她为"大姐"，称张春孝老师为"大哥"。她每次来津给专业演员说戏，也是给我打个电话，只要安排开一定要聚一聚。她对于办好"和平杯"寄予很大期

和刘秀荣老师在北京全国政协礼堂会客室

望,给予了很多鼓励。

2002年10月,第六届"和平杯"决赛,刘秀荣老师担任评委,她在和我的谈话中告诉我,很多票友,其中不乏有参赛票友通过各种方式,或登门拜访,或其他方式找到她,希望给予指点,更希望她在决赛时给予关照。送钱送物的不少,弄得她很难处理。她提出,她已经担任过多届决赛评委,为了不影响"和平杯"评选的公正性,今后还是不担任决赛评委为好。秀荣老师这种高风亮节令我十分感动。从此以后,"和平杯"在选择决赛评委时,规定了一般不再多次连任的措施。

2004年8月,央视戏剧频道"过把瘾"栏目,专门做了一期长达50分钟的"首届和平杯十大名票再聚首"节目,特邀了刘秀荣先生作为专家嘉宾,谈了她当首届决赛评委的感受。对于13年前评出的首届"十大名票",她侃侃而谈、如数家珍,足见先生对评委工作的认真投入,对票友的至深感情。这段珍贵的录像也成为一段经典。

与两位曲艺大师的结缘

1996年10月,举办第三届"和平杯"中国京剧票友邀请赛,这一年有幸和马三立、骆玉笙两位中国曲艺界大师结缘。

按照实施方案的安排,计划在第三届"和平杯"中国京剧票友邀请赛决赛期间,组织参赛票友在和平文化宫的京剧曲艺茶座"名流茶馆"进行联欢。这一年8月一天的上午,在"名流茶馆"成立五周年之际,我们请来了相声泰斗马三立先生及众多戏曲名家来"名流茶馆"做客,马先生欣然赴约,并为茶馆题写了匾额。中午,我在天津市辽宁路"宴宾楼"二楼宴请马先生及与会有关人员。宴会开始前,我做了一个简短的致词。话音刚落,只见马三立先生就举手,从座位上站起来说:"我提个意见。"大家一下子都愣住了,不知他要提什么意见。我赶忙说:"马老,有意见您提、您提。"马老不慌不忙地说:"能给加双筷子吗?"原来马老跟前餐具没有摆放筷子。马老幽默的"现挂"引起大家哄堂大笑!相声大师就是大师,不服不行!

1996 年 10 月 14 日晚,是第三届"和平杯"中国京剧票友邀请赛最后一场的祝贺演出,是香港名票钱江、杨洁领衔主演的《监酒令》《李陵碑》《孝感天》《鱼藏剑》《玉堂春》5个折子戏专场。中国曲艺家协会主席、82 岁高龄的骆玉笙

骆玉笙上台祝贺第三届"和平杯"香港名票演出成功

(艺名"小彩舞")应邀来剧场观看演出。骆老是享有盛名的京韵大鼓表演艺术家,她 71 岁为电视剧《四世同堂》的配唱《重整河山待后生》红遍世界,也使更多人不仅认识了她,也认知和喜爱上京韵大鼓这一曲种。骆老的到来引起剧场观众的一片欢腾,很多观众都走上前去,要和骆老照相并签名。为了保证演出的顺利进行,组委会不得不安排几个工作人员进行劝阻。演出结束后,骆老准备上台祝贺演出成功,我考虑她年事已高,就安排两名女工作人员去搀扶,但遭到骆老谢绝,她精神矍铄,自己走上台和演员合影,留下了这张珍贵的合影照片。

犯忌的两位"十大名票"

在获得"十大名票"荣誉称号的群体中,应该说绝大多数是德艺双馨,在当地的票友活动中发挥了骨干作用,享有较高的声望。但也不尽然,这里举两个例子:

例一,1998 年 8 月,应广东京剧促进会之邀,组委会第一次组织"十大名票"演出团,由我带队赴广州等地联谊演出。来自安徽的一位张派"十大名票"随队而行,由于接待方准备不足,开始安排的招待所条件差了一些,盛夏时节,有的房间空调不制冷,卫生间很简陋,上楼也没有电梯。大家虽然不大满意,但是碍着面子也不好多说什么。我马上和接待方进行了沟通,希望换个宾馆,起码有空调,洗澡方便。他们对接待不周道了歉,答应马上更换宾馆。正在交涉时,这位安徽的"十大名票"气冲冲来到我跟前,当着接待人员的面叫喊道:"这是什么鬼地方啊?早知这样就不来了!现在我马上走人!"我和接待人员都进行了劝阻,她愣是不听,拉着行李箱下了楼,头也不回就走了。

这位"十大名票"的擅自离开,并没有影响整个活动的行程和质量。张作斌会

花絮

097

长在为参演的十大名票举办的宴会上,祝贺演出成功,并对开始的安排不周再三致歉。

例二,2018 年元月 15 日晚,"和平杯"中国京剧票友邀请赛组委会主办的"庆祝改革开放四十周年海内外京剧十大名票折子戏专场",由爱奇艺网站进行现场直播,预先和所有参演的"十大名票"打了招呼并征得同意。演出开始前,各地"十大名票"陆续来津报到。其中一位年轻的北京老旦名票迟迟未来报到,几次打电话也联系不上,大家都很着急。演出当天下午 3 点多,这位名票突然给我打来电话,说是在海南旅游,赶不回来,不能参加当晚的演出,并简单地说了句抱歉的话。接到电话,我很震惊!如果不能参加,可以开始不答应。如果答应后遇到难以克服的困难,也应该在第一时间告知,偏偏在临近演出时才说,这不仅仅是对组织单位和观众的极大不尊重,想必大家都清楚,这更是犯了梨园界的大忌!这里不再赘述。

当然,以上这两位"十大名票",没有再出现在"和平杯"组织的各项演出活动邀请名单中。

发生在极其个别的"十大名票"身上的两个事例,时刻在提醒我们,作为一名"十大名票",一定要珍惜自己获得的荣誉,维护自己在票友及社会上的形象,千万不能"自毁长城"。

为金牌京剧辅导教师陈小燕喝彩

众所周知"口传心授"是京剧传承的主要方式,一名票友要想真正取得突出成绩,离不开专业京剧老师的辅导。历数已经获得"十大名票"称号的海内外票友,每个人的身上都凝结着辅导老师的心血。这里,要特别推介一位在"和平杯"

上海戏曲学校高级教师
陈小燕老师

的发展历程中,绝对应该大书特书一笔的辅导老师。

陈小燕,上海戏曲学校高级教师。在戏校,是一位授艺育苗的京剧名家;在社会,她致力于业余京剧活动,多年来不遗余力地支持、推动业余京剧事业的发展,热心辅导票友。经她辅导的学生,国内 8 位获得"中国京剧十大名票"称号,分别是:第一届张育文《拾玉镯》、第三届李健《红线盗盒》、第四届何旭军《探谷》、第五届康志强《黛玉葬花》、第六届季丽芝《虹霓关》、第十届吴似雯《海港》、第十届方林飞《春秋配》、第十三届王淑英《痴梦》;4 位获得"双十佳票友"称号;海外 2 位票友获得"港澳台及海外十大名票"称号,分别是:第十六届美国李兰《凤还巢》、西班牙张静蓉《刘兰芝》。此外,还有4位学生获得"双十佳票友"称号。

经陈小燕老师辅导的学生,有10名获得"海内外十大名票",4名获得"双十佳票友",这在全国绝对是难以超越的。她被誉为"金牌辅导教师"实至名归。

"十大名票"是"和平杯"的金字招牌

名票,泛指有名的票友。在庞大的票友群体中,鱼龙混杂、参差不齐,哪些票友可以称为"名票",并没有一个界定。1991年举办的全国京剧票友邀请赛,首开了政府文化主管部门举办全国赛事的先河,首开了经过层层评选并由文化部命名"十大名票"的先河。由此,"十大名票"这一名称响彻长城内外、大江南北。文化部原社文司张旭司长题写了"要想当名票,参加和平杯"的条幅。

刚设立"十大名票"奖项时,只是一个"词组",意为"十个名票"。到第二届以后,逐渐把它演变成一个专有的名词。历届和平杯一等奖都评选10名,都授予当届"十大名票"的称号。至2022年,已经评选了160名"十大名票"。随着港澳台及海外票友数量的增多,增设了"港澳台及海外十大名票",已经评选了3届共30名。海内外总共评出了190名"十大名票"。自2007年小票友赛加盟"和平杯"以后,设立了"十小名票"的评选,至2023年评选出90名"十小名票"。和平杯评选并命名的"十大名票""十小名票",犹如点燃了一个个火炬,在全球各地熠熠闪光。

自"和平杯"中国京剧票友邀请赛举办以来,各地的票友赛事不断,中央电视台也曾连续举办多届全国的票友比赛,设立过诸如"金龙奖""银龙奖"等各种奖项。戏剧"小梅花奖"的评选进行多届,设立了金奖、银奖、金花奖等。但票界一致认为,含金量最高、名称最响亮的还是"十大名票""十小名票"。众多票友把能够登上"和平杯"的决赛舞台,能够获得"十大名票"的称号作为票友生涯的最高追求。在获得"十大名票"的队伍中,三进、四进"和平杯"决赛的比比皆是,很多票友为此奋斗了二三十年才圆梦!

现在一些地方,甚至评剧、河北梆子、曲艺等组织业余赛事时,都仿照"和平杯",一等奖也称为"十大名票"。有的同志建议把"十大名票"的名称注册专利,我想没有这个必要吧?首先,一花独放不是春,万紫千红春满园。只要是对繁荣华夏文化有益,叫共同的名称又有何妨?其次,这也是对我们的鞭策和激励,有比较才有鉴别,大浪淘沙,"和平杯"评出的"中国京剧十大名票"能够屹立在中国群众戏剧舞台上不倒,得到社会认可,也是我们努力的方向。现在一提到"十大名票",人们很自然首先想到的是"和平杯"京剧十大名票,足可聊以自慰。

"中国京剧十大名票",不仅是"和平杯"的金字招牌,也是"和平杯"最为宝贵的资源。为此,组委会组织了"十大名票"演出团,先后赴全国多个省市及澳大利亚演出;在历届决赛期间,组织了"十大名票"演唱会、"十大名票"两场折子戏演唱会,组合演出《龙凤呈祥》《红鬃烈马》两场大戏,新春团拜会组织了杨晓云等个人专场演唱会;邀请部分"十大名票"参加了庆祝中华人民共和国成立 70 周年、庆祝改革开放 40 周年,以及多届"和平杯"决赛的开、闭幕式演出。有 37 名"十大名票"当过"和平杯"网上决赛评委。

有人说,演员最后比拼的还是文化底蕴。"四大名旦"和众多的京剧名家都在诗书画上有很高的造诣。愿每位"十大名票"在演唱京剧的同时,加强自身的艺术修养,不断充实自己,永葆青春。

多名十大名票"下海",走上专业之路,如刘铮、陈长庆、崔英、叶翱畅、白洪亮、明晓东、冷永和、汤云禄等;像杨晓云、田胜强、陈长庆、岳忠元等很多"十大名票",还收了不少大小票友徒弟,在传承京剧方面做出了突出贡献。

举办二十多场个人专场的杨晓云

杨晓云演唱《宇宙锋》

杨晓云同志退休前是某兵团机关门诊部副主任医师、兵团"优秀保健专家"。

杨晓云酷爱梅派艺术,勤奋好学。1980 年开始,就学于被誉为"京剧声腔艺术研究第一人"的上海戏曲学校著名梅派学者卢文勤先生;得到过京剧表演艺术家张春秋先生亲授《贵妃醉酒》;曾有幸得到马忆程、张丽娟、喻剑秋等名家的亲传实授。

1996 年以《西施》一剧参赛,并荣获第三届"和平杯"京剧票友邀请赛"十大名票"称号。李丽芳、王晶华评委在评委会上说:"没想到在新疆,竟有这么高水平的票友,这样的大青衣,就是在专业剧团里也是很难得的。"

多年以来,杨晓云主演过《玉堂春》《凤还巢》《四郎探母》《贵妃醉酒》《红鬃烈马》等梅派经典剧目,以及《穆桂英挂帅》《生死恨》《霸王别姬》《二进宫》《三娘教子》《宇宙锋》《断桥》《奇双会》《斩经堂》《审头刺汤》《二堂舍子》《西施》等折子戏。先后与乌鲁木齐市京剧团、成都市京剧团、武汉市京剧院、湖北省京剧院、武汉大学京昆社合作，在上述各地举办了二十多场"梅派京剧专场"，演出全本及折子剧目十几出。她的戏码宽广、唱腔规范、扮相漂亮、表演细腻、嗓音甜美、唱念做表讲究。因此受到业界专家和观众的一致好评。杨晓云热心研究和推广梅派艺术，带过很多学生。十几年来，学生中已有 6 人入选"和平杯"决赛，她拥有相当多的观众，尤其是年轻的"粉丝"，这在全国票界是不多见的。

杨晓云演唱《穆桂英挂帅》

杨晓云患有多种严重伤病。先后两次左右膝关节髌骨粉碎性骨折，并做了"钢丝内固定手术"，后因颈椎椎间盘突出做了手术，至今还留有钢板固定，严重时卧床不起。每次演出，她都要打封闭针才能登台。对此杨晓云十分感慨，她认为："有了京剧舞台，就有了生命和享受。追求'梅派'艺术的至高境界，值得为此付出代价"。

2008 年，在举办第九届"和平杯"时，组委会特意安排了杨晓云梅派专场，由天津京剧院做班底，邀请"十大名票"顾丽娜等助演，演出了《穆桂英挂帅》《宇宙锋》中两折，受到了热烈欢迎。至今还被票界及天津的观众津津乐道。由她开始，"和平杯"组委会以后又陆续举办了多位"十大名票"的个人专场演出，充分展示了"十大名票"这一"和平杯"金字招牌的魅力。

十大名票"一姐"——顾丽娜

顾丽娜是"十大名票"中的佼佼者，是继杨晓云之后，组委会为其举办专场演唱会的第二位"十大名票"。2000 年 10 月，在第五届"和平杯"中国京剧票友邀请赛上获得"十大名票"以后，2001 年，参加中央电视台主办的"首届全国京剧戏迷票友邀请赛"并获得"金奖"；接着又参加了中央电视台戏曲春节联欢晚会；2007 年 1 月 30 日，中央电视台还专门为她举办了"扎根沃土花香四溢"个人演出专场。她是登上央视戏曲春晚，并为其举办专场演唱会的第一位"十大名票"。

2006 年，举办第八届"和平杯"京剧票友邀请赛，由她和杨永树老师一起在

"十大名票"顾丽娜

天津人民体育馆为盛大开幕式揭幕。

因为在"和平杯"取得了最高荣誉，再加上她的出色工作成绩，各种荣誉接踵而来：2016年、2017年、2018连续3年担任国家艺术基金初审评委；成为中国戏剧家协会会员、中国戏曲学会会员、中国戏剧家协会第九次全国代表大会代表，河北省戏剧家协会常务理事、河北省文学艺术界联合会第十次代表大会代表、邯郸市戏剧家协会副主席兼秘书长（主持工作），邯郸市第八届、第九届政协委员，邯郸市第十届、十二届政协常委，河北省第十一届、十二届政协委员，河北省第七届妇女代表大会代表、河北省实施春蕾计划先进个人、农工党河北省委优秀党员，邯郸市首届"四个一批人才"、邯郸市专业技术拔尖人才、邯郸市"三八红旗手"并记三等功、邯郸市"十大杰出青年""邯郸市巾帼十杰"，等等。2023年年底，她从邯郸市群艺馆的岗位上退休。

她不仅有一条响遏行云的好嗓子，被誉为"当代中国票界第一老旦"，而且有着极强的社会活动能力和组织工作能力，多次组织京剧名家、名票邯郸行，几乎参加了"和平杯"组委会组织的全部"十大名票"重要演出活动。她尊师重教，谦虚自律，友爱同人，口碑极佳。

说顾丽娜是"十大名票"一姐，我想也是恰如其分的。

顾丽娜演出剧照

"双十大"获得者——郭盛

在闪烁的"十大名票"星群里，不仅有像金玮、蔡智龄、梁冰楠等这样的大学教授，多位参赛时在校的大学生，还有众多才子、才女。

被誉为"言派"第一票（戏迷评论）的郭盛同志，十分多才多艺。2004年，第七届"和平杯"中国京剧票友邀请赛上，他以言派名剧《卧龙吊孝》参赛，获得决赛第一名，他的演唱视频至今还在网上流传。他演唱的京韵大鼓《伯牙摔琴》韵味醇厚，深得骆派精髓，获得了第四届"和平杯"非遗曲艺票友邀请赛"十大名票"节目奖,成为至今唯一的"双十大"。

郭盛同志是天津市公安系统的一名基层警官,他所在的"蓝盾"京剧票房被评为首批"和平杯金牌京剧票房",长期服务公安一线,他是其中的骨干成员,他擅长朗诵、演出小品、演唱多种剧种的经典唱段。2019 年 1 月,组委会为他举办了专场演出,他的老师任德川从青岛专程来到天津为他把场和祝贺。

他倡议并组建了"和平杯京剧十大名票联盟"微信群并任群主,有 130 多名海内外"十大名票"参加。

"十大名票"郭盛

此举促进了海内外"十大名票"联谊交流,更加体现了"十大名票"的担当和发挥了应有的作用。

温学兰的"越洋说红灯"

在纪念"和平杯"创办三十周年的专刊上,刊登了温学兰同志名为《高擎"和平杯",越洋说"红灯"》的文章,读起来令人动容。提起温学兰,天津票友都再熟悉不过了。

她是天津市命名的首批"职工艺术家",她的家庭更是天津市有名的"票友之家",父亲温宝森是个普通工人,一生钟爱京剧艺术,广交京剧名家、名票朋友,京剧名家李荣威、何永泉、马少良、杨乃彭、李莉、邓沐伟、康万生、张学敏、孟广禄、张克、王立军、赵秀君等,鼓师李

"十大名票"温学兰

凤阁、陈熙凯、刘云鹤等,琴师于学森、马玉璞、赵永红、汤振刚等,津门名票丛鸿逵、孙元木等,都曾光顾过她家。从这份名单中,足可见这个"票友之家"在天津的知名度名副其实。

2017 年,中俄合拍的《这里是中国》摄制组,专门来津拍了这个票友之家生活和戏剧活动的视频,在欧洲各国播放。

父亲对京剧的酷爱传给了温学兰兄妹 6 人,使得他们都喜欢上京剧。每每粉墨登场,根据每个人的条件,分派了不同行当和角色,全家一台戏,其乐融融!

温学兰原来学唱青衣,对老旦行当也有兴趣。13 岁刚上初中那年,父亲单位京剧团组织了一次演出,因为扮演李铁梅的演员生病不能登台,情急之下,剧团领导安排来了个"钻锅":饰演李奶奶的刘大姐顶替扮演李铁梅;再让刘大

温学兰饰演的李奶奶

姐用最短的时间辅导温学兰这个平时在台上只是清唱过《打鱼的人》《十七年》等唱段的群众演员钻锅扮演了有重要戏份的李奶奶。在舞台上成了她大哥饰演的"李玉和"的妈妈了。整场演出没洒汤、没漏水,剧场效果出奇的好!下了台来,这小李奶奶可是大大地受到了长辈们的夸奖和鼓励,也给她那嗜戏如命的老爸挣足了面子。

从此以后,温学兰饰演的李奶奶一唱就是半个多世纪。2002年10月,她以《红灯记·痛说革命家史》参赛第六届"和平杯",她饰演的李奶奶声情并茂,获得满堂彩,评委们给予高度评价。获得本届"十大名票"第一名。

2018年4月,温学兰随"和平杯"中国京剧"十大名票"演出团赴澳大利亚参加"墨尔本中国戏剧节"。16个节目中唯一的现代京剧唱段,就是她那演唱了50多年的"十七年——学你爹心红胆壮志如钢"。

2019年11月,她受邀前往美国纽约,与北京京剧院的两位演员合作演出了《痛说革命家史》,大获成功。纽约法拉盛中学的大礼堂里座无虚席,华人同胞们情绪激动,热泪挥洒。

温学兰的"说家史"唱红了大江南北,也从国内唱到海外,很多京剧名家说,她饰演的李奶奶不仅在票界,就是一般的专业演员也是难以比肩。

票界"叶派小生"第一人——田胜强

2019年1月16日,和平杯"组委会主办的"十大名票"田胜强个人专场在天津中国大戏院拉开帷幕。表演剧目为《罗成叫关》和《吕布与貂蝉·小宴》,好评如潮。师父叶少兰从北京赶来,对他专场演出活动把场,应观众热烈要求,叶先生上台进行了示范演唱,让观众过足了戏瘾。

2004年,第七届"和平杯"京剧票友邀请赛上,他荣获"中国京剧十大名票"称号。

从此以后,田胜强参加了"和平杯"组委会组织的一系列重要演出活动。他演唱的"叶派小生"唱段,扮相俊美、刚柔相济、声贯全场,被业内人士誉为"票界叶派小生第一人"!

2008年,参加天津"和平杯"京剧票友邀请赛开幕式及颁奖晚会演出,并和京剧表演艺术家尚长荣共同演出了传统剧目《飞虎山》。

2011 年 7 月，参加铁道部建党 90 周年文艺演出，和京剧表演艺术家孟广禄合作演出《群英会·壮别》一折。

2018 年，参加中国京剧"十大名票"演出团出访澳大利亚演出，以彩唱折子戏《吕布与貂蝉》受到国外戏迷观众和外国

"十大名票"田胜强

友人的欢迎；2019 和 2020 年两次受美国好莱坞传媒集团邀请参加演出；并出席 2020"老家在中国"世界华人春晚活动，彩唱了《吕布与貂蝉》的精彩唱段，荣获了"世界卓越华人成就奖"。

……

1997 年，田胜强先生在德州市青少年宫创办了"胜强京剧艺术学校"，20多年的时间里，在田胜强的不懈努力和他的授业恩师魏延华老师的悉心指导下，一批又一批资质好、天赋高、肯吃苦、知上进的青少年脱颖而出。学校为中国戏曲学院、中央戏剧学院、上海戏剧学院及各大京剧院团培养了一大批优秀后备人才。为了京剧的传承，田胜强开展了"京剧进校园"活动。他选了德州建设小学、吴桥县的新兴路小学等多个学校，多场次为学生表演京剧片段和知识讲座活动。在河北吴桥县开办京剧培训中心，并在吴桥新兴路、景县任重小学长期开设京剧课。多年来，共计培训京剧特长生上万人次，送到国戏附中、上戏附中，以及各大学也有上百人。培训的项目有司鼓等武场、京胡等文场，生、旦、净等行当也齐全。这些同学曾代表德州及胜强京剧艺术学校，登上北京人民大会堂、全国政协礼堂、中央电视台戏曲春晚演播大厅汇报演出，为助力德州评为"中国京剧城"发挥了重要作用。他本人也因此荣获"和平杯"组委会授予的首批"少儿京剧杰出贡献奖"！

花絮

2015 年，田胜强又牵头成立了"北京铁路局京剧团"，组织全局戏曲爱好者集中训练，传承、传播京剧艺术和叶派小生唱腔艺术，他担任团长，无私地把多年的学习心得和经验与戏曲爱好者分享，让叶派精神和唱腔艺术在铁路系统开花结果。他们为沿线职工现场演出，排练创作并演唱宣传铁路企业的新节目，全国大部分有铁路的地方，都有田胜强演唱叶派小生的身影。京剧曲目成了部、局两级单位大活动演出必不缺少的大戏。田胜强本人也被中华铁路全国总工会命名为首批"火车头职工艺术家"称号。

在"十大名票"的队伍中，田胜强同志不仅是佼佼者，而且是一个不断进

取、充满活力、为京剧的传承做出杰出贡献的票界领头人。在京剧票界发展史上，应该记上他浓墨重彩的一笔。

发行个性化邮票的何旭军

何旭军在"和平杯"进京汇报演出开场节目中领唱

1998年，浙江选手何旭军同志演唱的《杨门女将·探谷》在第四届"和平杯"决赛中，以总分第二的成绩荣获"十大名票"称号。这是浙江首位获得"十大名票"称号的选手。

1999年，在浙江省邮政局、杭州市邮政局、杭州市人民广播电台、浙江京昆艺术剧院的大力支持下，在杭州著名的浙江胜利剧院举办了"何旭军京剧专场"，演出了4个折子戏。这是浙江京剧票友组织的首个"个人专场"，当时，在全国举办专场的票友也是凤毛麟角。

2006年，经国家邮政局有关部门批准，何旭军个性化邮票发行，选择了他16幅精美剧照，方寸之间流光溢彩，受到广大集邮爱好者和京剧票友的青睐。开创了京剧票友发行个性化邮票的先河。

何旭军多次参加"和平杯"组委会组织的"十大名票"演唱活动。特别是2012年9月22日晚，由"和平杯"组委会组织的"盛世菊坛'和平杯'"进京汇报演出在全国政协礼堂举行，中央电视台《空中剧院》进行录播，获得了极大成功。何旭军同志担任开场曲旦角演唱，光彩照人。

国家邮政有关部门批准发行的何旭军个性化邮票

不断进取追求卓越的李玲

2023 年 5 月，接到李玲女士的邀请，希望能够参加她 11 月 21 日在南京举行的拜师仪式及个人专场演出。所拜的老师是江苏省京剧院荀派名家龚苏萍。接受邀请后，我很高兴也很激动。

海外"十大名票"李玲

李玲，这位新西兰籍华人，农业科学学士、工商管理硕士，2016 年荣获第十三届"和平杯"中国京剧票友邀请赛港澳台及海外组一等奖（参赛剧目——昆曲《游园》），被授予"港澳台及海外京剧十大名票"称号。

2018 年 4 月，中国京剧"十大名票"演出团应中国京剧票友社会活动家吴新民邀请赴澳大利亚演出，李玲同志担任舞台监督，并在开场曲《梦北京》、结束曲《红梅赞》中担任了领唱。她那甜美的歌喉、干练的工作作风、热情周到的接待，给赴澳人员留下了十分美好的难忘印象。

李玲女士在"十大名票"的光环下，从没有为"功成名就"而停止前进的脚步。本以学习梅派和昆曲艺术为主的她，师从过原我国北方昆曲院优秀青年花旦和刀马旦演员郭翀岳老师、上海戏校原常务副校长——著名昆曲表演艺术家兼昆曲作曲家顾兆琳先生，以及南京市京剧团著名梅派青衣喻慧霞老师。看到龚苏萍老师的演唱，她特别激动，对荀派演唱产生了浓厚兴趣，就想拜在龚苏萍老师门下。原计划在 2020 年 4 月回国举行拜师仪式，我也计划在可能的情况下届时前往祝贺，无奈由于疫情影响，没能成行。3 年多时间里，李玲通过各种途径向龚苏萍老师请教。龚苏萍老师曾经担任过三届"和平杯"决赛的评委，也算是我的老相识了，在和我的通话中，不停夸赞这个学生的谦虚和勤奋，并被她的精神所感动愿意"倾囊相授"。如今，李玲拜师的愿望即将实现，她这种为了痴爱京剧艺术不断进取追求卓越的精神，着实令人感动！从澳大利亚回国拜师并举行专场演出，尽管要花费很大的精力和财力，但李玲女士乐而为之！是啊，金钱买不到的是幸福，买不到的是快乐。我们祝贺她拜到了一位德艺双馨的好老师，也祝贺龚苏萍老师收了一名德才兼备的好学生。

花絮

朱文莹戴着假肢演唱《六月雪》

朱文莹演唱《六月雪》

2008年举办的第九届"和平杯"决赛,江西选手朱文莹以《六月雪》参赛,她韵味十足的程派演唱获得了全场观众的热烈欢迎和评委会的充分肯定,虽然比较遗憾的是没能进入"前十",但也以总分第十一名的成绩居"双十佳票友"的第一名。

赛后大家才知道,朱文莹在10年前因为一次意外失去右腿,装上了假肢,这位对京剧痴迷的京剧票友并没有因此消沉,反而从热爱的京剧艺术中获得了生活的极大快乐。用她的话说,学习和演唱京剧几乎成了她生命的全部。她有一副好嗓子,本来是学习梅派、张派,所演唱的剧目多带表演身段,因为身体不便,在老师和朋友的建议下改学了程派,《六月雪》这个剧目主要唱段是坐着演唱,比较适合她表演,她就下定决心以这个剧目参赛。为此,她可是下了苦功夫。专门拜到中国戏剧学院的"程派"专家陈琪老师门下,在陈老师的悉心调教下取得很大进步。一位安装着假肢的京剧票友站上了京剧票友活动的最高竞技舞台,在天津中国大戏院的舞台上绽放出生命的火花,为我国热爱国粹艺术的残障人士树立了榜样。

票界的"素琴大姐"

熊素琴同志是江西省京剧票友联谊会现任党支部书记。2008年4月,经选举担任该组织副会长;2011年4月,接任会长兼党支部书记;2019年6月,因超龄换届改任专职书记。

从事江西京剧票友工作达16年之久,在此期间倾注了全部精力,以满腔热忱和无私奉献的精神投入为全省票友的服务工作中去。尤其是在她接任会长以后,不断开拓进取,江西京剧票友活动更是风生水起,迈上了新台阶。

江西省京剧票友联谊会是具有法人资格的公益性社团组织。对全省开展京剧票友活动起着推动、促进、指导与引领作用。在她担任会长的8年间,主持举办了4届"和平杯"江西选拔赛。"江西军团"成绩

中国京剧票友社会活动家熊素琴

斐然:团结一班人,强强联联合,荣获 2011 年第四届央视京剧票友电视大赛团体组金奖第一名;发挥协会连接政府的桥梁作用,争取大型系列文化惠民工程《京剧星期六》《弘扬国粹 关爱老人》列入政府创投项目;利用互联网腾讯"99 公益日"网络众筹推出《京剧搭台大家唱》。据不完全统计,8 年间,通过项目运作、争取省领导和财政资金支持,多次举办全省乃至全国大型京剧票友活动,以及"文化惠民""送戏下乡""敬老、爱老、助老"活动达 70 多场。尤其是 2016 年 11 月举办的全国 18 省市京剧票友组织研讨会, 联谊演唱会上强有力的保障组织措施,志愿者热情周到的服务,让研讨、演出圆满收官,获得了来自省内外京剧票界的一致好评。江西省京剧票友联谊会也逐渐成为全国京剧票界有影响力的组织。

由于成绩显著,2018 年"和平杯"组委会授予她第三批十大"中国京剧票友社会活动家"称号。

熊素琴同志还有着良好的政治素质,曾荣获省直机关工委授予的"优秀共产党员"称号,省交通系统纪检监察工作"先进个人"。她为人低调,谦虚谨慎。但工作起来却大刀阔斧,思维敏捷,思路清晰,善于调控,未雨绸缪。用项目争取资金等多渠道的灵活筹资思路,给我留下了深刻印象。

熊素琴同志具有良好的文化素养,在"和平杯"的学习交流平台,始终比较活跃。武汉抗疫期间,她还积极响应"和平杯"组委会发起的"战疫情,京剧票友不缺席"的号召,写下多篇抗疫诗文和推荐江西票友抗疫的好作品。

在"和平杯"组委会发起的前后历经 2 年,有 103 家京剧金牌京剧票房参与的经验总结与交流的点评活动中,熊素琴笔耕不辍,以高度的热情、流畅的文笔写下了近百篇朴实无华的点评文章,大都收录刊登在"和平杯"专刊杂志上。她不仅是江西票界的领军人物,更与"和平杯"大家庭里的所有成员结下了浓浓的"京剧情",也是全国票界的领军人物之一,就像周贤贵同志被大家称呼为"票界大哥"一样,她被大家亲切地称呼为"素琴大姐"。

我曾问她,都 70 多岁了,卸任会长还继续担任书记?用她的话说,"活动家"总不能"不活动"。

我们为这位活力四射的"中国京剧票友社会活动家"点赞! 为她的这种不负韶华、执着追求的精神喝彩!

花絮

两位北京小"祢衡" 双双进入清华园

在已经获得"十小名票"的队伍中,有很多或考入京剧院校或进入了专业

袁铨演唱《击鼓骂曹》

京剧院团,走上了专业之路。但多数还是把京剧作为陶冶情操、提高艺术素质、伴随自己快乐成长的业余爱好。这些没有走专业之路的"十小名票",大都成为京剧艺术的青少年传承者,发挥着"特殊"的作用。发生在他们身上的故事很多,这里举北京的两位"十小名票"例子,可见一斑。

2001年第三届"和平杯"京剧小票友邀请赛,北京推荐的10岁的袁铨获得"十小名票"。2003年第四届"和平杯"京剧小票友邀请赛,同样是北京推荐的12岁的李筠若也获得"十小名票"。这两位"十小名票"都是首届"中国少儿京剧杰出贡献奖"获得者张雪平的学生,两人参赛剧目都是《击鼓骂曹》,扮演角色都是祢衡。高中毕业以后,又都以优异成绩双双被清华大学录取。在清华大学,袁铨担任了清华大学学生艺术团京剧队支部书记,李筠若担任京剧队的队长。两位小"祢衡"共同书写了"和平杯"历程中的一段佳话。

李筠若演唱《击鼓骂曹》

京剧名家为小票友助阵助演

京剧名家倪茂才为"十小名票"
王凯睿助演《辕门斩子》

京剧名家石晓亮为"十小名票"
郑智元助演《三盗九龙杯》

往届的"和平杯"小票友赛汇报演出,以及有"十小名票"参加的重要演出中,一些京剧名家的助阵、助演会给晚会增加很大光彩,经央视"空中剧院"播出以后反响强烈。我们在介绍有关演出的同时,也为这些京剧名家倾心扶持少儿京剧事业的发展点赞!

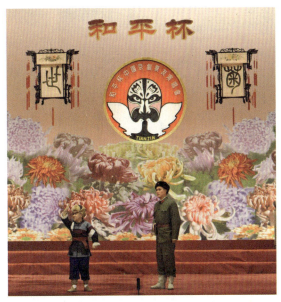

京剧名家凌珂为李泽琳助演《智取威虎山》

2012 年 9 月 22 日晚,由"和平杯"组委会组织的"盛世菊坛'和平杯'"进京汇报演出在全国政协礼堂举行,京剧名家凌珂饰演的少剑波,为饰演李勇奇的"十小名票"李泽琳助演。凌珂高高的个子与小小的李泽琳形成了有趣的反差,二人的表演轰动了剧场。至今,被人们称为是"和平杯"历程中的经典。

2015 年,第五届"和平杯"京剧小票友邀请赛,辽宁的王凯睿演唱了高派名剧《辕门斩子》,以总分第二名的成绩获得"十小名票"。汇报演出时,组委会特别邀请了高派京剧名家倪茂才先生和他同台演出。倪先生为了扶持这位京剧小童星,欣然允诺,特意从吉林赶运过来自己的行头。在排练时,他不仅对孩子进行热心辅导,而且还把主要的能够出彩的唱段都让小票友唱,自己甘当绿叶。倪先生的高风亮节,让在场的人都十分感动,也留下了一段梨园佳话。

2023 年 8 月 17 日,第九届"和平杯"京剧小票友邀请赛,天津旭日国韵培训基地报送的武丑郑智元获得了"十小名票"第一名,京剧武丑名家石晓亮特意为"十小名票"郑智元助阵,饰演杨香武,成为这场汇报演出的压轴好戏。石晓亮先生为弘扬国粹艺术,培养后备人才,创办了旭日国韵京剧学校。该校成绩斐然,连续三届小票友赛中就有 5 名小学员获得"十小名票"荣誉称号。

她填补了"十大名票"丑角的空白

在 2022 年举办的第十六届京剧票友邀请赛中,进入决赛的港台及海外选手专场在网上赢得了很多好评。特别是经首届"港澳台及海外十大名票"梁冰楠教授热情推荐的,我国台湾地区入选决赛的 3 名票友李明照、王乃瑄、李世勤,分列这届"港澳台及海外十大名票"的第二、三、五名,他们 3 个人都是在台

王乃瑄(右)演唱《活捉三郎》

湾当地出生，且个个身手不凡！有的专家说，这 3 名选手的水平相比大陆的"十大名票"也毫不逊色，充分说明了京昆作为中华民族文化的瑰宝，在宝岛台湾仍然有着强大的根基。两岸同胞在"和平杯"决赛的大舞台上欢乐相聚，共唱国粹，同时捧起"十大名票金杯"，奏响了中华民族文化大交响中的美好一章。

这里特别值得一提的是王乃瑄女士这位坤丑，她在"活捉三郎"中饰演张文远，地道的"苏白"、活灵活现的表演、高难度的"钻被窝"特技，真是令人拍案叫绝！弥补了"十大名票"中没有丑角的空白，被网上观众称为"两岸坤丑第一人"。

公平公正又独具特色的"和平杯"评选办法

"和平杯"中国京剧票友邀请赛之所以能够连续举办 33 年，且越办越红火，原因是多方面的。其中，坚持公平公正评选是赢得广大票友信赖的最关键因素。我下面附上高长德同志文章说明这个问题。

流金岁月　长盛不衰
高长德

高长德同志

20 年流光岁月，10 届京剧盛会，"和平杯"中国京剧票友邀请赛历经 20 个春秋，按部就班、轰轰烈烈地搞了十届，从戏迷爱好者的联欢活动，到享誉海内外的文化品牌，还衍生出小票友赛，使其焕发新的生命力，真是难能可贵！

我对"和平杯"中国京剧票友邀请赛情有独钟，因为我有亲身体会，深知搞一项全国性的大型文化活动是多么艰难。而把一项活动常年坚持下来，越办越完善，成为规范的传统项目，又是难上加难！我参与、经历过一些大型的文化活动，多数都搞了一两届就半截流产，成为遗憾，也使文艺界产生了短期行为太多的诟病。有些活动初衷不错，点子也有新意，但执行中困难很多，又没有克服的精神和硬劲儿，难以为继；有的因定位不准，措施不当，昙花一现；有的以领导的偏爱开始，随着他的调离而结束；有的根本目的不纯，放一炮得点利益或彩声，转身而去；更有的主观臆想，瞎出主意。这样的活动一时很风光，又必然短命，往往还留下一堆负面的后遗症。"和平杯"为业余京剧活动搭建了最高的竞技舞台，与时俱进，开拓创新，以互动的高品位，演出的高水平，评选的公正性，组织的严密性，成为坚持不懈、群众爱戴的文化品牌，是业余京剧活动的一道亮丽风景线，为中国京剧发展史写下了浓墨重彩的光辉一页。

我对"和平杯"的操办者们怀有尊重之情，这项活动搞得如此轰轰烈烈，不是哪位区领导偏爱看戏，组织者也不是票友，他们没有唱戏的瘾，他们也遇到过许多困难和挫折，如果是为了一己的私利或私念，早就打退堂鼓了。和平区的各级领导认为这是一项光辉的事业，是分内的工作，更是一项历史使命。作为具体策划组织的文化工作者，一生中干了这么一件光彩事业，真是值了！应该有很大的成就感！这些同志理应受到大家的尊敬。

我有幸应邀参加了几届"和平杯"的评委工作，并担任主评委，得以零距离地接触"和平杯"，我看到了"和平杯"之所以长盛不衰的诸多保证因素。特别是"和平杯"的评选办法有特色、有创新，符合艺术门类比赛规律，是达到"合理、严密、公正、公平"的行之有效的方法，也是"和平杯"能一届又一届地办下去的保证之一，广大参赛选手对这种评选方法是高度认同的，多年来没有负面新闻产生。我认为，这些理念和做法值得研究和大力推广，使其成为促进群众文化活动，发展文化事业的一笔财富。

"和平杯"有一整套符合实际、被广大戏迷朋友认可的规模完备、程序严谨、赛制正规、评选公正及认定权威的规章制度，这一套办法从头两届探索、实行以后，逐渐固定下来，没有再因为某些人的意愿或照顾某些特殊情况而随意改动，使大家形成共识，共同遵守，便于监督。特别是评奖规则有特色也很有成效，成为这项赛事正常健康发展的保证，我参与了几届评委会的工作体会更深。

"和平杯"的评选办法可以说是合理、严密、公正、公平的，是"和平杯"长盛不衰的重要保证之一。我认为，"和平杯"的评比办法，非常适合综合文艺项目的规律，为这类赛事的评比提供了很好的成功经验，值得大力总结、研究和推广。

评选规则的严密,是"和平杯"始终坚持的原则,比如选手产生的过程,参赛选手的条件,进入复赛、决赛的名额,复赛、决赛的评奖办法,演出的要求、组委会为选手提供的服务条件,以致最后评出"十大名票""双十佳票友"和"优秀票友"的名称、数额都一以贯之,严守不变,随着时代的前进,有些条款需要做些修正,也是在广泛调研和征求意见的基础上微调,还要提早广而告之。没有因为某些人的主观意愿或为承办者的方便而随意变通,也没有按照某些领导或赞助商的要求任意改动,更没有什么"潜规则"。这样就使举办者和参赛者有了共识,有了共同遵守的原则,有了互相检验的标准,奠定了有序进行的基础。

"和平杯"的决赛是采取当场打分不亮分,评委们在充分讨论的基础上,最后评分的方法。这种评比方法非常适用戏剧这种综合的文艺形式,更具有合理性。多年来电视比赛、大奖赛频繁,大都采用当场打分并亮分的方法,并使得几乎所有的文艺赛事都效仿此办法。电视节目需要现场的气氛,要吸引观众的兴趣,当场打分,立见高低,能提高收视率。一些歌唱节目,选手分类以后可比性较强,当场打分也还好办。但戏剧艺术综合性强,是许多艺术元素构成的,有许多行当,每个行当中又有不同的流派,除了演唱,还有手眼身法步等表演因素。在理论上有继承与发展、传承与创新等尺度,观众和评委欣赏趣味、爱好也有较大差异,各艺术环节也不能像体育比赛那样严格确定分值,当场打分怎么能保证准确、公正呢?我也参与过这样的评委工作,往往当场打分被收走,回头一斟酌多有遗憾,但已没有办法补救了,有些赛事、有些评委还会利用当场亮分的某些技巧,达到一些不可告人的目的。

"和平杯"的决赛现场,评委认真看戏,记下一个自己的评分和对选手的表演印象,不为当场亮分心忙手乱,可以从容地判断、思考选手的水平。现场没有了亮分环节,演员们不用去盯着别人的得分,少了些紧张的气氛,没有了外来的干扰,全部注意力都放在演出上,能够更好地发挥自己的水平。评委们第二天上午要开会,谈论对昨天晚上演出的印象,对选手演出进行评论,不用亮自己的分,不要求有个统一结论,是彼此交流并扩展自己的思路。全部决赛结束以后,评委们连夜就开始了紧张的工作。每个评委都可提出自己"十大名票""双十佳"票友的备选名单,可以阐述自己的理由,别人也可提出不同意见,大家可以进行反复比较。有时争论得很激烈,直到大家觉得把自己想说的都表达充分了,每个人心目中候选人也较明朗了,再用无记名投票的方法,按得票多少确定人选。然后再为入选的选手打分,以确定顺序。这样的过程非常民主,完全尊重评委的个人意愿,更多的讨论使认识上渐趋一致,评选结果很少留有遗憾。这样的方法评委工作是非常辛苦的,每天晚上看戏上午讨论,最后的评选往往要通宵达旦,最早也要凌晨三四点钟才结束。

"和平杯"评选工作,坚持公正、公平的原则是不含糊的,我记得好像是第八届,有一位天津的票友进入决赛,她演唱水平较高,知名度也很高,曾举办过多次专场演出,获得过多次奖励,抽签的位置也很好,最后一场后半场出场,只要正常发挥,就可如愿进入梦寐以求的"十大名票"行列。但出人意料的是她在台上唱呲了一句,出现了硬伤,评委们评论时颇费周折,有人为她遗憾,有人主张考虑她过去的水平和表现……最后大家一致认为,就要以这场表现为评分依据,结果她没有获得"十大名票"的称号,这个选手有遗憾,但对其他选手是公平的。还有一位从边远省份来参赛的票友,演出中由于天津助演演员出了错误,严重影响了发挥水平。评委会经过认真研究,破例允许他再演出一次,他的水平得到正常的发挥,获得了较好的名次,不仅他自己高兴,其他选手也感到欣慰。

"和平杯"的评奖规则是严密的,但也有灵活的地方。比如初赛和复赛时,强调高质量、好中选优,也提倡兼顾,即兼顾行当比例、兼顾现代戏、兼顾地区(特别是边远地区)、兼顾青年演员、兼顾海外票友。这些兼顾不是为了照顾某些个人,不是暗箱操作的借口,而是从京剧艺术的特色和"和平杯"的宗旨出发,让更多的人喜欢京剧,让更广泛的地区普及京剧艺术,促进京剧事业的全面发展。还有一些不成文的但每届都能落实的规则,比如决赛的评委会组成,天津籍的评委不能超过50%;凡是选手参赛的行当在评委会中都有专家;评委一般不连续担任三届。还有,天津选手进入决赛的名额一般不超过4人;"十大名票"中天津选手最多只能有两三名,这体现了主办单位的胸怀和风格,也非常符合"和平杯"的性质,因是邀请赛,就欢迎更多的朋友来天津,希望大家都有好成绩,像种子一样撒向祖国大地,特别是边远地区,让京剧艺术遍地开花。

最使我难忘的是评委会工作的气氛,评委们责任心强,互相尊重,坦诚发表自己的意见,在和谐的气氛中讨论甚至争论。如果哪位选手是你的学生,也不必躲躲闪闪,你尽可说明,你对这名选手艺术上的评论一定很深入、到位,使别的评委提高认识,大家也会特别警惕地鉴别你哪些是过头话。有时一些京剧名家向主办单位推荐选手,向评委打招呼要求照顾某位选手,这些也不用藏藏掖掖,而是在评委会中说在明处。因为京剧行业往往需要慧眼识珠,有时候要有别人推荐、提携,专家的推荐使评委们更加关注他。但是组委会一再强调,我们尊重专家,可他看到的只是一个个体,我们评委会是在为60名选手进行评选,若要获奖还是要看选手的水平和发挥,还要在现场评比。

我不敢说"和平杯"的评选工作尽善尽美,如果从不同角度来观察,还会提出不尽如人意的地方。但是我认为,已经较好地解决了综合表演形式比赛中遇到的普遍问题,基本上做到了严密、合理、公平、公正。这是"和平杯"长盛不衰的保证,也是这项大型赛事受到广大戏迷朋友欢迎和信任的原因所在。

振兴京剧事业任重道远,让我们为自己热爱的京剧艺术贡献聪明才智,锲而不舍、终生不渝,并在过程中充分享受京剧艺术带给我们的快乐。

愿"和平杯"这朵菊坛奇葩,越开越艳丽,祝京剧艺术长盛不衰!

注:高长德同志原为天津市文化局副局长,退休后担任天津市剧协主席,担任过 3 届"和平杯"决赛主评委。

感　言

　　每届"和平杯"的举办,从制定方案、组织发动、复赛决赛评选到最后颁奖晚会,都是一个系统工程。其间,写了一些赛事感言,回应社会关注,总结经验教训。下面选我在第六届"和平杯"京剧小票友邀请赛、第十四届"和平杯"京剧票友邀请赛、第十五届"和平杯""云"决赛、2020年"战疫情"的一些感言,也作为"和平杯纪实"的部分内容吧。

第六届"和平杯"京剧小票友邀请赛感言

胜不骄,败不馁,孩子成长中重要的一课

第六届"和平杯"京剧小票友邀请赛已经落下帷幕,真诚感谢各地承办单位、各个"中国少儿京剧培训基地"、各位辅导老师、各位学生家长,以及广大京剧票友对这项活动的大力支持!

参加决赛的各位小票友、各个团体节目都是我国当前少儿京剧的佼佼者。这些可爱的京剧娃,登上了"和平杯"的舞台,展示了才艺,结交了朋友,开阔了眼界,收获了希望。

获得"中国京剧十小名票",取得团体金奖,固然可喜。但是,成绩不甚理想,出现失误未必就是一件坏事,对一个孩子的成长来说,一生中将要迎接多少顺境、逆境,成功、失败的考验啊!"和平杯"既是竞技的擂台,也是意志修养的练兵场。就是这次取得佳绩的小选手,也未必都能过好"荣誉关"。不从大的方面说,就是我们大家都知道的,在困难挫折失败面前倒下的就大有人在,被一时胜利冲昏头脑而倒下的也比比皆是。因此,希望能够把这届赛事作为提高孩子素质教育的一次很好契机。"胜不骄,败不馁",这是孩子成长中重要的一课。

我国少儿京剧活动呈现多点开花局面

从本届活动来看,我国少儿京剧培训近些年的确有了长足进步。

前些年,一提到少儿京剧活动,除了京津冀外,人们很自然想到"北丹东,南宝安,中间看淮南"。其他地区虽然也有一些个别出色的小选手,但总体实力难以匹敌。如今,已经逐渐呈现多点开花的局面。单从进入决赛的地区、数量和获得十小名票的分布地区来看,就可见一斑。进入决赛两名以上选手的省市达到 16 个;江苏、四川、吉林等地实现了"中国京剧十小名票"零的突破,可喜可贺! 现在,"十小名票"已经分布在黑龙江、吉林、辽宁、北京、天津、河北、河南、山东、湖北、浙江、上海、广东、安徽、江西、江苏、四川、贵州、海南全国 18 个省市。在这些地区中,除了天津外,辽宁(8 名)、北京(7 名)、广东(5 名)居于领先地位。

评选冠名"中国京剧十小名票",既是"和平杯"小票友赛的亮点,也是一件十分有意义的事情。评出一名"十小名票",就是点亮一个火把,洒下一颗火种,在全国公布了一名新的少儿京剧领跑人。由此,也给我们少儿京剧活动的培训者提出了一个课题,那就是:如何发现、重点培养本地区的尖子选手。榜样的力量是无穷的!

一马当先,但愿能带来万马奔腾!

坚持公平公正评选

坚持公平公正评选,是"和平杯"这项赛事得以坚持 26 年常办不衰、越来越红火的关键因素。

在"和平杯"小票友赛决赛评选中,如何评选得公平公正,确实值得思考。本届入选个人决赛的 63 名小选手都是各地的佼佼者,行当不同、流派不同、年龄不同、剧目繁多,从中选出 10 名得到公众认可很不容易。作为组委会,不收受财物,不搞后台操作,这一点并不难做到。但评选得较为准确,却非易事。各位评委感到压力很大,细心的同志可能注意到:每场决赛两个半小时的演出,各位评委全神贯注,为了怕漏掉对某位小选手的观看,几乎没有一个人离开座席上卫生间。

应该说,组委会制定并坚持下来的评选办法是相对科学的。个别人认为不搞当场打分亮分就是便于后台玩"猫腻",事实证明,这种观点完全没有根据,根本站不住脚。

本届评选结果公布以后,一片平静,没有一个单位、一个人找组委会"抱屈、论理"。"自我感觉良好"是大小票友的普遍特点,"自家的孩子最漂亮"也是家长们的普遍想法。在没有评上"中国京剧十小名票"的家长、辅导老师中,感到遗憾甚至有点委屈的肯定也有不少。这一点我们十分理解,真诚感谢这些家长、老师们的理解和支持!

由于艺术类评选存在见仁见智的问题,评选公平公正只能是相对的。再加上选手年龄不大,缺乏比赛经验,水平发挥不稳定也很正常。谁能料想,在"小梅花"比赛获得第一名的小选手竟会较严重冒调呢?还有掉髯口的、掉枪的、赛前感冒失声的,等等。有人反映,湖北获得"十小名票"的 6 岁苏祺裱在颁奖晚会发挥一般。殊不知,这位小朋友赛后发 39 ℃多的高烧,刚刚退烧就上场了啊!

26 年的"和平杯",已经评选出海内外 140 名"中国京剧十大名票"、60 名

"中国京剧十小名票",基本上得到了业内外的认可。但仔细盘点起来,也留有少许遗憾。我们会不断总结经验,更加完善评选机制,不辜负广大票友的期望。

热心呵护京剧新苗

参加这届小票友邀请赛颁奖晚会的,除了获得一等奖的"十小名票"和团体金奖节目外,还选择了部分获得二等奖的"优秀小票友"和团体银奖的节目。在准备晚会的过程中,发生了这样一件事,令我震动。

在准备颁奖晚会时,导演向大家说,参演的小票友演出后不要卸妆,准备最后谢幕。当然小朋友们都照做了。可是,临近演出结束,我们一名工作人员擅自作主对一些孩子说,不是"十小名票"的现在可以卸妆了。由此,使有的孩子受到心灵的伤害。当我听到这个信息后,立即代表组委会向这些孩子及家长正式道了歉。

这些可爱的京剧娃,京剧百花园中的新苗,我们只有热心呵护的责任,没有半点伤害的理由。决不应该因为工作的不到位,哪怕是一句漫不经心的话,给孩子成长过程中留下阴影。

这件事,将成为以后各届"和平杯"举办时,全体工作人员引以为戒的事例。

真诚感谢新闻媒体的热情支持

央视《空中剧院》连续十个年头派出录制组,专程来津进行"和平杯"颁奖晚会的录制。作为一项群众文化活动,如此受到中央主要新闻媒体的重视和支持,这在中国群众文化史上尚未有先例,无疑给了我们巨大的鼓舞和鞭策。"百度"一下,有关"和平杯"的信息达到11800千多条,也从一个侧面说明其影响之大。决赛期间,《天津日报》《今晚报》《每日新报》《城市快报》《渤海早报》"天津电视台""天津人民广播电台""津晨播报"等各媒体天天跟踪报道,"中央人民广播电台""新华网""央广网""每日头条""人民网""中国广播网""环球网""北方网""大众网""中国文化传媒网""百度快照""中国京剧艺术网"等各个网站给予大力宣传报道,有力增加了活动的影响。央视《戏曲采风》、"中国京剧艺术网"及"和平有线电视台"各派出了摄制组拍摄专题片择日播出。我们向各家媒体表示衷心感谢!谢谢你们为这项赛事成功举办做出的重大贡献!

"和平杯"赛事的成功,是我们大家共同努力的结果。我特别同意和赞赏有的领队说的话,"和平杯"是海内外广大京剧票友的,是我们共同的事业,我们都是东道主。

近日,中宣部、教育部、财政部、文化部联合发布《关于戏曲进校园的实施意见》。这给少儿京剧培训活动送来强劲的东风,插上飞翔的翅膀。机不可失,时不我待,让我们乘势而上,将少儿京剧培训事业推向新的高潮!

谈团体节目设立的成绩与不足

少儿京剧团体节目的评选,是本届小票友邀请赛创新发展的一个举措。设立这个奖项的初衷是促进京剧进校园活动的发展,使更多中小学、幼儿园有报名参赛的机会,使更多孩子能够参与和享受"和平杯"这个充满欢乐的节日,同时也可以使颁奖晚会更加丰富多彩。

经过本届的实践,收到了一定的效果。证明组委会这一举措是正确的。但由于是首次组织,没有经验,存在两点不足,需要认真总结以利于今后改进完善。

首先是发动不够。全国共报名 25 个节目,总量偏少,并且在报名的节目中多数是各个基地和培训部门报送,出自学校或幼儿园报送的只有 7 个,不到 1/3。对于"和平杯"这一全国性的大型少儿京剧赛事来说,显然是远远不够的。

其次是团体节目的要求不明确。很多单位,如北京风雷京剧团、丹东少儿培训中心、浙江小浦镇中心小学、河北省代表队等,尽管演唱水平都还不错,但基本都属于京剧联唱的"串烧",缺乏编导和新意,因此没能入选决赛,论这些单位的实力,完全可以编导出较高水平的团体节目。

这些不足,是我们在制定本届实施方案时深入研讨不够所造成。由于存在这两点不足,因此原来计划遴选十个团体节目组织专场,改变为选拔 6 个节目分插到个人演出场次中。

我们有理由相信,只要我们不断总结经验教训,团体节目的设立一定会给以后各届小票友赛带来更多的喜悦和精彩!

创新发展,是"和平杯"得以常办不衰的重要原因之一。在 26 年的"和平杯"进程中,我们就吸收了很多朋友提出的各种意见和建议,有了今天的局面。恳切希望各位同行朋友多多提出建议。我们经常说,千金易取,一将难求。同样,在"和平杯"今后的发展中,千金易取,一招难得啊!

谈小票友赛奖项的设立

举办小票友邀请赛以来,陆续听到一些同志的建议或询问,这次我又收到参赛家长发来的微信:为何小票友赛不评选二等奖？为何不公布每个选手的得分？

其实,这个问题是从这项赛事 2007 年开始举办就提出讨论的问题。当年召开组委会研究实施方案时,文化部社文司(现改为"公共文化司")、天津市委宣传部、市文广局与和平区有关领导,均发表了意见并取得统一。现在摘抄《首届"和平杯"京剧小票友邀请赛实施方案》前言中的一段话,"为了深入贯彻《中共中央关于构建社会主义和谐社会若干重大问题的决定》及中共中央、国务院《关于进一步加强和改进未成年人思想道德建设的若干意见》,用弘扬民族优秀文化、普及京剧的艺术手段来加强未成年人素质教育,丰富少年儿童的课外文化生活,发现和培养京剧艺术新苗,于 2007 年暑假期间,举办首届"'和平杯'中国京剧小票友邀请赛"。这就是举办小票友赛事的初衷。

能够进入"和平杯"决赛舞台的小票友,尽管水平有差别,但都是各地少儿京剧的佼佼者、领跑者,是振兴京剧的希望。考虑活动的初衷和孩子的成长过程,评选"十小名票"可以在全国点亮一束少儿京剧火把,增强京剧吸引力;但评奖过多,不利于多数孩子健康成长。试想一下,假如这届的 63 名小选手都打分公布,名次靠前的好说,那成绩靠后甚至最后几名的小选手会怎样？进一步说,进入决赛的孩子,很多水平相差不多,成绩和名次也不可能排列准确。那样就会造成更多矛盾,给孩子心理留下阴影。现在只是评选 10 名,应该相对好评一些,可实际上,评委会花费两三个小时的时间反复评议,最后评选结果公布以后,有些人仍然对其中极个别入选者存有异议。可见评选工作的难度。

我们的出发点和落脚点只有一个:一切为了这些可爱的也是十分宝贵的京剧娃娃们,同时也靠他们带动更多小伙伴们健康成长!

细微之处见精神

为了使参加"和平杯"赛事的小朋友留下美好的回忆,记录精彩的瞬间,组委会给每位参赛选手发放了剧照。就是这张小小的剧照,组委会煞费苦心,请了正高职称的摄影师为每位参赛选手现场拍摄十几张,从中选出一张,连夜精心修版一直到天亮,送到洗印单位精心洗印,最后配上镜框在第二天发给选手。看到小选手及家长们拿到剧照那激动喜悦的笑脸,我们所有工作人员也都收获了快乐。很多家长说,这张剧照是组委会最珍贵的礼物,将伴随孩子的一生,比发多少补助都要强啊!

在参赛选手离津之前,就把孩子参加的合影照、演唱的光盘发到他们手中

感言

带走。

为了鼓励孩子,组委会为参加团体节目的每个孩子都颁发了奖状。就像国际大型赛事,获得团体前三名的队员都要站上领奖台领奖一样。江西凤凰学校的团体节目因故没能来津参加决赛,组委会也为每个参演孩子寄去了奖状和纪念品。从得到的反馈信息来看,这种做法受到热烈欢迎。

我想,办这点事,不仅花费不多,而且是举手之劳,但对受益的孩子普遍是个激励,对有的孩子来说,甚至可能因此改变他的人生。

之所以讲以上两个事例,主要目的还是在于自我鞭策。每届"和平杯"赛事的组织工作任务繁重,有人说是一个"系统的工程",从某个角度来说也不为过。如何使复杂繁乱的组织工作不仅有条不紊,而且能够注意细节,为孩子健康成长做更多的工作,这是我们今后应该不断总结的课题。

梳理组织工作的成功与失误

严密的组织工作,是搞好一项群众文化活动必不可少的重要条件。回顾和总结本届和平杯小票友赛的组织工作,很多方面做得是成功的,特别是安全保卫工作。在参赛人员驻地,警卫室有两名警官全天候值班;医务室,有全科大夫24小时值班;食品监督,有常驻人员对早、午、晚餐监管;交通疏导,有交管局人员跟车往来宾馆和剧院。在演出剧场,楼的上、下各有两名警卫人员负责保卫,后台专门设立医务室。防火部门在外地人员来津以前就彻查了剧场、驻地,排除火情隐患,在决赛期间每天安排检查。正是由于比较严密的安保措施,才保证了活动顺利安全进行。"和平杯"举办的26年中,从未发生一起较大的事故。这归功于承办单位和平区领导的高度重视,在每届赛前均召开全区有近20个部门参加的协调会,进行部署,实行严格的责任制,举全区之力确保活动安全有序进行。

这届赛事活动的宣传工作应该说有声有色,是比较成功的。天津市委宣传部文艺处杨君毅处长给予了极大重视,刘玫副局长、张志玉、扈其震老师和他带领的采访团队为此都做出了很大努力。我在第六篇感言中已经对央视等各个新闻媒体进行了感谢,这里不再赘言。

还有,天津京剧院作为协办单位,为这届赛事的排练、舞美、演出付出了辛勤劳动,提供了高质量的专业性服务,虽然出现了极小的一些失误,但总体保证了各场演出顺利进行,得到了各方面的一致好评。

仔细梳理这届的组织工作,还是有不少考虑不周甚至失误的地方,值得我们今后加以改进和完善。现列举几例：

7月31日下午,在天津京剧院组织第一场排练时,由于某位琴师在北京有演出任务没能及时赶回,造成部分选手白白跑了一趟；

第一场决赛散场后,赶上下雨,住在长城宾馆的人员回宾馆受阻；

晋滨国际大酒店预留的房间中有20多间最后没有进驻, 给宾馆造成损失,对组委会有一定意见；

决赛中,有两名选手演唱开始时音响没有跟上,造成一名选手重赛；

当天参赛人员提前到剧场,宾馆那边的自助餐没人用,后台又没有安排演员用餐,给家长们造成一定困难；

决赛网上直播,第一场的图像不好,第二场开始一段时间没有图像；

……

还有一些失误和不足,例如,一些工作人员在接待中态度有时不够耐心,参赛小选手余暇时间安排活动不够丰富,等等,待我们下一步在总结工作时梳理,以便今后改进。

有人说,百密一疏,组织这么大的活动,存在一些失误可以理解,但我们决不会因此放松对自己的要求。细节往往决定成败,不能掉以轻心。幸好,这些不足还没有影响大局。

第六届"和平杯"京剧小票友邀请赛已经结束,还有一些后续工作,如给获得征文奖的同学、部分获得三等奖的同学寄发证书,等等。我们一定善始善终做好,请各位放心。

坚持"公益性"的显著特性

"和平杯"京剧小票友邀请赛作为公共文化的一项活动,当然具有公益性的显著特征。本届小票友赛,是对小票友补助力度最大的一届,尽可能给参赛小票友的家长减轻负担, 除了不收报名费以外, 给每位参赛小选手补助1000元(参演团体节目小选手补助500元),免费供餐,免费发放剧照、演出光盘、合影照、纪念品,免费提供乐队伴奏、化妆。对团体节目来津人员接送站。

在当前我国少儿艺术培训和赛事领域存在收费乱象的现状下,"和平杯"的规定受到广大学生家长和社会各界的好评。我们很清楚,尽管如此,每位参赛的选手家长仍然还有不少的花销。组委会已经决定,今后的各届小票友赛举行,还要逐渐加大实际用在孩子身上的投入。

鼓励孩子学习京剧,是家长明智的选择。进入决赛的小选手,能有今天的成绩实属不易,可以想象到家长为此付出极大。有付出就有回报,让京剧促进孩子道德修养和艺术素质提高,给孩子的童年染上金色的光彩,带来终生的快乐和享受,足矣!

各位支持孩子学习京剧的家长们,让我们荡起双桨,带着祖国的花朵在京剧艺术海洋里遨游吧!

为少儿京剧的辅导老师们点赞

很多人说,孩子们在舞台上比赛,实际上是舞台下辅导老师比拼。从某个角度来说,这话不无道理。看看一个个小演员上台表演时,侧幕边辅导老师那全神贯注甚至紧张的样子就可证明。我想,当年老师上台演出时都没这样紧张吧?

京剧艺术传承的重要途径在于口传心授,尤其是京剧尖子人才的培养更是如此。除了个别小朋友跟着录像视频自学以外,绝大多数参赛的小票友都有老师指点和辅导。众多造诣很深的京剧专业演员,甚至一些著名的京剧表演艺术家也都为培养孩子花费了极大的心血。

孩子在台上一句念白一句唱、一招一式,倾注了老师们多少心血啊!这次被评为第二届“少儿京剧杰出贡献奖”的丹东付胜轩老师,已经 75 岁高龄,他的学生郝润来、谢明君、李羚豪均曾获得“十小名票”荣誉称号,这届他的只有 7 岁的学生李骁洋演唱《秦琼观阵》,虽未上榜,但身上功夫漂亮,好评如潮。可想而知,年过古稀的老人培养出几名唱念做打俱佳的小小文武老生,他的付出会有多大!众多辅导老师的感人事迹很多,付老师只是其中一位代表。

在小票友辅导老师的队伍中,还有一批人值得关注,那就是“十大名票”“十小名票”。我知道的,“十大名票”陈长庆、田胜强、张杰、白洪亮、钟桂芝、刘艳波,“十小名票”唐育琦、吴雨圣都有学生在历届小票友“和平杯”中参赛,甚至进入决赛,获得一等奖荣获“十小名票”。

薪火相传,后继有人,京剧振兴大有希望!

各位辅导老师们,在中国京剧发展史册上会留下你们闪光的足迹,写下你们闪光的姓名,你们真是辛苦了!家长孩子感谢你们,“和平杯”感谢你们!京剧感谢你们!

第十四届"和平杯"京剧票友邀请赛感言

真诚感谢广大票友戏迷朋友的热情关注

2018年10月20日晚,第十四届"和平杯"京剧票友邀请赛落下帷幕。这届赛事的7场决赛通过网络直播,把国内28个省市区及港台地区、海外6个国家的优秀京剧票友的风采展现给世界,吸引了海内外众多京剧票友戏迷朋友观看,大大扩展了这项赛事的影响,也为日益红火的京剧票友活动搭建了一个传播的平台,这在京剧发展史上是开拓性的一笔。

组织者始料未及的是,这届决赛通过网络直播,特别是第一场,港台及海外第一场演出由于一两名选手现场演唱水平欠佳,竟引起了那么大的反响,有赞扬的、有理解的,更有很多"吐槽"的,甚至有人怀疑某某选手是否用"钱"买来的决赛资格等。评选结果公布以后,虽然绝大多数参赛选手还是认可的,但在网上和一些票友群里也听到了一些不同的声音。

我想,不管是何种意见,绝大多数票友都是出于对"和平杯"赛事的关注、爱护,都从不同的角度认可了"和平杯"是京剧票友最高的竞技舞台,都希望这项坚持了27年的赛事能够健康、持续地发展下去,不能降低水准。四川一位先生对进入决赛票友的年龄做了详细统计,提出这届赛事中老年票友多、年轻票友少,女性多、男性少等欠缺。有些同志提出,今后港台及海外选拔进入决赛也要设立较高的门槛,不能因为个别水平太低而影响整个赛事的声誉,等等。这都给"和平杯"今后的工作提供了很好的参考。

这里,我代表"和平杯"组委会办公室真诚感谢大家对"和平杯"的关注、支持和爱护!

"和平杯"赛事活动要坚持网络直播

"和平杯"作为一项覆盖全国、波及海外的赛事活动,能够进行网络直播,既是在世界范围内弘扬国粹艺术、推动业余京剧活动发展的一个重要举措,也是"和平杯"充满自信的表现。得到广大京剧票友和戏迷朋友的欢迎。通过直播引起热议,是一件大好事,我们十分欢迎来自各个方面善意的建议及批评意见,使得这项赛事不断完善、创新发展。

感言

面对一些人的非议,几个别有用心的人编造谎言、污蔑组织者、辱骂评委的言论被转发。因此有人担心,建议以后就不要花费这么大气力直播了。组委会办公室断然否决了这个意见。对于京剧的振兴,我们有充分的自信!对于"和平杯",我们同样有充分的自信!我们郑重向海内外广大票友声明和承诺:"和平杯"从来没有,今后也绝对不允许有任何"幕后交易""暗箱操作"。有人想当然认为,当今社会赛事乱象很多,"和平杯"又怎能独善其身呢?那你真就是"以小人之心,度君子之腹了"!

对于极少数人无中生有的污蔑诽谤谩骂,根本不值得多费口舌对其驳斥。连续 14 届的大票友赛,共有 999 名票友进入决赛,有哪位票友是送钱送物买来了决赛的入场券?!海内外共评出 160 名"十大名票",又有哪位是花钱买来的桂冠?!从 1991 年"和平杯"创办至今,一直就有人传言不花钱就进不了决赛,不送钱送物就得不到好名次。随着时间的推移,这些谣言不攻自破。更有甚者,有些地区的极个别人扬言自己神通广大,可以帮助疏通组委会或评委会,借机敛财,也在铁一样的事实面前灰溜溜收不了场。坚持公平公正的评选,是"和平杯"的灵魂,是 27 年常办不衰最为重要的因素之一。对于没有绝对标准的艺术类评选来说,面对见仁见智且又普遍"自我感觉良好"的广大票友,每届的评选结果能够得到这么高的认同度,已经有力地说明了这一点。

作为这项赛事的组织者,对于一些谣言的传播,我们既不会望而生畏,更不会因此止步不前,还要继续对以后的赛事进行网上直播。直播后出现各种各样的议论,都很正常。很多新生事物都是在猜疑甚至谩骂声中成长壮大的。经历风雨见彩虹,千锤百炼才成钢!

就像海内外很多票友朋友说的那样,"和平杯"是我们"大家庭欢乐的节日,办好"和平杯"是我们共同的愿望和事业。作为这项活动的具体组织者,我们决不辜负广大京剧票友的重托。人说的那样"走向毁灭",而是会走向进一步的辉煌!

通过这次对网上议论的讨论,我建议那些人云亦云的票友朋友们明白:网络不是法外之地,网络空间是公共空间,网络社会也是法治社会。

对国内选拔决赛选手的一些情况说明

入选第十四届"和平杯"京剧票友邀请赛决赛的国内选手,从往届 60~70名、5 场决赛,扩大到入选 84 名、6 场决赛。又有十多名优秀票友圆了进军决赛的"梦"。

"和平杯"既是京剧票友最高的竞技舞台,设立了相对较高的门槛,它本身还是一项群众文化活动。创办这项赛事的初心是弘扬国粹艺术,促进业余京剧活动的发展。因此,既要考虑参加决赛票友的总体质量,也要考虑其覆盖面。就国内来讲,各个地区差别不小,如果单纯考虑质量,一些地区会没有或极少有选手入围决赛。因此,组委会规定了各地区进入决赛选手数量的上限,以便使更多地区、更多当地票友中的佼佼者能够进入决赛,感受"和平杯"票友盛会的浓厚气氛,以期带动本地区业余京剧活动的发展。从首届开始直到十四届,都会存在进入决赛的部分选手演唱水平低于其他地区落选票友水平的情况,每场决赛的节目参差不齐, 也不会个个抢眼, 这是由于群众文化规律特点决定的。对此,广大票友和观众都是理解的。一些朋友单纯从某些票友演唱一般,而笼统说和平杯的总体水平不断下降,这是不了解"和平杯"赛事举办的初心和复赛评选的规则所致。

实事求是地说,和专业京剧相比,全国京剧票友活动这些年日渐红火,总体水平确实也在不断提高,反映在"和平杯"决赛舞台上也是如此。这届赛事7场决赛,28个省市区的84名选手逐一亮相,观众反映高手不少,其他都还不错,这已经达到我们的预期效果。几名复赛评委会的评委观看决赛反映,多数选手的决赛现场表现要比复赛看光盘时有了很大进步, 达到了促进票友提高的目的。这届评选出来的"十大名票"得到了普遍认可,认为还是代表了当今国内票友的水平。对于组织者来说,这也是聊以欣慰的事情。

"和平杯"决赛选拔多少名票友是个可以讨论的问题,虽然很多人赞成扩军,但也有人说维持60名左右为好,有人说还是少了能增加到100名才好。这是留待组委会下一步总结研讨的课题之一。四川某先生以嘲笑的口吻说,今年进来102名,再加上6名够《水浒传》了。我想,如果下一届真是票界"一百零八将"荟萃,那也是一道亮丽的风景、一段可流传的佳话!

"票友"的概念随着时代的发展发生着变化,现在喜爱京剧能够唱上几句的都称为"票友"。尤其是越来越多的中青年加入票友队伍,是十分可喜的。有人借此讥讽,真是大可不必,甚至不应该。请问,这对振兴京剧十分有利的事情何必加以厚非呢?由于京剧艺术本身的特点,从一般热爱演唱到成为当地乃至全国的"名票"是很不容易的事情。我曾接到过无数次的电话或信息,众多的票友向往进入"和平杯"的决赛,很多票友为此努力了几年、十几年都没能如愿,还在继续努力着,其精神可嘉。尽管进入决赛名额扩大,在全国数以万计的票友群体中也只有区区八十多名,分到全国省市区还是很少的。在此,请那些一直为参加"和平杯"决赛而努力的票友朋友们多多谅解,期待你们有一天圆梦天津中国大戏院!

向担任"和平杯"决赛评委的各位老师致敬

在第十四届"和平杯"决赛票友群里,先后转发了一个评论决赛评委的帖子,这篇短文不仅是对各位评委老师的大不敬,甚至竭尽诽谤污蔑之能事,辱骂这些京剧前辈,看后真是让人既感到震惊又感到痛心。我们的票友里,甚至已经进入决赛圈的票友,竟然会有如此狂妄、没有良知的人!说起来真是让人不敢相信。这个帖子的始作俑者据说是山东的一名决赛落选票友,而转发这个帖子的是本届参赛的山东、湖南各一位选手。

对这个胡说八道的帖子,山西张杰老师、江西熊素琴会长已经进行了有力地驳斥。我不想赘述。

"和平杯"连续27年成功举办,洒下了众多京剧名家辛勤劳动的汗水。可以说,没有他们的支持,"和平杯"绝对不可能走到今天。下面,我怀着感恩之心,把这些京剧界前辈的名字恭录如下:

我国著名京剧表演艺术家张君秋、袁世海、梅葆玖、尚长荣先生先后担任顾问并亲临比赛现场,或登台示范演唱,或作为颁奖贵宾,他们和广大票友亲切交谈,面对面进行辅导,给活动增添了极大光彩。

先后有87位京剧名家、专家担任过决赛评委。他们是(以时间为序,排名不分先后):

马长礼	从鸿逵	王晶华	刘瑞森	刘秀荣	齐致祥	刘雪涛	汪正华
吴同宾	李荣威	杨荣环	张庭宣	龚和德	舒 适	孙荣惠	李庆春
陈云超	贺永华	程 之	程正泰	薛亚萍	李丽芳	莫 宣	刘国富
王金璐	云燕铭	卢子明	刘增祺	李蔷华	高宝贤	王婉华	张春孝
杨乃彭	赵慧秋	钳润宏	蔺永钧	孙 岳	刘连群	李鸣岩	吴钰章
姚玉成	王梦云	邓沐玮	张春秋	沈键瑾	高长德	萧润德	温如华
李 莉	李崇善	孙毓敏	张艳玲	何永泉	郭跃进	杜 鹏	李 光
李炳淑	李佩红	康万生	李经文	王 平	谭孝曾	宋长林	赵景浩
李文敏	安云武	续正泰	闫 巍	任德川	尚明珠	陈 琪	赵景勃
金喜全	龚苏萍	陈 琪	许玉琢	王玉诊	张 萍	倪茂才	朱宝光
李少波	孙丽英	奚中路	张克让	罗长德	刘连伦	于万增	

谭元寿、吴素秋、张春华、杜近芳、王吟秋、李砚秀、刘长瑜、赵松樵、张世麟、刘增复、宋长荣、谢虹雯、张学津等京剧艺术家都曾来津参加"和平杯"开闭幕式的演唱和颁奖活动。

"和平杯"已经走过了 27 年,担任过评委的一些老师已经仙逝,我们深深怀念他们。为了彰显这些决赛评委老师德艺双馨的品德,下面举两个小事例:

李蔷华老师在担任决赛评委时,收到一名东北牡丹江参赛选手偷偷送来的小红包,里面有三千元现金,还附有某京剧名家写给她希望关照的信笺。她立即拿给我,说"这钱我是绝对不收的,但这名选手明晚要参加比赛,别影响她的情绪,赛后再替我转交并谢谢她"。瞧,我们可爱可敬的评委老师,是多么廉洁又体贴票友啊!

在一次晚场决赛以后,9 位评委回到了驻地,打开各自的房门,都收到了一名浙江温州参赛的女老生票友从门缝下塞进的红包,各有 2000 元。令这位送礼票友绝对没有想到的是,9 位评委全部都将现金交到了组委会。

像以上这样的事例还有很多。

决赛评委的工作量是很大的,很多评委为了防止不能完整看完台上演员演出,进场前都不敢多喝水,演出时候全神贯注,极少起身去卫生间。每届最后一场决赛后会连夜进行评选工作,本届第七场决赛后,都已超过花甲之年的 9 位评委认真评议到转天凌晨 3 点多,表现了对票友高度负责的敬业之心!我们对他们充满了敬意和感激!

正确看待"港澳台及海外十大名票"的评选

本届"和平杯"港台及海外票友演出专场,经过在领队会上抽签,恰好抽到网络直播的第一场,由于有一两名台湾地区的选手场上发挥欠佳,引起了一片哗然。甚至有一些朋友说了很多尖刻的话语。

首先说,今年是继第十三届"和平杯"首次评选"港澳台及海外十大名票"之后的第二届,由于报名人数较少,组委会又急于想加大"和平杯"走向港澳台和海外的步伐,因此入选决赛的门槛放得低了些,由此引发了这么多的争议。对于这一点,我们是有责任的,反映了我们在港澳台及海外宣传声势不大等不足。

要使得"和平杯"从唱响中国到唱响世界,的确是需要一个比较漫长的过程,本届是承上启下的重要一届,能够坚持下来也实属不易。本届"和平杯"继续评选"港澳台及海外十大名票",有台湾地区的 4 名票友、香港地区的 3 名票友,美国、加拿大、法国、德国、新西兰、澳大利亚 6 个国家也有票友参赛;评选命名了美国、加拿大、德国 4 家"和平杯金牌京剧票房";在第三届"中国京剧票友社会活动家"中,有 3 位来自美国、德国、澳大利亚。这不仅对"和平杯"今后赛事发展奠定了一定基础,也为中华国粹艺术在全世界的传播做出了贡献。

海外华裔同胞们,在学戏难于找到老师、伴奏无法找到乐队、服装没有地方购买、道具没有办法解决的十分困难的条件下,不忘传承老祖宗留下来的宝贵文化遗产,把中华国粹好声音唱响到世界各地! 就这一点,就值得对他们大大点赞。如今,他们不远万里来津参加票友的盛会,同胞相聚格外亲,票友都是一家人。诚然,"和平杯"是票友最高的竞技舞台,进入决赛也应该有相当的水准,在决赛舞台上个别票友发挥失常、水平欠佳,也决不应该成为某些人冷嘲热讽的理由。江西的杨宝玉、江苏的张柞云、河南的闫勇、山西的张丽锋、江苏的张秀林等很多朋友说了很多对这些票友热情鼓励的话,同时希望大家与人为善,尤其对那些已是古稀之年的票友更要有"包容心"。

本届港台及海外票友参赛18人,评多少"十大名票"为好? 这是组委会和评委会很纠结的一个问题。决赛评委会认为,在这18个人中,有三四位水平较高,甚至可以和国内"十大名票"相媲美,还有六七位水平也不错。如果从严评选,会造成很多海外票友"望而却步",十分不利今后的发动工作。既然单独设奖,就应该标准有所不同。经过十分认真地研究,最后决定还是评选10名较为有利。今后,随着参赛国家、参赛人数的增加,水涨船高。

截至目前,港台及海外已经评选出20名"中国京剧十大名票"、5家"和平杯金牌京剧票房"、3名"中国京剧票友活动家"。这是点亮在世界各地弘扬中华国粹艺术的一盏盏灯、燃起的一个个火把。我想它的意义一定会在振兴京剧的历史进程中逐渐显现出来!

致参加决赛的各位票友朋友

第十四届"和平杯"落下了帷幕,有些话想和参赛的各位票友朋友交流。

"和平杯"是京剧票友汇报展示才艺的舞台,展现了当今海内外优秀票友的风采。

这次进军决赛圈登上天津中国大戏院舞台的选手超过了百名,达到102名,是"和平杯"创办以来入选最多的一届,参赛票友都是所在地区票友中的佼佼者。云南参赛票友程东云说:"'和平杯'比赛选手的水平虽有高低,但结果没输赢,能站在京剧票界高级别的舞台上展示自己的较好水平,也就无愧于应有的称号,我是优秀票友,我骄傲!"河北选手马富平说:"'和平杯'是票友向往的最高殿堂,有人一生都在为之拼搏,能参加'和平杯'(决赛)是一生的荣幸,无论在台上发挥得好与不好,都是一种积累和历练,都是永生难忘的,毕竟不是一般票友能进得来的。"我想,他们的这番言论,足以代表了大家的心情。

"和平杯"不仅是试金石,考验着每位选手的实力;"和平杯"也是磨刀石,磨炼着票友学习京剧攻坚克难的意志。

这届入选决赛的国内84名选手中,有74名是第一次进入决赛圈。其中很多选手多次参与地方的预赛选拔,也有不少人几次进入复赛,但都没能如愿;经过了几年,甚至一二十年的努力方能如愿。像江西杨宝玉那样"十年磨一剑",初试锋芒的选手有很多。

"梅花香自苦寒来",进入决赛圈的每位票友,不管你获得何种名次,每个人成长历程都会留下一段难忘的经历。以后,我们将通过《和平杯》专刊、和平杯官微平台陆续向社会介绍大家精彩的故事。

在"和平杯"这个舞台上,参加决赛的票友从报到的那一刻开始,每个人就在表演着。台上,演绎着一个个历史人物的悲欢离合;台下,也在海内外票友面前表演着自己具有的素质修养。加拿大参赛的年高八旬的朱艺华老先生说,"世界大舞台,舞台小世界",很有哲理。我在决赛阶段的8天中,耳闻目睹了太多参赛票友互相帮助、互相鼓励的事例。在这个温暖的票友大家庭里,大家享受着京剧,结识了很多海内外的票界朋友,收获了欢乐和友谊。决赛成绩公布以后,获得二、三等奖的朋友,尽管有一些为了没有取得理想和满意的成绩感到遗憾,甚至心存疑虑,但绝大多数票友很坦然接受了评选结果,在决赛票友群或在私下里谈论最多的还是自己取得的收获,纷纷表示将继续努力,不断提高,争取再进决赛的愿望,展现了很高的素质修养。这个决赛圈,和谐、友好,充满了正能量。

当然,也有极个别"输不起的人",在这"舞台小世界"里,表演拙劣。

湖北一位获得三等奖的女选手(还是从爱护出发,不点其名吧),拒绝领取获奖奖杯、证书,已近耄耋之年的周贤贵会长帮助代领后,她竟然回复"不稀罕""我的奖杯、奖状都送给你了,爱给谁就给谁,拿去卖钱也行,起码可以卖一毛钱"。几则短信,把在全国票界德高望重的周会长气得血压指数一下子升高到216。我还了解到,周会长和她本不相识,为了她的参赛,想方设法联系相关单位为她报销来往车费和住宿费。

当然,像这种自以为是、不懂得感恩的票友是很个别的。我回想举办过的十四届"和平杯",有999名票友进入决赛,拒绝领奖的,连她算上一共只有5位,后来有3个人先后向组委会表达了歉意。我们也期待这位票友朋友,在今后学戏的同时一定要多学学做人的基本准则。她不仅欠了给周会长道的一声歉,也欠了给"和平杯"道的一声歉!据我了解,近期在一些票友群里传播诽谤

感言

133

评委、造谣"和平杯"有黑幕的那几篇短文,炮制者大都是参加过决赛落选或决赛没有取得理想成绩又不能正确对待的选手。传播者中,除了一些人云亦云的跟风者以外,大都也是没能进入决赛圈的票友。这也给我们提供了一个反面的范例。真诚希望我们热爱京剧的每位票友都能德艺双馨,台上演绎古人美德,台下修身养性。

有人说,网络社会,存有各种议论是很正常的,没必要理睬和争论。对这一点,我不能完全苟同。

在全国各地林立的京剧票友赛事活动中,能够把全部决赛进行网上直播的还很少见,网上热议"和平杯"说明了这项赛事活动的极大影响,的确是件大好事。网上议论中会有各种各样意见这很正常,不管是对"和平杯"给予肯定和热情鼓励,还是提出各种意见、建议和批评,我们都十分欢迎。我们已经把网友提的很多建议汇集整理,准备下一步加以研究。同时我也认为,对那些无中生有、造谣污蔑的言语也必须予以回击,正本清源,不能任其以讹传讹,混淆视听。对像湖北那位女选手严重伤害老领队的行为,也必须义正词严给予谴责。有人还说,不是要提倡"百花齐放,百家争鸣"吗?是的,各种花朵都可放,遇到野草也要除,没有争鸣,又哪来的花放!

各位票友朋友,是京剧,使我们更加领略了中华优秀传统文化的博大精深;是京剧,给我们的生活带来了无尽的快乐和一个个精彩;是京剧,使我们彼此有缘结识,走到了一起。我们感恩京剧,感恩老祖宗给我们留下的宝贵的非物质文化遗产。第十四届"和平杯"落幕了,永不落幕的是我们对京剧深深的情怀、对学唱京剧那种锲而不舍的追求!但愿这届"和平杯"决赛给大家留下了美好难忘的回忆!

致港澳台及海外的广大票友

在"和平杯"发展的 27 年进程中,从 2016 年第十三届"和平杯"京剧票友邀请赛开始,连续两届评选了 20 名"港澳台及海外十大名票"。这是件对在世界上弘扬中华优秀传统文化国粹京剧大有裨益,足以载入中国京剧发展史册的开拓性事情。

我们感谢参加第十四届"和平杯"票友盛会的港澳台及海外票友,你们的参与,为这届"和平杯"增光添彩!你们不远万里来到天津参加京剧票友的盛会,它的意义,远远大于演唱水平高低本身。至今,京剧,在台湾地区一直还被称为"国剧",这次台湾地区来了 4 位票友,不管是原籍在大陆的票友,还是土生土长的本地人,都充分表达了血浓于水、两岸一家亲的强烈感情。还有这次来的海外侨胞票友,有的是旅居国外才几年,有的达到五六十年以上。他们的到来,是对祖国深深的怀念,是强烈"乡愁""乡音"的召唤,是京剧无穷魅力的驱动。他们在十分困难的情况下学习演唱京剧,"弄潮儿向涛头立,手把红旗旗不湿",把中国京剧的天籁之音唱响世界各地。他们的到来,是向世人宣告:作为列入世界非物质文化遗产名录的京剧,是中华文化灿烂的代表,至今仍然有着旺盛的生命力,传承京剧是每个华夏儿女义不容辞的责任。

应该承认,由于条件的限制,和国内票友相比,海外票友的整体演唱水平尚有待提高,但这次参加决赛的18名票友中的大多数,还是得到了评委会和观众的认可,评出的"十大名票"也都可圈可点。很多观看颁奖晚会的观众都对这届评出的"双十大"的演唱表示满意。我想,央视《空中剧院》播出颁奖晚会视频后,应该能够得到海内外广大观众较好的评价,我们有这个自信。这次的"和平杯"决赛演出专场,因一两位台湾同胞出现较大失误,遭到一些人的讥讽。这首先是组委会在复赛时标准放得较低造成,作为组织工作者,心里很是不安。希望大家多听听剧场里观众那一阵阵热情的掌声;看看决赛票友群里大家那些温暖鼓励的话语;想想有多少大陆的票友朋友邀请你们去他们那里做客唱戏吧!他们抒发的才是我们具有民族自豪感、正义感的绝大多数人的心声。

来津参加决赛和金牌京剧票房授牌仪式的港台及海外人士,赛后纷纷谈了自己参加"和平杯"的感受。沈静倩女士说:"身为中国人,对和平杯,我不是盲目的崇拜者。我一开始不了解,从怀疑到肯定,从钦佩到热爱。这是最真实的心路历程。""我对和平杯由衷地敬佩、认同,以至于愿意终身以和平杯为傲"。美国拉斯维加斯戏迷之家延洪祥社长说:"国内选手个个星光灿烂,令人惊叹,就连新产生的'海外十大名票'也各自身怀绝技,艺术水平令人折服,让我们学习国粹京剧艺术较短的新手深受鼓舞""我们衷心地祝福和平杯越办越好,前程似锦!我们会尽我们的努力让她在世界各地开花结果"。来自加拿大的李巧文赛后说:"要用行动支持"和平杯"这一利国利民的盛事,回到加拿大以后,以亲身经历宣传和平杯的精神"。还有很多,因篇幅有限不一一列举。我们把这些热情洋溢的鼓励话语,看成一种激励和鞭策。

"咬定青山不放松"。"和平杯"会继续举办下去,"港澳台及海外十大名票"也会继续评下去,这不仅是振兴京剧艺术的需要,也是海内外广大票友的强烈呼声。当然,我们会不断总结经验教训,使其完善发展。

初步考虑,以后的"和平杯"在进行决赛的同时,为港澳台及海外票友举办专场演唱会,既可以彩唱,也可以清唱,使那些没能进入决赛又希望参与的票友有机会在这个大舞台上展示。办公室准备将这个意见提交组委会讨论,这是网上热议"和平杯"带给我们的启示和收获之一。

到目前,除了港澳台以外,日本、泰国、新加坡、新西兰、澳大利亚、帕劳、美国、加拿大、德国、英国、法国、秘鲁共 12 个国家的外籍票友和侨胞参加过决赛、展演。已经有 5 家海外京剧票房被评为"和平杯金牌京剧票房";澳大利亚的吴新民先生、美国的宋飞鸿女士、德国的刘雅梅女士被评为"中国京剧票友社会活动家"。"和平杯"敞开胸怀,准备迎接更多港澳台同胞、海外侨胞、外籍热爱京剧艺术的人士投入她的怀抱,期待着有更多京剧票友活动组织能够进入"金牌京剧票房"之列,有更多在海外传承京剧的优秀带头人被树立起来。

"两岸猿声啼不住,轻舟已过万重山。"任何新生事物的成长虽经艰难曲折,但也是无法阻挡的。我们坚信,经过我们大家坚持不懈的共同努力,一定会让"和平杯"在世界唱响!

致各位领队朋友

"和平杯"中国京剧票友邀请赛自 1991 年举办以来,得到了全国各地的热烈响应和大力支持。各地的领队同志为保证每一届"和平杯"成功举办做出了突出贡献,为了表彰这些同志的功绩,2010 年,在第十届"和平杯"举办期间,设立了"杰出贡献奖",并授予了白晶环、陈健(安徽)、蒋青年(河南)、柳静(辽宁)、石大光(河北)、石磊(上海)、张杰(山西)、石者英(广东)、杨寿保(湖南)、陈萍鸿(贵州)10 名同志,除了作为艺术总监的白晶环同志以外,其余均为各地区的领队。还有的地区领队,如湖北的周贤贵同志因获得首批"中国京剧票友社会活动家"而没有加入此行列。2010 年至今,又过去了 8 年,很多地区领队进行了更替。为了表示谢意,我把他们的名字介绍给大家:黑龙江张锐、吉林杨天蕊、山西项晓娟、北京耿超、河北张晓佳、河南戴嫡昌、上海张育文、四川廖秀芬、贵州周桂英、陕西李钢、天津王岩、山东李全忠、广西顾才源、广东毛国柱、海南张振红、江苏刘涛、安徽黄望莕、江西熊素琴、重庆董有为、云南施之华、内蒙古王惠玲等。我们怀着感恩的心情向已离任的各位老领队表示由衷敬意!

"和平杯"领队们,有的是当地群艺馆、文化馆戏剧部门负责人,有的是票友协会、剧协负责人,有的则是热心票友事业、当地有威望的票界领头人。为了组织当地的"和平杯"大、小票友赛的预赛选拔工作,领队们认真负责,针对本地区实际情况制定了切实可行的方案,或集中选手展演评选,或请专家对报送的录像视频公平筛选。在奔波劳累的同时, 有时还要承受一些非议而忍辱负重。决赛阶段，领队们大都亲自带队到现场，以"和平杯是我们票友的，大家都是东道主"的主人翁姿态，多次召开团队会议，落实组委会提出的各项要求，帮助各位选手做好赛前赛后工作，解决临时遇到的各种困难，理顺没有取得理想成绩选手的心态，为保证赛事的圆满成功做出了重要贡献。领队们通过各种媒体，在各种场合，以自己的亲身经历和感受大力宣传"和平杯"，对各种谣言给予了有力驳斥。

在很多地区乃至全国的一些艺术类赛事中，评选结果公布以后往往反应很大，有哭的，有闹的，有当众骂街的，有找组委会、评委会争辩论理的。而"和平杯"的评选结果公布以后一片安静。如本届"和平杯"决赛成绩在 10 月 20 日上午 9 时公布以后，直到各个代表队返程，没有一位参赛人员找到组委会抱怨或表示不满。当然，我们十分清醒，评选结果不可能得到 100% 认同，肯定有些人为自己没有获得理想成绩而不快，有些入选决赛人数较多地区的决赛成绩也不如人意。例如，赛前有谁会想到，复赛成绩这么好的湖北、广东代表队，决赛中只各有一人获得"双十佳"呢？又有谁会想到，这么多优秀老旦选手竟然没有一个进入"前十"呢？我们坚持竞赛的公正性，但也不否认这种公正只能是相对的。由于每届参加决赛的各种行当、流派选手多少、强弱都有所不同，强中自有强中手，可能造成有的选手会"吃亏"一些，这也是竞赛的偶然性和残酷性吧。举个小例子，首届"和平杯"时台湾程梅华女士参赛，演唱的《望江亭》水平很高，被复赛评委看好，可在决赛中偏偏遇到湖北的邢秀红，也演唱同一剧目的同一唱段，而邢秀红的演唱略高一筹。复赛观看录像带时，曾经被马长礼、刘雪涛、杨荣环几位名家怀疑是张君秋先生原唱的"音配像"，组委会不得不派人去湖北找来邢秀红本人"验明正身"。决赛中，邢秀红获得了"十大名票"，程梅华获得了二等奖的第一名。假如，没有邢秀红的参赛……现实就是现实，没有什么假如。在举办过的大小票友共 20 届的决赛中，类似例子还有很多。我们感谢各位领队及参赛选手们以大局为重，对评委会的尊重，对有些不大顺心事情的理解和包容。每届赛事的圆满收官，是各位领队辛勤工作的结果。应该说，在"和平杯"这个既是京剧艺术竞赛，又是精神文明程度比拼的赛场上，各个代表队都交上了一份合格漂亮的答卷。

作为同一战壕的各位领队朋友，你们像"四梁八柱"，支撑起"和平杯"的大厦。办好"和平杯"是我们共同为之奋斗的事业，是历史赋予我们的责任。让我们风雨兼程，荣辱与共，共同担当！

亲爱的各位领队，向你们再道一声：辛苦了！

致第二届"和平杯金牌京剧票房"获得者

在京剧的 200 年历史中,京剧票房一直伴随着京剧的发展而发展,撑起了京剧的半壁江山。海内外星罗棋布的京剧票房,日益红火,成立的数量、参与的人员都还在不断扩大。票房生生不息的发展,体现了京剧艺术强大的生命力。

2016 年,在第十三届"和平杯"举办时,全国共评选出首届共 57 家"和平杯金牌京剧票房",从去年的 12 月 4 日至今年的 4 月 26 日,历时 150 天,在"和平杯票友赛"微信群里进行了金牌京剧票房展示和经验交流活动。一幅幅琳琅满目的图片;一段段展示票房实力的精彩演唱视频;一篇篇很有学习参考价值的经验介绍材料;一个个票房带头人无私奉献感人至深的事迹介绍,不仅成为票房互相学习的重要参考资料,也给京剧发展留下了十分宝贵的史料。很多群友为此发表了很好的评论,我在学习感动的同时,也对每个上线介绍的票房写了一点心得,转发给大家参考。我个人对京剧艺术研究尚浅,不当之处请大家指正。

如今,根据各地的强烈要求,评选了第二届"和平杯金牌京剧票房"。组委会共收到各地推荐和自荐材料 80 份,经过专家组筛选并征求领队会意见,确定了包括海外 4 家在内的 46 家。在本届"和平杯"决赛阶段,举办了隆重的授牌仪式。再次祝贺各家票房的当选!《和平杯》专刊将陆续刊登金牌票房介绍,在适当时机,我们准备进行第二届"和平杯金牌京剧票房"的展示和经验交流活动,还希望大家提前做好准备,期待着你们带给大家的精彩。

在历届"和平杯"的参赛选手中,在 160 名海内外的京剧"十大名票"中,相当多是来自这 103 家金牌京剧票房。它们不仅是振兴京剧的各地排头兵,也是"和平杯"得以持续健康发展的重要基础。真诚感谢你们!

我看到"和平杯金牌京剧票房"微信群里大家发表的对这届赛事的观感、对"和平杯"的支持、对极个别人污蔑诽谤给予的痛斥,那些热情洋溢又充满正能量的言论,令我十分感动。金牌京剧票房,既然以"和平杯"命名,就说明我们大家已经融入了一体。就像群里有朋友说的那样:金杯、银杯,不如百姓的口碑;金奖、银奖,不如百姓的夸奖。我想,金牌、银牌,也应该是实至名归的奖牌。但愿这块票房"金牌",能够在所在地区熠熠生辉!

致新闻媒体的各位朋友

第十四届"和平杯"京剧票友邀请赛举办期间,新闻媒体给予了很多宣传报道,大大提升了这项活动的影响力。

《天津日报》不仅多次报道赛事情况,还在决赛成绩公布以后用半个版面刊发了 20 名"十大名票"的彩照;很有影响的天津《今晚报》每天都对"和平杯"进行图文并茂的报道,并在《大洋时报》《加中时报》《欧洲联合周报》等十多个海外版上进行宣传;天津市的其他报刊也都进行了大量报道。新华网、人民网、央广网、北方网、搜狐网、新浪网、网易网、光明网、中国京剧艺术网及各个地方网站都报道了大量消息;天津广播电台《走进直播间》栏目,赛前用一个小时的时间向天津市市民介绍本届邀请赛情况,天津电视台"天津新闻"等栏目几次录制赛场新闻播出。央视《戏曲采风》、中国京剧艺术网、天津电视台、和平有线电视台各派出录制组拍摄了电视专题片,并陆续播出。《中国文化报》派出记者来津采访,采访文章近期发表。据我了解,很多地方媒体也对当地入选的选手进行了不少的报道。

搜一下百度,关于"和平杯"的信息达到了 76800 条。爱奇艺网站对 7 场决赛进行了网上直播,决赛的视频可随时检索浏览。

央视《空中剧院》栏目连续 12 年专程来津录制颁奖晚会并择期在黄金时段播出,充分体现了中央主流媒体对这一全国性群众文化活动的认可和高度重视,是对我们的巨大鞭策,使我们备受鼓舞。

"和平杯"作为一项由政府部门主办的公益性全国群众文化活动,在中央及地方各新闻媒体强有力的支持和大力宣传下得以健康发展。在此,我们衷心感谢新闻媒体朋友的大力支持!"和平杯"走过的 27 年历程,倾注了你们很多的心血,你们给这项赛事插上了飞翔的翅膀,让它遨游在华夏大地的广阔蓝天下,使得中华国粹好声音唱响五湖四海。

此外,参与宣传工作的还有几位志愿者,在决赛期间不仅很专业地撰写了每场决赛的述评,还采访发表了很多活动的花絮,给这项活动增添了很大光彩,在此一并致谢。

感言

第十五届"和平杯""云"决赛感言

2020 年 10 月 11 日上午,第十五届"和平杯"京剧票友邀请赛"云"决赛正式开赛,作为赛事组织者之一,谈一点感想与大家分享。

注重质量是"云"决赛成败的关键因素之一
——第十五届"和平杯""云"决赛有感(一)

由于互联网迅猛普及,5 场决赛节目上线以后,能否给海内外观者真正带来一种艺术享受,这是"云"决赛成败的关键因素之一。

这里说的播出节目质量,不仅指演唱的水平,也指视频的质量。由于受到疫情的影响,入选决赛的节目,除了少数地区组织参赛人员集中录制外,相当多进入决赛的节目是疫情发生以前在各种场合演出的录像,有的是在家里、公园里演唱者用手机拍摄,图像较差,不适合网上播出。复赛结果公布以后近一个月的短短时间里,有 50 名进入决赛的选手克服了种种困难,选择舞台(其中不少是租赁剧场)、聘请乐队、找专业团队录像,重新录制了视频。为了在网上完美呈现自己的最佳水平,有的选手前后录制了两三次。或托朋友帮忙,或花钱请专业人士制作,都重新打上了字幕。有的当地没有条件的选手,到大中城市进行录制,个中艰辛可想而知。这些重新录制视频花费大都自掏腰包,少则过千,多则上万。一些选手紧抓这不长的时间聘请老师练习提高,配上助演。不少重录视频演唱水平比原有复赛演唱水平有了较为明显的提高。现在呈现在网上的 5 场共 70 个节目视频,虽然仍有很多不尽如人意的地方,但是总体上还是达到了播出标准,得到了普遍的认可。参赛票友的热情和为此的付出,是这次"云"决赛能够顺利举行的关键因素。

我们怀着感恩的心情,向全体参加决赛,特别是克服困难重录视频的票友表示深深的敬意!你们的热情参与和付出,是对组委会全体工作人员的极大鞭策,我们只有尽心竭力做好组织工作,为大家服好务,不能有一丝一毫的懈怠,才对得起大家的信任和支持。

公平公正评选是"云"决赛成败的关键因素之二

——第十五届"和平杯""云"决赛有感(二)

　　第十五届"和平杯"京剧票友邀请赛"云"决赛成败的另一个关键因素是评选的公平公正。

　　由于互联网的发展,近几年涌现了很多网上竞赛、观众投票的赛事评选活动,我们每个人差不多都会经常收到圈里朋友要求为某某人网上投票的请求,社会上甚至出现了以此牟利的操作投票的公司。这样的网上投票,比拼的不是质量,而是朋友多寡、运作能力和财力。这种方式公认为"弊大于利",应该摒弃。

　　"和平杯"被誉为我国票界最高的竞技舞台,根据防控疫情常态化的需要,首次采取"云"决赛,大家最为关心的是如何做到评选的公平公正。本来艺术类的评选就没有严格明确的标准,再加上京剧行当、流派众多,相当多进入决赛选手的水平又不相上下,放在一起评选就更为困难。为此,组委会进行了多次研讨,最后形成了现在的评选方案。这个评选方案有三个特点:

　　特点之一是采取专家群众相结合,以专家为主组成决赛评委会。这是"和平杯"历史上首次引进群众评委(30名地区评委、15名历届"十大名票"评委、5名媒体评委)。京剧艺术专业性强,历届决赛评委基本上都是由京剧名家组成。这次网上决赛 10 名专家评委的分数占到选手得分的 70%。50 名群众评委里,有很多是各地票界的领军人物、资深名票,几位媒体评委也大都对京剧艺术有较深造诣。群众评委的分数占到选手得分的 30%。为了便于评委评选,组委会给每一位评委复制了全部 5 场的视频 U 盘。这种评委组成及评选方式是一种尝试,成功与否,有待实践验证和总结。

　　特点之二是评委独立评选打分。每个评委和组委会单线联系,不设群、不协商,结果出来前不向社会公布名单。对评委提出明确评选纪律要求。统计分数时,专家评委要去掉一个最高分和一个最低分,群众评委去掉 5 个最高分和5 个最低分。这是为了尊重多数评委的意见,也是防止个别评委可能出现的偏袒现象。

　　特点之三是确保统计分数的真实可靠。有的同志担心,网评有可能幕后操作,篡改分数。为回答这种关切,组委会聘请公证处监督分数核算。所有评选资料封档保存,以备查验。这里向大家庄严承诺,绝对不会出现篡改分数这种冒天下之大不韪的违法违纪情况。

感言

评委组已经组建完毕,很多评委反馈组委会,深感不仅责任重,而且难度很大,很多决赛选手难分伯仲,尤其是对 70 名选手都能打出较为准确的分数实在太难。但不管怎样,也一定本着对参赛选手负责的态度认真完成评选任务。我们十分理解评选任务的艰巨性。这里,向所有担任评选任务的评委同志致以深深的敬意! 辛苦了!

大家也能理解,所谓评选的"公平公正"也只能是相对的。由于艺术门类评选没有严格确切的标准,对不相上下的选手演唱,也有个见仁见智的问题,决赛剧目涉及行当、流派众多,放到一起评选也是不得已而为之。我想,只要我们坚持公平公正、认真负责的态度,按照既定的评选方式,不徇私情,不搞幕后操作,评选的结果应该能够得到大多数同人的认可。

欢迎大家对于这次的评委组合及评选方式提出意见和建议。

祝愿所有参赛票友收获满满
——第十五届"和平杯""云"决赛有感(三)

在进入决赛的票友中,有的是喜爱京剧且进步很快的年轻大学生;有的是"十年磨一剑",甚至"二十年磨一剑",想要圆梦决赛舞台的资深票友;有的票友身患绝症,视演唱京剧为生命;有的身在边远山区,在十分困难的情况下依然学唱京剧;有的多次入围决赛圈,梦想向更高一级奖项发起再一次冲击……这里的故事很多,也很感人。

能够进入"和平杯"的决赛舞台,说明经过自己努力,在京剧演唱上达到了相当高的水平,成了当地票界的佼佼者。所以说,入围决赛圈,你已经是胜利者! 开始了一个新的起点!

"云"决赛是赛场,比拼的是选手的演唱水平;"云"决赛也是考场,考验的是选手的品德素养。如何面对即将出台的决赛评选结果,是所有选手面临的实际考验。希望所有选手不在任何一个考场上败下阵来。

评选结果出来以后,估计有一些同志会对自己的成绩和名次出乎预料,周围的亲朋好友也有可能说三道四,甚至说一些打抱不平的话,这都难免。关键在自己的心态。我接触到的票友中,很多人有一个共同的特点,叫"自我感觉良好"。充满自信固然很好,但又不能过于自信。"不识庐山真面目,只缘身在此山中""山外有山,人外有人""学无止境",这些耳熟能详的名言我们要时刻牢记。就是这次获得了一等奖,评上了"十大名票",也不要忘乎所以,还是有很大的进步余地。我们毕竟是票友,演唱京剧是为了给自己带来欢乐,带来陶冶,给社会带来正能量,这就足够了。希望所有参赛选手都能做好各种思想准备,坦然接受最后的评选结果。

2018 年 10 月,第十四届"和平杯"京剧票友邀请赛决赛成绩公布以后,有两名获得三等奖的女票友拒领奖杯证书,散布了很多不负责任的言论甚至是谣言,很不光彩。希望本届"云"决赛,不再出现类似现象。

但愿"和平杯"史上首次进行的"云"决赛顺利、精彩!祝愿所有参赛票友健康快乐,收获满满!

战疫情

抗击疫情,票友在行动!

在全民奋战抗击疫情的关键时刻,我们从网上看到了北京、山东、湖北等专业京剧院团创作演唱的京歌,也看到一些用各种文艺形式创作的作品。而看到更多的是京剧票友在行动,是票房票友上传的大量音频视频。仅在"和平杯"的群里,截至 2 月 21 日 22 点,已经有来自黑龙江、辽宁、吉林、北京、天津、河北、陕西、山东、湖北、湖南、广东、广西、宁夏、江苏、上海、福

顾丽娜录制"万众一心战疫情"

建、内蒙古 17 个省市区的 28 家金牌京剧票房创作(或填词)的大量京歌上传。"和平杯十大名票"获得者顾丽娜、王雅文、孙志宏、张志国、刘易红、郭盛也都上传了自己创作或填词的精彩唱段;丹东少儿京剧培训中心引导并组织孩子在家里学唱京剧,已经有 30 多名小学员上传了自己在家里演唱的抗疫情唱段,还有唐山王丽华老师、长春京剧艺术培训中心上传的小朋友演唱等,在这祖国遭遇疫情的非常时期,让孩子从小懂得家国情怀,有自己的担当;赵滨兰等票房的辅导老师亲自带头演唱,辽宁李若兰(少儿京剧杰出贡献奖获得者)、陈娟娟(14 届"和平杯"决赛选手)并肩共战"疫",母女齐上阵;何青贤(少儿京剧杰出贡献奖获得者、国家一级演员)演唱、齐国新(何青贤爱人、研究馆员)填

词,深圳票界伉俪,抗疫比翼双飞;延洪祥社长的美国拉斯维加斯戏迷之家参加募捐义演,美国蓝育青等海外十大名票积极参加募捐活动等,华夏儿女骨肉情深;白晓光、张俊芳、余汉东、刘云凯、熊素琴、刘节、林岭、施滨艺、尹树昌、李敏等同志创作的诗、唱词情真意切,催人奋进……

袁有珍为团长的江西老干部京剧团,李国芳为会长、熊素琴为书记的江西票友协会,率先组织了票友募捐活动,想方设法将善款及时寄送到抗疫前线,反映了我们广大票友的共同心愿。我们为他们的大爱义举点赞!我们相信,深爱祖国国粹艺术的广大票友们,在捐赠渠道顺畅以后、在各种票友演唱活动能够正常开展以后,会以更多的方式来表达我们与祖国同命运、共呼吸的心声。

虽说宅在家里不出门就是贡献,但是,宅在家里的票友们却没有虚度这段时光。中国抗击新冠病毒的大决战中,会给我们各家金牌京剧票房、中国京剧少儿京剧培训基地增添新的光荣!会记录我们票友的一份功绩,哪怕这份贡献是很微小的,但我们仍然可以笑慰人生:我参与了!我贡献了!

票房加油,票友加油,为武汉加油!为中国加油!

(2020/2/23)

大疫无情,票友有爱
——抗击疫情,票友在行动

"十大名票"孙志宏、王雅文录制《为生命担当》

"大疫无情,票友有爱。"这是江西杨森林同志诗文中的话,言简意赅,道出了我们广大票友的共同心声。

目前,"和平杯公众平台"已经编辑发布了64期抗疫情专辑,上线的金牌京剧票房超过20个省市,有30多家金牌京剧票房和众多票友用演唱自编或填词的京歌、撰写诗词等形式参与了这场抗击疫情的人民战争。

这原本是我们每个人这辈子都不想也不愿意看到的"战争",但是,在这场突如其来的灾难面前,从来压不垮也没有屈服过的中华儿女全民奋起,坚决打赢了这场全面阻击战。我们绝大多数票友纵然有慷慨赴难的决心,却也不能像全国四万多医务人员那样临危受命冲上战场，也没有行进在复工复产的队伍中。但是，在这场大战面前，我们用今天的行动，无愧地对自己说、对子女说、对后人说，我，参与了战斗！

"京歌抗疫，以家为场"。我们看到了沈阳茂泉京剧团在团长胡继岩组织下，有75名票友参加了每周一、三、五18:30—21:00的《空中网络京剧演唱会》；看到了广州军缘京剧团余汉东、李凤茹二位老兵夫妻演唱的《颂白衣·战瘟神》，76岁的"十大名票"高小玲演唱、81岁丈夫张云卿填词的《送瘟神·春暖花开》，江西票友协会李国芳会长称其为"神仙伴侣"；看到了吉林"十大名票"刘艳波填词给"十小名票"的小孙女郭子嫣演唱的视频，祖孙大小名票，共唱抗疫战歌，堪称一段佳话；还看到了江苏南通崇川区江东京剧团在黄超团长组织下，自创京歌，票房多人戴着口罩录制的《白衣天使奔武汉》视频，这个难得一见的画面留下了鲜明的历史重大事件的印记，成为票界珍贵的史料。还有，演唱京歌的陈凤兰、樊红霞、李红、靳雪梅、岳惠、王世花、齐丽华、杜丽娟、张辉、丁爱华、王丽……

继顾丽娜《万众一心战疫情》选入中宣部"学习强国"平台以后，"十大名票"孙志宏、王雅文编创的《为生命担当》，山东淄川区颐择京剧社社长郑兰菊演唱的《大爱白衣战士》也先后被选用。他们是票友没有缺席的最好例证。

"抗疫笔为剑，宅家写诗篇"。群里的才子才女们，饱蘸深情的笔墨，撰写了大量诗词歌赋。保定竞秀京剧社白晓光社长、厦门剧协京剧分会李明女士、江西丰城市票友联谊会杨森林会长、武汉汉阳金龙京剧社张德琼女士、江西票友协会熊素琴书记等发表的大量诗词，"笔落惊风雨"，具有很深的文字功底，如催春的战鼓，激励我们前行。组委会张志玉老师的朗诵诗《当我的秀发飘落》，读后不禁潸然泪下。还有，像哈尔滨星熠京剧团的刘节、怀化的李友德、广州军缘的林岭、昆明梨弘京剧票社的陈宝珠、吉林票友中心的冯淑云、内蒙古呼伦贝尔市业余京剧团的慕容玉芝、江西萍矿的李懋龄、青岛华韵京剧社邹积纯、沈阳皇姑区张俊芳（摘录不全，请谅解），等等，感情充沛，才思敏捷，都发表了自己的佳作。使人感到，这个充满了正能量的票界《群英会》里，也时时在上演着战地《诗文会》。

大疫无情，票友有爱。"和平杯金牌京剧票房"——武汉金龙京剧社女琴师魏光霓不幸感染新冠肺炎去世，在雷南安会长的带头下，票社成员一天之内就捐款13700元给魏老师亲属，表示慰问。我们为逝去的亲爱的票友伙伴表示哀悼，也为票友们情深厚谊的举动感动。

在编辑上传《和平杯抗疫专辑》中，公众平台的操刀手——梅子姐姐不顾身体有病,日夜操劳,这位曾经的军人又一次冲锋陷阵,胜利完成了一次次战斗任务,得到了大家普遍赞扬。借此机会,向她致以战士的敬礼!

这里,也向积极参与活动的各金牌京剧票房、各位票友朋友致敬!向通过各种途径发来演唱视频和诗文,因网络管理规定等原因没能及时上线到"和平杯平台"的各地票界朋友,感谢的同时表示歉意。

疫情没有结束,战斗还在继续,我们要继续以昂扬的战斗意志,"打不尽豺狼决不下战场",待到痛饮庆功酒之时,大家痛痛快快唱一场新时代的《鼎盛春秋》!

(2020/3/4)

网上赛事评选的有益探索

在和平公证处的现场监督下,
组委会办公室正在认真核对决赛分数

第十六届"和平杯"京剧票友邀请赛决赛结束,向海内外公布决赛结果,"中国京剧十大名票""港澳台及海外十大名票"名单出炉,得到了参赛人员及广大戏迷观众的认可。到目前,组委会还没有接到投诉电话和信件,网上也没有看到质疑评选不公的信息。对于这样一项覆盖全国影响海外的大规模的京剧艺术赛事,确实十分难得。

我们十分清醒地认识到,这样的评选结果充其量反映的只是相对公平公正,说是100%公平,哪有那样的事!一些自认为自己没能取得预想成绩甚至心怀怨气的票友没提更多的反对意见,是说明票友们顾全大局,也是因为这样的评选办法使得有些意见难以开口罢了。这也是各地领队同志做了很多工作的结果。我想,如果是现场比赛,还是这些票友参加,可能结果会有不小的变化。现在获得双十佳的选手,甚至获得"三等奖"的个别选手,都有可能冲进"十大名票"的行列!我记得在首届"和平杯"复赛时,内蒙古报送的金玮教授就是因为视频太差,险些没能进入决赛,其后现场比赛获得了"十大名票"。网上决赛,有些人占了便宜,有些人吃了亏,这都很正常。京剧从形成起就是观众观看的舞台艺术,现在是不得已而为之。

艺术类的评比,水平虽有高低之分,但没有十分确切的评选标准。尤其是票友比赛,不分行当、不分流派、不分年龄、不看票戏时间长短,会戏多少,统统放在一起,凭一个唱段评判,本身并不是十分科学,现场评选,做到十分准确都有困难,何况现在放到网上看视频,难度更大。再者还有个见仁见智问题。还是那句话:评选只能是相对公平公正。这次评选过程中,曾经有位专家评委和我沟通,认为某省一位票友唱的一段现代戏特别好,甚至高出一般专业水平,极有可能"冲金",叫我调查一下是否本人现场演唱,经过和领队核实,证实是现场,评选结果出来后没想到还是列在了"三等奖"。这里所说,并不是讲专家评委水平不高,只能说明网上评选的不确定性很多,如果现场比赛,评委们一起坐下来认真讨论,可能会更加准确一些。

公平公正评选是"和平杯"得以获得海内外广大票友信任,连续成功举办的关键因素。2020 年,在举办第十五届"和平杯"时,遇到了疫情暴发,改为线上进行决赛,摆在组委会面前的是评委会如何组成、如何进行评选的现实问题。当时有人就提出用网上投票海选的办法,参与的人数一定会特别多,影响也一定很大。有两个网络公司主动找上门来希望承办。组委会经过认真讨论,否定了这个意见。因为网上评选的乱象很多,拼的是亲朋好友圈。更有甚者,滋生了以此谋利拉票卖票的非法机构。如果"和平杯"的决赛照此办法举行,那就会失去公信力,甚至断送了"生命"。实践证明,现在的评选办法虽然还有值得探讨改进的地方,但总的来说还是坚持了"公平公正"。

"和平杯"网上决赛评选的特色归结起来主要有四点:

一是坚持以专家评判为主。京剧艺术的专业性极强,比赛以京剧专家评判为主是"和平杯"一直坚持的做法,是保证评选公平公正的最基本措施。这在线上评选中也得到了体现。连续 3 年的线上评选,每届都聘请了 10 名京剧名家担任专家组评委,为了确保评选的公正,这些专家评委不对外公布名单,不组群,不互相沟通,每个人直接和组委会办公室单线联系。评出分数后要去掉一个最高分和一个最低分, 取平均分占这名选手总得分的 60%(2020 年为 70%),还是占了多数。

二是专家和大众评委相结合。设立大众评委组是"和平杯"决赛的一个显著特色。几届网上评选,均设立了大众评委组,本届由各省、自治区、直辖市代表、海内外"十大名票"代表、中国京剧社会活动家代表、中国少儿京剧杰出贡献奖代表、媒体代表总共 50 名人员组成群众评委组,各自独立给每位选手打分,去掉 5 个最高分和 5 个最低分,取平均分为这名选手的群众评委组得分,占选手总得分的 40%(2020 年为 30%)。

在担任大众评委的人员中,湖北谭联寿、山西张杰、项晓娟,湖南沈明亮,广东毛国柱,北京陈秀华,安徽黄露丽等都是国家一、二级演员出身,他们离开专业队伍后,热情组织并辅导票友活动,为京剧的传承发展做出了重要贡献。请他们做评委,可以充分发挥他们的专业特长,使得评选更加公正。值得一提的是,这些同志接到邀请以后都是热情接受,认真评选,并没有感到身列大众评委而"屈尊"。借此机会,向他们致以敬意!

前后有 34 名"海内外十大名票"担任评委。他们是我国京剧票友中的佼佼者,担任评委是为他们提供锻炼提高的机会,也是他们的责任担当所在。尤其是有 5 名港台及海外"十大名票"担任评委,对于海内外票友共同参加的"和平杯"决赛来说,也是首创。

选择 30 个省市区的领队作为地区组的评委,使得大众评委覆盖了全国,给他们提供纵观全国的机会,对于做好当地参赛票友工作,提高今后当地票友的组织活动水平,也很有意义。

由"和平杯"组委会评选命名的金牌京剧票房、中国京剧票友社会活动家、中国少儿京剧杰出贡献奖、中国少儿京剧培训基地,是我国业余京剧活动个人、集体的先进代表,是"和平杯"点燃的一束束火炬,请他们其中的负责人作为评委,固然是对他们的一种褒奖,也是因为这些同志京剧艺术的造诣相对较深,有利于评选的准确性。

第十六届"和平杯"京剧票友邀请赛评选统计出的"京剧十大名票",全部在专家组评选的前 14 名中,在大众组评选的前 21 名中;评出的"港澳台及海外十大名票",专家组和大众组竟然达到 100%一致。这一高度重合的现象,充分证明了组委会制定的评选规则还是相对科学、相对公正的。

从评选结果来看,大众评委组的设立并不是专家评选组的陪衬,而是保证评选公平公正的有力举措。

三是查处决赛视频的违规问题。和现场比赛不同,网上评选也会存在一些新的问题,例如,提交评选的视频在录制时是否存在音配像、后期合成等违规现象。这些违规现象,往往在复赛时很难完全发现和掌握。如果允许这种个别现象存在,那对其他绝大多数参赛选手显然是不公平的。我们采取的办法是有告必查,有错必纠。这届网上决赛以后,组委会陆续收到一些京剧票友的举报,以及评委对个别决赛视频是否违规提出的质疑。经过认真查证,最后确定有 4 个节目确实存在违规问题,均进行了处理。考虑到这两年疫情造成各地票友彩唱演出困难等多方面的因素,只是记录在案,取消了其评选一、二等奖的资格,没有进行通报。

四是严格评选纪律,公证处进行监督。为了使得网上决赛评选公平公正,组委会办公室按照预先制定好的流程,一步步扎实向前推进。例如,网上进行决赛抽签,结果出来不做任何调整修改;决赛评委名单确定以后,不向任何人透露;每名评委都是和组委会单线联系,不互相沟通;办公室工作人员不收受任何人的财物;决不和任何评委打招呼进行"托付";登录每个评委的评分,由3台电脑同时进行,保证数据的绝对准确;聘请公证处进行监督核实;全部评选资料存档备查等。这些制度上的保证,也是保证评选公平公正的重要因素。

网上评选,看似是防控疫情无奈之举,但也是一个新事物,有自己特有的优势。如果现场演出,剧场充其量一二千人,6场决赛下来,观众也只有数千人之多。而这届决赛在网上播出之后,短短9天,浏览点击量就超过了43万人次。网上决赛,也给实行专家与大众相结合的评选办法提供了可能性,对在新形势下促进"和平杯"创新发展具有重要意义。

坚持赛事网上评选的公平公正,是一个全新的课题。"和平杯"决赛虽然作出了一些有益尝试,但这样的评委组成、评选办法哪些地方需要改进,还望大家积极献言献策。

第十六届"和平杯"京剧票友邀请赛决赛已经结束,在此,再次感谢海内外广大京剧爱好者、各承办单位、各新闻媒体的大力支持!

期待着疫情早日结束,能够使获奖选手们来到美丽的天津,共同唱响中华国粹好声音!

专家组、大众组评委各自在家里观看视频认真评选

点　评

　　在组委会设立的"和平杯官微平台"上，进行了"中国少儿京剧培训基地""和平杯金牌京剧票房"网上经验交流，引起巨大反响。在京剧发展史上，这图文并茂的恢宏长卷，不仅是我国当今票界蓬勃发展的生动写照，也留下了一份珍贵史料。其间，我和熊素琴、白晓光、张杰、周贤贵等众多朋友，一起对上网交流经验进行了点评。

对部分中国少儿京剧培训基地点评

让京剧给孩子一个金色的童年

在少儿京剧培训活动的百花园中,北国盛开着一朵鲜艳的花——中国首批"中国少儿京剧培训基地"之一的丹东振兴区文化少儿戏曲艺术培训中心。它不仅是我国最美边境城市——丹东市一张亮丽的文化名片,也是我国少儿京剧培训单位的杰出代表。

请看他们组建中心 14 年来的累累硕果。

培训京剧人数:2400 多名少年儿童。

下基层演出:340 余场,惠及观众 10 万多人次。

主要获奖:"和平杯"中国京剧"十小名票"5 人;中国少儿戏曲小梅花金花奖 24 人;央视第四届全国戏迷票友大赛团体金奖;央视首届全国少儿京剧大赛团体银奖,10 人分获金银铜奖。

输送人才:单就向中国戏曲学院附属学校、上海戏剧学院附属学校这两所京剧专业院校就输送了 35 名学员。

这个培训中心的京剧娃们,不仅应邀到中南海为中央领导演出,而且几次走出国门, 把中国少儿京剧的风采展现到韩国和朝鲜……

"十小名票"郝润来
演唱《文昭关》

"十小名票"谢明君演唱
《秦琼观阵》

这是多么骄人的成绩!

京剧是国粹,是世界文化遗产,是中华民族文化的重要标志。保护、传承、发展京剧,使其世代相传、永葆光辉,是全民族的责任和使命。让孩子从小了解京剧,喜欢京剧,以至于学唱京剧,是振兴京剧事业、培养京剧专业新人的需要,这已经成为共识。谁能料想,将来我国京剧舞台上的大"角儿"们,哪位是出自丹东?又有谁能料想,这些经过培训的"丹东京剧娃",将来又能带出多少"小小京剧娃"?如果各地都如此重视

153

"十小名票"李羚豪演唱《八大锤》

少儿京剧的培训工作，京剧国粹艺术何愁不会再度辉煌！

我想，培养孩子学习京剧，它的意义要远远大于振兴京剧艺术本身。众所周知，京剧是我国优秀传统文化的代表之一，京剧里讲述着众多中华民族优秀文化传统故事，有着优美且独具中国特色的音乐、舞蹈、美术，有着独特的表演形式。中国少儿京剧培训活动，是用优秀的民族艺术给孩子们的生命染上亮色，受到艺术的熏陶，唤起孩子们传承优秀民族文化的激情，给孩子们一个快乐的、金色的童年！

有人说，当今社会，孩子们除了要学习现代科技知识以外，还要学会"一手好字，两口二黄"，我觉得这话不无道理。和其他各种艺术门类比，把京剧演唱到一定水平，往往更困难一些。但京剧艺术是一个巨大的宝库，孩子们一旦入了门，就进入了一个斑斓夺目的世界，去探寻和挖掘祖国无比丰富的艺术宝藏。培养孩子热爱京剧、学习京剧吧，这可以让孩子提高各个方面的素质，真是享用一生啊！

少儿京剧培训活动的普及与发展，离不开各级党委和政府部门的重视和支持。丹东少儿京剧培训中心的发展实践很好地证明了这一点。上到市委书记、市长，下到有关单位的领导，都对培训中心的建设给予了极大支持。我们应该为这些独具慧眼的有识领导点赞！你们这是在为祖国下一代的茁壮成长尽职，做着"功在当代利在千秋"的事啊！

少儿京剧培训活动的普及与发展，也离不开具体做组织和辅导工作的老师们。正因为有了像姜秋菊同志这样具有卓越组织才能的领头人，有了像付

"十小名票"姜舒原
演唱《野猪林》

胜轩这样德艺双馨的老师们的无私奉献，才会有丹东少儿京剧活动今天的成果。姜秋菊同志获得"首批中国京剧少儿杰出贡献奖"，付胜轩老师被人们称为"中国少儿京剧培训名师"，都是实至名归。

"芝麻，开门！"让我们把更多孩子们引进京剧的艺术之门，在学习京剧、传承京剧、享受京剧的过程中快乐成长！都有一个金色的童年吧！

（2018/1/28）

让更多的"风雷"滚动起来

北京风雷京剧团少儿艺校，是我国专业京剧院团开展少儿京剧培训活动的杰出代表。他们凭借剧团领导的大力支持和强有力的支撑，修缮叫人羡慕的优越培训环境——530平方米排练大厅、6间文戏说唱教室；有着严谨的教学大纲和教学计划；有着像王金璐、李鸣岩、曲永春等众多京剧著名艺术家的直接支持参与和过硬的教师团队。建校20年来，传承了几十出京剧传统戏和现代戏，已经有超过一万名的儿童在这里接受了京剧艺术的培训，在各种赛事活动中屡获殊荣。其中，63名小学员走进了中国戏曲学院附中和北京职业艺术学院；8名小选手进入"和平杯"决赛。尤其是这个艺校，在培养孩子传承京剧武戏方面具有

"十小名票"张牧野演唱《盗银壶》

独到之处。张牧野表演的《盗银壶》获得"十小名票"，他们报送的《武松打店》《盗库银》《三岔口》都在"和平杯"的决赛现场绽放了熠熠光彩。

我和这个艺校的陈秀华校长自2007年举办第一届"小票友"赛时相识至今已有10年，已经深深为他那种对传承京剧的热情和执着所折服，为他那种对培养孩子们的拳拳之心所感动。20年辛勤耕耘，梨园新苗茁壮成长。应该为陈秀华老师及其各位同人点赞！

让更多的专业京剧院团都随着北京的"风雷"滚动起来吧，都来为京剧的传承出把力。我想，这不仅仅是培养孩子们的需要，也是专业京剧院团自身发展的需要。专业院团离不开新秀的补充，更离不开京剧观众群体的扩大和欣赏素质的提高。

（2017/4/12）

点评

155

关于对少儿京剧培训收费的点滴看法

京剧艺术是国粹，专业性极强，入门就不容易，深造更为困难，单从艺术角度讲，成才率很低。和其他艺术门类相比，辅导老师们既要言传，更需身教。一

对一教学是常用的手段,付出的心血一般来说要大得多。所以,我觉得适当收取费用是完全合理的,也是广大家长可以理解和接受的。当前,像京剧这样的艺术培训,并没有列入公共文化免费服务的范畴,是广大群众可选择的文化服务项目。像深圳宝安这样完全的"政府行为",在全国还是凤毛麟角。精神值得提倡,全国效仿在较长一段时期也难于做到。丹东孩子学习京剧一个月才收取200元,老师辅导一个月才领到千元左右的报酬。和其他艺术门类,例如,钢琴、小提琴一课时少则二三百元,多则四百元以上怎么比啊?!

在现有评出的 20 家培训基地中,绝大多数采取有偿服务的方式。我们只要坚持不以营利为目的的原则,把少儿京剧培训活动看成既是振兴京剧的需要,更是提高儿童素质的需要,适当收费是应当充分肯定的。就是收费标准再高一些,给老师的补助多一些,只要是用于提高培训质量上,并得到社会及家长的认可,也无可非议。

和其他艺术门类比,广大家长们把自己的孩子送进京剧培训班的数量还占比极小。据我了解,丹东市本就不是很大,这个培训中心自成立以来,在经费十分困难的情况下已经对 2400 多名少儿进行过京剧培训。这是多么了不起的成绩!和深圳宝安比,是另一番光彩夺目的景象!

向宝安致敬!向丹东致敬!向一切培养孩子学习京剧的基地和广大辅导老师们致敬!

(2017/4/14)

东关实验小学京剧活动满园春色

江苏省沭阳县东关实验小学高毅老师

一个县城小学的京剧进校园活动,能够在央视《新闻联播》报道;央视《快乐戏园》用 210 分钟分成七期播出该校京剧特殊教育专题;《戏曲采风》播出专题片介绍。这在全国即使不是绝无仅有,也确实十分罕见。这就是首批"中国少儿京剧培训基地"之一的"江苏省沭阳县东关实验小学"。

看到高毅老师上传的资料,有三点感受与大家分享:

一是不忘初心,贵在坚持。一所小学,开展一些京剧活动并不是很困难,难的是初心不改,能够多年坚持。很多中小学的京剧活动,开始时也会比较红火,但随着条件变化,特别是校领导更迭都逐渐荒废甚至中途夭折了。沭阳东关实验小学从 1995 年开始开设京剧兴趣小组,算起至今已有 22 年。不管学校领导层怎样变化,始终不忘初心,一直把在学生中普及京剧活动坚持下来,终于形成了自己的特色,在全国教育领域撑起了自己的一片天地,的确难能可贵。

二是全面开花,重在普及。高毅老师在介绍材料中提出:"五月中旬,学校将举办京剧特色教育专题展示,全校一至六年级六千余名学生集体参加演唱京剧,将京剧普及到每一个年级、每一名学生。"在我所了解的京剧进校园的学校中,像这样普及的广度和深度也是不多见的。我们充满期待,六千名学生集体演唱京剧,那将是一个多么壮观的场景啊!

三是名师任教,重点提高。这所小学,1999 年就成立了由著名京剧表演艺术家宋长荣先生任名誉团长的"长荣少儿业余京剧团"。陈宽霞、黄彦玲等多名京剧名家任教,国家一级编剧郭彦民老师亲自为各年级孩子谱写唐诗宋词唱段并司鼓、操琴。在全面开花的基础上,着力发现和重点培养好苗苗,参加和平杯、央视、小梅花等各种赛事屡获佳绩,反过来又带动和激励了其他小伙伴学习京剧的热情,带来了满园春色。我们在听到二年级学生京剧演唱"锄禾日当午""清明时节雨纷纷"时,我们在看到《雏鹰试啼》中几位小票友表演时,心中对郭彦民等老师们充满了敬意!

(2017/4/15)

"淮南三杰"带给我们的思考

李北营老师在组委会办公室建立的和平杯微信群里,用 4 天时间为大家上演了一场精彩的"连本戏"。不仅上传了 90 段淮南京剧团少儿京剧培训中心教学、进校园活动,以及参加各种演出的视频,最后本人还闪亮登场,反串小生唱段,彰显功力,精彩谢幕。

这场连本演出之所以令人拍手叫绝,是因为使我们看到,在一个少儿京剧培训学校里,竟然如此全方位正规地开展培训。不仅各个行当较齐全,而且文武兼备,甚至还包括"文武场"。学生尽管每周只是训练一两次,但是 8 名高级职称的专业演员、演奏员认真施教,所以取得了累累硕果。单看他们训练场面,又有谁会想到这是"业余"的培训呢?看到学员们在各种舞台上有板有眼、像模像样地演唱,习练武功的孩子们一招一式翻腾滚打,怎能不令看戏的孩子们、家长们怦然心动?这个培训中心又怎能不扩大发展?可见,讲究质量是培训基地生存和发展的关键所在。

淮南京剧团少儿京剧培训中心

由原淮南京剧团专业演员李君夫妇创办的这所学校，成立于2001年，2007年成为中国戏曲学院附中培训基地；2015年被"和平杯"中国京剧票友邀请赛组委会授予"中国少儿京剧培训基地"。

16年来，小百灵少儿京剧学校培养了一批又一批的优秀京剧新苗。截至2016年12月，学校先后有28名同学分别考入中国戏曲学院附中、北京戏曲艺术职业学院、上海戏曲学院附中、天津戏曲艺术职业学院、江苏省戏剧学校、安徽省艺术学院。有12名同学荣获"中国少儿戏曲小梅花大赛金奖"，其中4位同学还荣获了"金奖十佳"；有6名同学荣获"首届中国少儿京剧电视大赛铜奖"；还有6名同学荣获"和平杯"中国京剧优秀小票友称号。2015年，徐瑞瑶同学在第五届"和平杯"中国京剧小票友邀请赛中荣获"一等奖"，同时被评为"十小名票"称号。小百灵少儿京剧学校表演的集体节目，《智取威虎山》荣获"优秀表演奖"，并参加了颁奖晚会的演出。李幕涵同学在中央电视台举办的"梨园宝宝秀"节目中荣获"十佳宝宝"称号。2013年至2016年，小百灵少儿京剧学校创作演出的《梨园贝贝》《小小追梦人》《迎来春色换人间》《金猴闹春》连续4年荣获了安徽省少儿文艺表演一等奖。

2016年，又在淮师附小山南校区挂牌成立了"淮南市小百灵少儿京剧团"，与淮南市共青团山南青少年活动基地签订了合作办学协议。首倡"快乐京剧"的教学方法，并不苛求每一个孩子将来都成为专业的京剧演员，对于前来学习的学生，根据他们自身条件及家长需求的不同，采用不同的教学方法，因材施教。对有的孩子侧重于形体训练；还有的教唱一些小曲目；对个别有天赋，将来有志于献身京剧艺术的尖子生，老师适当"开小灶"。

看了淮南新星少儿京剧培训中心负责人黄露丽老师发的一组小旦角的剧照，很有感触。过去，戏班里流传着一句话："一窝旦，吃饱饭"。由于旦角扮相俊美、剧目丰富，观众爱看，因此分量很重。在已经评出的130名"十大名票"中，就有71名旦角(其中31名为男旦)，青衣54名。这种现象，在少儿京剧里就大不相同，50名"十小名票"中，只有11名旦角(没有男旦)。多数为花旦、武旦、刀马旦，像《霸王别姬》《天女散花》这样舞蹈成分重的戏，由于少儿生理特点，小嗓训练十分困难，因此以唱功见长的京剧小青衣的培养和出彩很不容易。安徽淮南新星少儿京剧培训基地以辅导培训小旦角为主要特色，黄露丽老师训练旦角确有独到之处，他们报送的几届"和平杯"参赛小旦角，在唱功训练上大受评委会赞扬。黄老师培养小旦角名声远扬，很多外省市的家长带着孩子到淮南找她学习。天津戏校一级教师田玉珠说，在戏校学习的小青衣，训练两三年都未必能够达到黄老师学生的水平。在第七届"和平杯"小票友赛决赛舞

淮南市小百灵京剧学校教师团队

台上，她年仅 6 岁的学生吴东宴演唱《女起解》获得了"十小名票"，她辅导的 16 名小选手集体演唱的《大登殿》声音是这么甜美，满台生辉，荣获了"团体金奖第一名"。

看了黄露丽为新星孩子们拍摄的剧照，个个神形兼备，光彩照人。定格的光辉瞬间，必将伴随孩子快乐的一生！

在评选条件相对严格的情况下，两批 20 家"中国少儿京剧培训基地"中，竟有 3 家在安徽的淮南市，我称他们为少儿京剧培训"淮南三杰"。这 3 家培训单位各坚持培训活动十多年，在全国少儿京剧培训领域逐渐声名鹊起，十分夺目。他们培养的京剧娃频频在"和平杯"、央视、小梅花奖，以及各个少儿京剧赛事和活动中亮相，大放异彩。

一个南方的地级市，在少儿京剧培训中誉满华夏，引发我们很多思考。有些在以前都谈过了。下面只谈另外的四点启示。

思考之一：少儿京剧培训是中国京剧专业院校的学前班、预科班。

淮南 3 家少儿培训基地分别为"中戏附中""上戏附中"等专业院校输送了数十名小学员。因此，挂上了中戏等院校培训基地的牌匾。在京剧专业人才的培养过程中，名副其实成为最基础的阶梯，就像一个人受教育的大、中、小、幼几个阶段过程一样，使我们对少儿京剧培训活动有了更加明确的定位。

思考之二：少儿京剧培训使专业演

点评

159

淮南市新星少儿京剧培训中心教学现场

员有了另一大有用武之地的舞台。

3家基地负责人李北营、李君夫妇、黄露丽原都是淮南市京剧团很有实力的专业演员。在京剧院团改制和演出市场不景气的情况下，他们还没到退休年龄就毅然投身少儿京剧培训事业，在这更大的舞台上找到了自身的用武之地，在孩子成长的道路上最大限度地体现了自身价值，收获了成功带来的喜悦。李君说："很值得庆幸的是，我并没有把自己学过的东西荒废掉，我依然在以另一种方式发挥着自己的余热，孩子们学习京剧时的快乐感和取得的成就就是我最大的安慰和骄傲。"我想，这句话很有代表性。在人们向他们夸赞的同时，也可作为一个范例，值得同行们，特别是一些不景气专业剧团的同行们借鉴。

思考之三：淮南提出的"快乐京剧，趣味教学"，值得大力提倡。

京剧是一门专业性极强的艺术，和别的艺术形式相比，入门并不容易，深造就更难。除了有较好嗓音等条件和较高的悟性外，还必须刻苦用功，尤其是枯燥无味的基本功训练。如何让孩子们提高学习京剧的兴趣，享受由此带来的快乐，确实是每一个培训机构想要"扩大规模提高质量"必须破解的问题。

兴趣，是孩子们学习最好的老师。有了兴趣，享受到快乐，才会有学习的动力。各个基地尽可能给学习京剧的孩子提供各种展示的舞台，这也是提振孩子自信，增加兴趣、感受快乐的好办法。孩子们的快乐不仅会带动小伙伴们，也会自然传递和带动家长，获得更大的支持和投入。少儿京剧培训，应该像滚雪球一样，越滚越大，迎来一片又一片新的景象。

思考之四：少儿京剧培训要百花齐放。

这3家培训基地拥有3种教学模式，走的是不同的路子。淮南京剧团培训中心是依靠专业院团的力量办学；小百灵京剧学校是挂靠文化事业单位少儿图书馆；新星少儿京剧培训中心则是地道的"民办"。各自都在少儿京剧培训中取得了骄人的成绩。他们成功的实践经验告诉我们，少儿京剧繁花似锦，各地区环境和条件各异，虽然培训活动的样式多种多样，但"八仙过海，各显其能"，殊途同归，都可以为少儿京剧的发展做出自己的贡献。

为"淮南三杰"喝彩！为"淮南三杰"点赞！

(2017/4/16)

中国少儿京剧培训基地的"并蒂莲"

有两家幼儿园同时被评为首批"中国少儿京剧培训基地"，它们是天津市文化广播影视局幼儿园和哈尔滨市道外区政府机关幼儿园，堪称争相斗艳的

"并蒂莲"。这两个典型，给全国幼教单位提供了十分宝贵的经验，值得大力推广。从这些学龄前孩子成长的过程中，使我们更加理解了中央提出"振兴京剧从娃娃抓起"号召的深刻意义，感受到我国优秀传统文化强大的生命力和巨大魅力。

天津市文化广播影视局幼儿园
京剧辅导老师王杰

从 2007 年开始举办的每两年一届的"和平杯"少儿京剧邀请赛中，共评选出 50 名"十小名票"。在这京剧童星灿烂的星河里，有一群小小的"大花脸"熠熠生辉，格外引人瞩目。如，李泽琳扮演的李勇奇声情并茂，令人拍案叫绝，堪称小票友演唱经典。还有像刘大庆、冯鸣轩、褚天舒（人称"褚小辫"）、谢子凡、李明朗、尹秋皓等，频频在央视"春晚""戏曲晚会"，以及各地方电视屏幕亮相。天津的小"大花脸"已经成为一道亮丽的风景，为"和平杯"增添了夺目的光彩，业内人士常以他们为例说明京剧振兴有望。但很多人并不十分清楚，这些小"大花脸"多数都是来自天津市文广局幼儿园，老师是天津职业艺术学院正高职称的首批"中国少儿京剧杰出贡献奖"获得者王杰。

早在 2000 年 10 月，第五届"和平杯"决赛期间，哈尔滨市道外区政府机关幼儿园的园长袁萍萍就带领孩子们来到天津进行了祝贺演出。2007 年，创办了小票友赛以后，这个幼儿园更是届届派出小选手参赛，他们培养的卢布小朋友荣获了第三届小票友邀请赛"十小名票"的第一名。

我们要把掌声和喝彩声送给孩子，更要送给文广局幼儿园老领导齐林主任、现任园长田雅丽以及王杰、哈尔滨市袁萍萍老园长、现任邓红梅园长等老师！

点评

哈尔滨市道外区政府机关幼儿园京剧娃娃们

161

（2017/4/18）

享誉海内外的"宝安京剧娃"

深圳市区有关领导和宝安京剧娃娃们合影

深圳市宝安区教委在 2004 年就决定,在全区开展"京剧进课堂"活动,首批确定了 8 所学校,而后又扩大到 16 所。区里拨出专项资金,先后聘请北京等近十个省市的京剧名家来宝安传授技艺,学习京剧的学生每年都达上千人,加起来已达万人之多,一半以上是广东本土人。学生学习京剧不用花一分钱。通过学习,很多学生获得很好成绩,已在"和平杯"中获得 3 个一等奖,荣获全国京剧"十小名票"称号,获得了五十多个全国小梅花金奖,多人多次参加中央电视台的演出,《人民日报》等各大媒体接连报道,被称作"宝安京剧娃现象",或称作"宝安模式"。京剧在学生中的普及活动,带动了全区教育事业的繁荣发展,该区被授予"全国艺术教育先进单位"等荣誉称号。

纵观全国少儿京剧培训,"北看丹东,南看宝安,中间看淮南",这三地突出的典型经验对全国少儿京剧培训活动的开展起到了很大的示范和带动作用。

(2017/4/20)

东湖中学京剧进校园有声有色

深圳东湖中学京剧辅导老师何青贤

提到深圳的少儿京剧培训活动,人们很自然就会首先想到宝安区。"宝安京剧娃"现在已经享誉海内外,成为一道亮丽的风景线。这里介绍的是深圳罗湖区的东湖中学,它于 2002 年 9 月成立学生京剧社,是深圳市乃至广东省最早开展"京剧进校园"的学校,学校聘请了国家一级演员何青贤老师担任京剧教学工作。

2015 年末，我受到邀请，赴深圳参加了东湖中学"中国少儿京剧培训基地"的挂牌仪式，有幸结识了凌志伟校长，留下了十分深刻和美好的印象。走进这所美丽的校园，看到的是处处柳绿花红、条条励志名言、张张名人画像；听到的是孩子们开心的欢笑声、琅琅的读书声、小京剧社团的皮黄声。凌校长有超前办学

深圳东湖中学举行"中国少儿京剧培训基地"揭牌仪式

理念，把学校管理得既井井有条，又充满生气。学生的课外活动丰富多彩，学生艺术社团门类很多且多创佳绩，京剧社团只是其中之一。我本人也曾做过中学的领导，对这位同行十分敬佩！

正因为有了凌校长对京剧进校园活动的大力支持，对京剧辅导专业人才的重视和厚爱，何青贤老师才有了用武之地，能够大显身手。"千里马常有，伯乐难寻"啊！2011 年，何青贤老师编导的《云杉水袖舞东方》，荣获第九届国际青少年艺术盛典"特等金奖"。

2015 年 7 月 30 日晚，东湖中学凌志伟校长在天津中国大戏院从第五届中国"和平杯"组委会手中接过"中国少儿京剧培训基地"的奖牌，并在会上做经验交流，何青贤老师在联欢会上演唱《红娘》。深圳市东湖中学学生表演的京剧《霸王别姬》荣获"集体表演奖"。这是东湖中学的京剧又一次荣获"全国大奖"。

东湖中学一直不遗余力推广京剧等传统文化，让学生从传统文化中领略中华文明的魅力，把培养有中国情怀的中学生作为己任——此次东湖中学被授予"中国少儿京剧培训基地"奖牌是实至名归。

（2017/5/16）

点评

京剧进校园的突出典型

今天，武汉大方学校精彩亮相，为第三批"中国少儿京剧培训基地"展示交流拉开了精彩的大幕。

在 3 批总共 30 家"中国少儿京剧培训基地"中，中小学占了 11 家。这是 2008 年 2 月教育部办公厅下达，关于开展京剧进入中小学课堂试点工作的通知以来，涌现出的突出典型。他们别具一格的做法，丰富的经验，在青少年学生

习志淦老师为学生上《京剧欣赏课》

汪美丽、周贤贵在领奖台

素质教育方面取得的成果，都充分证明了国家重视京剧教育的正确，也使我们对在中小学开展京剧教育更加充满自信。

武汉大方学校京剧教育的经验十分丰富，虽然他们的具体做法在其他学校，特别是公办学校很难复制，但是他们重在传承弘扬国学的办学思路却值得大力提倡。例如，将京剧作为必修课(目前我所了解的还仅此一家)，编写出版京剧教材，阶梯层次式的京剧普及活动(必修课以外还有选修课、京剧欣赏课、兴趣班、小京剧团)，聘请汪美丽、涂竞鸣、吴长福等多位京剧老艺术家驻校任专职老师，编排全校戏剧广播体操等。它充分显示了一所民营寄宿学校的突出特点和优势。大方教育机构董事长余一清博士远见卓识令人称道，习志淦一批退下来的京剧名家不遗余力为传承京剧辛勤工作的精神令人敬佩。

京剧进校园活动开展已经 12 年了，取得了哪些成效，有哪些成功的经验，出现了哪些问题，今后如何发展，都值得很好总结。希望专家学者和各位有识之士在这方面能够加强探讨和研究。我所在的天津，作为京剧的大"码头"，专业京剧力量不可谓不强，京剧票友戏迷不可谓不多，但是一千四百多所普通中小学的校园京剧活动却还只是星星点点，中小学京剧师资更是极度匮乏，专业京剧院团和一些票房进校园演出大都是为完成任务，很难做到常态化。少儿京剧普及培训活动主要是由各培训组织和机构承担。这种现象，估计在其他省市也差不多。像深圳宝安区教育部门在全区中小学普及京剧艺术的典型；像被评为"中国少儿京剧培训基地"的中小学典型，在全国还是凤毛麟角。所以我们清醒地认识到，如何使京剧进校园活动深入开展下去，并取得实效，仍然任重道远。今天，武汉大方学校把京剧教育作为全面提高学生素质教育重要内容的经验，给各地教育部门，特别是公办中小学的校长们，提供了一份十分宝贵的经验。

前一段时间，我收到周贤贵会长寄来的习志淦老师编写的校园京剧教材，这是我见到过的少儿京剧教材中编写得最出色的一本。图文并茂，深入浅出，科学性、知识性、趣味性、实用性都很强。习志淦老师作为京剧大家，为孩子们走进京剧、了解京剧花费了极大心血，办了件大实事也是件大好事，功莫大焉！

(2020/5/18)

少儿京剧培训基地优秀领头人——朱荣岑

看了张波团长上传的东湖区青蓝少儿京剧社资料，又读了发表在《和平杯》16 期杂志上朱荣岑同志的文章，十分感动。

东湖区青蓝少儿京剧社，从 2008 年发展到现在，在东湖区文化馆的大

东湖区青蓝少儿京剧社演出《智取威虎山》

力支持下，培训班周六、周日开班，有初级、中级和大班，在班学生 128 名。为更好推广京剧艺术，又在市青桥学校、凤凰外国语、青云谱三中、青云谱小学、艾溪湖第一小学和凤凰学校都开设了京剧社团，400 名学生课后参加集中训练。他们的学员获奖累累，在第六、第七届"和平杯"小票友赛中，各有 2 名选手进入决赛，在第 23 届小梅花荟萃活动中获得 6 枚金奖，并连续几年承办了江西电视台春节少儿戏曲晚会……

为何在少儿京剧活动基础薄弱的江西，竟能涌现出这样一个培训活动的突出典型，不仅在省里独占鳌头，而且在全国也风生水起，格外引人瞩目？究其原因，自然有多方面，但是最重要的我想还是要归功于她的创始人朱荣岑同志。

关于朱荣岑同志的京剧情怀，大家可以读一读她写的自述文章。她就是凭着对京剧传承高度的事业心和责任感，从决心投身到少儿京剧培训工作开始，不怕遭到讽刺和"白眼"，在走进各个学校宣传遭到谢绝、到处张贴招生广告，甚至在电视台做广告都没有一丝回应的情况下，痴心不改。从收到第一个孩子开始，坚持 12 年，到现在招生根本不需要任何宣传，家长们纷纷主动把孩子送上门来，可想成功的背后有多少艰辛啊！她对前来学习京剧的几个孩子说，"感谢你们来学京剧"，这出自一位老师对学生讲的感谢话，使我特别感动！不仅反映她对孩子学习京剧的喜悦，更是体现了以传承京剧为己任的自觉担当。她说，孩子们对京剧的热爱，成长进步，就是对自己最好的回报。十二个春秋，她不舍昼夜，全身心投入少儿京剧培训之中，开始场地遇到困难，她就把孩子们接到家来在客厅排练，刚买了不久的真皮沙发都舍弃了。摔倒右腿骨折，拖着带伤的腿又去上课，一天都没休息。直到她现在身患重病不得不在家疗养，把青蓝少儿京剧团重担交给了认真负责同样事业心很强的张波老师，她的心仍然一刻也没有离开这块她辛勤浇灌的沃土。

点评

东湖文化馆青蓝少儿京剧团的经验再一次告诉我们,有担当、有热情、有韧劲,甚至有"拼命三郎"精神的领头人,是少儿京剧培训基地成长的关键因素。像丹东姜秋菊,淮南黄露丽、李北营、李君,宜昌谭联寿,江汉夏海兰,深圳何青贤,北京陈秀华,重庆金永栋,美国胡建荣等(恕不多点名)少儿京剧培训基地的负责人都是如此。今天,我们又领略了朱荣岑同志的风采。各位负责人,辛苦了!你们做的事功在当代,利在千秋。孩子们感谢你们,京剧感谢你们,祖国和人民感谢你们!

(2020/5/20)

小小雪花,舞出梨园春色

陈奇老师(右一)在中国少儿京剧培训基地领奖台上

在已经命名的少儿京剧培训基地中,有一个虽然刚刚结识,但是它出类拔萃的业绩却令我眼界大开,相知恨晚。它于1989年4月成立,至今走过31年,参加全国性少儿京剧赛事18次,获得122块奖牌,其中金牌就有66块,1992年走进中南海怀仁堂向中央领导汇报,小学员进入专业京剧院校和院团人数达到200人,等等。取得这斐然成绩的,就是吉林的"小雪花少儿京剧团暨培训学校"。在全国,它是不是成立最早、坚持时间最长、向专业输送人才最多的少儿培训基地,我不敢断言,但起码可以说,以上这几个方面,一般的培训机构难以匹敌。吉林的"小雪花",不仅让我们看到了京剧艺术在负有盛名的京剧"喜(富)连成"科班发源地、素有"京剧第二故乡"之称吉林的传承发展,也装点了祖国的梨园景色,使人很自然想到那形容雪花的千古名句:"忽如一夜春风来,千树万树梨花开。"

正如我们所说的,一个少儿京剧培训基地的成败,关键是领头人的作用,"小雪花"的成功再次证明了这一点。正是由于陈奇同志的创意和30年"风雨不动安如山"的坚守,才有了如今的局面,陈奇同志就是这个基地的"灵魂";吉林梨园幼苗茁壮成长,陈奇就是辛勤的园丁;吉林小雪花飞舞,陈奇同志就是那潇洒的舞者!

在很多地方京剧专业院团下马解散的情况下,一些很有造诣的专业京剧演员都转向了票友活动,特别是少儿京剧的培训,或直接兴办各种培训机构,或到各培训组织和学校里做辅导老师,在这里找到用武之地,大展身手,尽情抒发着痴爱京剧的情怀,书写着自己的精彩人生,从孩子们成长进步的身上,充分体现自己的价值。这样的事例在各个少儿京剧培训基地里是普遍现象,陈奇同志就是其中一名出色的代表。但愿更多的京剧专业院团退下来或在职的演员投身到少儿京剧培训中来,因为这不仅仅是京剧的朝阳事业,也是加强青少年素质教育的重要途径之一。

(2020/5/22)

京剧进校园需要真抓实干

今天,我们看到衡水市胜利小学李红艳老师上传的资料和大量的学生演唱视频。这所小学的京剧活动"从无到有""从有到精",校园的京剧元素"无处不在,无处不有",无缝隙、全覆盖,祖国优秀传统文化时时在

衡水市胜利小学观看京剧演出的学生们

滋润着学生们幼小的心田,陶冶着学生们的情操。这所学校不仅在各个行当培养有自己的"小名角",而且集体表演和演唱满台生辉,从专业角度看,同样具有较高的水平。可见这个小学京剧进校园活动已经达到了相当的深度。衡水市胜利小学是河北省素质教育示范学校、衡水市戏曲文化进校园活动首批示范学校,也不愧是全国京剧进校园真抓实干的突出典型。

这些成功经验告诉我们,由于京剧艺术博大精深,专业性很强,又以"口传心授"为主要传承方式,京剧进校园活动要想取得实效,必须像胜利小学这样有"国粹润童心"的认识去真抓实干,有像李红艳老师这样尽心竭力的骨干教师去倾心教育。李老师从零学起,拜师学艺,苦练基本功,带动起所有音乐教师的学习热情,李红艳、巨长静等音乐老师由不知不会,到逐渐胜任了京剧教学,成为普及少儿京剧的行家里手。正是因为赵春歌等学校领导高屋建瓴,才使得京剧艺术教学成为学校亮丽的名片;也正是因为李红艳等老师辛勤培育,才使得满校园京韵飘香。

点评

167

衡水市胜利小学演出,右为该校进入京剧专业院校的
毕业生郗继贺

教育部提出京剧进中小学音乐课程至今已有 12 年之久,众多中小学校都苦于京剧进校园师资严重不足,胜利小学寻求专业人士支持和培训自有教师"两条腿"走路的做法,特别值得效仿,李红艳老师更是给所有音乐教师树立了榜样。

2019 年 8 月 8 日上午,在第七届"和平杯"中国京剧小票友邀请赛决赛期间,组委会组织了"第三批中国少儿京剧培训基地、第三届中国少儿京剧杰出贡献奖授牌颁奖仪式",宣读了由张志玉老师撰写的对衡水市胜利小学的颁奖词。我照抄如下:

十二年来,孜孜以求、粉墨生春,在培养京剧新苗方面屡奏凯歌。中央电视台、《人民日报》、《光明日报》专门报道。从这里走出的每一个学生都会唱京剧,仅此一点,足以令人敬佩。2018 年,京剧版校歌《胜利之歌》诞生,仅此一曲,全国罕见。我们相信,这样的"基地"定会永远高唱《胜利之歌》!

(2020/5/27)

依托专业实力,打造培训沃土

天津旭日国韵京剧艺术实验基地,由京剧名家石晓亮先生创办,依托天津京剧两团(天津京剧院、天津市青年京剧团)一院(天津职业艺术学院)雄厚的师资力量,注重少儿京剧培训的基础性、正规性、专业性,打造出培训少儿京剧的一片沃土,虽然成立时间不长,但培育的新苗苗壮成长,很快成长为天津市最具实力且出成绩最快的少儿京剧培训机构。

石晓亮先生和"旭日国韵京剧艺术实验基地"的小学员们

2019 年,天津有 6 名小选手进入第七届"和平杯"京剧小票友邀请赛决赛,这个基地的学员就占有 3 名,摘得两个"十

小名票"的桂冠。8岁的小男孩吕承锦演唱程派名剧《锁麟囊》选段,韵味十足的演唱,娴熟的水袖表演获得了满堂喝彩,以此获得了"十小名票"第一名的成绩,这也是全部70名"十小名票"中的第一位小男旦。如今,吕承锦演唱视频在网上广为传播,成为梨园界一颗冉冉升起的小童星。这也很好地诠释了他们以"旭日国韵"命名的初衷。

我国少儿京剧普及和培训工作多方位、多层次、多色彩,呈现"八仙过海,各显其能"的态势。很多专业京剧院团,像北京风雷京剧团、福建京剧院、淮南京剧团等,都把少儿京剧的培训工作纳入计划,并做出了很大贡献。这些由京剧院团直接兴办的培训基地,不愁师资,不愁场地,号召力强,具有得天独厚的优势。既是各专业京剧院校的预科班,也是京剧进校园小骨干的培训班。天津旭日国韵京剧艺术实验基地的办学经验,不仅再一次见证了这一点,也给全国各专业京剧院团(特别是那些还在夹缝中奋斗的院团)提供了一个可供参考借鉴的实例。仍然活跃在舞台上的京剧名家石晓亮同志,为传承京剧不遗余力,其举动足以载入中国少儿京剧培训史册,我们向他致以深深的敬意。

这个基地值得称道的不仅是他们培训的高质量, 还有他们在普及少儿京剧活动中所做的大量公益性的工作。他们热心京剧进校园, 培育校园京剧社团,成立"娃丫丫京剧主播能量台",组织京剧名家"线下课直播"。他们组织的"战疫情,少儿也不缺席"活动, 短短3天, 就上传了52个演唱视频, 获得30万点击量,15万张选票,成为我国抗击疫情中一道别样的风景线。

顺便提一下,他们在书面材料和视频中提到的辅导老师谭艳,是天津青年京剧团国家一级演员,第二批和平杯"中国少儿京剧培训基地"湖北宜昌国艺会馆京剧传播中心负责人, 也是国家一级演员谭联寿的女儿。父女俩一南一北,同为我国京剧的传承辛勤工作,堪称我国少儿京剧培训领域的一段佳话。还有,准备线下教学的王杰老师,是就职天津艺术职业学院的国家一级演员,首届"和平杯"中国少儿京剧杰出贡献奖获得者,经他手培养的小花脸,有8名获得"十小名票",在七届小票友赛中均有斩获。这个基地的师资可见一斑。

祝天津旭日国韵京剧艺术实验基地,如旭日东升,发出更大的光芒。

(2020/5/29)

献给孩子的节日礼物

今天是"六一"国际儿童节,在这个儿童的节日里,潍坊北海学校展示"京剧进校园"事迹材料,我们这些新中国各个时期的老少先队员们聚在一起,交

暑假的京剧校戏迷

流少儿京剧培训工作中的经验，令人感慨万千。每逢"六一"，就会勾起我们很多美好回忆。在每个人的成长中，戴红领巾的那段时光总有那么几件事情、几项活动，甚至是老师对自己说过的几句话，深深埋在心里，影响着整个人生。我们在中小学进行的少儿京剧培训活动，是在孩子们幼小的心田里种下中华文化自信的种子，具有深远意义。受到祖国优秀传统文化的熏陶，孩子们会终身受益。今天，我们把各个中国少儿京剧培训基地建设好，让这些经验推广开来，就是献给新时代孩子们最好的节日礼物！

看到潍坊北海学校的介绍，这个基地可圈可点的地方很多，其中有两点特别有新意。一个是他们学校营造京剧的氛围突出，用京剧经典乐句作为上下课铃声，真是独树一帜，叫人拍手叫绝！就像那当兵人对起床号、集合号、熄灯号等一样，让优美的京剧韵律永远萦绕在这个学校每个孩子的生活中。另一个是，他们"学唱京剧，教师先行"的做法，特别值得夸赞。制定教师京剧学习计划表，列出15首容易学唱的经典唱段，每周四开展教师京剧沙龙，校长带头，对教师进行全员辅导，还制定了教师学习京剧考核办法，开展京剧过关，对考核不过关的老师，学校组织进行假期补课，实行二次过关，让全体教师担当起传承京剧艺术的引导者和参与者。这也是我们所见到京剧进校园的中小学中决心下得最大、抓住关键最准、措施最为得力的典型。具体做法各位可以参考，精神确实值得学习。

今天，在孩子们欢度节日的时候，祝愿群里所有父辈、祖辈的朋友们童心未泯，共同唱起《让我们荡起双桨》《革命人永远是年轻》。

（2020/6/1）

可贵的京剧进校园探索精神

江西票友协会熊素琴书记对宿迁市实验一小的点评十分全面到位，尤其是对这个小学从传统的应试教育走上以京剧为引领，传承经典、弘扬国粹的特色办学之路给予了充分肯定。我完全同意。

宿迁市实验一小树立了"以美育德、以美启智、以美健体、以美益心"的鲜明旗帜，全方位开展京剧进校园活动，并取得显著成绩。他们成立孝慈少儿京剧艺术团(这个名称好,对小学生的训导教育),创编校园京剧教材,让各个学科教学融入京剧的元素,重视师资的培养,营造校园浓郁的京剧文化氛围等,在全国树立了中国少儿京剧培训的典型。看到那京剧韵律千人课

宿迁市实验一小学生在练习京剧基本功

间操,那校园里竖立的京剧人物彩色雕塑,不自觉间都会受到深深感染。

　　他们上传的资料和图像中令我感触最深的是他们那可贵的探索精神。为了使得京剧进校园活动落到实处,于是自己培养了一支骨干队伍带动全校,还改造了一幢综合楼为训练场地,设置了两个练功厅、两个练声室、两个服装室。十年前他们就从二年级的学生中挑选了 30 人重新编班,配置优质教师,重新调整课程和作息时间, 类似戏校安排京剧训练, 做到文化课和京剧培训两不误。这种在一所公办普通小学里开辟专用场地、专门成立京剧班的做法在全国还是首创,我本人作为一名有 20 年教龄的老的教育工作者,深知普通中小学迈出这一步是极为困难的。我为这所小学领导在落实戏曲进校园中"敢为天下先"的创新精神折服,也为从政策上、经费上大力支持这个学校教改的上级教育领导部门点赞!

　　实验是科学研究的基本方法之一,从某种意义上说,这所学校的举措,就是全国戏曲进校园活动的一次十分有意义的实验。既然是实验,就允许有成功,也允许有反复甚至失败,不管怎样,他们勇于探索的精神是可贵的,探索进程和取得的效果会受到各个方面的关注,也应该引起国家教育部门的重视。我们愿意利用"和平杯"这个平台和其他渠道对其进行宣传。

　　但愿在这块京剧进校园的试验田里能够总结出更多经验,结出更多丰硕的果实!

(2020/6/4)

海外少儿京剧培训的优秀代表

　　今天上线介绍的美国"丁老师京剧工作室",是海外少儿京剧培训活动的优秀代表。丁泓老师作为大连京剧院原专业演员,梨园世家出身,定居海外后以传承京剧为己任,倾心竭力辅导华裔子女及喜爱中国文化的洋娃娃学习演

点评

丁泓老师和她中外籍的小学员

唱京剧，取得可喜成绩，成为孩子们眼里的"金名片"。她培养的徐贝涵以京歌《我爱你中国》与孙楠同台演唱，展现了海外京剧娃娃的不俗实力，她的学生们每年都参加洛杉矶新年、新春晚会等重要演出，屡屡获奖，让"老外"们惊艳！丁泓老师的不懈努力，不仅永葆了自己京剧艺术的青春，更让美轮美奂的国粹艺术在异国他乡绽放了光彩。

少儿京剧的普及和培训工作是京剧的基础工程，是少儿素质教育的重要手段，也是朝阳事业。这个群里的培训基地群英荟萃，个个活动都是有声有色、成绩斐然。其实我们十分清醒，对于有三亿多少年儿童的中国来说，还是凤毛麟角，我们要走的路还很长，需要做的工作还很多。尤其在海外，对孩子们进行京剧培训和传承更是困难重重，工作更加艰辛，正因为如此，丁泓老师也就更值得夸赞！现在身居海外的原京剧专业演员中，像胡建荣、丁泓、王杰这样致力于少儿京剧培训的并不多，他们在这方面树立了标杆，带了好头，希望有更多人效仿。

顺便汇总一下："和平杯"组委会在评选命名两批共 103 家"和平杯"金牌京剧票房中，就有澳大利亚墨尔本"好魅力"戏剧协会、德国"德华京剧协会"、美国"休斯敦国剧社"、"拉斯维加斯戏迷之家"、加拿大 "颐社中国戏剧音乐研究中心"5 家海外金牌京剧票房；在 30 名"中国京剧票友社会活动家"中，海外的就有澳大利亚吴新民、德国刘雅梅、美国宋飞鸿；在命名的 30 个"中国少儿京剧培训基地"中，有美国"丁老师京剧工作室"、"美国少儿京剧学校"；美国胡建荣、澳大利亚王杰两位老师被授予"中国少儿京剧杰出贡献奖"；评选了美国卢德先、加拿大李巧文等 20 名"港澳台及海外十大名票"；世界上已经有 14 个国家的外籍票友参与"和平杯"的赛事和演唱活动。这里，特别感谢以上榜上有名的各位海外票友朋友，作为华夏儿女，中华民族伟大复兴是我们共同的美好愿望，京剧是我们难忘的共同乡愁，让国粹京剧走向世界，是我们的共同责任。

丁泓老师辛苦了！

（2020/6/5）

追求卓越　放飞理想

2018 年 5 月，在首批金牌京剧票房展示交流后期，群里就展示了包括美国少儿京剧学校的几家国外票房和培训基地的情况，受到大家普遍关注和赞誉。2019 年 8 月，胡建荣先生荣获"中国少儿京剧杰出贡献奖"，美国少儿京剧学校被授予"中国少儿京剧培训基地"，将两个奖项揽入怀中的只有胡先生一人。今天，我们又看到了美国少儿京剧学校的系统介绍，尤其是近两年来的发展进步，十分高兴。看到那琳琅满目的排练、演出图片，各种电视媒体采访视频，安排走出去、请进来的

胡建荣先生和他中外籍小学员

丰富活动内容，获得的一个个奖项、一项项荣誉称号，很难让人相信这是万里之外的美国洛杉矶的一个少儿京剧培训学校的情况，更难让人相信他的创始人和总教席竟是一位做过四次心脏手术并安装了起搏器的 73 岁老人。

看到美国少儿京剧学校的资料，使我受到强烈感染的是胡建荣先生那活力四射的精气神，是他放飞着"让京剧艺术在西方艺术殿堂占有一席之地"的美好梦想，是他那种干什么事情都要追求卓越的强烈进取心。

改革开放初期，他自学成才，发明了全液压步履式无声打桩机，荣获 1987 年中国非职务发明一等奖、世界级专利，成为那个时代的"弄潮儿"，是人生奋斗中一次巨大成功。2009 年，移居美国的他因严重心脏病不得不休养。但是，"老当益壮，宁移白首之心？穷且益坚，不坠青云之志"，3 年后，已经 65 岁的京剧科班出身的他下决心开办少儿京剧学校，培养新一代京剧艺术传承人。经过 7 年多坚忍不拔的努力，硬是把一个零基础的少儿培训机构打造成海外少儿京剧培训的一颗"闪亮的星"！"不飞则已，一飞冲天；不鸣则已，一鸣惊人。"胡建荣先生获得了人生中又一次巨大成功！在为美好梦想拼搏中，也使得自己青春不老，获得了"天使之城天使奖""杰出华人终身成就奖""传承国粹特殊贡献奖"等，演绎着一个又一个精彩。

让我们记住胡建荣，一位自觉在海外传承国粹文化的杰出华人，一位不断追求卓越、放飞梦想的"天使"！

点评

173

（2020/6/8）

对第一届"和平杯金牌京剧票房"的点评

（2017 年 12 月 4 日—2018 年 4 月 26 日）

令人惊叹的数字：十年演出六百场

胡继岩团长接受电视台采访

今天，是"和平杯金牌京剧票房"经验交流的第一天。群英荟萃，满堂生辉。首先登场的是沈阳市沈河区茂泉京剧团，胡继岩团长详尽地介绍了该社团的情况及经验体会。图文并茂，琳琅满目，来了个开门红，可喜可贺！

认真读他们上传的资料，可学习的东西很多。其中有一个数字使我震动，那就是这个京剧票社从 2007 年成立至今 10 年，已经演出了 600 多场，包括十来出全本大戏。600 场！平均每年演出 60 场，别说是业余京剧票房组织，就是一般的专业院团也不是轻易就能达到的目标。据我了解，很多专业京剧演员，包括已经下海的 8 名"中国京剧十大名票"，大都因为少有上台机会而苦恼。

不断组织演出活动，是巩固和发展票房的有效途径。和专业京剧演员相比，京剧票友主要还是以自娱自乐为主。能够参加票房活动的票友，大都具有较高的演唱水平，一般的拉拉唱唱，已经难以满足自身需求。只有演出，才能激发成员的积极性，不断提高水平，使票房有更大的吸引力、凝聚力和影响力。同时才能更好发挥票房满足观众文化需求、服务社会的作用。组织一场票房演出，剧目、演员遴选、舞美、灯光、音响、文武场、服装、化妆、道具、前后台等都要花费很大气力，已属不易，要连续组织 600 场，那更需要坚韧不拔的毅力，得付出多么大的辛苦啊！

向茂泉京剧团学习！向胡继岩团长致敬！

（2017/12/4）

174

江西最早弘扬京剧的火种

在全国57家"和平杯金牌京剧票房"中，有5家是由离退休老干部为主体的。今天，江西老干部京剧团是上传经验的第一家，十分显眼。就像江西票友协会熊素琴会长所评价的那样，"这是一支由老同志组建起来的具有革命传统的文化队伍，也是江西最早弘扬京剧的火种"。

请看他们的一组数字：成立32年，成员108人，先后有40多名土地

江西老干部京剧团演出《红灯记》

革命时期、抗日战争时期、解放战争时期的离休老干部加入，现有团员年龄最大的95岁，最小的55岁，固定活动时间每周五次。先后排演了200余场传统京剧和现代京剧折子戏及片段和《穆桂英挂帅》《红灯记》两部全本大戏。自编自导了京剧《八一风暴》折子戏、《长征颂》《十送红军》等10多首京歌。有14名团员参加过"和平杯"的"江西赛区选拔赛""天津复赛"和"天津决赛"……看到这样一组数字，我们在拍手叫好的同时，也和该团的老干部团员们一起分享着幸福和快乐！

我十分赞赏这个团队的建团宗旨："以德治团""以艺会友""以乐健身"。这些活跃在全国各地的老年京剧社团，就像一缕缕美丽的晚霞，装点着祖国多娇的江山，折射出老年人多姿多彩的生活。他们不仅为弘扬国粹艺术做着扎扎实实的工作，更是为社会的和谐、广大群众老年生活的幸福发挥着春风化雨、润物无声的难以替代的作用。

这个团的袁有珍常务副团长原来是江西票友协会常务副会长兼秘书长，我与她因"和平杯"赛事相识，她那为票友热情服务的敬业精神、精明干练的工作作风经常感动着我、激励着我。如今又看到她主持的江西老干部京剧团的卓越成绩，更增加了对她的敬重。

谢谢袁团长！请转达这个群里所有同行对江西老干部京剧团成员，尤其是耄耋团员们的美好祝福！

点评

(2017/12/6)

怀化京剧票友活动的"灵魂人物"——沈明亮

沈明亮先生

今天,"和平杯金牌京剧票房"经验交流会的第三家——湖南怀化市京剧联谊会闪亮登场了。上传资料的是这个联谊会的老会长(因年过七十离任)、现任常务理事的沈明亮老师。

沈明亮老师原来是专业京剧团的文武老生,与陈少云(麒派传人)是同科同师同挂头牌的师兄弟,后因嗓音失润没能继续专业道路,但他把艺术全部都奉献给了京剧票友。如今年过古稀,仍终日忙碌。不但热情教戏,还积极参与配演。为丰富票房的演出节目,他多演票友难演的武戏,如《乾元山》《白水滩》《武松打店》《石秀探庄》《林冲夜奔》《打虎上山》等,他还收徒怀化学院青年大学生和少年儿童,严格教练、精心培育。今年5月29日,以怀化"中国京剧十大名票"蔡智龄先生为首举办的"程派艺术专场",就是沈老师一手主持操办、亲任导演又担任了一些剧目的助演。沈老师不仅在怀化,在整个湖南都享有很高声望。

很多资深的京剧专业演员、演奏员退休后,加盟各个京剧票房,无私奉献,不求索取。或悉心辅导票友提高技艺;或担当排练演出导演;或甘当绿叶,陪票友唱主角戏;或在文武场中挑大梁,成为该京剧票房核心骨干。像已经上传的辽宁茂泉京剧团的李麟童、常东、李纪明老师,像江西老干部京剧团的张吟举、万耀华、熊慎浩老师,像怀化京剧联谊会的沈明亮、张湘玲、周东英老师,等等。很多票友因有了专业老师的指点,演唱水平有了"质"的提高。很多票房,因这些专业演奏员的加盟,整体实力大大增强。

被称为怀化京剧票友活动"灵魂人物"的沈明亮老师,以及他所在的怀化京剧票友联谊会,就是其中的突出代表。

我们在舞台上看到票友们精彩演唱时,在看到各地票房五彩缤纷的活动时,一直在感恩这些默默付出的专业老师们。

祝我们票界的良师益友、德艺双馨的沈明亮老师永远健康快乐!

(2017/12/8)

关于天津京剧票房

"和平杯金牌京剧票房"经验交流第四家——天津河西区华义京剧团上线

了。我想借此机会先向大家简要介绍一下天津京剧票房的情况。

天津河西区华义京剧团演出《贺后骂殿》

天津京剧票房众多，仅在天津京剧票友戏迷协会登记为会员单位且规模较大的就有七十余家，遍布全市各个区县，包括一些大学和警备区部队。他们组织机构健全，有固定活动地点，一般每周活动两次以上，大都有自己的文武场，其中5家还有自己齐备的衣箱。这些票房，每年组织下基层、进校园、下农村、进部队、进疗养院等地的演出达千次以上，对活跃广大群众文化生活发挥着重要作用。

为了促进京剧票房建设，天津市振兴京剧基金会、天津市京剧票友戏迷协会从2012年开始，设立了"京剧票友大舞台"，每双周一次，给各个票房提供中国大戏院、滨海剧院这样高规格的剧场来展示。2017年12月2日，举办了百场庆典演出。在这百场演出中，有45家票房、3000多人次票友演出，参演大小剧目300多出。其中，全本大戏就有《龙凤呈祥》《穆桂英挂帅》《失·空·斩》《大·探·二》《玉堂春》《红鬃烈马》《杨家将》《梅妃》《珠帘寨》《红梅阁》《红灯记》《四郎探母》《海瑞罢官》等二十余出。全部演出均免费向戏迷赠票，还特意请环卫工人和农民工到剧场看戏。现场观众达到八万多人次。

为了提高票友演唱水平，天津京剧票友戏迷协会还组织了两次"天津市十佳京剧票房"评选活动；组织了两次"天津市中青年京剧票友培训班"，每期半年，共有78名中青年票友参加培训。现在，参加培训的票友大都成为各票房的骨干和中坚力量。天津市京剧票友戏迷协会已经成为名副其实的广大"票友之家"。

对今天上线的天津市河西区华义京剧团，还要说几句。华义京剧团既是天津市京剧票友戏迷协会骨干成员，"十佳京剧票房"之一，也是天津市文广局评选的"天津市百佳社团"之一。

在天津票界，一提起"冯爷"，几乎无人不知，无人不晓。他就是华义京剧团的创始人冯树楫先生。可以说，他是天津戏迷最为典型的代表之一。用天津老话说，太懂戏了，简直就是个京剧"虫子"。他本人一不拉，二不唱，但把全部心血都放在组织京剧票友的活动上，如今他年过古稀，为了组织票房活动仍然终日忙碌，还经常自掏腰包贴补票房开销，对于各部门提出的下基层演出任务

点评

177

都是欣然允诺，绝无二话。这个票房成为天津市京剧票友协会最为得力的骨干成员，和冯树楫先生的贡献是绝对分不开的。他培养的孙子冯铭轩获得"和平杯"十小名票第一名，现在天津戏校学习。

据我了解，在"和平杯金牌京剧票房"的负责人中，由"冯爷"这样纯戏迷担任的并不多见，应该给予鼓励和点赞！

（2017/12/11）

深圳半岛国剧社带给我们的启示

苏丽秀演唱《文姬归汉》

今天，看了"和平杯金牌京剧票房"交流第五家——深圳半岛国剧社苏丽秀社长上传的资料，感触很深，这里只对半岛国剧社成员的组成谈点感言。

在我们看到的介绍材料中，这个京剧票房除了两位团长外，名誉团长就有 16 人，包括广空原中将政委、深圳市原市长，以及很多当地著名企业家、文艺界名人；担任这个团艺术顾问的有 7 人，其中多数为我国京剧界名家。此外，该票房还聘有顾问 7 人，担任理事的有 38 人。

这个阵容，如果不看介绍，有谁会想到这竟是远在广东深圳一个京剧票房的组织机构。而能做到这一切，当然首功应该归于这个票房的创始人，一直担任社长的苏丽秀同志。

提起苏丽秀老师，我相信，受聘担任她票房名誉会长及其他各种职务的同志 一定是被她那种对于京剧的酷爱，以及传承京剧的执着所感染，被她那种把全部心血都奉献给票友事业的精神所感动，同时也为她超强的组织能力和社会活动能力所折服。

我和苏丽秀同志相识相知小 20 年了。她的程派演唱功底很深，14 年前，在第六届"和平杯"决赛中，她演唱程派名剧《鸳鸯冢》，获得"双十佳"第 5 名，她的演唱给评委和天津观众留下了很深的印象。大家对她充满了期待，普遍认为她具有问鼎"中国京剧十大名票"的能力。但后来因各种原因没能再次参赛，也是憾事。她为人谦虚,待人诚恳,对艺术的追求从没有停止,尤其对程腔程韵颇有心得,曾多次举办个人程派剧目专场。多年来,她不仅经常和票房一起演出,而且多次到基层和中小学校授课。在她的带动下,半岛国剧社演出程派剧目尤为突出。程砚秋大师公子程永江先生、程派艺术教育家陈琪教授、程派演奏家徐季平老师都曾亲临或讲课或指导。她今年已经68岁,也算是开始步入老年了,但现在每周日程都安排得满满的,把"办好票房,传承京剧"当成自己的事业。我在票友圈里,经常听到她组织活动的信息。在这里,我还想说一个小小的插曲:她酷爱京剧,儿子、儿媳倾力支持。她告诉我说,曾听到孩子亲口对她说:"为了叫妈妈唱得高兴,将来有一天一定要在北京最好的剧院,请全国京剧名家助演,让妈妈唱一出大戏。花多少钱都在所不惜。"多么孝顺的儿子!我们也为苏丽秀老师感到幸福和快乐。

我想,在各金牌京剧票房的负责人当中,像苏丽秀老师这样既是资深票友,又勤勤恳恳无私奉献的,比比皆是。但是像半岛京剧团有这样包括退休老领导、众多知名企业家、京剧名家等组成的雄厚的助力团队的却也难得。

四面八方都来风,票房乘风破浪向前行!

这是深圳半岛国剧社带给我们的重要启示之一。

(2017/12/13)

非物质文化遗产最生动的纪实

今天,"和平杯金牌京剧票房"经验交流的第六家——内蒙古呼伦贝尔市业余京剧团按时上线了。慕容玉芝团长配上大量的各个时期的演出

内蒙古呼伦贝尔市业余京剧团在市老年大学开学典礼上演出

和活动照片,向大家生动地介绍了该团成立67年来走过的历程。受到了各地兄弟票房和群友们的一致赞扬。我也想就67年这个话题说上几句感言。

一茬又一茬喜爱国粹的京剧人,把自己的京剧票房坚持了半个多世纪,让皮黄之声竟然连续奏响了67年!这在全国也是寥若晨星,更何况这个京剧票房是建立和活动在祖国的边陲,在那"千里草原铺翡翠,天鹅飞来不想回"的呼

点评

伦贝尔。我想，这个京剧票房多年坚守和活动的意义已经远远超出了一般京剧票友的自娱自乐，这是京剧国粹具有巨大魅力的最好诠释之一；这是传承祖国优秀非物质文化遗产最生动的纪实；这是以慕容玉芝团长为代表的内蒙古京剧票友们对京剧事业做出的突出贡献！正因为如此，他们被评为全国首批金牌京剧票房是当之无愧的。

请慕容团长转达我们大家对票房成员的美好祝愿，转达我们对于支持这个京剧票房发展的呼伦贝尔有关领导，特别是现在活动场所——老年活动中心领导的衷心感谢！

(2017/12/16)

为北京新荣春青年京剧社叫好！

新荣春青年京剧社方振兴社长(右一)

今天上传的"和平杯金牌京剧票房"的第七家——北京新荣春青年京剧社。

我仔细看了他们的介绍资料，特别是他们多场演出视频，尽管花费时间较长，但一直沉浸在兴奋和激动中。

他们这个票房起名为"新荣春"，具有强烈的京剧传承色彩。圈里的人大都知道，20世纪30年代末，由"四大名旦"尚小云先生在北京亲手创办的"荣春社"，为京剧的发展培养了大批人才，就我所知，天津的京剧名家杨荣环、李荣威、孙荣惠都出自这个科班。如今，北京一群30岁上下的年轻人创办了新"荣春"，这是向世人宣告，京剧事业后继有人！2017年初，方振兴社长在该社演唱会上的讲话中说，"决不能让老祖宗留下的好东西在我们的手里失传，这是作为中华民族子孙应尽的责任"。这话说得是何等好啊！方振兴社长以"振兴"为名，做的又是振兴

北京新荣春青年京剧社王道骏(饰薛平贵)
许肖洋(饰王宝钏)演出《平贵别窑》

京剧的事业,有点"天降大任于斯人"的味道,不禁叫人称奇。

纵观全国各地数以千计的京剧票房,绝大多数以中老年票友为主。而新荣春京剧社社员基本都是 80 后、90 后,一群帅哥靓女,这在全国京剧票房中十分抢眼,令人由衷羡慕。这既是我国青年人热爱祖国优秀传统文化的生动例证,也是京剧一定能够继续传承发扬的有力例证。这个团队成员不仅年轻,而且实力很强,各个行当齐全,方社长本身"余派"演唱就很有功力。从发到群里的各个演唱视频来看,无论是主演、助演、宫女龙套,还是文武场、服装、道具及舞美,都很专业。一个京剧票房,能有如此演出阵容,真是难能可贵。我想,作为一个京剧票房,尽管是业余组织,但还是要追求演出的高质量。这样才能激励现有成员的进取,吸引更多人才进入,使票房不断发展壮大。同时吸引更多观众进场,更好地发挥票房传承京剧、活跃群众文化生活的作用。

祝北京新荣春青年京剧社越办越好!你们的坚持,你们的红火发展,对中国票界乃至京剧界都具有很大的意义。

(2017/12/19)

文化馆社团工作的楷模

武汉硚口区青年京剧团作为"和平杯金牌京剧票房"经验交流的第八家,今天上传了票房介绍和大量的演出剧照及视频。令人目不暇接,刮目相看。一个京剧票房,竟有 5 名成员在"和平杯"中国京剧十大名票光荣榜上有名,这在全国首屈一指,实力之强,可见一斑。在这里,我想重点谈谈他们上属的单位——硚口区文化馆。我退休前所

左一为硚口区文化馆馆长、青年京剧团团长周金明同志

在的天津和平文化宫和硚口区文化馆是有着二十多年友谊的兄弟馆,来往甚多,和这个馆的历届老馆长韩廼礼、肖正礼、周金明等都有过多次亲密的交往。特别是韩廼礼老馆长,是全国为数不多享受国务院政府特殊津贴的学者型群文专家,更是我敬重的师长。我曾多次应邀参加硚口的活动,从他们身上学习了很多宝贵的经验。我也曾把该馆的星海合唱团全体成员请到天津,与我宫的爱乐合唱团进行联欢交流,至今留下十分美好难忘的终生记忆。硚口区文化馆

点评

在组织、完善、管理群众文化社团方面,在全国群众文化领域堪称楷模。

在全国金牌京剧票房中,有一些是群艺馆、文化馆组织的。现在,国家三馆(图书馆、博物馆、文化馆)免费开放后,国家建立健全公共文化服务体系,确保了群艺馆、文化馆的经费。因此,凡是群艺馆、文化馆组织的或挂靠的京剧社团(票房)大都能保证活动场地和部分的活动经费,根据票房做出的成绩和影响,有些资助力度更大些。像硚口的票房就是这样,由于成绩优异,连票友参加"和平杯"决赛的所有费用都给予了报销。这也给我们一个借鉴,现在有些票房活动经费十分困难,不妨也试着联系一下当地的群艺馆、文化馆。

如何解决当前部分京剧票房走出经费拮据的困境,的确是一个重要课题。我十分欣赏很多成功人士经常说的那句话:事在人为,路在脚下。

(2017/12/21)

保定票界的一张文化名片

竞秀京剧联谊社参加保定市群艺馆组织的进校园活动

今天上传的是金牌京剧票房的第九家——河北省保定市竞秀京剧联谊社。由于我参加深圳市委宣传部主办的戏曲进校园的展示研讨活动,刚刚回津,连夜写一点学习他们经验的感受供参考。

这个票房是保定市成立最早的业余京剧团队,已经有27年的历史。在全国来看,也属于坚持时间较长的团队之一。创立这个票房的老社长白福恩同志是京剧表演艺术家李金泉的弟子,为了这个票房倾注了极大心血,打下了坚实基础,使其成为保定的一张文化名片。看看他们纪念抗战胜利70周年暨联谊社成立25周年演唱会视频,可见他们总体实力很强。由于老社长年事已高,接力棒交给了新社长,说起来也是巧合,现任社长也姓白,说句玩笑话,看来白氏和这个票房有着不解之缘，也是这个票房发展史上一段小小佳话吧！

现任白晓光社长十分谦虚，对我说自己是京剧的门外汉。其实不然。我认真欣赏了由他编导的京歌《淀上吹来阵阵风》，唱词秀丽，京腔京韵十足，堪称佳作。比我听到的一些缺乏京味又标榜为"京歌"的歌曲受听得多。听说白晓光社长多才多艺，创作剧本不少，对书法艺术也颇有研究。

据我了解，白晓光同志现在是保定市饮食集团的总经理，他积极支持京剧事业的发展，不仅无偿为这个票房提供活动场地，而且力所能及给予了各种资助。现在这个票房还经常组织下社区、进校园的公益活动，广受好评。竞秀联谊社得以巩固发展，晓光社长功不可没！

在业余京剧活动中，特别是各个京剧票房的建设和发展过程中，我们太需要像白晓光总经理这样的国企负责人和各位企业家的支持了！

向老白社长和新白社长共同致敬！

（2017/12/23）

锦州龙江京剧人

以戏会友、因戏结缘，一群票友走到一起，结社玩儿"票"，没有考究的活动场地，没有更多领导的实际支持，没有活动资金来源，全靠着对京剧的痴迷和传承国粹艺术的责任感，大家自掏腰包，唱戏排戏，在各种场合展示，不仅给自己，更是给群众带来欢乐和京剧艺术的享受。这恐怕是全国绝大多数京剧票房现有的状况。广大的戏迷和这些遍布全国各地

龙江京剧团演出《八珍汤》

数以千计的京剧票房，才真正是振兴京剧艺术的基础，才可能有京剧国粹艺术的再度辉煌。今天上传的"和平杯金牌京剧票房"第十家——辽宁锦州龙江京剧团就是其中优秀的典型之一。

据赵玉文团长介绍，这家票房四十余名票友，在副社长吴宝年住所里坚持活动近 17 年。这当中，他们只有一次获得过政府部门 5 万元的资助，其他资金全部自筹。在这种情况下，竟然排演了《四郎探母》《八珍汤》两出全本大戏、50多个折子戏，演出 200 多场。他们还作为锦州慈善总会义工京剧社，积极参加了各种慈善义演活动。从这个自发、自办、自养的群众文化社团里，走出了 5 名

进入"和平杯"决赛的选手：谢宝成、赵玉文、李雅梅、高明芹、吴会文。其中女小生高明芹演唱的《四郎探母·巡营》获得第11届"双十佳"第一名，并参加了颁奖晚会演出。参加其他各种赛事也获奖累累。如此骄人的成绩，不能不令人刮目相看。票房成长过程中的艰辛，以及赵玉文团长等票房负责人的辛勤耕耘可想而知。

可爱的锦州龙江京剧人！受人尊敬的龙江京剧人！应该大力宣传的龙江京剧人！

（2017/12/26）

痴迷京剧的广东女企业家——王涛

京剧票友社会活动家王涛

今天上传的是"和平杯金牌京剧票房"交流的第十一家——广东中山市国韵京剧社。对于这个京剧社的社长、我的老朋友王涛，向大家说上几句介绍的话。

"莫愁前路无知己，天下谁人不识君"。说起广东中山的王涛，那可是个在票界鼎鼎有名的人物，不单单是她本身女票友学唱花脸在全国凤毛麟角，更是因为她对京剧的痴迷、性格豪爽和对朋友真诚。

十几年来，她已经走遍了包括西藏、青海、新疆、海南在内的全国所有省市区及港澳特别行政区和台湾地区，远的还到过很多欧美国家，所到之处，都留下了她演唱京剧的风采和爽朗的笑声，并结交了一大批伶票两届的朋友。

作为女企业家，拿出150平方米的室内场地成立京剧沙龙给票友使用。并在自家的门市店面前搭起了长14米、宽6米的舞台，无偿提供票友唱戏。十多年来，到中山去的京剧票友络绎不绝，她都热情接待，一年的接待费最高达到30万元，估算起来，总体为票房建设和接待朋友的费用达到数百万元！据我了解，王涛企业规模不算很大，实力也并不算太强，她把自己每年收入的大部分都用在了弘扬京剧的事业上！这难道不值得我们大书特书吗？

王涛同志曾于2008年入选第九届"和平杯"的决赛，演唱《探阴山》，给天津观众留下了很好的印象。为了提高演唱水平，后来她又拜师著名京剧表演艺术家尚长荣先生，还经常求教裘云老师，不断进步。听说，不久前她和北京的彭净、美国的刘玥霞三位女花脸又结为"坤净三姐妹",互帮互学,经常参加各地演出。这也是我国票界一段佳话。

我和王涛结识有10年了。各届"和平杯"决赛时,虽然她不参赛,但都来天津看戏会友。在我有限的几次参加各地票友活动中,每每都会遇到她。凡是和她相处过的人,一定会被她那热情奔放的性格所感染;凡是了解她这些年支持票友活动的人,也一定会被她那无私的奉献精神所感动。

祝我们票界共同的朋友——王涛同志永远健康快乐!

(2017/12/25)

"雄心壮志冲云天"的票界领头人——李全忠

今天是"和平杯金牌京剧票房"交流上传经验的第十二家——山东潍坊钟秀京剧团。看到近几年在我国票界异军突起、热闹非凡、海内外票友大量涌入的潍坊票友活动,确实感触很多。

李全忠,一位民营企业家、中国京剧"十大名票"、共产党员,把振兴京剧当成己任,在京剧历史上曾有过辉煌又萧条沉寂多年的潍坊,他响亮地提出:把潍坊

寇援与李全忠合影

打造成除了世人熟知的"世界风筝城"以外,还要成为"国际京剧城""世界京剧票友之家"!这是多大的气魄!为此,他创立了潍坊钟秀京剧社,和票社同人共同努力,并为此付出极大艰辛。他自掏腰包,搭建鸢都大舞台,创建京剧下乡、下基层公益演出的舞台流动车,又花了20多万元配备送演员的大客车,送戏下乡就达到三四百场。举办"京剧演出季"后又发展到"国际演出季",10年来演出超过千场,来潍坊演出的票社票友覆盖全国二十多个省市区,还有港澳特别行政区和台湾地区,以及美国、加拿大等外籍票友,观众达十万人以上。由于他坚持不懈地努力,在潍坊逐渐掀起了京剧热潮,京剧票房达到近百家,实力较为雄厚的比较大的票房就有十多家。现在的京剧票友活动已经成为该市对外文化交流的窗口和一张亮丽名片。相信用不了多长时间,潍坊的京剧活动必将在全国,也将在京剧发展史上铸就一个响当当的"文化品牌"。

由此,我想到那句家喻户晓的京剧台词:"雄心壮志冲云天"。李全忠同志为实现自己把潍坊打造成"国际京剧城"的宏愿,倾注满腔热血,如今已经收到了

点评

185

显著效果。他的精神感动着潍坊本地的票友，感动着海内外来潍坊演出的票友，也感动着整个中国京剧界。

我和全忠结识十多年了，也曾应邀参加过潍坊的票友活动。和他相交，一方面是因为他是"和平杯"评出的"中国京剧十大名票"，是张克老师的弟子，张克本身就是我很好的朋友；另一方面，也是他对京剧艺术的执着，他并没有因为获得"十大名票"而满足，正在和裘云老师学唱花脸，想成为生、净"两门抱"的名票。据我所知，他经营的潍坊"凤栖村"餐厅在潍坊还是小有名气的，但毕竟不算什么太大的企业。这些年，他把自己盈利的五百余万元全部投入了振兴京剧的事业上，直到现在，仍然高高兴兴且心甘情愿地为京剧票友活动付出。他和广东中山王涛一样，是我国中小企业家支持京剧活动最为杰出的代表！

潍坊的京剧振兴会记住李全忠！

中国京剧的再度辉煌会有李全忠的一份功绩！

（2017/12/17）

新乡市京剧协会的奠基人——李天成

河南新乡市京剧协会举办 2017 年新春京剧晚会

昨天，在 2018 年的第一缕阳光照耀下，河南新乡市京剧协会作为新年礼物，上传了他们的票房介绍。为了使群友们更好地了解他们，就我了解的情况做些补充。

提到河南新乡的京剧票友活动，必须首先要提到这个京剧协会的奠基人和开拓者——老会长李天成先生。李先生退休前任新乡市人大常委会秘书长，河南省京剧协会副会长，是河南省京剧票友活动的领军人之一。1993 年 1 月，他把新乡市原来的 3 个业余京剧组织合并组成京剧活动中心，1997 年更名为"新乡市京剧协会"。经他的奔走，在市内最大的人民公园里建造了演练厅、录放室、办公室 10 间，搭建了露天舞台，总面积 200 多平方米。并在老干部活动中心争取到 2 间 50 平方米的服装道具库，这些硬件设施一直无偿使用至今。这是一般的京剧票友组织为之羡慕又难以做到的。为此，他个人累计捐资近六万元。这个协会拥有较强的文武场，其中有很多退休的专业演奏人员参加。服装齐备，甚至像《四郎探母》《龙凤呈祥》这样的全本大戏的服装都能自己解决。由于他们雄厚的实力，在过去近 20 年的时间里，河南省举办的京剧票友艺术节和各届"和平杯"赛事的选拔，绝大多数都是由新乡市京剧协会承办的。

正因为李天成同志的杰出贡献，2014 年，在第十二届"和平杯"举办时，被"和平杯"组委会评选为全国第二批"中国京剧票友社会活动家"。新乡市的京剧票友活动在河南省乃至全国名气都很大，多次被中央电视台和各大新闻媒体报道。

提到新乡市京剧协会，我们还应该感谢现任会长和世丰协会办公室负责人郭新爱夫妇、现任副会长许文生先生、副会长兼导演刘金玲老师。老会长因年岁关系现做"名誉会长"后，是他们接过了接力棒，继续为广大票友辛勤工作，再造辉煌。昨天在群里看到他们上传的图片，仅在元旦期间就组织演出了六场戏，剧目丰富，行当齐全，足见他们票社活动的丰富多彩。他们被评为"和平杯金牌京剧票房"是实至名归。

(2018/1/2)

京剧振兴是我们文化自信的体现

按照计划，这两天上传经验的是金牌京剧票房第十四家——江苏镇江康盛剧社。从该社社长吕国泰先生的论文中，从梅子姐姐补充介绍及协助上传的这个剧社参加央视第四届全国京剧戏迷票友电视大赛演出《杜鹃山》的片段中，已看到这个票房很强的实力。特别是吕社长的文章发到群里以后，引起热烈反响。

镇江康盛剧社演出《八仙过海》

点评

在前段开展的全国 20 家"中国少儿京剧培训基地"展示和交流活动中，以及当前正在进行的"和平杯金牌京剧票房"的经验交流活动中，我们还是第一次见到像吕国泰先生这样有一定理论深度的研究文章，值得庆贺。

理论来源于实践,反过来又指导实践。在振兴京剧过程中,必须加强理论研究,对于票房负责人来说尤为重要。只有这样,才能把我们现在从事的工作和弘扬祖国优秀民族文化自觉联系起来,看到京剧的振兴是中华民族伟大复兴的一部分,感到自己承担的历史使命责任重大;才能增强工作的自觉性,减少盲目性;才能在继承中创新,不断开拓前进。

京剧是我国民族艺术的瑰宝,有过历史上的辉煌篇章。尽管目前的处境不容乐观,但我们并不是悲观主义者,京剧传承到了我们这一代人手上,决不能让它衰败下去。尽管任重道远,但我们对它的发展前景仍然充满了信心,这也是我们应有的文化自信! 前段在群里开展的"全国少儿京剧培训基地"展示中,仅在辽宁丹东少儿戏剧培训中心,接受正规京剧培训的孩子就有2400多人;深圳宝安区把戏曲进校园完全作为政府行为,给予经费等全方位支持,"宝安京剧娃"名扬全国。还有很多先进典型,不胜枚举。前不久上传的北京"新荣春京剧社"的成员,绝大多数是"80后"、"90后"的年轻人,而且实力不俗,让人眼前一亮。我们完全有理由相信,上有党中央、国务院的高度重视;下有广大戏迷观众的雄厚基础;当中有我们这些从事京剧票友事业的各个省市区京剧票友协会、各个文化馆站、青少年宫的群众戏剧工作部门、各个少儿京剧培训单位、各个京剧票房的辛勤工作,一定会造就京剧新的更大的辉煌!

(2018/1/4)

金牌京剧票房的贤伉俪

乐双兰团长演唱《贺后骂殿》

今天上传的是"和平杯金牌京剧票房"第十五家——山西大同工人文化宫京剧团。看到乐双兰团长的介绍后,谈点感受与大家分享。

年岁稍大的同志们可能都有同感,在我国,由工会部门组建的工人文化宫、工人俱乐部从新中国成立后一直到"文革"前,组织的职工文化活动五彩缤纷,成绩卓著。像天津市,市里有第一、第二工人文化宫,各区有工人俱乐部,拥有上千名工会群众文化干部,人才济济。像"和平杯"主要策划者之一、多才多艺的张志玉老师,年轻时就在工人俱乐部工作。这些单位,每年除组织市区级职工文艺汇演外,还组建有很多职工文艺社团,组织开展了大量职工文化活动,推出了一大批人才。像关牧村、郭振清、李启厚、关山、董湘昆、冯巩、刘伟等文艺界著名人物,都曾是天津工人文化宫活动的骨干人员。和平区工人俱乐部京剧团,服装齐备,实力很强,在全市享有盛名。因种种原因,现在天津除了二宫(国家投入设施,实行自收自支)还在组织一些职工文化活动外,其他单位都消散了。现在我们高兴地看到,大同总工会每年组织一届"五月风职工艺术节",活动很丰富,它支持和拥有的以"乐姐"为团长的京剧团,这么热心地为广大企业职工服务,本身就具有很强的带头和示范意义。他们为探讨在社会主义新时期如何继承和发扬我国工会文化工作的优良传统,提供了宝贵的经验。

看到山西省老领队张杰老师的补充介绍和评赞,使我了解到,山西大同工人文化宫京剧团之所以取得佳绩,除了归功乐双兰团长很强的组织能力、无私的奉献外,军功章也应有她的爱人柴京云的一半啊!前两天上传的河南新乡京剧协会的会长与世丰和郭新爱,以及武汉江夏区少儿培训基地的夏海兰和谭川汉、安徽淮南市小百灵京剧团的李君和孟庆洪、深圳东湖中学少儿培训基地的何青贤与齐国新等都是令人赞美的伉俪。这种为了传承国粹夫妻同上阵的现象,书写了振兴京剧史册上的一个又一个佳话。我们相信,每个金牌京剧票房负责人的另一半,一定是个爱她、懂她、并支持她的坚强后盾。

我们为这一对对献身票友培训和活动的贤伉俪送上最美好的祝福!

(2018/1/5)

宜春市京剧票友活动的"领头羊"

今天上传的是第十六家——江西宜春市京剧联谊社。根据熊素琴会长的介绍,该社是当地京剧票友活动的"领头羊",是江西票友协会骨干团体成员单位,是全省唯一由群众艺术馆指定负责"普及国粹京剧进校园"的教学培训单位。很棒啊!

说来也巧,它和江西第一家上线的金牌京剧票房——江西老干部京剧团似乎是姊妹团,两位团长都姓"袁"——袁有珍和袁青春。让我们记住这为票友事业做出了突出贡献的"江西二袁"两位女杰吧!

点评

189

江西省宜春市京剧
联谊会会长袁青春

熊会长在介绍中提到了第十二届"和平杯"复赛选拔中的一个情况，至今我仍然记忆犹新。经复赛评委会评选，那届江西两位票友进入决赛，是在省里选拔的第三、第八名，而在省里选拔时候名列第一和第二名的都没能入选。现在才知道，原来第一名的喻俊霞同志就是宜春京剧联谊会的。剧社和喻老师他们如此大度，平静接受复赛结果实在难能可贵。感谢她们对"和平杯"赛事的大力支持！

在这里，我想就"和平杯"的复赛评选做一点介绍："和平杯"是深受广大票友厚爱和十分看重的京剧票友最高竞技舞台。但是"和平杯"毕竟是群众文化活动，他的初衷和目的是弘扬国粹，促进全国业余京剧活动的开展。因此，在复赛选拔时，坚持"质量为主，好中选优"的前提下还会兼顾地区。同时也会适当兼顾行当、传统戏及现代戏。"为此，组委会规定了一个地区最高的入选名额，对总体报送质量一般的地区选手，拔尖进入，尽量"不剃光头"。这样就会造成一些地区入选的选手演唱质量可能还不如别的省市落选的选手水平。但"和平杯"的舞台毕竟设有较高的门槛，因此，个别地区全部落选的情况也时有发生。刚才提到的第十二届"和平杯"江西入选的李剑玲同志演唱《红灯记》中的李铁梅，是那届5个进入决赛的现代戏剧目之一。竖向比，在当地可能还没能名列前茅，但横向比，在全部报送现代戏的剧目中还是突出的。类似的情况，几乎在每届选拔中都有。

京剧艺术的赛事评选要坚持公平公正，说起来容易，做起来实际很难。二十多年来，组委会坚持不收受财物，不搞幕后交易，不搞暗箱操作。我想这些都还比较容易做到，但是如何评的准确，令绝大多数人服气，那就很困难了。"和平杯"的复赛、决赛请的评委全部是国家一级演员或著名专家学者，就是这样，评选时仍然见仁见智，经常争论激烈。好在"和平杯"已经举办了十三届成人赛和六届少儿赛，评出的140名"海内外十大名票"、60名"十小名票"基本还是得到了伶票两界的认可。当然，也有极少数获奖人员有些非议，其中原因也要具体分析，不能一概而论。作为票友，有的学戏时间不长，就"磨"这一两段，上台很有光彩，一举夺魁，换个剧目就不灵了；有的票友尽管水平很高，当地名气很大，但就是进不了赛场，上场就出错，如此等等。不时有人提建议，在决赛时加进京剧知识考核或加进评委点唱环节，经过组委会讨论都没采用，其中原因就不细说了。

我借今天江西宜春京剧联谊社介绍经验的机会，多说了几句关于"和平杯"评选的情况。正因为有各位朋友，有像宜春京剧联谊社这样众多金牌京剧票房的一贯支持，"和平杯"才走到了今天。谢谢大家了！

(2018/1/8)

紫薇花开红艳艳

云南老干部局紫薇京剧团是我国众多京剧票社中一颗闪亮的星。过去若干年里，每每收到他们编辑出版的图文并茂的彩色专刊时就不住赞叹，如今又在群里看到这个票房的活动艺术档案，不仅汇集和整理得井井有条，而且又那么丰富，这在全国京剧票房中也属凤毛麟角，值得大大称道！

张世阳团长(右一)演唱《红灯记》

紫薇花，因其花期长，故有"百日红"之称，又有"盛夏绿遮眼，此花红满堂"的赞语。这个票社正像她的紫薇名字一样，红遍了昆明，也红遍了祖国的整个西南边陲。他们坚持京剧活动 27 年之久，有 974 场演出，115 个剧目，36 万多人次观看，常年坚持文化下乡扶贫，联合国老龄组织、上海市委老干部局曾到团里进行调研，包括《人民日报》在内的 38 家新闻媒体对其进行过 293 篇报道，等等，如此佳绩，在全国京剧票房中也是十分突出的。

过去在和这个票房的张世阳团长、秘书长曹学周夫妇的接触中，就深深为他们传承京剧的责任心所感动。这里想对曹老夫妇多说上几句话，曹老夫妇都是中华人民共和国成立初期某军区文工团成员，曹老热爱京剧、文学创作、摄影等艺术，云南京剧协会成立后便被推举为副会长。紫薇京剧票房的资料、剧照和文字报道几乎都出自他的手，票房的艺术档案也主要由他整理归类。张歧山老师和曹老是同一文工团的战友，同年同月同日生，天成佳偶。她在部队时，一曲《苗家山歌》轰动了军区，转业后学唱京剧，进步极快，成为紫薇京剧团的当家老生，至今九十高龄仍然活跃在舞台上。他们夫妇俩不仅是创办紫薇京剧团的元老，也是紫薇京剧团发展的功臣。我和曹老交往也有小二十年了吧，2016 年 10 月，在"和平杯金牌京剧票房"的授牌仪式上，又见到了年近九旬的曹学周、张歧山夫妇，看到他们精神仍然这么矍铄，十分高兴。没想到的是，曹老去年 11 月 12 日离世，那一次相会竟成诀别。见到张世阳团长 11 月 14 日凌晨发给我的信息，几乎不能相信。真是惜哉！痛哉！

我愿借这次紫薇京剧团上线的机会，表达对曹学周老师的深深悼念之情！向张歧山老师致以亲切的问候，祝老大姐身体健康，艺术之树长青！

曹老在天之灵应笑慰，如今紫薇花开更红艳。

点评

191

(2018/1/4)

不忘初心　弘扬国粹

重庆京剧爱好者协会演出现代戏《送肥记》

今天上线的是"和平杯金牌京剧票房"展示的第十八家——重庆京剧爱好者协会。李莉莉会长详细介绍了该协会成立30年来的风雨历程，让人们感受到在那美丽山城里，有一批坚守祖国优秀民族文化艺术的一颗颗滚烫之心，听到那里唱响的一声声动听的皮黄。

在一没经费、二无固定活动场所的情况下，凭着对京剧艺术的热爱，凭着对传承国粹艺术的时代责任感，协会组织了大量京剧演出活动——进社区、进校园演出辅导活动、举办五期京剧打击乐培训班等，获得文化部颁发的振兴京剧"金菊奖"，评为重庆唯一的"和平杯金牌京剧票房"，让这支祖国大西南的弘扬京剧的火炬，熊熊燃烧了整整30年。裴毅同志说的"不易"，龙江京剧社赵玉文社长说的"三十年的历程很艰辛，三十年的坚持更可贵"。言简意赅，说出了大家共同的感受。

由此，我想到"不忘初心"这个词。众多热爱京剧的人聚在一起，成立各种形式的京剧票友组织，一起票"戏"，"弘扬民族文化，振兴京剧艺术"是这些志同道合人的共同心愿。这才是我们大家真正的初心。"不忘初心，方得始终"，正是由于这个初心，重庆京剧爱好者协会才有了坚持下去的强大动力，风风雨雨三十年，痴心不改乐逍遥。李莉莉会长讲得好："今后的工作任重道远，我们将把京剧活动搞得更加有声有色，让国粹京剧之花在山城开得更加艳丽多彩！"我们完全相信，有了李会长这样把传承京剧艺术作为己任的出色领头人，有了众多京剧名家的大力支持，有了400多名会员的共同努力奋斗，重庆京剧爱好者协会一定会铸就明天更大的辉煌！

(2018/1/12)

希望寄托在一代青少年身上

今晚，由"和平杯"组委会组织的"庆祝改革开放四十周年，海内外十大名票折子戏专场"第一场演出结束，有空得以较详细看了"和平杯金牌京剧票房"上线的第十九家——辽宁锦州古塔区民族京剧社的上传资料。使得原本兴奋的心情又增加了新的兴奋，写一点感受与大家分享。

和其他多数金牌京剧票房一样，这个票房同样具有成立时间长(民族京剧社已经成立17年)、组织健全严密、演员和文武场阵容强(各个行当都有较为出色的演员，能担当大戏主演，仅鼓师就有三四名)、演出剧目丰富(常演剧目就有20多出)、演出场次多(每年演出二三十场)、参加公益活动及下基层进社区校园成绩突出，获奖累累，特别是票

锦州古塔区民族京剧社演出《李逵探母》，
王淑艳社长(左一)饰演李母

房带头人特别强的组织能力和无私奉献精神（像王淑艳社长把自家60平方米厅、30平方米看台拿出来提供票友活动好几年，周六周日都挤满了票友戏迷，从家办票房发展到大型京剧票社）等特点。和其他挂靠在群艺馆、文化馆及其他老干部局、工会组织等单位的票房一样也借得了"东风"，有了自己的"娘家"，得到了活动场地、部分活动资金的支持。看到这些，使我对这个票房尤其是王淑艳社长的敬意油然而生。

这个票社四十多名成员，大到七十多岁，小到9岁，当中各年龄层次都有。用淑艳社长自己介绍说是"四世同堂，其乐融融"。这种年龄结构，别说是在金牌京剧票房中，就是在全国京剧票房也并不占多数，真是令人羡慕！由此，我想向大家竭力推荐。纵观现有我国京剧票房，仍然以中老年甚至老年人居多。像前段上线的北京新荣春京剧社那更是凤毛麟角。尽可能吸收中青年参加，有条件时，吸收几名小票友参加，不仅可以大大增强票房可持续发展的活力和生气，更重要的是为传承国粹艺术发挥更大的作用。吕国泰老师在他的论文中曾提到，争取把京剧票房办成第二个"关工委"，体现了我们这一代"京剧人"自觉的历史担当。古塔京剧社吸收一名9岁儿童进入，这一做法目前虽是个例，但在全国却具有很强的示范意义。希望更多的票房根据自身条件，尽可能多地吸收热爱京剧并有一定造诣的青少年加入。

毕竟以京剧艺术为代表的国粹，能够传承和发扬光大，最终希望还是要寄托在一代代青少年身上。

点评

193

(2018/1/13)

深切缅怀张作斌同志

广州东湖京剧社卢义香(左一)
演唱《谢瑶环》

今天上线的是"和平杯金牌京剧票房"第二十家——广州东湖京剧社。使得我们有机会领略中国京剧票界又一对美丽的伉俪卢义香和任盛平先生辛勤耕耘并献身票房事业的动人事迹。我和他们夫妇结识也有很长一段时间了,义香演唱"张派",进入过"和平杯"决赛。前不久,我在央视领略过她近来的风采,确实进步很大,跻身为我国票界学演"张派"的佼佼者之一。盛平那就不用说了,是专业京剧院团琴师出身,水平很高。人们常说的夫唱妇随应该为"妇唱夫随"了。他们把主要精力都放在票房建设上,取得了显著成绩,和中山王涛团长的票房、深圳苏丽秀团长的票房一样,都是广东京剧票房的第一梯队,是名副其实具有示范引领作用的金牌京剧票房。

我 20 世纪 60 年代曾在广东当过近七年兵, 除了到处听到粤剧和广东音乐以外,极少听到京胡的声响。广东之所以从京剧的"沙漠"逐渐变成京剧的"绿洲", 这里我们不能不提到张作斌同志。我想借今天东湖京剧社上线的机会,缅怀这位振兴广东京剧艺术的第一功臣——张作斌同志。

张作斌同志是南下干部,退休前任广东省委宣传部常务副部长。正是由于这位热爱京剧的老领导的积极努力,亲力亲为,才成立了"广东京剧艺术促进会",争取了省里主要领导同志的大力支持,要地方有地方,要资金有资金。我至今清楚记得,在第三届"和平杯"时,广东京剧艺术促进会第一次组队参加"和平杯"决赛,就一举夺得两名"十大名票",令全国震惊。以后历届广东均有票友进入决赛且屡获佳绩。2016 年第十三届"和平杯中国京剧十大名票"第一名的王开颜,就是广东推荐的选手。现在已经连续举办 14 届的全国省市京剧票友组织联谊研讨会,也是广东张作斌部长、安徽陈健主任、湖北周贤贵会长、天津刘增褐部长、北京李钧部长等几位共同发起创立的。我曾应张部长之邀到广东京剧促进会做客并访学,也曾率全国"十大名票代表团"赴广东联谊演出。从第三届开始后的若干届"和平杯"决

张作斌(左)与陈健(右)先生

赛,张部长都亲自带队到津。由于他喜爱文学,每次来津,他都即兴写下不少诗歌,由于我的粗心,至今没能记下几首,自己还很悔恨。在和张部长多年接触中,深深为这位把精力全部奉献给振兴京剧事业的老领导所感动。毫不夸张地说,没有张作斌部长对京剧的坚守和热心浇灌,难有今天广东的一片绿色。这点感受,我想卢义香、任盛平夫妇社长和广东的票界同人一定会有同感。

广东张作斌部长、天津刘增裼部长、北京李钧部长、云南的张维福会长等,都已经离开我们了。我们确信,在中国京剧票界的发展史册中,一定会记下这一个个闪光的名字。我们怀着崇敬和感恩之心祝他们在天之灵安息。

(2018/1/18)

杰出书法家的京剧社长唐陈汉

今天上线的是"和平杯金牌京剧票房"第二十一家——温州鹿城区教联京剧社,社长是在全国票界都享有盛名的温州唐氏四兄弟唐陈弟、唐陈汉、唐陈岳、唐陈梁中的一位。因为唐陈弟先生是首批"中国京剧票友社会活动家",在全国票界的名头响当当,在他的光环下,其他几位弟兄往往还不被更多人认知。唐陈弟先生也是金牌京剧票房的负责人,等他们上线时,再介绍他对京剧事业的卓越贡献,今天先不赘述。这里向大家简单介绍一下唐陈汉同志。

今年也已进入古稀之年的唐陈汉,原是温州市少年美术学校中学高级教师、职业书法家、书法教育家。温州市第九、第十届人大代表。现为中国

温州鹿城区教联京剧社
社长、书法家唐陈汉

书法家协会会员,中国国际书画研究院研究员,中国书法教育研究会常务理事,怀仁文理大学兼职书法教授,温州市书法教育研究会会长等。作品入选中华各民族大团结书画展、中国近现代书画展等展览,曾在中国美术馆、深圳博物馆及美国、加拿大、日本、澳大利亚等地展出,深得好评。并在开封翰园碑林刻石。传略辑入《中日硬笔书法家大辞典》《中国书画家》等数十部典集。2003 年7 月,西泠印社出版唐陈汉书写的《颜体古诗精选》。

和他的二哥一样,唐陈汉也是性格豪爽并酷爱京剧,拉得一手好京胡。由他创意组织并任社长的鹿城区教联京剧社如今已经连续活动了 20 年,受到市

区两级教育部门的高度重视，不仅为他们无偿提供活动场地，而且每年还拨入专项资金。他们利用教师身份，在开展京剧艺术进校园活动中做出了很大贡献。我曾去过温州广场路小学进行考察，这所学校的京剧活动开展得有声有色，先后有几名同学进入"和平杯"小票友赛的决赛，就是他们兄弟二人共同扶持的结果。我想，一些行业系统（如铁路、金融、教育、卫生、公安、建筑、石油等）组建的京剧票房，具有他们的独到优势。希望以后上线的金牌京剧票房有这方面的经验与大家分享。

唐陈弟、唐陈汉兄弟二人所负责的票房，双双被评为首批"和平杯金牌京剧票房"，在全国绝无仅有，这也是一段票界佳话。衷心祝愿两家票房发展越来越好！

(2018/1/20)

为湖北老年大学点赞，为周贤贵同志祝福！

叶珍、杨宏达彩唱《西厢记》

在全国首批 57 家"和平杯金牌京剧票房"中，有 3 家来自老年大学，今天上线的是第一家，也是整个交流活动大排序的第二十二家——湖北省老年大学京剧团。

至今我还记得很清楚，2006 年 10 月的第八届"和平杯"，湖北选手刘易红演唱《蝶恋花》夺得"十大名票"第三名。决赛舞台上，为她助演的是 7 位湖北的老同志，不仅全部置办新的服装，而且声情并茂，表演十分到位。2014 年 10 月的第十二届"和平杯"决赛，湖北选手王世宁演唱《沙家浜》饰演郭建光，地道的"谭"味儿给天津观众留下了深刻的印象。虽然获得"双十佳"，但评委会认为继续努力也有问鼎"十大名票"的实力。现在才知道，原来这两位都是湖北老年大学京剧团选报并给予资助的节目，这个票房的实力可见一斑。

对于湖北老年大学京剧社团，我完全同意湖北周贤贵会长做得十分概括而精辟的点评：他们的成功之道在于依托公益性的老年大学，得益于国家公共文化事业经费的支持，有像叶珍团长这样既是资深票友又有极强组织能力和奉献精神的好的带头人。

湖北的"和平杯金牌京剧票房"已经上线两家,周会长如数家珍似的给予了热情点评,就像江西熊会长和很多群友说的那样,也使我们受到感动。

这里,借今天湖北老年大学京剧团上线的机会,我也想对十分敬重的周贤贵会长再说上几句话。就是这位将近耄耋之年自称是京剧"棒槌"的老人,"苍龙日暮还行雨,老树春深更着花"。我曾在数月前写过一篇《"湖北现象"的三点启示》短评,对周大哥有过这样的议论,摘抄如下:票友活动红火,必须要有优秀的领头人。这是"湖北现象"带给我们的启示之一。周贤贵同志作为资深的群众文化工作者,三十多年省票友协会的负责人,历届"和平杯"领队,现已78岁高龄,身患高血压疾病,仍然奋力拼搏、无私奉献、活力四射。谈到他的日常工作,我曾开过这样的玩笑:常年上"蹿"下"跳",到处煽"风"点"火"。上,运作各级领导的支持;下,深入各个地区和票房、票友建立了深厚的友谊。卷动弘扬国粹的旋"风";点燃各地支持京剧票友活动热情的"火"焰。如果没有周会长这样的卓越带头人,湖北票友活动能有今天这样的局面是不能想象的。

让我们在为叶珍团长所领导的湖北老年大学京剧团点赞的同时,也为我们中国票界的好大哥——周贤贵同志送上最美好的祝福!

今天上午又认真看了湖北老年大学京剧团用京昆曲调改编的集体表演——长袖舞、扇子舞《为女民兵题照》,确实很棒。京腔京韵、民族服饰、民族舞蹈融为一体。这样的节目只有在业余京剧社团才有可能出现。我想,这也是在普及和振兴京剧艺术中,我们票房所能发挥的独到作用。由此也启发我,在以后"和平杯"颁奖晚会上,如果能够选两三个票房集体节目(包括文武场演奏)参加展示,不仅可以使得整台晚会更加丰富多彩,也可对全国票社活动起到很好的示范和引导作用,更加体现"弘扬民族文化,振兴京剧艺术"的初心吧。

(2018/1/23)

"蓝盾"在京剧票界闪亮

今天上线的是和平杯金牌京剧票房中的第二十三家——天津市公安局蓝盾京剧团。

看了他们上传的资料,勾起了我很多的美好回忆。我在20世纪60年代参加南海舰队战士演出队时,也曾多次到守岛部队慰问官兵,清楚记得"八六海战"后,我们奉命到住在广州某军区医院的著名战斗英雄麦贤得的病床前,为他演唱自编的小合唱。1997年,我们"老水兵演出队"二次回南海探亲演出时,还安排我们到一些基地演出。兵写兵、兵演兵、兵唱兵,是部队文化的光荣传

天津市公安局"不忘初心跟党走·砥砺前行铸忠诚"公安文化基

天津市公安局蓝盾京剧团下基层演出

统。如今看到天津蓝盾，这个完全由一线公安民警组建起来的业余京剧团，以天津一百多个派出所、三万多名警察为主要服务对象，成为一支服务于公安队伍、民警家属、治安积极分子等社会各界的文艺队伍。成立十余年来，他们致力于弘扬公安文化，坚持文化育警，活跃警营文化生活，陶冶民警思想情操，增强队伍的凝聚力。据郭盛警官介绍，下基层慰问演出是蓝盾的主要任务之一。这次蓝盾艺术团组成的文艺小分队预计到9个基层单位慰问，他刚刚结束大港油田分局的演出。我想，他们这支行业票房，在全国公安系统独树一帜，不仅是弘扬京剧艺术的一道亮丽风景，而且是我国优秀群众文化传统继承和发展的典型。

去年11月21日，习近平总书记给内蒙古自治区苏尼特右旗乌兰牧骑的队员们回信，勉励他们继续扎根基层、服务群众，努力创作更多接地气、传得开、留得下的优秀作品。我想，蓝盾京剧团正是对总书记这一重要指示的很好践行者。

据我所知，这个京剧团的吴青团长是天津公安局保税区分局的政治处主任，是在京剧上有一定功底的美女老旦。尽管工作任务十分繁重，还是在团的建设上花费了很多精力，不断增强这个团的组织建设和队伍建设。从这个团里，走出了郭盛这位享誉全国的"中国京剧十大名票"和石利强、唐刚两位"双十佳票友"，还有著名"裘派"花脸杜玉刚等名票。最近刚刚结束的"海内外十大名票"天津大团拜的演唱会，使用的文武场就是天津两家金牌京剧票房——华义京剧团、蓝盾京剧团。可见他们不凡的实力。

让我们记住蓝盾京剧团！今后，在提起或看到"蓝盾"时，人们不仅仅会想到公安队伍的威武形象，也会自然和皮黄之声联系起来，想到以它名字命名的京剧团的风采！祝愿"蓝盾"永远闪亮！

（2018/1/25）

石家庄京剧票房中的排头兵

今天上线的是"和平杯金牌京剧票房"展示的第二十四家——河北石家庄市传统教育协会。

杜平等会长接受电视采访

拥有 68 名会员的河北石家庄市传统教育协会，名票云集，该协会荣获 2014 年度央视"一鸣惊人"决赛总冠军，十多名京剧名家作为艺术指导并参加社团的兼职演员还曾自编自演多个京剧小戏小品和京歌……这个社团具有超强实力，成为石家庄数十个大大小小京剧票房中的排头兵是名不虚传的。

看了杜平等会长上传的资料，有两点印象尤为深刻。

一是这个社团创作演出的京剧小戏《探亲》获得国家艺术基金的扶持。2013 年年底成立的国家艺术基金，所扶持的绝大多数是专业艺术院团的项目，作为群众文化创作的项目，能够在国家艺术基金立项并得到扶持，它的意义远远大于获得经费多少的本身。它可以大大提高申报单位的知名度，引起当地政府主管部门的重视并带动相应的经费投入。

二是他们十分突出的"京剧进校园活动"。杜平等社长作为市教育局老领导，带领协会各位会员，近五年来组织了 127 次进校园活动，集演出和京剧知识介绍和辅导为一体，师生观众达到 12 万多人次，他们既"送"戏剧还"种"戏剧，对 150 名学校的戏剧老师进行培训。这在全国京剧票房进校园活动中也堪称佼佼者。大家知道，2017 年 7 月 31 日，中宣部、教育部、财政部、文化部四部门联合印发《关于戏曲进校园的实施意见》以后，全国各省市区认真贯彻落实，纷纷设立了专项经费予以支持。据我了解，石家庄市传统教育协会京剧进校园活动，也是得到了政府有关部门的资金支持。

江苏镇江康盛剧社社长吕国泰提出，"唱好《借东风》和《草船借箭》，争取政策扶持"。我想，石家庄市传统教育协会申报国家艺术基金的成功经验，京剧进校园活动的经验，就是生动的案例，很值得各地京剧票友组织、各个少儿培训基地、金牌京剧票房学习借鉴。

一个京剧票房的不断发展和良性循环，一定要借"风"，借助东风扬起帆；要借"势"，乘势而上求发展。

点评

199

(2018/1/27)

"镇江双雄"带给我们的重要启示

今天上线的是"和平杯金牌京剧票房"展示的第二十五家,我国著名花脸票友于彪任社长的——江苏镇江市菊吟京剧社。

江苏镇江市菊吟京剧社演出《杨门女将》

在各个较有影响的各地票房中,如果找三两个站在舞台中间的主角并不难,找几个助演或配角就有点困难,如果找一堂像样的龙套、宫女那可是难上加难! 菊吟京剧社成立 14 年来,不仅奉献了近 600 场公益演出,70 多出折子戏,而且排演了 13 台全本大戏。谁能想到这是一个京剧票房的成绩单? 欣赏他们上传的 2014 年上演的《杨门女将》视频,无论是各位主演、助演,还是一帮龙套,都十分到位,每每会忘记这是票友们在演出。关于票房组织全本大戏的不易和辛苦及菊吟的成功,江西袁有珍团长有很好的评论,我完全同意,不再赘述。

我也十分同意江西熊素琴会长把"菊吟"和"康盛"放在一起共同夸赞的评论。刚刚听完"康盛"的歌唱,今又闻到"金菊"的芬芳。镇江、镇江,两块金牌闪闪发光。为了使得我们更好记住这两个票房,我姑且把他们叫作中国京剧票界"镇江双雄"吧!

习近平总书记在文艺座谈会上提出,新时代文艺创作既要有高原,也要有高峰。我认为,学习其中的精神,在每个京剧票房的建设中,一定争取有自己超群的突出亮点,有自己的高峰之作。唐朝著名诗人刘禹锡在《陋室铭》中说,"山不在高,有仙则名;水不在深,有龙则灵"。康盛在央视举办的全国第四届京剧票友大赛中获得金奖,菊吟京剧社《杨门女将》等大戏的演出,还有已经上线的各个票房突出的亮点活动,都是这个票房成长中宝贵的财富,对外可扩大自身影响,对内会激励一批又一批的后来者。我想,对于有可能塑造成"高峰"的东西，一定要抓住不放，响鼓也要用重锤，千锤百炼方成钢！

这是"镇江双雄"带给我们的重要启示。

（2018/1/30）

一花独秀

今天上线的是"和平杯金牌京剧票房"交流的第二十六家——广东惠州老干部京剧协会。

广东惠州老干部京剧社翟建辉会长

在素有"半城山色半城湖"的岭南名郡——广东惠州，老干部京剧协会一花独秀，坚持活动 25 年。在第三任会长翟建辉同志的带领下，这个南疆的京剧票房近两三年得到了快速发展，不仅在广东，甚至在全国名声鹊起。原来 40 人左右的票社队伍，猛增至 137 人，在他的倡议和实施下，不仅在各区县成立了多个分会，而且还成立了有 53 名成员的青年京剧社，开办了青少年京剧培训中心，开设青年培训课，仅去年就培训 380 人次，在惠州所有文化协会上第一个挂上关工委牌子，过去两年在 3 所学校上了 360 节课，培训学生 3210 人次。2016 年，他们与市老年大学民族管弦乐团合作，在市文化艺术中心举办了新年京剧民族交响音乐会。2017 年 3 月，他们在广东省首次成功举办了"惠州首届中国京剧票友艺术节"……

传承国粹有实招，老中青少一起抓。这是惠州老干部京剧协会奏响的一曲岭南京剧交响！

听听翟会长的表述吧，"我在票友界只是个新兵，只不过跟京剧有缘，我把弘扬国粹振兴京剧作为责任与担当，我胆大敢说敢干，有点敢碰钉子，敢上九天揽月那个闯劲"。

我们明白了，正因为有了这样出色的带头人，才使得过去称为"京剧沙漠"的惠州有了京剧的一片绿洲。

据我了解，翟建辉是随着"四野"南下的老父亲来到广东的，老父亲南下后留在广东当过县长，离休后就参加业余京剧活动，兴致勃勃在乐队里打小锣。建辉本人也是部队转业干部，在部队参加过文艺宣传队，担任过宣传干事，两代人对京剧艺术情有独钟。他担任第三任会长后，为了发展这个京剧票社，四处寻求领导机关的支持，争取国家购买公共文化服务的项目资金，得到了惠州

点评

201

市委宣传部、市文化局、市文联、市关工委、省京剧促进会等多方的支持,前两年拨入的资金达 20 多万元。惠州首届京剧艺术节花费 30 多万元,其中只有三四万元来自企业赞助,其他全部来自他的四处奔波筹集。"硬着头皮,厚着脸皮,磨破嘴皮",就凭着这可敬的"三皮"精神,感动了各方的"神圣",获得事业的极大发展。同时,票社取得的优异成绩也是对各方投入的最好回报,各个支持单位都把他们的业绩作为自身的工作业绩,进一步给予支持。如此下去,就会走向良性循环。

在业余京剧事业发展中,我们太需要翟会长这种"敢上九天揽月"的雄心和闯劲了!

(2018/2/3)

"梨园"传承"尚派艺术"的学子们

陕西西安老干部京剧社演出《小放牛》

今天上线的是"和平杯金牌京剧票房"交流的第 27 家——陕西西安老干部京剧社。

提到我国十三朝古都西安,与戏剧结缘首先想到的是"梨园",想到至今我国戏剧界一直尊称为"梨园神"的唐玄宗李隆基。在京剧发展历史中,人们最为熟知的还是曾在西安工作过的中国京剧艺术大师、"四大名旦"之一的尚小云先生。尚先生与陕西渊源深厚,1959 年他举家移居西安,任陕西省艺术学校艺术总指导。1964 年受聘于陕西省京剧院,担任该院首任院长。当时陕西京剧院被称为全国五大京剧院团之一。

如今陕西成立的尚派艺术研究会的会员中,除了各地"尚派"传人的专业人员外,包括西安老干部京剧团在内的"尚派"票友就有百人之多。他们选派进入十三届"和平杯"决赛的票友吴玲,以《盗令》参赛,获得"双十佳"。很好地展现了"尚派"艺术的风采,反映了西安"尚派"票友的实力。

在陕西省数十个京剧票房当中名列前茅的西安老干部京剧社,实力很强,除了组织大量演出活动、进校园活动以外,在传承尚派艺术上也大有贡献,排练了多出尚派的代表剧目,每年还组队到尚小云先生故里——河北南宫参加惠民的纪念演出。

在以创立各种京剧流派,以京剧艺术大师名字命名的研究会中,票友都占有相当大的比例。很多票友成为其中的骨干力量。像天津"中国京剧十大名票"孙元木先生就被推举为天津梅派研究会的会长。在各地举行的纪念京剧艺术流派创始人的各种演唱会上,大部分节目也是由京剧票友演唱。可见,我们的京剧票房、京剧票友在传承京剧各种流派中发挥着重要的、不可替代的作用。这是西安老干部京剧团带给我们的启示之一。

他们带给我们的另一点启示是"如何注意并有意识地形成京剧票房的特色"。全国较有实力的京剧票房应该说都有其共同之处:有奉献精神强的杰出带头人、有较严密的组织机构、有较强的实力、演出频繁且成绩突出,等等。由此我想,不妨在形成自身艺术特色上下下功夫。你有你的特点,我有我的特点;你有你的优势和强项,我有我的优势和强项。只有这样才会更有影响和知名度,有更大的凝聚力,发挥更大的作为。

希望西安老干部京剧团越办越红火,更希望他们在传承弘扬"尚派"艺术上有更多的精彩呈现。

(2018/2/6)

萍乡是江西京剧票房的一面旗帜

今天上线的是"和平杯金牌京剧票房"展示的第二十八家——江西萍乡市京剧票友协会、萍乡老干部京剧团。

萍乡老干部京剧团演出《杨门女将》

仔细阅读了曾新明会长上传的介绍材料里面有很多值得我们学习和借鉴的经验。江西熊素琴会长已经做了很好的总结和介绍,例如:

他们两个各有实力和特色的票房强强联合的经验;

他们提出的"两轮驱动,四管齐下"的票房建设经验;

他们不断增强自身实力,培养新人的经验(现有令人羡慕的两套文武场、票社强项剧目几套演员);

他们提出的"班子定力+票友合力+团队精神=票房实力和成果"感受;

他们不断给自己提出奋进的目标:从现在萍乡的领头羊——江西的排头

兵——争创全国一流票房；

他们建有票房剧目"库存"，随时拿出来就可演出的剧目近20个，乐队曲目4个……

对于这些经验和做法，还要有一个学习借鉴的过程。这里，我只想对其中票房的强强联合谈一点儿个人的感受。

就我所了解的情况，全国某些地区票房之间不团结的现象确实存在。或因争夺有实力演员加盟，或因共同参加某种赛事评奖，或因获得某次大型演出机会等各种原因而存有隔阂，虽在同地，却从不往来，个别的甚至互相拆台。"和平杯"组委会在组织每届赛事的时候，经常会接到某个地区票房、票友打来的举报同一地区另一个参赛票友的电话或信件。我和很多地区的名票熟悉，其中也有不少人为此现象而烦恼，不知所从。

兄弟同心，其利断金。我们要大力营造同一地区各个京剧票房之间互相学习，互相交流的氛围。我想，作为票房的领头人应有博大的胸怀，对于当地有实力的名票来者欢迎，参加其他票房活动也随其自愿；其他票房演出需要帮助，尽可能提供帮助；不管是哪个票房做出成绩和获奖，都是本地区的荣誉，看成既是他们的光荣，也是自身的光荣。票房团结，有百利而无一害，既是振兴京剧艺术的需要，也是自身发展的需要。记得江苏刘涛老师在点评镇江菊吟京剧社时说"自信来自实力"，我很赞成。关键还是在于把自己的京剧票房建设好。

我们为萍乡票界强强联合叫好！感谢兰海皎、曾新明两任会长的贡献！

熊会长介绍，目前萍乡是全省京剧票友最为活跃的地区，其票房的实力也属江西一流，是江西的"一面旗帜"。愿这面旗帜在全国业余京剧活动领域高高飘扬。

（2018/2/8）

注重发挥京剧的"名人效应"

今天上线的是"和平杯金牌京剧票房"展示的第二十九家——江苏淮安市文华京剧社。

随着我国城乡建设步伐大大加快，旅游业快速发展，"名人效应"给各地带来了巨大的发展机遇，很多地区都在争抢成为某某名人的故里，个别地区甚至闹出了标榜自己是"西门庆"故里的荒诞笑话。而在人杰地灵的淮安，不仅历史上出过"淮安四杰"（韩信、梁红玉、吴承恩、关天培），而且在京剧历史上也是泰

江苏淮安市文华京剧社专场演出后谢幕

斗级人物王瑶卿和周信芳的故乡,是著名"荀派"传人、京剧表演艺术家宋长荣先生出生和以他名字命名的京剧团所在地。我想,淮安京剧社所处的得天独厚的地理位置,在全国寥寥无几,这是当地发展京剧的一个巨大优势。用好、用足这个优势,会给普及京剧事业带来巨大的机会。

淮安文华京剧协会以"学习京剧演唱,普及京剧文化,创造美好生活,促进社会和谐"为办会宗旨,在他们介绍的材料中,除了对他们票社鲁梅会长无私奉献的精神、陈太平老师精湛的京胡演奏能力、票社具有的很强实力、演出频繁、获奖累累印象深刻外,尤为他们借助长荣京剧团的力量提高自己,参与组织"王瑶卿艺术成就报告会",每年一届的"周信芳戏剧节"和"宋长荣先生从艺60周年纪念演出"等活动印象深刻。

现在,除了各京剧大师及流派创始人的"艺研会"外,为他们而建的纪念馆、展览馆也处处可见,北京梅兰芳大剧院、河北霸州的李少春大剧院早已对外开放,武汉江夏区也正在兴建恢宏的谭鑫培大剧院。这些我国弘扬京剧国粹艺术中的一个个带有地标性的亮点,给我们带来不少思考。相信,在京剧土壤这么丰厚的淮安,在政府的大力支持下,在伶票两界的共同努力下,也一定会更加发挥京剧名人效应,续写京剧历史上新的辉煌篇章。

愿我们的各个京剧票房,学习江苏淮安市文华京剧社经验,注重发挥自身的优势,借助国家大力支持戏曲传承发展和重视非遗保护的东风,乘风破浪,高歌向前!

(2018/2/10)

滨海新区国剧社创始人——范泽慧

大年初八,浓浓的年味儿还在散发着余香,"和平杯金牌京剧票房"展示继续进行。滨海新区侨联国剧社作为上线的第三十家,给大家献上了新春第一道

天津滨海新区侨联国剧社范泽慧社长

津味美餐。

滨海新区侨联国剧社是天津京剧票友戏迷协会评选出的"天津十佳票房"之一，能够在滨海新区三五十家大大小小票房中独领风骚，跻身于全国金牌京剧票房之列，固然是因为他们有很好的带头人、有政府部门的支持等多方面原因。但其中，和这个票房具有很强的相对稳定的文武场也分不开。这个票房的乐队具有很强的实力，鼓师、琴师都是名家的高足，演出各种剧目均可以独立完成，不需要请外援。国剧社成立 12 年来，尽管演员有来有往，但乐队成员相对固定，且实力不断加强，我称他们是"铁打的班子(乐队)流水的人(演员)"。

人们常说"家有梧桐树，引得凤凰来"。绝大多数票友参加票房的动因主要还是要唱得高兴，玩儿得过瘾。正因为这个票房十分重视文武场的建设，所以才留得住优秀的老演员，不断吸引来票友新秀，使得票房坚持 12 年并不断扩大发展。

我想，现在能够拥有自身完备文武场的票房还不占多数，很多地区票友协会在培养文武场方面做了大量工作，开办了不少培训班，一些地区还组织举办了"琴票"展演和赛事活动，不失为提高整个票界活动质量的"治本"之策之一，应该给予鼓励和提倡。

这里，我还想向大家简要介绍一下滨海新区侨联国剧社的创始人范泽慧。

现在担任滨海新区塘沽侨联副主席、在天津票界享有名气、人称"慧姐"的范泽慧同志，今年已经 68 岁。1994 年，被誉为"中国经济的第三增长极"的天津滨海新区建立，大量外侨外商涌入，刚刚下海的女企业家范泽慧向有关领导提出"在接待外宾时，演唱中国的国粹京剧"的建议，立即被相关部门采纳并希望她来牵头组建业余京剧社。从那时起，范泽慧同志不忘初心，和企业家史淑华女士一起，前后自掏腰包几十万元，团结志同道合的众多票友，一直坚持了整整 12 年。在美丽的渤海之滨，燃起了这支弘扬国粹艺术的火把。

"慧姐"本身是程派票友，据我所知，每次票房活动或对外演出时，她总是把机会让给票社成员，自己极少和乐队练唱或上台。如今虽然年近古稀，又受到所在社区领导之邀，组建了舞蹈队，为活跃群众文化生活乐此不疲，国剧社演戏需要宫女时，就是她从舞蹈队里选派女演员临时训练上台的。

范泽慧同志弘扬国粹艺术的责任感,对于公益文化事业的热心肠,无私奉献的精神值得我们很好地学习。

(2018/2/24)

天津滨海新区侨联国剧社演出剧照

安凤荣:我是一名共产党员

今天上线的是"和平区金牌京剧票房"展示的第三十一家——辽宁营口回族业余京剧团。

读到这个票房的介绍资料,不能不首先对这个票房的名称谈点感想。这是全国金牌京剧票房中唯一一个以少数民族名称命名的票房。

京剧被称为中国的"国粹",而回族是所有少数民族里面拥有京剧演员和戏迷票友最多的。许多回族同胞不仅喜爱京剧,而且在京剧发展史上有着不容忽视的推动作用。被称为"回族梨园三杰"的马派老生创始人马连良、花脸名家侯喜瑞,以及早期著名坤伶雪艳琴,都是京剧史上的重要代表人物。在担任"和平杯"历届决赛

辽宁营口回族业余京剧团安凤荣团长

评委中,李荣威、高宝贤、吴玉璋、金喜全等京剧名家都是回族。这个票房团长安凤荣同志和建团之初的大部分成员也都是回族人,他们以回族京剧团取名,这是在向世人宣告:京剧是中华优秀文化的代表,是我们民族大家庭共同的宝贵财富。据我了解,营口回族业余京剧团现在融汉、回、满、朝鲜族票友为一体,共同谱写着传承中华优秀民族文化的美篇。

营口回族业余京剧团现有成员80人,坚持活动20年,演出千余场,获奖

点评

207

100 多项……看到这些出色成绩，使我们对这个票房的领军人物安凤荣大姐由衷赞叹。

安凤荣大姐今年已古稀高龄，这位优秀的共产党员、主管药剂师，在改革开放的大潮中，从承包单位药房开始，到自己开店经商，一路艰辛创业走来。在营口京剧专业剧团解散后，在营口民族宗教事务委员会的倡导下，她主动扛起了繁荣营口戏曲文化的大旗，成立回族业余京剧团并被推举为团长，自掏腰包八十多万元用于京剧团发展。2003 年，安凤荣大姐做了大手术，至今血压低，身体不是很好，她办事一直十分认真，为人总是这么真诚，现在还在为弘扬国粹事业操劳，组织票房参加了刚刚举行的营口春晚演出。她说："我是一名共产党员，我的所得都是党的政策带来的，是社会给我的，我常怀感恩之心，理应回报社会。"

安凤荣同志用自己的实际行动，生动诠释了中华传统美德——懂得"感恩"。

我要说，安凤荣大姐，我们懂你，我们爱你，营口的京剧票友们也感恩你。

（2018/2/27）

北京票界的火车头——尹树昌

尹树昌社长

今天上线的是"和平杯金牌京剧票房"展示的第三十二家——北京红线京剧社。

这个京剧社因坐落在北京市西城区椿树街道红线社区而得名。提起北京皇城脚下的椿树胡同，这是一片深具历史文化底蕴的街区，清乾隆年间四大徽班进京，为了能够随时奉诏入宫表演，便住在皇城附近，渐渐形成气候。据资料显示，椿树街道仅 1.09 平方千米的范围内，汇聚了余叔岩、荀慧生、尚小云等诸多名伶，200 多家会馆林立。京剧发祥地的唯一文物建筑 "京师第一会馆"——安徽会馆也坐落于此。这个与京剧有着深厚渊源的"戏窝子"，在街道办事处的大力扶持下，尹树昌把一批老戏迷票友组织起来，坚持演唱和传承京剧，不仅每周六一起活动（20 年里从未间断），而且还组织了进校园、进社区、进军营、进敬老院、夏日广场演出等大量公益演出活动，创编了一些京剧小戏。这个票房能够在"2017 北京榜样"上榜，足见他们成绩的不凡。

自 2003 年起，椿树街道办事处发掘地区文化底蕴，红线京剧社作为重要的民间基础力量,举办了第一届"椿树杯"北京市社区京剧票友大赛,今年即将举办第十五届。如今,它已经成为京城最有名的业余票友大赛。据我所了解的,这也是全国各大省市区唯一一个由街道创意举办并连续坚持15年的京剧赛事。进入"和平杯"复赛的很多北京选手,都是从这一赛事中脱颖而出的。

尹树昌同志从小生长在这片京剧的沃土之上,在祖辈的耳濡目染之下爱上了京剧,也正是这段与京剧挥之不去的缘分造就了他一辈子的京剧人生。1997年,组建红线社区京剧社;2003年,筹备第一届"椿树杯"京剧票友大赛……在街坊邻里眼中,尹树昌同志是热心公益的"老大哥",在街道干部心里,他是传承国粹的"带头人"。在我了解他的情况时,还听说了这样一个小故事:有一年,社里一位票友的爱人查出乳腺癌并做了手术,手术后的前三天是危险期,需要有人全天陪同。但是这个票友是独生子,上有80岁的老母亲,他一个人没有那么多精力在医院陪护。尹树昌得知这一情况后,边安抚边寻找社里的3位女票友,请她们一人一宿去医院照看。尹树昌经常去医院看望,帮忙打点票友家中和医院的事情。医生、护士、病友都被尹树昌及红线京剧社的成员们感动了,他们很钦佩在这样一个邻居可能互相都不认识的社会,还会有这样一个彼此扶持的集体。尹树昌说:"红线京剧社是个团结的集体,我会尽我的全力让每位成员感到家的温暖。"我想,红线京剧社坚持20年棒打不散且越办越红火的原因不难理解了。

尹树昌同志年轻时是火车司机,如今他已成了弘扬京剧艺术、带领票友前进的"火车头"!

(2018/3/1)

云南无处不飞花

正月十五元宵佳节,云南文化馆京剧团给大家送上新春祝福并介绍了他们票房的活动经验。这是上线展示的第三十三家"和平杯金牌京剧票房"。

"春城无处不飞花",这原本是唐代诗人韩翃描写长安柳絮飞舞迷人春景的诗句,用在春城昆明现在的京剧票友活动上,也显得十分贴切。在全国被评为首批"和平杯金牌京剧票房"中,竟有3家来自昆明,他们是先前已经上线的云南老干部紫薇京剧团,现在上线的云南文化馆京剧团,还有即将上线的云南省戏剧家协会益友京剧票社。

身处祖国大西南,拥有25个少数民族的云南,在20世纪60年代以后,以著名京剧表演艺术家关肃霜领衔的云南京剧团享誉海内外,造就了京剧很长

点评

209

云南文化馆京剧团演唱《文姬归汉》

一段时间的辉煌,云南京剧团跻身为全国 11 个重点京剧院团之列。其他各个专区京剧专业剧团也纷纷成立。但是,随着时间的推移,京剧专业剧团萎缩,云南京剧团虽还保留,但每年演出寥寥无几,其他京剧专业剧团基本全部下马。就在这时,云南的张维福、韩为民、张世华、曹学周、施之华、张歧山、陆来春、陈凤兰等一批弘扬国粹的仁人志士吹响了振兴京剧的"集结号",集结了一大批从专业院团退下来的资深演员、乐师及众多对京剧情有独钟的票友,成立了各个京剧票房,让京剧在美丽的云南"无处不飞花"。

专业不景气,票友挑大梁。这种现象不仅在云南,在其他很多地区也是存在的。这更使我们感到了搞好京剧票房的时代责任。

从云南文化馆京剧团上传的资料介绍看,他们成立 10 年来,在聘请的原专业院团各位专家的帮助下,排练演出了十几台全本大戏,票友自掏腰包配置了几十万元的行头、乐器、道具和音响设备。这个票社,不仅行当齐全,有多名参加过"和平杯"决赛的出色票友"角儿",而且还专门培训了十几名的龙套、宫女,每个团员在演出中都既能站"中间",也能站"两旁"。这个近八十人的团队里,各种剧目的演出均能独立完成。每年演出数量之多、观众认知度之高也是可圈可点的。我想,也可称他们是"准专业"社团吧。

提到这个票社,还应该对他的创办人韩为民团长说上几句。据了解,韩为民同志的老父亲是 20 世纪五六十年代云南戏曲学校的老校长。云南省众多专业京剧演员都是这所戏校培养出来的。韩为民同志把这种宝贵的资源全部用在了票房建设上,伶票同心协力,使云南的京剧之花没有随着专业院团的关闭而凋谢。

我以前也是恰好在 3 月去过昆明,那翠湖观鸥、高原明珠的滇池,还有那盛开的美丽山茶花都给我留下了至今难忘的美好印象，特别是昆明群文和票友界同行们热情待客，使我很是感动。

祝愿云南文化馆京剧团在满园春色的云南，永远保持和发扬自己的芳华！也祝各位群友元宵节快乐！

（2018/3/3）

一个值得思考的课题

今天上线的是"和平杯金牌京剧票房"展示的第三十四家——河北唐山市国韵京剧社。在喜迎"两会"胜利召开的日子里，为我们上演了一出精彩大戏。

虽然我以前听说过王丽华社长的名字，但真正结识却是在 2017 年 12 月中旬，在唐陈弟先生创办的温州大峡谷中国京剧票友文化村的联谊研讨会上。记得那天我

唐山市国韵京剧社社长、国家一级演员王丽华

和天津孙亭福会长早上 8 点左右去自助餐厅吃早点，就看到一些老大姐们已经化好了旦角的妆，有的甚至还包了头，陆续走进餐厅，很夺人们的眼球。后来了解才知道，这原来是王丽华社长带来的 24 名唐山国韵社表演《水袖舞》的演员。虽然下午两点才开始演出，但是从这天早上五点半，王丽华社长就一个个地给她们化妆、包头。看到这些带妆演员兴高采烈的样子，我们也被深深感染。同时，也对她们的组织辅导老师王丽华同志由衷赞叹。后来我听王丽华在文化村舞台上演唱张派名剧《望江亭》时，不由得心想，就是与当前活跃在舞台上的"张派"专业演员比也是毫不逊色。现在知道了，她原是张君秋先生亲传弟子、唐山京剧团的主演、国家一级演员，难怪水平如此之高啊！

王丽华社长说："我就是为京剧而生，一辈子唱戏、爱戏，戏比天大！"她作为中共党员，撑起了唐山京剧事业的一片蓝天。依靠她的号召力、影响力、亲和力，十年辛勤耕耘，才使得唐山国韵社具有 70 余人的规模、具有演出多台大戏和丰富剧目的实力，并取得如此的佳绩。王丽华同志作为得到过张君秋、刘秀荣、赵燕侠等京剧大家真传的国家一级演员，在专业京剧院团日渐萎缩的情况下，自觉以弘扬国粹艺术为己任，在扶持和亲自组织票友活动中、在热心辅导老年大学京剧班中实现了自身的价值，体现了一名共产党员的时代担当。她为现在很多身在专业剧团，又苦于很少有戏演的同行们提出了一个值得思考的

点评

211

课题。

这里,我还想对票房组织集体表演节目谈一点感想。在已经上传的各票房中,常见他们编排的集体表演。昨天我在微信群里看到了呼伦贝尔慕蓉团长上传的京剧服装秀,今天又看了唐山国韵社王丽华老师编创的水袖舞等。经常听人说"京剧是角儿的艺术",这话固然有他的道理,但是我觉得也并不全面。我想,弘扬国粹京剧,就要很好地研究和传承"京剧文化"。演唱京歌、编排京腔京韵的集体歌舞等也是京剧文化重要的组成部分,而这些集体表演,我们京剧票房具有得天独厚的优势。看看那铺天盖地的广场舞,再看看那美轮美奂的集体京剧韵律表演,不知君作何感想?

(2018/3/6)

传播中国京剧的"海外大使"

墨尔本好魅力戏剧协会会长
吴新民先生

今天展示的是"和平杯金牌京剧票房"的第三十五家——墨尔本好魅力戏剧协会。这是被评为首批金牌京剧票房中唯一的一家海外票房。

移民海外 30 年的澳籍华人吴新民先生自 2008 年起,把当地几十名澳籍华人和取得绿卡的常住华人聚集一起,成立了墨尔本好魅力戏剧协会。他们以"好魅力"为名,表明了自身对祖国京剧艺术的无限热爱,更像是一个响亮的广告用语:中国京剧是有魅力的! 都来参与和观看吧!

这个海外票房在坚持每周一至两次活动的同时,还在墨尔本孔子学院的配合下,在票社全体社员的参与下,从 2009 年开始主办一年一度以京剧艺术为主的"墨尔本中国戏剧节",吴新民先生担任艺术节组委会执行主席,到 2018 年已成功主办了 10 届。国家京剧院、湖北省京剧院、天津市青年京剧团、贵州省京剧院等众多京剧院团先后在艺术节演出,受到了中国文化部的关注,评价它是存在于中国之外的以中国戏曲(特别是京剧)为单一内容的一个"节庆",是中国戏曲在海外的主要展示平台之一。纵观世界各地,中国戏剧节竟成为外国城市的一张文化名片, 难道这不是一道亮丽的风景吗? 吴新民先生身在难得听到皮黄之声的海外,10 年岁月,坚持不懈,唱响了魅力京剧的中国好声音!

2009 年 4 月,我和吴新民先生在武夷山票友活动中结识,当时就被他致力在海外传播京剧的精神感动。没想到,9 年中他竟然做出了这样一番大事业。在举办第十三届"和平杯"时,他们票社有 4 名社员进入决赛,不远万里来到天津参赛,更使我对这个票社成员对京剧的执着及不俗的实力刮目相看。

让国粹京剧唱响世界是我们的美好愿望,更是我们的时代责任,需要我们这代甚至后面几代人的共同努力。必须出实招,鼓实劲,办实事。只有靠坚持不懈、移山不止的精神和毅力,才能聚沙成塔,铸就京剧在世界范围的辉煌。我想,墨尔本好魅力戏剧协会及这个群里身在海外的很多人士,像美国拉斯维加斯京剧票社负责人延洪祥先生、《中日新报》社长刘成先生、英国的格法先生、泰国的杨如意先生、加拿大教育集团的吴建湘先生、秘鲁的红音女士,以及以美国卢德先为代表的一大批海外名票,都是在为京剧唱响世界贡献自己的力量。我们在感谢他们的同时,也为这些传播中国京剧的"海外大使"们送上最美好的祝福!

期待有更多海外京剧票社进入我们金牌京剧票房的大家庭!

(2018/3/8)

一个震撼人心的世纪票房

有 86 年历史的武汉市青年会京剧团

今天上线的是第三十六家"和平杯金牌京剧票房"——武汉市青年会京剧团。他们向世人展示了京剧作为世界非物质文化遗产生动翔实的京剧票房活动史料。

保定的白晓光团长点评其"皮黄肇起自汉津,国粹垂成江夏人。菊坛风骚二百载,武青独占八十春";湖北的周贤贵会长则在《催人奋进的票界"活化石"》一文中对该团进行了较为详尽的介绍和评赞。还有袁有珍团长等同行们的言简意赅的感受,说出了我们大家的共同心声。

我和各位群友一样,也为这个在我国独一无二有 86 年历史的京剧票房的坚守所震撼!它很好地诠释了我国京剧票界在现代中国历史上与中华民族的命运紧紧联系在一起的生动写实。

过去谈到京剧发展史中的票房和票友，人们很自然想到是"玩儿票"、以戏会友，津津乐道的往往是它对京剧发展中的贡献，有多少京剧大家是由此"下海"的，像张二奎、孙菊仙、奚啸伯、言菊朋、龚云普等。却很少有人把它和时代的进步发展联系在一起。

过去我们经常会提到，在抗日战争爆发后，梅兰芳大师坚决不给侵略者唱戏，蓄须明志，息影舞台彰显中华民族伟大气节的故事；听说过周信芳大师积极参加救亡活动，并演出《徽钦二帝》《文天祥》《史可法》等剧目，激起观众强烈的爱国热情的故事。但京剧票房、票友在那个"中华民族到了最危险的时候"的故事却鲜为人知。

今天，武汉市青年会京剧团给我们补了课。他们敢于担当，自觉履行中华民族优秀子孙的责任，从成立之初的1932年就自觉投身到抗日救亡的洪流中，谱写了中国票友发展史上的光辉篇章。以后在各个历史时期，无论是为志愿军战士慰问和义演，为支援国家建设募捐义演、抗震救灾，一直到当前构建和谐社会的下社区、进校园等，都在身体力行砥砺向前。

武汉市青年会京剧团86年发展的历史，就像一个浓缩本，集中展现了现代京剧票房多姿多彩的历史和功绩。我想，这是武汉市青年会京剧团的光荣，也是中国京剧票房和票友群体的光荣。

京剧票友是多情的。我们热爱京剧，但作为炎黄子孙，我们更爱自己的祖国。

京剧票房的活动是精彩的。不仅仅是舞台上演出的精彩，更是我们配合党各个时期中心任务所带来的一个个精彩。

祝愿武汉市青年会京剧团创造更多的奇迹，给大家不断带来更多的惊喜，到了2032年，我们中国的京剧人再共同庆贺它成立百年！

(2018/3/30)

我国石油战线上的一道美丽彩霞

今天展示的是金牌京剧票房第三十七家——中原油田京剧协会。这是继天津蓝盾公安京剧社团后上线的又一家典型的行业京剧票社。

一提起我国的石油战线，像我这样年长的一些同志，很自然会想到在那激情燃烧的岁月，为脱掉中国所谓"贫油国"帽子的中国石油人，那激励中华民族的"铁人精神"，那《满怀深情望北京》《我为祖国献石油》的美妙歌声……今天，

中原油田京剧协会给我们展现了战天斗地石油人的京剧情怀，介绍了他们多次深入采油第一线，"蓝天作幕地作台，敲锣打鼓唱起来。我们送戏到前线，石油工人乐开怀"的感人事绩。

唐山王丽华团长说，"特殊的地域造就了特殊的团体，特殊的环境锻炼了特殊的演员"。江西熊素琴会长点评，"仅用不到 20 年的工夫，历练出一支不亚于专业团队的功能齐全的出色队伍。为中原油田植入企业文化。你们虽不年轻，但怀着满腔热情，勇于挑起企业文化的重任，深入荒山野岭，

阴天霞演唱《金玉奴》

风餐露宿，为头顶蓝天的石油工人送去企业文化"。这些很中肯的评论说出了大家共同的心声。

这个协会身兼鼓师的黄业福会长，作为中原油田原宣传科科长、一名"老石油"，在协会里团结带领一帮人，具有很高的威望和凝聚力。他尽心尽力地培养武场人员，至今已培训出两班人马，实为难能可贵。

锦州王淑艳团长称这个协会副会长阴天霞为"才女"，这也是恰如其分的评价。阴会长原来是中原油田一名中学校长、《中原油田报》资深编辑，不仅酷爱京剧艺术，拜师孙毓敏老师，参加了第七届"和平杯"决赛，在央视举办的"非比寻常荀派挑战赛"中一举夺魁获"状元奖"。她还进京向专业老师学习化彩妆及包头，回来后搞传帮带，至今协会演员都学会了化妆、包大头。近年，她又学习拉京胡，先后得到姚利、周志强等知名琴师指导，如今在协会能独当一面。一名票友协会女领头人，能够唱、拉、化妆"三通透"，不得不令人惊叹。不说是全国绝无仅有，起码至今我还没有听说有第二人！

作为一个京剧票房，不断有意识地夯实基础建设，演出不愁化妆、不愁乐队、不愁服装，这也是值得我们各个京剧社团学习的经验之一。

我们大家会记住中原油田票友协会！就像天霞副会长的名字一样，这是我国石油战线天空上的一道美丽彩霞。

中原油田老年京剧协会会员合影

（2018/3/13）

感恩"和平杯"的拥趸者

"十大名票"张育文演唱《智斗》

今天展示的是"和平杯金牌京剧票房"第三十八家——上海国韵社。

上海作为京剧的大"码头",现今京剧票房百家以上,上海国韵社虽然规模不算最大,但其组织健全、规范,坚持22年活动不间断,在上海各票房中堪称"一流团队"。今年元旦期间,我有幸参加了这个票房的团拜活动,专业化的文武场阵容、水平很高的各行当及流派的演唱,使人每每忘记这是一支业余的京剧团队。2010年,这个票房为宣传世博会,邀请全市15家剧社参加在逸夫舞台举办的大型京剧演唱会,踊跃给黔西南布依族苗族贫困地区捐款捐物,他们还经常组织下社区、进校园等亮点活动,给人留下了深刻印象。

谈到这个票房,首先应该提及的是社长张育文同志。她在1993年第二届"和平杯"上演唱《拾玉镯》,荣获"中国京剧十大名票"。这既是"和平杯"首位花旦行当的"十大名票",也是上海至今12名获得此殊荣的第一人。25年来,她刻苦学习,演唱技艺不断增进,在和平杯组委会刚刚举办的"庆祝改革开放40周年海内外十大名票折子戏专场"中,她又以《谢瑶环》中"花园"一折展现了照人的风采,获得观众一致好评。2016年,在举办第十三届"和平杯"时,上海市黄浦区文化馆因为客观原因,无力继续承办这项赛事。张育文同志主动挑起了上海市选手的推荐任务,认真负责地工作,使得上海在连续两届一等奖榜上无名的情况下再次上榜选手。王淑英同志获得"中国京剧十大名票"第二名,他们票社的林敏同志也入选决赛荣获"优秀票友"称号。我作为组委会办公室的负责人,一直感恩这位老朋友的鼎力支持。

另外,还应该提到的是这个票社的包于耀先生。包先生现在是常住南非的一名成功企业家,酷爱京剧演奏,回到故乡上海就参加票社活动。我曾看过他在上海举办的京剧交响音乐会专场的视频,他拉京胡很有功力。这次在元旦团拜会上,我再一次见到这位温文尔雅的包先生,有故友重逢的感觉。上海国韵社的很多活动,包括十三届"和平杯"的选拔推荐活动,都得到了包先生资金上的大力支持!据我了解,很多地区在历届"和平杯"的选拔赛中,都不同程度地得到了当地一些企业家的支持!今天借这个平台,也向包先生和支持过"和平杯"赛事的各位企业家表示敬意和感谢！

古人云"施人慎勿念，受施慎勿忘"，感恩是中华民族传统美德，常怀感恩之心，是我们生活中不可或缺的阳光雨露。懂得感恩和报恩，这个社会才会充满正能量。我们要常怀感恩之心，决不能忘记给予过"和平杯"帮助的朋友。

以往有过不少这样的先例，就是邀请对于各省市京剧票友活动或"和平杯"选拔赛给予重大支持的企业家来津观摩决赛。他们作为嘉宾，享受组委会的款待。今后，我们将继续坚持这个做法，这也是组委会答谢各地为"和平杯"做出的贡献力所能及的一点工作吧！

（2018/3/15）

她是京剧界的一块美玉

今天上线的第三十九家"和平杯金牌京剧票房"——南通伶工学社，为我们展现了京剧传承发展的一幅美丽图画。

梅子姐姐已经介绍了南通伶工学社的前世今生，让我们了解到这是早在 1919 年由南通实业家张謇倡办，著名戏剧家欧阳予倩担纲主要教学的中

焕发生机的南通伶工学社

国近代史上的第一所培养京剧演员的学校，先后培养了 90 名学生，同时还有当时设施一流的"更俗剧场"（梅兰芳、程砚秋、杨小楼、谭富英、盖叫天、姜妙香等七十多位京剧名家，都曾先后在这里演出）。1926 年以后，随着张謇先生去世，学社也随之停办到 20 世纪初。

在南通伶工学社沉寂近 80 年后，2010 年，韦红玉同志作为市政协委员、梅葆玖先生的嫡传弟子，出于对京剧前辈的炽热感情和传承京剧的强烈责任心，再请二十多位委员复议后提交了《保护和恢复"伶工学社"旧址》的提案，提案得到市领导高度重视并被采纳，才使得这所我国戏曲教育史上具有里程碑意义的学社重新焕发了生机，成了"活在当下的博物馆"。伶工学社还与北京梅兰芳艺术基金会共建了"梅兰芳教育基地"（全国挂牌的仅有两家）。伶工学社重新对外开放以后，不仅成为群众的戏剧乐园，而且还被确定为市级文物保护单位，陆续接待了海内外多位"重量级"宾客。韦红玉同志真是功不可没！

韦红玉同志原为南通市京剧团专业演员，1984 年，20 岁的她拜在了梅葆

玖先生门下。2004年,"登岸"到南通市文化馆工作,现任戏剧曲艺部主任、南通伶工学社管理办公室主任,正高级职称。

记得前不久,我在这个群里看到了韦红玉同志上传的春节活动资料,从正月初一到十五,日程安排得满满当当,南通伶工学社每天都有惠民戏剧演出,为了给群众春节送上欢乐,我们的韦红玉老师和她的同事们竟然没有一天空闲。伶工学社"天天有展览,周周有演出,月月有讲座,季季有名家,年年有大赛",韦红玉老师每周安排不下10个小时的辅导课程,还有至今连续举办的"百姓戏台周周演"的金字招牌活动,等等,他们无私奉献的精神令人肃然起敬。真是群文工作无淡季,一年高唱四季歌啊!

今年元旦期间,我应票界朋友之邀到过南通,虽然以前也听说过南通的票友活动很热闹,但没有想到这个地级市的票友活动竟然如此红火,有点儿实力的票房就不下几十家。我在南通还有幸领略了韦红玉老师的风采,亲耳听她讲述京剧培训和活动的情况。她对广大戏迷票友那份如亲人般的感情,深深感染了我。作为一名"老群文",也为全国群文战线有这么一位优秀的同行而骄傲。

韦红玉老师,是南通,也是京剧界的一块美玉!

(2018/3/17)

"飒爽英姿"黎金球

今天上线的是"和平杯金牌京剧票房"第四十家——岳阳市庙前街振兴京剧社。

提起中华文明古城岳阳,人们会很自然地想到那华夏江南三大名楼之一的"岳阳楼",想到那脍炙人口的千古名篇《岳阳楼记》。如今,在这春和景明的日子里,黎金球团长为我们介绍了这个充满浓厚传统文化气息城市的京剧票友票房的情况,那一幅幅精美的剧照,构成了"巴陵胜状"的又一景。

"庙前街振兴京剧社"是岳阳市岳阳楼区的京剧票社,活动地点就在岳阳楼附近。这个票社成立并坚持开展活动达20年之久。其他不说,单就今年春节期间,从过小年开始到正月十五闹元宵,在岳阳楼景区几乎天天都有活动,为了广大群众"其喜洋洋者矣"过春节,黎金球和她的票友伙伴们几乎没有一天很好地休息过,他们辛苦并快乐着。

黎金球社长自小喜欢戏剧,多才多艺,京剧、花鼓戏、黄梅戏都演唱得很有滋味。她现在是岳阳市京剧票友协会副会长、区文联主席、街道妇联主任、庙前街振兴京剧社社长，还负责街道其他几个社团的组织工作。单看她这些社会职务，就可见她的工作量有多大，她把自己的全部精力都贡献给了公共文化事业。她在上传资料中介绍："自票房成立以来没有活动经费，每年开两次锣的购物都是我本人消费，我有两次比赛奖金一次是 3000 元，一次是 500 元都用在了票友排练吃饭和购演出服上了。"有的同行可能感觉和前面上线的一些票房负责人动辄几万、几十万甚至百万以上投入相比，区区几千元钱不算什么。但大家可能不了解，黎金球同志和她的老伴都是退休金只有三千多元的

演出后，黎金球（右一）与助演的
"十大名票"钱学亮合影

工薪阶层职工，这可是他们全家节衣缩食的投入啊！想到这里，我又不由得想到《岳阳楼记》那千古传诵的名句"先天下之忧而忧，后天下之乐而乐"。黎金球同志正是这种"古仁人之心"的效仿和践行者，她身上折射出的是中华优秀传统美德的光彩。

　　"巴陵胜状"又一景，"飒爽英姿"黎金球。

（2018/3/20）

百姓的戏剧乐园，传播京剧的艺术殿堂

　　今天上线展示的是"和平杯金牌京剧票房"第四十一家——黑龙江国际京剧票友活动中心。

　　看到这个京剧票房在哈尔滨市繁华区临街 600 平方米复式楼的活动场地，那几近豪华的装饰，那楼下容纳百人以上的古香古色小剧场，那楼上排练场、练功房……很少会有人想到这是一个京剧票友无偿使用和演唱的场所，是百姓随时可以免费进入观看的京剧舞台。这里就是哈尔滨市著名民营企业家史春先生一手创立的"黑龙江国际京剧票友活动中心"。这个中心自创立以来，完全无偿提供给京剧票友使用，至今没有收过票友和看戏观众的一分钱！说实在的，我开始还不怎么相信，别说是经常不断演出的开销，就是平时的管理维护也得不少费用，怎么可能一分钱不收呢？经再三核实，事实就是这样，30 年来就是一分钱也没收过！不仅如此，这个票房在每周六下午除有固定京剧专场演出外，还成功组织举办了全国首届京剧票友大赛和票友节等众多活动，是众多

京剧名家和海内外京剧票友来到哈尔滨必到的联谊演唱场所。

黑龙江国际京剧票友活动中心,不愧是百姓的戏剧乐园,是弘扬传播京剧的艺术殿堂。

网上流传着这样一句出自《孟子·梁惠王下》中的话:"独乐乐不如众乐乐。"史春先生作为一名大型药企的董事长,从祖辈起,全家在京胡、月琴演奏方面就有着很高的造诣。如今,他把"独乐乐"真正变成了"众乐乐"。在与广大京剧票友和戏迷共同享受京剧的欢乐中,充分体现出在弘扬国粹艺术的自身价值。

史春同志作为成功的企业家,他把自己所得回报社会,热心参与各项公益事业,仗义疏财。在组织京剧票房活动中,无偿为乐队成员赠送全部乐器,像有的琴师手中就有他购买赠送的京胡;为路途遥远的骨干乐队成员和演员提供交通工具;当有的票友动迁、购房和罹患大病时,他也给予资助。排练和演出晚了,还会请大家吃饭。能够遇到这样爱京剧、懂京剧、热心弘扬京剧又关心体贴的"老板",我真为参加这个票房活动的成员们感到幸运和高兴。

黑龙江国际京剧票友活动中心
创世人史春先生

从已经上线的金牌京剧票房介绍中,我们已经了解了很多企业家慷慨解囊支持票友活动的事迹,今天我们又听到了史春董事长的动人故事,谢谢各位企业家,广大票友感谢你们!中国京剧振兴的功劳簿上会记载你们的功绩!

(2018/3/22)

南薰和风吹遍华夏

天津南薰社作为上线"和平杯金牌京剧票房"的第四十二家,向大家展示了一道有鲜明特色的天津风景。

南薰社既是天津市数百个京剧票房中的"头牌"票社之一,也是天津最有特色的票房之一。说起它的特色,我想起码表现在以下三点:

一是这个票房不仅拥有孙志宏、王惠芳等"中国京剧十大名票",在各个行当上都有实力不俗的演员,而且还拥有邱广勇、寇胜利两位票界中的"名丑",由此他们排演了像《群英会》等不少丑角戏份很重的剧目,这是一般票房难以做到的。

二是这个票房排演了很多专业剧团极少上演且鲜见的剧目，像《荷珠配》《镇潭州》《黄鹤楼》《朱砂痣》《奇双会·写状》等京剧传统剧目，体现了业余京剧团体自觉挖掘京剧传统剧目呈现给观众，在弘扬、传承京剧艺术方面做出特殊贡献，给我们票界带来了荣誉。

天津南薰社社长邱广勇(右一)演唱《打侄上坟》

三是这个票社最初的一批成员是南开中学和南开大学的学生们，指导教师则是毕业于南开大学中文系、在南开中学执教的高级语文教师程滨。程老师是天津小生名票，在他的带动下天津南薰社至今还有一些南开大学的学生成员。在票社演出的几场大戏中，很多宫女龙套的扮演者都是大学生。这在全国京剧票社中十分少见。吸引大学生参加票房活动的意义显而易见，不再赘言。

对天津南薰社社长邱广勇同志我还要说几句。他年龄并不是很大，被门内人称是天津票界的"大能人""大忙人"。说他能，是因为他虽然专攻"丑行"，但对很多剧目、各个行当的表演都十分熟悉，侃侃而谈、如数家珍，是人称天津是老"戏窝子"的佐证。为了票社的发展，他自己置办京剧服装，拥有天津票界最全的"衣箱"，包括全本大戏的服装几乎全部能够提供。对每个角色穿什么，带什么几乎均达到通晓的地步。说他忙，是因为他演出最频繁，接的"活儿"最多。就像他自己说"有时一天四五个活儿，早上化妆晚上睡觉才洗脸"。像2017年"和平杯"组委会组织"新春演唱会"，"十小名票"陶阳演出《路遥知马力》是他助演的。2017年10月组织的"喜迎十九大，海内外十大名票专场演出"两台大戏《龙凤呈祥》中的贾化、《红鬃烈马》中的马达都是由他扮演的，十分有光彩。在天津京剧票友协会组织的"戏迷大舞台"的百场演出中，有丑角的剧目，大都请他出演。平时只要时间安排得开，邱广勇同志基本都有求必应，他乐于助人的精神受到广泛赞誉。邱广勇同志真是忙并快乐着！

薰风，也有使人心情舒畅的和风之意。衷心祝愿天津的薰风在吹遍津门故里的同时，吹遍华夏大地。

点评

221

(2018/3/24)

坚持是一种品质

黄石市京剧票友联谊会马鞍山票房演出《白蛇传》

今天上线的是第四十三家"和平杯金牌京剧票房"——黄石市京剧票友联谊会马鞍山票房，这也是上线展示来自湖北的第四家金牌京剧票房。周贤贵会长作为湖北票友活动"执牛耳者"，热情肯定了该票社团结和谐、坚持发展取得的不俗成绩，并着重论述了"良好口碑"对京剧名票、票房发展的重要性。我完全赞成周会长的意见。

在仔细阅读完蔡治平老师的介绍和周会长的评论后，还是觉得有必要对这个票房成长的"范式意义"谈一点感想，与大家分享。这里我想说的就是"坚持"二字。

先看这个票房的创立发展历史。据方光正会长介绍，1986年11月，在没固定场所、没经费的情况下，黄石市业余京剧协会成立，最初只有十几名会员，在京剧团的一间屋子里唱，后来又去一所幼儿园租场地坐着小板凳唱。直到2007年前后，经他协调，联谊会才在原黄石电厂俱乐部有了一处排练场所。5年前，因电厂俱乐部房屋老旧存在隐患，联谊会又无处排练了。后经会员饶国正协调，排练场所搬到了马鞍山社区。虽然条件艰苦，但大家都坚持每周日一起练习。没有经费，会员们就捐款凑钱。几十年如一日，坚持至今。

试想，在这个票社几近艰难发展的32年历程中，假如方会长等人在遇到各种困难时，哪怕只有一次放弃了追求，那么今天所有的辉煌真是要化为乌有了。

坚持，来自对国粹京剧的痴迷；坚持，来自对弘扬优秀民族文化的信念和责任。用当前最为流行的话来说，就是"初心不改"，是我们始终具有的"文化自信"！

由此我联想到，在全国各地有很多十分有创意、有影响的活动，由于种种原因没有坚持，举办了一届或是几届就"夭折"了，实在可惜，这样的例子不胜枚举。一个京剧票房的发展也同样如此，创立不容易，巩固发展充实实力也很难，但是消散往往就在一夜之间。黄石市京剧票友联谊会马鞍山票房树立了在京剧票房中"不忘初心，方得始终"的典型，给我们提供了很好的经验。

方光正会长从"知天命"之年创立这个票房，如今已经过了耄耋之年，仍然为票房建设乐此不疲地工作，他的精神深深感动着我们。借此机会，我们衷心祝愿方老永远健康快乐!

谈到马鞍山票房的名字,人们很自然会想到毛泽东同志在中央红军长征路途中写的那首小令:"山,快马加鞭未下鞍。惊回首,离天三尺三。"这里说的是,同样险峻的高山,在不同的人和马面前会有截然不同的反应,富于神奇性地反衬了红军足以征服一切艰难险阻,而不为任何艰难险阻所屈服的一往无前的英雄气概。今天,我们就是要弘扬这种在遇到险峻高山前决不下鞍的精神,努力把自己的京剧票房建设好,坚决把弘扬京剧国粹文化的事业进行到底!

(2018/3/27)

您是我们心中永远的"和平杯领队"

张杰老师为票友说戏

今天上线的"和平杯金牌京剧票房"展示的是第四十四家——山西太原群艺馆老年大学京剧团,这一团队里有一对贤伉俪。

张杰,这位国家一级演奏员亲自为票友司鼓,他的夫人,正高级职称的顾铁铭研究员亲自为票友操琴。看到这样一对专家伉俪给票友伴奏的照片,仿佛就像看到中国票界一幅美丽的图画!

张杰、顾铁铭夫妇,同年坐科北京戏校,"结同心尽了今生,琴瑟和谐,鸾凤和鸣",把毕生精力都献给了京剧事业。张杰老师经常说:"这辈子就做了一件事,做了一件与振兴京剧有关的事!"昨晚,我在央视举办的《中国诗词大会》上又看到了介绍郑板桥的著名诗句:

咬定青山不放松,立根原在破岩中。

千磨万击还坚劲,任尔东西南北风。

我想用它来形容张杰夫妇毕生对京剧事业的热爱和弘扬京剧坚忍不拔的精神也很恰如其分。

我和张杰同志从第五届"和平杯"举办时结识,那时他还在山西省京剧院的岗位上,受省文化厅委托接手山西队的选拔推荐工作。从那时开始,这份"分外事"成了他的"分内工作"且一发不可收拾,和票友与"和平杯"结下了不解之缘。他为山西京剧票友们跑断了腿,操碎了心,真正成为广大票友的良师益友,

点评

成了山西票界的领军人物。今年初,年已古稀的张杰老师为了更好地实现一生弘扬京剧的夙愿,干脆应聘亲自担任了太原群艺馆老年大学京剧团的团长。我听说以后,深受感动。

同行们在评论中纷纷夸赞专业老师们对这个票社的大力支持,甘当绿叶的精神,我特别赞同。张杰、顾铁铭老师就是优秀的代表,还有像夏海珍、刘克敏、齐振风等老师。

2010年,作为"和平杯"十届庆典,组委会在评选表彰首届"中国京剧票友社会活动家"的同时,还设立了"和平杯杰出贡献奖",隆重表彰了在组织选拔工作中做出突出贡献的10名同志,张杰老师榜上有名是实至名归。

如今,山西省群众艺术馆正式接受了"和平杯"赛事的选拔推荐工作,也是国家一级演员、朝气蓬勃的项晓娟同志担任领队。张杰老师就成了她得力的"顾问"和助手,项晓娟同志也受聘担任这个金牌京剧票房的艺术指导。

为了感谢各省这些老领队,"和平杯"组委会一年多以前就已经做出了决定,张杰、蒋青年等老师来津参加各届"和平杯"赛事时,同样享受领队待遇。

张杰老师,您是我们心中永远的"和平杯领队"。

(2018/3/29)

票界,众口交赞"唐二哥"

唐陈弟和孙女唐育琦与尚长荣先生合影

今天上线的是"和平杯金牌京剧票房展示"的第四十五家——温州市京剧票友协会。

全国首批"中国京剧票友社会活动家"之一的温州市票友协会会长、大家亲切称呼为"唐二哥"的唐陈弟先生,不仅在全国票界声名远播,而且也被很多京剧名家乐乐称道。

唐陈弟先生酷爱京剧,他的三个兄弟全是功力很深的琴票,三弟唐陈汉先生任社长的温州鹿城区教联京剧社也是"和平杯金牌京剧票房"之一。他培养自己的小孙女唐育琦获得"和平杯"十小名票,被当地誉为"梅派神童",现在中国戏曲附中学习。他又培养小孙子唐育瑄从小学戏拉琴,六岁上台伴奏,又一颗京剧小童星冉冉升起。以唐陈弟"领衔"的唐氏一家,堪称当前中国典型的"京剧票友之家"。

温州被称为"百戏之祖"南戏的故里,浓厚的戏剧氛围熏陶了唐氏一家,唐氏一家的京剧情怀也奏响了温州戏剧交响中动听的国粹乐章。

"唐二哥"的事迹不胜枚举。作为改革开放以后成功的企业家,多年来为票友活动投入200万资金。2008年3月,他以温州广场路小学为试点,在全国率先组织并支持京剧进校园活动,使得温州的少儿京剧活动声名鹊起,温州票友协会被命名为"中国少儿京剧培训基地"。他组织了多次海内外京剧名家名票温州行活动,以至于使"要唱戏,去温州"在很多票友中流行。去年他亲自创意、一手策划的"中国京剧票友文化村"在温州大峡谷度假村正式挂牌,为海内外京剧票友搭建了一个休闲度假、联谊交友、开心唱戏的大平台,成为全国票界的一道亮丽风景。这个票友文化村,不仅不盈利,而且"唐二哥"还要搭上费用。来到票友村的票友,无不对那优美的环境、周到的安排、唱戏的优越条件、低廉的收费交口称赞。再过几天,"中国京剧票友文化村"第三期、第四期将在温州名胜楠溪江景区拉开帷幕。报名参加的票友十分踊跃,超出了预期,祝愿票友们在这踏春赏花的美好日子里,尽情享受京剧带来的快乐。

毫无疑问,只要"中国京剧票友文化村"突出公益性坚持办下去,将来一定会在中国京剧票友发展史册上写下浓墨重彩的一笔。

我认识唐陈弟先生十多年了,来往甚多。多次参加他组织的票友活动,也有幸接受邀请参加了"中国京剧票友文化村"的开村仪式。真为他那对京剧艺术的热爱、对弘扬国粹的自觉和执着、待人的仗义豪爽所折服。周贤贵大哥说他是"大智若愚"的明白人,"善行天下"的大好人!这话恰如其分。当温州市京剧票友协会成立时,唐陈弟先生全票当选会长,反映了当地广大票友对他做出的贡献和组织能力的充分肯定。

温州,东南山水甲天下;票界,众口交赞"唐二哥"。

(2018/3/31)

"捧着一颗心来,不带半根草去"

今天展示的是"和平杯金牌京剧票房"第四十六家——广西桂林中山京剧社。提到广西,自然会想到桂林。我从小就特别喜欢贺敬之的《桂林山水歌》:

> 云中的神啊,雾中的仙,
>
> 神姿仙态桂林的山!
>
> 情一样深啊,梦一样美,
>
> 如情似梦漓江的水!

周颖社长介绍的桂林中山京剧社,给我们展现了一幅别样的桂林风景。听

桂林中山京剧社演出剧照

到桂林中山中学课堂上传出来的学唱京剧的皮黄之声，人们也会自然联想到"刘三姐"那美妙的歌声。

桂林中山中学有 80 年建校历史，关于这所学校的悠久传统，广西顾才源会长已经做了很好介绍。2013 年，由该校音乐老师周颖牵头，以在校师生为主要成员，恢复重建了中山京剧社。当年就排演了"程派"名剧全本的《锁麟囊》，除了几个主要演员外，其他所有配角都是由这所学校的学生扮演。这个剧社现有的 100 多名社员中，70%以上都是该校的师生。一个中学组建的京剧社团，竟有如此的规模和实力，在全国本就十分罕见，更何况这所中学坐落在祖国岭南的广西壮族自治区！ 2014 年 1 月 26 日，央视戏曲频道的"戏曲采风"用整个栏目时间，专题介绍了桂林中山中学京剧进校园的情况，并大加赞赏！认为他们是"全国京剧进校园活动"中的一个突出典型。

桂林中山京剧社之所以能够成为美丽漓江的又一道亮丽风景，自然和这所学校从上到下各级领导的远见卓识分不开，但是也要归功于她的领头人——周颖老师。

我在了解情况时，发现这所学校有一个"教师风采墙"，上面有每一个教职员工的教育座右铭。周颖老师以著名教育家陶行知先生的名言 "捧着一颗心来，不带半根草去"作为自己的座右铭标注在上面。

周颖是音乐老师，本人并不是京剧专业，她为了充实自己，使得京剧进校园顺利开展，利用双休日，先后数十次自费飞到上海，找上海戏剧学院的钟荣及其他老师学戏。后来她的精神感动了当地领导，特意批了五万元专款用作她学习的费用，可她把这笔钱全部用来添置京剧社的服装和小道具，自己分文没动。为了能使自己成为多面手便于给学生上好京剧课，她边学边教，除拜了钟荣老师学习"程派"艺术外，又拜师龚苏萍学习"荀派"艺术。她还向专业老师学习各种"锣鼓经""京剧脸谱""京剧服饰""京剧化妆"等。她自编了该校普及京剧知识包括 6 个模块的教材。一名原为京剧的门外汉竟然变成了一名"门里人"。

我们经常说，京剧的振兴首先在于很好的传承。周颖老师就是一名优秀的传承人，看到她上传学习敲打京剧"锣鼓经"的视频，声声都在打动我们的心弦！她用实际行动诠释着自己的格言："捧着一颗心来，不带半根草去。"

(2018/4/3)

雁城企业家的"领头雁"——陈迪华

今天上线的是"和平杯金牌京剧票房"展示的第四十七家——湖南衡阳龙泉京剧票房。杨一萍老师向大家介绍了这个票房在衡阳龙泉集团总经理陈迪华先生的支持下，成立16年来走过的历程和取得的硕果，尤其是这个票房多年来在

陈迪华先生(左二)

下基层、进校园等方面取得的成绩特别令人称道。这个票房在衡阳二十余家的京剧票房中是第一大票房，在湖南全省也毫无疑问属于第一梯队。

为此，我特意电话简单采访了创建并一直支持这个票房建设的龙泉集团总经理陈迪华先生。交谈中，这位先生对企业文化建设的清醒认识，对企业"造福雁城，回报社会"的感恩之心，对中华国粹艺术的挚爱给我留下了深刻印象。

陈迪华先生是优秀民营企业家，衡阳市石鼓区民盟主委、衡阳十佳优秀党外人士。他本人是书画世家出身，在书画艺术上有很深的造诣。他所在的集团总部大楼的第六层有3000多平方米的场地，除了少量用来办公使用外，其他都用来开展企业文化。设有京剧票房、书画院、爱乐合唱团、舞蹈队、健身房、金石书画艺术馆，且全部免费提供给企业职工和群众文化爱好者使用。他还先后创办了报刊《龙泉书画》和"龙泉文化网"。陈先生向我讲述了这样一个小插曲：国美集团衡阳地区老总曾开价每月8000元要租用六楼的一间房屋作为办公室但被他拒绝。对方很不解，说这每年近10万元的收入你不要，却让大家在里面唱唱跳跳，多不值得。他说，开展企业文化，不仅是铸就企业的灵魂，而且是服务群众、弘扬国粹、回报社会的好方式。企业赚钱哪有个够，花在这上面就是值得。

作为一名高学历的民营企业家，单用"儒商"这两个字恐怕还不足以形容陈迪华先生的作为。杨一萍称他集"商、儒、艺"于一身，我想再加上对企业文化的深刻理解、对社会责任的勇于担当，他是当之无愧。

从以往上线的金牌京剧票房的介绍中，我们已经领略了多名企业家支持业余京剧活动的事迹，陈迪华先生以弘扬国粹艺术的举动作为回报社会的举措，使我们又一次深受感动。

衡阳市位于湖南省中部，因居中国著名五岳之一——南岳衡山之南而得

点评

227

名。相传"北雁南飞,至此歇翅停回",故又雅称"雁城"。我想说,龙泉京剧票房是雁城京剧票房的"领头雁",陈迪华先生是雁城企业家支持公共文化的"领头雁"!

鸿雁传书,请捎去我们群友们对龙泉京剧票房成员的问候以及对陈迪华先生的致意!

(2018/4/5)

云南票社的"三朵金花"

益友京剧票社领导班子
施之华社长(左一)

今天上线的是"和平杯金牌京剧票房"展示的第四十八家——云南省戏剧家协会益友京剧票社。

年高八旬的施之华社长向大家介绍了该票社成立十五年来走过的历程和取得的成绩。

和前两家上线的云南紫薇京剧团、云南文化馆京剧团一样,这个票房同样具有较强的演员队伍和伴奏乐队,有较完备的组织机构和规章制度。据施之华社长介绍,这个票社取名"益友",意为注重成员之间相互欣赏、鼓励、理解,让大家从京剧艺术中获得快乐,从新的集体中获得温暖,享受到同志情、票友情。这话说得实在好!我想,大凡喜欢唱京剧的人,都是具有丰富感情的人,是追求生活高质量的人,是充满欢乐的人。尤其老年票友更是如此,票房,简直就是最佳的"文化养老院"!益友京剧社"情"字当头的建团经验,值得推广和赞赏。谢谢施之华社长!祝情深意切的施大哥及票社成员们永远健康快乐!

云南一处竟在全国金牌京剧票房中占三席,是为云南票界的"三朵金花"。这不得不使我们更加思念和缅怀云南剧协京剧分会的首任会长张维福先生。

张维福先生是个旧振兴锡矿的矿长,成功的企业家,红河州劳动模范,"感动云南"十大人物之一,云南剧协京剧分会首任会长,全国首批"中国京剧票友社会活动家"。他投资500万元,出钱建校办学,校舍、师资全部由个人负担,并且从未收取过学生一分钱;他还总计投资420多万元,为京剧票友开辟活动室、扩建俱乐部,搭建演出舞台,购置演出服装和文武场的乐器,组建了个旧市振兴京剧演出团。并在此基础上,举办振兴京剧培训班,3年间办了6期,培训了200多名中青年京剧爱好者。凡是到这里活动的省内外票友均实行免费住宿、就餐、唱大戏。在个旧举办的第四届"锡都行，全国京剧票友演唱周"活动，就有来自全国 19 个省市 45 家票社的 400 余名京剧名角、行家和票界朋友齐聚锡都，可见规模之大。

我曾应邀到个旧参加张维福先生为个旧段秋华、张锡英两名票友双双进入"和平杯"决赛所组织的隆重庆功会。当时听说他准备筹备建立一支以彝族为主的少数民族青年京剧演唱队。我听了以后觉得这是一件十分有意义的事情，在振兴京剧国粹艺术中独树一帜。只可惜，张维福先生还没来得及完成他的宏愿，2011 年就作古了，留下了深深的遗憾。

张维福先生离世，大家无不痛惜，这不仅仅是云南京剧票界的损失，也是全国票界的一大损失。

岁岁清明，今又清明。喜看云南"三朵金花"竞相开放，应可告慰张维福先生在天之灵。

（2018/4/7）

星城票界一颗闪亮的星！

今天上线展示的是第四十九家"和平杯金牌京剧票房"——湖南长沙岳麓桔州京剧票社。

长沙岳麓桔州京剧票社像岳麓山上的一片枫叶，被点缀在祖国京剧票社大花园中，格外醒目；像橘子洲头那结满硕果的桔树，散发着来自星城长沙独特的芳香。

长沙岳麓桔州京剧票社参加社区文体节演出

从一个只有十来个人的京剧小组，发展到有 70 余人的京剧票房；从关在门里自娱自乐，到服务社会的自觉担当；从绝大多数成员初学京剧，到现在能演出几百出京剧唱段并获得上百个奖项……岳麓桔州京剧票社走过了 17 个春秋，在千帆竞渡、百舸争流的全国京剧票房里荣获"金牌"也是实至名归。

看到文岚社长上传的资料，再加上我对她们的了解，这个自称为"草根"的京剧票社有很多经验值得我们学习。先介绍我听到的发生在这个票社里的两个小故事吧。

票社的老社员李纯端今年已经 83 岁高龄，不能经常参加票社正常每周两次的活动，为了满足老大姐演唱京剧的强烈愿望，文岚社长就每周专门带琴师和票友到她的家里，陪着她唱戏过瘾；票社两位湖南大学老教授陈德明、董鹤林夫妇在过八十岁生日时候，文岚社长就组织全社人员为他们祝寿，请他们二位担任主角唱大戏，其他人全部都做配角，还专门刻制光盘作为献给他们的生日礼物。这个票房里发生的这些看似不起眼的小事，不仅使我们受到感动，同时也更加理解了这个票房17年越办越红火的原因。

看到文岚社长上传的剧照，其中对他们演出的多个集体节目印象深刻。一个70多人的大票房，经常创编排演一些集体节目确实值得称道。一来可以培养锻炼演员队伍，使得更多人有上台展示的机会；二来也是可以适应和完成各种任务，更好地发挥票房的作用。已经上线的很多金牌京剧票房都有这方面的做法和经验，值得我们借鉴。

票房，历来被认为是为了票友们票戏交友。如今的京剧票房，它的社会意义远远不止如此。文岚社长介绍说："目前，所有票友都申报注册了社会爱心志愿者。大家各自带着精彩的剧目，一同走进雅闲宜居的养老院、走进箐箐向上的校园、走进丰硕漫野的山乡，为大家免费呈现国粹艺术的精华。"

借此机会，向支持这个票社的岳麓区文化馆表示感谢！向创始人王道球老大姐和接任的文岚社长表示敬意！

长沙岳麓桔州京剧票社是星城票界一颗闪亮的星！

(2018/4/10)

一棵盛开的金凤树

今天上线展示的是第五十家金牌京剧票房——宁夏银川金凤京剧社。

宁夏银川金凤京剧社像"宁夏的花儿"，唱出了贺兰山下儿女对国粹艺术的痴爱之情，像一棵盛开的金凤树，在塞上江南里红艳悦目。

他们上传的资料里，在央视播出并获得"优秀表演奖"的《清平乐·六盘山》集体演唱格外引人注目。编演这个集体演唱的就是六盘山的所在地——宁夏的可爱票友们。这不得不使我们对以尹彰芬为社长的金凤京剧社刮目相看。这不仅仅反映了他们对家乡的热爱，更是反映了他们对宁夏爱国主义教育基地的倾力宣传和对红色基因的传承。全国各个地区都有着丰富的自然、人文资源，也有着自己的爱国主义教育基地。宁夏银川金凤京剧社给我们做出了榜样，也提出了一个课题，那就是作为一个京剧票房，也完全可以在宣传家乡上有所作为。我想，这也是各地在研讨京剧文化时应包含的内容之一。

在我国西北陕西、甘肃、宁夏、青海、新疆五省(区)里，目前只有陕西西安老干部活动中心、宁夏银川金凤京剧社两家票房被评为"金牌京剧票房"。还有一些省份也只有一家上榜，像内蒙古呼伦贝尔业余京剧团、贵州"贵州美老干部文化艺术团京剧团"、广西的桂林中山京剧社等。这里面有个发动不够深入的问题，但也从侧面反映了这些边远省份京剧票友活动氛围不够浓厚的客观现实，说明我们振兴京剧国粹艺术任重道远。

正因为如此，作为我国西北票房两盏明灯之一的宁夏银川金凤京剧社，更需要我们倍加爱护和鼓励，更使我们对尹彰芬、慕容玉芝、周颖、赵铁桦等一批京剧票界的领军人物由衷敬佩。

宁夏银川金凤京剧社尹彰芬社长

京剧艺术是国粹，是我们各个民族共同的宝贵财富。在"弘扬民族文化，振兴京剧艺术"的历史进程中，我们要发扬红军过六盘山时的英雄气概，"不到长城非好汉，屈指行程二万"！

(2018/4/12)

永不打烊的京剧票社

今天上线展示的是第五十一家"和平杯金牌京剧票房"——湖北荆州总工会京剧票社。

从王丽社长上传的资料中，我们又看到了一家有着 65 年历史并取得骄人业绩的大票房——五代接力，票社不倒，被誉为"永不打烊的京剧票社"。为丰富群众生活、弘扬传统艺术提供了一个永不闭幕的舞台。湖北荆州总工会京剧票社不愧是我国京剧票房的突出代表之一，也是全国工会系统京剧票房的一面旗帜。

荆州史上名人辈出，春秋战国时期的"琴仙"俞伯牙故里就在这里。动听的丝弦之声数千年绵延不断，发展到近代，汉调京韵更给江陵这座历史文化名城增添了夺目的艺术光韵。现在荆州二十多家京剧票房中，总工会

荆州总工会京剧社老旦联唱

京剧票社最具风骚。不知伯牙在天之灵听到故乡票友们演唱的皮黄声腔该何等高兴！

关于这家票社取得的成绩，以及王丽社长的出色才艺和贡献，周贤贵会长已经做了很好的介绍和点评，我不再赘言。这里只想对王丽社长提出的打造"周末戏剧茶座"、《楚天京韵》两个戏剧品牌活动谈一点感想。

据王丽社长介绍，荆州总工会京剧票社坚持四年的大型京剧惠民演出《楚天京韵》引起了各级领导的高度重视，市委书记、市长出席活动，足见这个品牌发挥的作用：他们除了一年 365 天全天候对当地票友开放以外，又创办了"周末戏剧茶座"，接待全国各地票友来此唱戏会友。

当前经济领域的竞争正从产品竞争转向品牌竞争，一个著名的企业品牌就是一笔巨大的资产。同样，一个著名的文化品牌也是一笔巨大的无形资产。一家京剧票房想在各个行当及文武场上项项都强、样样领先是很难办到的，最适合的路径是铸就自己的品牌，发展一项。荆州总工会京剧票房的经验值得我们借鉴。

我大略查看了一下，在已经上线的金牌京剧票房中，论"团龄"，除了 86 年历史的武汉青年会京剧团、67 年历史的呼伦贝尔市业余京剧团以外，恐怕要数今天上线的 65 年历史的荆州总工会京剧票房了。这前"三甲"继续坚持并不断发展，其意义就已经远远超过了自身的兴衰荣辱。衷心希望这三家京剧票房更加自觉扛起振兴京剧的大旗，勇于担当历史的重任，在中国京剧发展史册上继续带头谱写我们票社的辉煌篇章。

东去长江可做证，荆州票友最风流。

(2018/4/14)

一片绿洲

今天上线展示的是第五十二家"和平杯金牌京剧票房"——深圳京剧联谊会。

深圳京剧联谊会是一个有着 20 多年历史、300 多位会员、21 个团体会员的票友协会组织，其中 40 余人是专业出身，该团队里专业京剧演员、演奏员及编剧"一应俱全"。如今深圳没有专业的京剧院团，是他们挑起了该市繁荣国粹艺术的大梁，浇灌了这个改革开放后崛起的伟大神奇城市里的京剧的一片绿洲。

和其他金牌京剧票房相比，他们在创编京剧小戏和歌舞方面有着独到优

深圳京剧联谊会组织张派专场演唱会

势。特别是他们创编的大型现代京剧——《一代名医郭春园》，更被市委宣传部定为对党员进行党性教育的形象教材，并在市委、市政府、各大机关、各区进行多达二十多场的巡回演出，观众更是达三万多人次。由此我想到，近几年很多国内专业京剧院团排演了很多新编京剧，动辄几百万元的创排经费，宣传声势不小，但是没演出几场就"寿终正寝"了。而我们的票友组织竟能取得如此佳绩，确实值得广大专业戏剧工作者思考。

和其他金牌京剧票房相比，他们也是承接政府文化项目最多的社团。深圳作为我国改革开放的前沿阵地，特别重视文化建设，每年投入大量资金，仅戏剧（主要是京剧、粤剧）一项，每年都要安排专项资金200万元以上。通过政府购买公共文化服务的形式，提出若干项目向全社会征集承办单位。深圳京剧联谊会凭借他们的实力及良好的声誉，成为承办项目最多的社会团体。请看他们承办的主要项目清单：他们创编的大型现代京剧《一代名医郭春园》在得到市里50万元的创排经费以后，市里又专门拨款20万元支持他们进行巡演；他们承办深圳市文体旅游局委托的"京剧进社区""京剧进校园""京剧进工厂"及"戏剧星期六"活动80多场，"京剧讲座"60场；承办深圳市第八届、第九届鹏城金秋艺术节京剧汇演，承办泛珠三角京剧票友邀请赛、少儿京剧展演，参加世界大学生运动会闭幕式京剧演出；等等。该联谊会多年来从市里得到项目资金有几百万元。

我想，他们能够得到如此"偏爱"，固然首要归功于市领导对弘扬优秀民族文化的高度自觉，打造文化深圳的战略抉择，但这也离不开以赵维国会长为首的深圳京剧票友们的不懈努力。我们经常说"有为才能有位"，一个没有什么作为的社会团体怎能在社会投标中脱颖而出？或者接受一个项目后搞得平平淡淡，甚至带来不少后遗症的社会团体又怎能指望接手下一个项目呢？

中国有句俗语叫"打铁还需自身硬，绣花要得手绵巧"。我们要向深圳京剧联谊会学习，重在票房建设，练好内功。"家有梧桐树，不愁凤凰来"！

（2018/4/17）

独占鳌头

钟桂芝演唱《八珍汤》

今天上线展示的是第五十三家金牌京剧票房——湖南怀化市老年大学京剧四班。

据有关部门统计，2016年年底，我国的老年大学已经发展到约6万所，七百多万老年人在校学习。各地开办的老年大学里，开办京剧班的也不在少数。怀化老年大学开设的京剧班有8个，三百多人在此参加学习活动。作为一个京剧班级，坚持9年，在全国老年大学京剧班级中独占鳌头，跻身于全国金牌京剧票房中，实属不易。他们不仅给方兴未艾的老年大学这块牌子增添了亮色，更给全国金牌京剧票房行列增添了别样的光彩。

我知道这个京剧班是从接触参加第十二届"和平杯"决赛的钟桂芝及她的老师周冬英开始的。当时，钟桂芝这位从怀化山沟里走出来的票友，演唱老旦名剧《八珍汤》选段，轰动中国大戏院所有观众，夺得"中国京剧十大名票"桂冠。后来了解到，她就是在京剧四班学习时结识了周冬英老师，每周从80千米外的山村到市区周老师家里学戏，一直坚持了近四年才取得了如此佳绩。钟桂芝同志是怀化老年大学京剧四班学员的代表，前任班长李安娜、现任班长田莉君功不可没。

这里，想对周冬英老师说上几句话。周冬英老师和怀化沈明亮老师、京剧名家陈少云老师是同门师兄妹，1984年又正式拜师老旦艺术家李金泉，周冬英原来也是怀化京剧团的主演之一。剧团解散以后，她和沈明亮老师一样，把自己的全部心血都倾注在培养票友身上。她作为怀化老年大学京剧四班特聘的京剧老师，从不计较报酬（那几年，她一个学期上16节课，补助一共只有600元），钟桂芝来家学戏，她也从没有收过一分钱。在陪同钟桂芝来津参加决赛时，她对钟桂芝照顾得无微不至，当时我还以为是一对母女呢！2015年初，"和平杯"组委会组织的"十大名票新春惠民演唱会"，她陪同钟桂芝又一次来津。在和周老师的接触中，她那对票友的深情厚谊及朴实无华的待人风格给我留下了深刻的印象。2016年第十三届"和平杯"决赛，周老师另一名常德的学生张秀兰，以《目连救母》剧目参加了决赛。

怀化市京剧氛围浓厚，票房林立，水平普遍不错，涌现出了蔡智龄、钟桂芝两位"十大名票"，在湖南省是名列前茅的，在全国也是十分抢眼的。衷心感谢沈明亮、周冬英等一大批专业京剧演员的无私奉献和热心培育。

请大家以后在谈论金牌京剧票房时，别忘了还有一个班集体——怀化市老年大学京剧四班。

（2018/4/19）

他们扛起了传承和振兴京剧的大旗

今天上线展示的是第五十四家金牌京剧票房——河南开封市京剧协会。

开封是八朝古都，是戏曲之乡，有着浓厚的戏曲氛围，中国第一大地方剧种豫剧便发源于此。

据我了解，这个城市虽然一直没有专业京剧院团，但喜欢京剧的人和喜欢豫剧的人同样很多，大小京剧票房也不少，开封京剧协会就是成立最早、坚持时间最长、实力最强的票友协会组织，他下属的6个票房坚持经常活动和演出。从1983年起，每年一届的"中国开封菊花文化节"上，开封京剧协会都会组织一个京剧专场。开封市文化馆为协会免费提供了排练和演出的小剧场。由于受条件限制，各种演出及参加菊花节专场演

开封市京剧协会小票友
演唱《霸王别姬》

出的费用还是靠票友们自掏腰包筹集。就是在这种情况下，开封市京剧协会依然攻坚克难，走过了26年。从这里走出了王瑞安、张淑华两位"中国京剧十大名票"及郑丽君等一大批很有影响力的优秀票友。桑大钧、张淑华、郑丽君、张东宏、李国强等一批有志之士扛起了传承和振兴京剧的大旗，近几年他们还把培养青少年作为协会的主打方向和重点工作，在全市十来所中小学校开展了京剧普及活动，组织当地的名票无偿到校园辅导，发现和培养尖子人才。通过他们的努力，使得开封几十年难见少儿京剧的舞台上出现了一个个京剧小童星的靓丽身影，给这座有着4100余年历史的文化古城染上了朝霞般的色彩。

北宋时的开封，曾经是世界第一大都市，是著名《清明上河图》的创作地。我们十分期待，通过开封市京剧票友协会及一代代京剧人的不断接力，作为中华国粹艺术的京剧成为新时代《清明上河图》中的一道风景。

菊花是开封的"市花"。古往今来，咏菊诗篇很多。我很喜欢晋代陶渊明写的"芳菊开林耀，青松冠岩列。怀此贞秀姿，卓为霜下杰"。表达的是松菊坚贞秀美的英姿，赞叹其卓尔不群的风貌，誉之为霜下之杰。愿将此诗献给开封铿而

点
评

235

不舍弘扬和传承京剧的桑大钧会长，以及他的同事们。

（2018/4/21）

"贵州美"勇夺金牌

　　今天上线展示的是金牌京剧票房第五十五家——"贵州美"老干部文化艺术团京剧团。

　　作为我国西南腹地的贵州，"贵州美"老干部文化艺术团京剧团在该省各个京剧票房中独领风骚，勇夺"金牌"，成为"多彩贵州"中的一道绚丽色彩。

　　这个票房以老年同志为主，最年轻的也到了知天命之年。据我了解，目前在团内还有4名年近九旬的离休干部经常参加活动。社团不仅演员阵容在当地属于上乘，而且文武场实力很强，基本都是原专业剧团成员。赵铁桦团长得到燕守平老师真传，不仅琴艺出色，而且还有极强的凝聚力，这个票房大家团结友爱，十分和谐。他们还组织了数十场京剧进校园活动，我们不妨想象一下，一群六十开外的京剧票友给十来岁的娃娃们辅导、唱戏，那真是一幅别样美的画卷呀！

　　2006年10月，在第八届"和平杯"的"中国京剧十大名票"中，贵州占了两席。不得不使人对这个西南边远省份刮目相看。我清楚记得，这个票房的骨干团员、61岁的贵州男旦丁德祺决赛演唱《西施》，由组委会协助提供服装，他是第二场第5个上场，由于预先对演出哪个唱段沟通不够，临到上场才发现没准备斗篷，再回剧院取已经来不及了，演出以后他找到我说，这辈子痴迷京剧，难得登上"中国大戏院"舞台，想留下一段完整的音像资料，现在做不到了，感到很遗憾，也很难过。我听了以后反映到评委会和公证处，经研究认为，尽管本人

"贵州美"老干部文化艺术团京剧团到敬老院慰问演出

有责任,哪怕在化妆准备时提出来都有办法解决,但组委会没有和选手沟通好也负有一定责任。为了不给选手留下太多遗憾,决定其他演员决赛以后重演补录,辛苦评委会再看一次。真没想到,丁德祺重演时发挥出色,因"祸"得福,和同省冉江红一起双双被评为当届"中国京剧十大名票",在贵州省京剧票友史册上写下了浓墨重彩的一笔。这也是"和平杯"历程中一段小小插曲吧。

赵铁桦团长,请代我们群友转告"贵州美"的各位老大哥、老大姐们:最美不过夕阳红,贵州有你而更美!

(2018/4/24)

津门"京剧沙龙"

天津青年京剧爱好者俱乐部参加天津文艺广播电台演出

今天上线展示的天津青年京剧爱好者俱乐部是"和平杯金牌京剧票房"展示交流活动的最后一家——第五十六家。

俗话说,好戏压场。这是继北京新荣春青年京剧社以后,全国又一家以青年京剧票友为主的京剧社团。让人感到扑面而来的清新和青春活力。

这个俱乐部是"天津十佳票房"之一,坐落在和平区,在市里有很高的知名度。他们利用天津京剧氛围浓厚的优势,大部分年轻成员自找对口名家拜师学艺,进步成长很快。团长阎珑多才多艺,是和平区工会年轻的副主席,本身是天津"程派"名票,在"荀派""梅派"上也有很好造诣。俱乐部其他行当也都有实力很强的年轻票友。他们演出过的三出全本大戏《龙凤呈祥》《四郎探母》《凤还巢》,主要角色全部由团里青年骨干演员出演,而龙套、宫女都是由在校的本科生、研究生、博士生出演,其中还有一位是全国大学生运动会的游泳冠军呢!正因为如此,这个俱乐部票房活力四射,在天津特别抢眼。

与其他票房不同的是,这家京剧票房称为青年京剧爱好者俱乐部,既有相对稳定的成员,还对广大青年京剧爱好者,特别是大学生们敞开大门。天津师

点评

237

范大学文学院国韵京剧社是俱乐部的团体会员单位,那里的大学生是这个"京剧沙龙"里的常客,其他像天津大学、天津美院等高校学生也经常来这里参加活动,感受国粹魅力。青年人到此,不管你是不是注册成员,一律欢迎,文武场一响,愿听则听,想唱就唱,来往自由,没有拘束。我想,在各地业余京剧发展中,这都是一种新的模式。这个做法和经验,很值得我们研究和借鉴。

天津青年京剧爱好者俱乐部作为团市委直属单位天津青年宫主管的社团,成立18年来紧紧围绕"青年·国粹"这个主题,开展了许多丰富多彩的公益活动和文艺演出,特别是深入建筑工地现场对青年建筑工人慰问演出等活动,在天津市影响很大。看到他们响应教育部京剧进校园活动的号召,在市内六区的京剧特色学校建立红领巾京剧小社团的举动,作为曾经的老团干部,我感到十分亲切,很自然地想到"团带队"光荣传统的发扬光大。

期待全国涌现更多以青年为主的京剧票房,让我们的业余京剧活动更加充满活力,充满朝气!

到今天,历时近五个月的全国首批"和平杯金牌京剧票房"展示和经验交流已经告一段落。群英聚会,好戏连台。五十六家票房,五十六朵花,在盛世梨园里竞相开放;五十六块"金牌"在振兴国粹征程上熠熠生辉。我和大家一样,经常沉浸在兴奋和激动之中,深深为一个个优秀票房领头人无私奉献的精神所感动,为各个票房取得的辉煌成绩所鼓舞,更加感到使命光荣、责任重大。

成绩只能代表过去,面对新的征程,让我们从今天、从现在,不忘初心再出发!

(2018/4/26)

对第二届"和平杯金牌京剧票房"点评
(2019 年 11 月 18 日—2020 年 4 月 20 日)

金牌,在"京剧之乡"闪亮

第二届"和平杯金牌京剧票房"展示开始了,沧州京剧爱好者协会首先闪亮登场!

从郭枢良会长的介绍中我们看到的是一个机构健全、领导得力、财政支持、活动有序、实力雄厚、成绩骄人的地市级京剧票友协会组织,堪称我国优秀

沧州京剧爱好者协会演唱《杨门女将》

京剧票房典型代表之一。

沧州的京剧票友活动红火,得益于这块中华文化底蕴深厚沃土的滋养。这里,不仅有早已闻名国际的"武术节""杂技节",而且还是被河北省命名的"京剧之乡",逐渐被业内人士所公认。沧州曾走出了位列"四大名旦"的荀慧生先生,现在荀慧生大剧院已经成为这个城市的标志性建筑之一,还走出过姜妙香、李多奎等众多老一辈京剧艺术家。在京剧票友活动方面,沧州不仅戏迷票友众多,而且在协会的积极努力下先后从这里走出了5位中青年的和平杯"十大名票":第一届22岁韩淑玲、第五届43岁张宝奎、第八届49岁李福胜、第十一届50岁张晓花、第十四届54岁王新春。第六届"十大名票",从山东德州申报的40岁田胜强原来也是一直在沧州参与活动的。

沧州京剧票友活动的红火也得益于新、老郭会长的卓越领导。1997年,沧州市京剧爱好者协会成立时首任会长是离休的沧州市地委书记郭枢俭,后来他把接力棒交给了自己的小弟弟——从地税局局长岗位退下来的郭枢良。这亲兄弟俩接替上阵,22年来以郭氏兄弟为首的协会班子"阳光公正、无私奉献、以德服人",竭力争取当地政府的支持,安排了协会办公、仓库和排练活动场所,把协会纳入了政府财政预算。2017年,协会被评为"金牌京剧票房",在京剧之乡闪闪发光。燕赵大地的京剧爱好者及广大群众会记住这对兄弟的功绩。

沧州京剧爱好者协会组建的京剧团以"乐民"为名,含义既通俗又深刻。我不由得想起了1987年夏日,在和平文化宫大剧场举行的天津市社区文化演出活动,当时时任天津市市长的李瑞环同志观看演出并进行了现场讲话:"古人说,天下和静,在于民乐。共产党的官,就是要让老百姓高兴。"为人民谋幸福、为民族谋复兴,是中国共产党人的初心。不忘初心,对于我们从事京剧票友事业的人来说,就是满足人民日益增长的美好精神文化生活的需要,让京剧票友们在学唱京剧中愉悦身心,艺术素质得到升华。让广大群众在观看京剧,在感

点评

239

受国粹艺术的魅力中收获快乐。一言以蔽之,我们从事的就是"乐民"的事业。沧州京剧爱好者协会提供给我们的经验是丰富的, 其中有一条特别值得很好地研究,那就是不忘初心,始终围绕"乐民"这个办会宗旨。

"京剧之乡"金牌闪亮,"不忘初心"乐民为上。

(2019/18/11)

风流犹拍古人肩　修水山谷国韵情

今天上线展示的是江西修水县山谷京剧票友社。

江西修水县在中国古代与近代都有着灿烂的历史。这里人杰地灵、先贤辈出,文化底蕴深厚,是宋代与苏轼齐名的诗书双绝——黄庭坚的故里。黄庭坚(1045—1105),字鲁直,号山谷道人。修水的京剧票友社以"山谷"取名,既以此表示对家乡名人的尊崇,同时也具有强烈的文化传承色彩,是对中华优秀民族文化自信的典型例证。近现代修水又是著名的革命老区,秋收起义第一枪在这里打响,是湘鄂赣革命根据地的中心。如今,从樊启知会长的介绍中,我们看到了这个秀美山城、名人故里、革命老区如今京剧国粹艺术传承和发展的进步,更是感到格外亲切和高兴。

在不久前举行的首届"和平杯金牌京剧票房"展演中,修水县山谷京剧社演出的南派《甘露寺·相亲》入选,他们以多年来鲜见于京剧舞台的南派剧目参演这段长达 68 句的"高拨子五音联弹",让观众大饱眼福(据资料记载,把"五音联弹"用于京剧演唱的开创者是"和平杯"艺术总监白晶环老师的先父——京剧大家白玉昆先生)。这也从侧面说明了京剧票房是传承京剧艺术一支不可忽视的重要方面军。在喜庆新中国 70 华诞活动中,修水县组织的"全国部分省市县京剧票友联谊演唱会"迎来了各地 34 家京剧票房、300 多名票友参加,成为一个县级票社组织跨省市县活动的典型。

江西萍矿李懋龄团长说"让我们惊喜看到国粹京剧艺术不仅在大城市为人们所欣赏,在江西西北的山区县城,也已经成为普通群众热捧的一种文化追寻"。省票协熊素琴书记称修水票社是"修水、九江,乃至江西弘扬京剧国粹的最有活力的一支队伍,成了修水文化惠民的重要力量"。李国芳会长说他们"有着令人起敬的团队作风和精神风貌""在当地和江西有着很好的影响和声誉"。江西老干部京剧团袁有珍团长也为"修水票友社有一个坚强出色的领导班子"点赞。我十分同意这些恰如其分的中肯评价,也为江西票界互相学习、团结和睦的氛围所感动。

修水县山谷京剧票友社演唱《甘露寺》

从樊社长和江西朋友的介绍中，我们了解了余昌徐先生的感人事迹。在我们众口交赞修水票友社取得辉煌业绩的时候，深深缅怀这位票社的创办人和辛勤耕耘者。也请樊启知社长向余先生家人转达群里全国票界各位同人的敬意和问候。

我们有充分的理由相信，已经获得"中国书法之乡""中华诗词之乡"的修水县，在县委、县政府的大力支持下，在樊启知等众多振兴京剧的有识之士的共同努力下，大美修水也一定会成为在京剧票界知名的"京剧票友之乡"。国家一再提倡和实施"文化惠民，送戏下乡"的政策，在全国 1347 个县(2019 年 9 月 26 日统计)中，涌现出修水县山谷票友社这样的典型具有很大的示范和推广意义。目前在 103 家"和平杯金牌京剧票房"中，县一级的票房寥寥无几，我们热烈期望修水县山谷票友社这个典型再接再厉，不断创造新的辉煌，一花引得百花开，这是一种历史的担当。

"风流犹拍古人肩"。今天，我们走进了中国特色社会主义新时代，我们比历史上任何时期都更接近、更有信心和能力实现中华民族伟大复兴的目标。无论是作为、还是才华，我们都不会输于古人。让我们用振兴京剧艺术、惠民乐民的实际行动，为实现中华民族伟大复兴的中国梦贡献力量！

(2019/11/20)

购买公共文化服务的突出典型

今天上线的是大连市西岗区群芳京剧团。该团为我们树立了一个在政府下达的购买公共文化服务项目中连续中标，进而不断发展壮大，走向良性循环的京剧票房典型。

2013 年 9 月，国务院办公厅出台了《关于政府向社会力量购买服务的指导意见》；2015 年，国务院办公厅转发文化部等部门《关于做好政府向社会力量购买公共文化服务工作的意见》。以后，财政部先后出台了一系列扶持政府购买公共服务的文件。推广政府购买服务，是党中央、国务院从全局和战略高度做

点评

241

大连市西岗区群芳京剧团演出剧照

出的重要决策部署,是全面深化改革的一项重要举措。这也给我们各个京剧票房提供了前所未有的发展机遇。

请看,大连市西岗区群芳京剧团这5年来通过购买公共服务得到的政府扶持情况:

承办三年"京剧艺术进社区",覆盖了全区45个社区,得到区民政局扶持资金6万元;

在大连市"政府购买民营文艺院团的惠民演出"中连续5年中标,得到扶持资金36万元;

今年又首次中标辽宁省戏曲进乡村项目,完成进乡村演出9场,得到扶持资金4.5万元;

大连市群文志愿者惠民演出,得到资金扶持6万元;

西岗区文化馆文化直通车演出,得到资金扶持3.7万元。

5年来,西岗区群芳京剧团得到了各级政府资金扶持总计56.2万元。通过各种中标演出活动,带动了整个票房的建设。

"看似寻常最奇崛,成如容易却艰辛。"为何很多票房在当地招标中"望标兴叹",而大连市西岗区群芳京剧团却屡屡成功?通过他们的介绍,带给我们不少有益启示。

第一,具有较强的竞争实力。大连市西岗区群芳京剧团坚持高质量的队伍建设,在现有42人的队伍中,从专业院团退休或曾经在专业院团工作过的演员、演奏员就有14人,占三分之一。这种伶票组合的票房,不仅有着很高的演出质量,也促进了票友水平的提高。据我了解,大连京剧院的各位主演及一些专业院团的演员都曾参加过该票房的惠民演出活动。他们遴选的正式团员也都是经过较为严格的筛选。正是由于他们注重演出的质量,才会屡屡中标。打铁还需自身硬,机遇总是留给有准备的人。

第二,能够牢牢抓住时机。自身有了较强的竞争实力,还需很好地抓住时机。"机会不上门来找人,只有人去找机会。"吕树来团长能够及时关注和抓住各级政府采购公共文化服务项目,乘势而上,很值得我们学习。其实,除参与政府购买公共服务以外,还有许多促进票房建设的机遇经常出现,一家票房从成立到壮大往往表现为一定的阶段性,我们要积蓄力量,抓住一个个机遇,实现一次次飞跃。

第三,有良好的社会声誉。一家票房在政府采购服务中,中一次标并不是很困难的事情,但能够连续中标却很不简单。这就需要出色完成每次任务,在第三方评估中获得好评,在社会上留下好的口碑,千万不能"一锤子买卖"。团长吕树来原是部队专业干部、西岗区文化和旅游局局长,他被评为"大连市文艺界十位有影响人物"(票界唯一入选人),这既是他个人的荣誉,也为群芳京剧团树立了良好的社会形象。良好的社会声誉是一家票房重要的无形资产,也是竞争的实力所在。

让我们更多的京剧票房,在各地政府购买公共文化服务中大显身手吧!

(2019/11/22)

独具特色的天津静海老干部京剧社

天津静海老干部京剧社参加首届金牌京剧票房展演

天津静海老干部京剧社成立时间不算早,之所以能够在天津市一百多家京剧票房中脱颖而出,成为佼佼者,是因为和其他京剧票房相比,他们除了具有上级领导支持、组织机构健全、领导有方、活动有序、演唱水平较高等特点以外,还独具特色,有一支近40人组成的民族乐队作为票房的中坚力量,以"民族交响音乐京剧演唱"为主要演唱形式。

这支乐队实力很强,40%左右成员来自原静海京剧团、评剧团的退休乐师,以演奏、伴奏京剧乐曲为主要内容。成立5年来,坚持周周排练,而且该团还聘请了当今中国乐坛杰出的指挥家胡炳旭及天津专业院团的老师多次去静海悉心辅导。经过坚持不懈地努力,水平不断提高。再加上实力票友队伍的演唱,逐渐培育和形成了自己的特色。短短几年,静海老干部京剧社在天津就异军突起、名声大振。古人云,"百星之明,不如一月之光;十牖之开,不如一户之明"。他们今天取得的耀眼成绩,固然是刘泽建会长领导有方的结果,但也和他们的这个特色密不可分。

点评

我想,我们学习借鉴静海的经验,并不是也要筹建一个多大规模的乐队,主要是学习他们注重票房特色的建团思路。

特色,顾名思义,就是区别于其他单位及他人所表现的独特的色彩、风格等。"山不在高,有仙则名。水不在深,有龙则灵。"你有你的特点,我有我的特点;你有你的优势,我有我的优势;你有你的拳头项目,我有我的拳头项目。

票房的特色,是本票房优势,是走向良性循环的有利条件。搞经济的讲究"人无我有,人有我好,人好我优,人优我特,人特我转"。一位企业家说,要想在市场经济的大潮中站稳脚跟,有大的发展,要做就做唯一的或第一的,第二就有风险,第三就可能被淘汰。这些对我们票房建设也有所借鉴。静海老干部京剧社以"民族交响音乐京剧演唱"为主要特色,就我所了解到的,目前国内尚无几家票房能与之匹敌。

有特色的票房,才会有较高的知名度,才能更好地吸引广大观众的眼球,为满足人民群众日益增长的文化生活需要更好地服务。

有特色的票房,更能激发团内成员的荣誉感和责任心,调动其积极性。对上也能把领导的积极性调动起来,对票房给予更大支持。

2015年8月,国务院批复同意天津市静海撤县改区。静海区老干部京剧社充分发挥自己"民族交响音乐京剧演唱"的特色,在各种重大庆典活动和惠民演出中表现出色,被评为"和平杯"金牌京剧票房,被天津市老干部局、民政局、文旅局、体育局等评为天津市离退休干部文化活动"示范基地""最具创意文化活动项目",出色的成绩更进一步赢得了所属区委老干部局的大力支持,不仅无偿提供了256平方米的排练场地,购买了乐器和演出服装,而且给予了活动经费的支持。

希望更多有亮点、有特色、有魅力的京剧票房涌现出来,在京剧票房的百花园里争奇斗艳!

(2019/11/25)

"以演代训"的经验值得重视

今天,郑州庆诒堂京剧社上线,介绍了该票房建团14年的历程和取得的成绩。

原来,我对这家票房取名"庆诒堂"不解其意,看到戴嫡昌秘书长的介绍后才知道,这是河南省京剧联谊会会长徐湘东先生祖上的"堂名",为铭记和传承祖上家风,2003年徐会长出资36万元买下一处200平方米的民宅,以吉庆祥和的"庆饴堂"为名,为郑州市的京剧票友们建了一家京剧票房。我想,徐会长以这种"惠民、乐民"的善举来纪念祖先,体现了中华民族重视"孝道"的道德传统,值得我们称道。

郑州庆诒堂京剧社在徐湘东、戴嫡昌等人的领导下,取得了很大的成绩。成立18年来,他们邀请众多京剧名家来社指导;聘请从河南省京剧院退休的专业演员、文武场伴奏员为指导老师和顾问;吸收了一批自然条件较好、有一定演唱和伴奏水平的票友为基本会员组织开展了大量演出和对外交流活动。他们多次为来河南视察的中央领导演出,并获得高度评价。2014年秋季,省委宣传部文艺处特意指派郑州庆诒堂京剧社到中央考察组驻地,同考察组成员联欢,受到在场的原河南省委书记卢展工同志的表扬。一家京剧票房,得到省级党政领导部门这么重视,取得如此突出成绩,可喜可贺。2019年10月,他们在天津中国大戏院金牌京剧票房展演中演出的折子戏《豆汁记》,专家和观众反映说三名不同行当的主演均表现不俗。窥斑见豹,足见其整体实力。

学习他们的经验,我觉得有一点值得注意,那就是他们提出的"以演代训"的思路。

鲁迅曾经说过"一碗酸辣汤,耳闻口讲的,总不如呷一口的明白"。票房聘请专业老师辅导固然很重要,但尽可能创造条件,多组织演出,给社(团)员提供更多的实践机会,才是提高票友水平、增强票房凝聚力、实现惠民的有效途径。正所谓"不登高山,不知天之高也;不临深溪,不知地之厚也"。已经上线的两批60家"和平杯"金牌京剧票房的介绍中,大都组织了丰富多彩、琳琅满目的演出活动,有的票房一年组织几十场,甚至上百场。票友们忙着,累着,收获着,快乐着。尤其是近些年各地票房特别红火的演出活动,令很多专业院团为之羡慕。不仅仅是退休的,就是现职的很多京剧专业演员都放下身价跑到票房来,或进行辅导,或参加演出,以实现自身的价值,成为梨园界的一个新景观。

票房演出,喜了演员,乐了观众,却累坏了我们领头人。组织一场演出并不容易,要有演出名目、场地舞美、经费筹措、剧目、演员和文武场安排等,甚至包括观众的组织、道具的运输等一系列问题,都要靠票房负责人事无巨细安排,领头人为此"操碎了心"。在此,我们再一次向各个金牌京剧票房、团长们表示崇高的敬意!

(2019/11/27)

喜看芙蓉国里芙蓉艳

长沙市芙蓉京剧团 2019 年迎新春京剧专场惠民演出

16 年前，星城长沙李敏等几位程派票友在一间不到 50 平方米堆放杂物的地下储物室，拿来各家的桌椅板凳，组成了"芙蓉京剧社"，她们以"咬定青山不放松"的精神，艰苦奋斗十六载，玉汝于成硕果丰。在百舸争流的京剧票房中脱颖而出，成为湖南省优秀团队、"和平杯"金牌京剧票房。他们是我国京剧票房自强不息、奋发向上的突出典型之一。

这个票社的发起人、法人代表李敏，也是我较早认识的湖南票界朋友，她原来学唱"梅派"，后改"程派"，在唱、念、做方面都很具实力。从 1998 年到 2008 年的 11 年间，曾 4 次代表湖南进入"和平杯"决赛，两次获得"双十佳"，在她牵头组织的芙蓉京剧团里发挥了很大作用，《锁麟囊》《江姐》《白蛇传》《春闺梦》几出"程派"全本大戏，多数由她主演，带动了全票社成员提高。湖南省庆祝新中国七十周年华诞组织全省票界精英演出全本《江姐》，李敏就是江姐的扮演者之一。像她这样，"十大名票"榜上没名，但实力很强又发挥突出作用的名票还有很多，如湖南的钱学亮、广东的苏丽秀、天津的于胜利、内蒙古的王俊生、陕西的徐继伟，等等。应该说，这些票友都有很强的实力，虽然因各式各样的原因没能在"十大名票"榜上有名，但在各地票友活动中，或牵头组织票房，或演出活动应接不暇，或培训一些刚入门的票友朋友，发挥着骨干和中坚作用。比起少数几位获得"十大名票"称号以后就销声匿迹的票友来，她们更值得我们的尊敬和赞许。我想，"十大名票"固然是广大票友心中向往的目标，但是不能以此论英雄。

在湖南省京剧艺术促进会的统一组织协调下，湖南的京剧票友活动近些年风生水起，成绩骄人。连续组织了六届全省票友艺术节，一次比一次规模大。

在去年第十四届"和平杯"中,湖南就有 5 名票友进入决赛,获得团体银奖。高小玲和从湖南走出来的美籍华人刘克宁演唱同一剧目《战宛城》,荣获国内和海外"十大名票",成为那届耀眼的"双子星座"。在全国两批共 103 家金牌京剧票房中,湖南占有 8 家,数量上位列全国第一。在刚刚结束的首届"和平杯"金牌京剧票房展演活动中,遴选了全国 35 家参演,湖南就有包括芙蓉京剧团在内的五家入选。今年十月下旬,"和平杯"组委会办公室湖南之行走访了芙蓉京剧团等 5 家金牌京剧票房,他们各个都有自己的特色和突出的业绩,留下了极为深刻美好的印象。今天,借湖南金牌京剧票房上线交流的机会,向为湖南京剧票友活动做出杰出贡献的老会长杨寿保,现任会长谢玉兰,副会长刘德基、李德威等领军人物,表达崇高的敬意!

(2019/11/29)

春城花儿怒放　京韵尽显芳华

今天，是第二届金牌京剧票房展示交流的第七家，程东云团长向大家介绍了昆明芳华京剧团的成长历程。

"芳华"，意为美好的年华。昆明痴迷京剧的"50 后""60 后"朋友们，以"芳华"取名自己的票社，是自诩心态年轻,生活多姿多彩，也是把参加票社的经历看成自己最美好的年华。

昆明芳华京剧团 参加首届金牌京剧票房展演,演出《黛诺》

点评

在首届"和平杯"金牌京剧票房展演中,芳华京剧团集体演唱京剧《黛诺》,观众报以热烈掌声。这是从云南景颇山上吹来的一股送爽的金风,是展现出大西南边陲儿女对国粹艺术痴爱的深情。看到那 13 名身穿景颇民族盛装演唱《黛诺》的演员,仿佛是十三朵红艳艳的云南山茶花在舞台上绽放。这些"花甲"年龄的群众演员,为了能在天津中国大戏院的舞台上展示短短的 6 分钟,自己制作服装,自费远到天津,对京剧倾注满腔热忱。当听到观众热情的掌声,她们一个个兴高采烈。这不仅是对她们票社"芳华"名称的最好诠释,也是华夏儿女致力弘扬民族文化、传承京剧艺术的生动例证。

247

昆明芳华京剧团成立 7 个年头，在全国京剧票房中不算时间很长，她们在卢邦正、贾宝强、傅维义、童子元、郝新海、杨宗元等多位党政军界退休老领导的大力支持和参与下，迅速成长壮大，现在已经成为一个有 60 多名成员、较强演出实力、文武场齐全的票房。成立以来，经常性组织进校园、社区、企业及军营的演出和辅导活动，成为春城里一支活跃的群文社团，取得了丰硕成果，并屡获殊荣。2018 年，程东云团长闯进了第十四届"和平杯"决赛，芳华京剧团也被遴选为"全国第二届金牌京剧票房"，双喜临门，值得庆贺！

多年来，芳华京剧团为了适应下基层演出的需要，编排了《花田卖水》《黛诺》《青姿曼舞》《中国脊梁》《梨花颂》《牡丹亭·姹紫嫣红》等多个京剧群唱和群舞节目。其他众多京剧票房也都有类似的情况。这些多人表演的京剧群唱和舞蹈节目，不仅可以使更多票友得到锻炼和提高，增强票房凝聚力，而且特别接地气，使广大观众从一个侧面领略了京剧艺术之美，丰富了京剧文化的内涵，在满足广大群众日益增长的精神文化需要中发挥作用。这在专业京剧院团里一般是不会出现的，只有在京剧票房中才会下气力组织排演。而这，恰恰说明了京剧票友事业正是振兴京剧两翼齐飞中的一翼、双轮驱动中的一轮。有的自称京剧"专家""名家"的人士，认为这些群唱、群舞节目是"糟蹋京剧"，不屑一顾。我想说，我们对这种鼠目寸光的观点才是不屑一顾的，我们的各项事业要创新发展，京剧的繁荣振兴也要创新发展。众多京剧票房排练京剧群唱、群舞节目，正是京剧艺术具有强大生命力的体现，是京剧艺术创新发展的一种形式。

祝贺昆明芳华京剧团再创佳绩、芳华永在！

(2019/12/2)

找个好"娘家"，使票房行稳致远，破浪向前

今天，是第二届金牌京剧票房展示的第八家——沈阳皇姑区文化馆京剧团。

该团组建七年多来，在文化馆领导的大力支持下，谷春燕团长紧紧依靠京剧院团的几位德艺双馨的专业老师，以及以业务副团长张俊芳为代表的优秀京剧票友，精心打造的"皇姑京剧文化特色"团队，排练演出了丰富多彩的剧目，出色完成了馆里交办的一系列惠民演出任务，在文化馆"星期六剧场"这个"艺术惠民"的演出平台上，每年组织演出三十多场，还积极组织和参与省内外的京剧票友联谊演出活动。

这个票房不仅建制规范、活动有序，而且演出质量较高，富有特色。特别是他们排演的《华容道》《古城会》《汉津口》等唐派红生戏特别值得称道。过去梨

园界素有"南麒北马关外唐"之说，足见唐韵笙先生的京剧艺术造诣之深。唐派关羽戏更是独树一帜，不仅脸谱、扮相有创新，就连青龙偃月刀也相应加大、加长。精湛的表演，连擅演关羽的

沈阳皇姑区文化馆京剧团在"星期六剧场"演出后合影

林树森、周信芳亦连连称道。唐派艺术由于唐韵笙的亲传弟子较少，熟知唐派艺术的老演员相继离世，能够演出剧目的演员有限，且都在中年以上，青年演员传承起来难度大，目前唐派艺术已处于濒危状态。如今我们看到唐先生家乡的(唐韵笙先生原籍是沈阳)票友们在传承唐派艺术上做出的努力，感到十分欣喜，这也是京剧票房对传承振兴京剧艺术做出的贡献。这里，也向这个票房"唐派戏"的主演张俊芳先生、各位助演及辅导老师表示敬意。

这个票社的成长，固然是谷春燕、张俊芳等各位领军人物辛勤耕耘、各位专业京剧演员热情辅导参与、全体团员的努力的结果，同时也是他们的"娘家"——皇姑区文化馆积极支持的结果。

据我了解，为了支持这个馆办京剧团，皇姑区文化馆将一楼1400平方米共享大厅做全区演出、展演交流共享使用；提供19楼150平方米排练厅给京剧团作为排练场所；提供20楼300平方米多功能厅作为小型演出交流场所；多次下达惠民演出任务，提供展演展示机会；下基层过程中，给予一定资金支持。这样好的排练、演出条件，令我们羡慕。

2012年1月，文化馆实行免费开放以来，各地政府纷纷加大了对公益性公共文化事业的投入，很多地区的文化馆不仅经费得到了保障，而且设施设备得到了空前的改善。为了充分体现文化馆服务社会"以文化人"的功能，文化馆需要组建或引入若干群众文化的骨干团队。而我们现在很多的京剧票房在发展过程中也都遇到了活动场地难找、经费没有来源的瓶颈，也需要找个好"娘家"。真是各有所需，容易结合。我粗略统计一下，在全国103家金牌京剧票房中，就有13家的"娘家"是文化馆、文化宫(还有8家是挂靠在老干部局、老年大学)。

找个好"娘家"固然很好，但前提是自身要强，能够得到娘家人的青睐。试想，在社会上影响不大、在惠民活动中拿不出优异成绩的团队，文化馆怎么可

能把有限的排练演出场地、活动资金无偿提供给他们呢？

有了好"娘家"，还需要自觉融为"娘家人"，出色完成任务，为"娘家"增光添彩。现在有的文化馆对馆办（包括引入）团队实行定期考核的方式，优胜劣汰，这充分说明了在任何时候，加强自身建设都是票房工作的重中之重。

"非君谁与借东风。"祝愿更多没有完全走出困境的京剧票房，能够找到自己的好"娘家"。

（2019/4/12）

笑迎天下票友　来此票戏陶然

绥化市楷达京剧票友协会创始人
朱国祥先生

今天，是第二届金牌京剧票房上线交流的第九家——黑龙江绥化市楷达京剧票友协会。协会秘书长赵滨兰介绍了该票房的情况，上传了大量琳琅满目的演出剧照、视频，令人目不暇接。

说到绥化楷达京协，无论如何要首先提这个协会的创立者、投资人朱国祥先生。今年5月18日，"和平杯"组委会办公室曾经应邀到绥化楷达京协学访。来到京协门口，首先映入眼帘的是橱窗里登载的演出剧照和预告，标题上的"感恩共产党 感恩改革开放"几个鲜红的字特别引人注目。这是个600多平方米的二层小楼，楼下是排练厅、化妆室、服装道具室，还有能免费提供外地来此唱戏的演员的几间小客房，墙上展示了许多演出剧照和名人诗句；楼上是能容纳150人左右的"陶然"小剧场，音响灯光齐备，最近又添置了电子显示屏幕。每年，这个票房安排各种市内外演出，唱戏的、看戏的，全部免费。这个设施优良的票友之家就是朱国祥老板兴建的，并以他公司的名字命名，笑迎天下票友，来此票戏陶然。朱国祥是这个协会初建时的会长，因公司事务繁多，现会长由他的名票妹妹朱春华担任，朱氏兄妹为此票房的兴建和发展倾注了满腔热忱，这个协会的秘书长兼艺术指导赵滨兰同志原是广州军区战士文工团专业演员，从哈尔滨市道里区文化馆退休，为这个协会发展壮大，同样是功莫大焉。

朱国祥同志作为事业有成的企业家，担任过绥化市人大委员，也是个京剧爱好者。他本人喜唱老生，又痴迷武场大锣，他购买和存藏的各种音色大锣就有200多面(不知梨园界是否还有第二人？)，票友来"陶然"票戏，只要有时间，他就上场打上一两段过过瘾，高兴得像个孩子。这次楷达京协《坐宫》入选首届金牌京剧票房展演时，我就想请他来津打大锣，可惜因为忙，没能成行，留下遗憾。在和朱老板接触的短暂时间里，他和我谈得最多的话题就是感恩党的好政策，感恩改革开放。他建立此票房，无偿提供给票友戏迷使用，也是以此回报社会和家乡的人民。

"由来不是求名者，唯待春风看牡丹。"朱国祥同志是个谦逊又低调的人，尽管每年投入30多万元，为票友事业做出了很大贡献，但他从不愿意过多宣传他个人。他说，只要大家玩得高兴我就高兴，觉得钱没白花。这次上线交流，他又嘱咐赵滨兰老师不要对他进行宣传。尽管如此，我们仍然要说，朱国祥同志，你是知恩图报有良心、有社会责任感的企业家，你也是祖国北疆一面弘扬优秀民族文化的"响锣"！

我在"陶然"小剧场一楼的墙上看到镜框里书有唐代著名诗人刘禹锡的诗："自古逢秋悲寂寥，我言秋日胜春朝。晴空一鹤排云上，便引诗情到碧霄。"由此引发了一些联想。现在京剧的状况似乎过了万物萌生、欣欣向荣的春天，而让人感到有些寂寞萧条，但是我们并不死气沉沉，尤其是票界充满生机，日益红火，像那秋天振翅高飞的鹤，在秋日晴空中排云直上、大展宏图。

我们衷心希望，在这金色的秋日里，更多的京剧票房奋发有为，为再造京剧辉煌，迎接京剧振兴的又一个春天到来，振翅高飞立新功！

绥化市楷达京剧票友协会在陶然剧场合影

（2019/12/6）

点评

251

没有挂名的"和平杯"金牌接待站

中国京剧票友社会活动家、天津美膳京剧社
创始人刘福龙先生

10年前,就有人跟我提到"美膳"和"刘福龙"的名字,后来知道这个票社是因为每届"和平杯"赛事举办,很多领队和参赛人员特意早来或晚走一两天,到他们那里去唱去玩,在决赛期间,只要有了空闲也大都去那里票戏会友。组委会连续几年组织的元旦、春节惠民演出活动,很多来津参加活动的各地"十大名票"也都会抽出时间去美膳票房,似乎到了天津不去"美膳"就不够完美似的。这个票房虽然有固定活动时间,但只要有外地票友来,刘先生随时召集社员包括文武场联欢接待。在今年举行的首届金牌京剧票房展演中,刘先生主动向我提出由美膳票社无偿承担乐队伴奏,他们的热情、优质的服务助力了展演活动圆满成功。今天,借他们上线展示交流的机会,感谢刘先生! 感谢美膳京剧社! 你们是"和平杯"没有挂名的金牌接待站,是"和平杯"活动优秀志愿服务队!

初识刘福龙先生,是在前些年共同参加温州唐陈弟先生创立的京剧票友文化村开村仪式上,"相逢情便深,恨不相逢早",真有一见如故的感觉。刘先生原是天津美膳大酒楼的董事长,在酒楼特意拿出一百平方米的房间成立了票房,设施一应俱全,无偿提供给票友活动。虽然随着年龄增长卸任了,也不再担任票房的领导职务,但票房的各种花销仍然由他出资,他一片诚心待人,广交天下票友,在票界有了越来越高的知名度和口碑。刘福龙,"苍龙日暮还行雨,老树春深更著花",不愧是天津票界的"一条龙"啊!

这个票社的社长杨道明同志是天津的"杨派名票",退休前是天津总医院主任医师。参加1998年第四届"和平杯"演唱《文昭关》时技压群芳,获满堂喝彩,唱到最后竟出乎意料有点卡壳,评了个"双十佳",这也是竞赛的偶然性和残酷性吧。他在票社威信很高,和刘先生一样待人宽厚,热心为票社人员服务,甘当绿叶,颇有"老大哥"风范。刘先生选择并经大家推举他为票社社长,是慧眼识珠;杨道明同志把票社搞得红红火火,挂上金牌桂冠,是不负众望。

在已经上线的两届"金牌京剧票房"中,我们领略了很多企业家支持票房的感人故事。如创建600平方米黑龙江国际京剧票友活动中心,从没有收过一分钱的哈尔滨史春;如一直在积极活动的中国京剧票友社会活动家,创办中国京剧票友文化村的温州唐陈弟;如搭建鸢都大舞台,立志打造"国际票友城"的潍坊李全忠;如集"商、儒、艺"于一身,创建龙泉京剧票房的衡阳陈迪华;如常怀感恩之心回报社会的绥化朱国祥;如"天下谁人不识君"的广东中山女企业家王涛;等等。今天我们又了解了刘福龙董事长支持京剧票友活动的事迹。这些企业家们,大都酷爱京剧,或唱或拉(刘福龙先生花脸就唱得很有韵味),他们从独乐乐到众乐乐,少则几十万,多则几百万甚至上千万,为弘扬祖国优秀民族文化,为惠民、乐民做出了很大贡献。

我常想,伴随着改革开放,我国现有的大小企业家可以说是成千上万,这当中喜爱京剧艺术的又何止成百上千,但是能够对京剧票房活动提供无私支持的却是凤毛麟角,这不得不引发我们的一些思考,同时也让我们明白广泛宣传这些企业家的事迹十分重要。榜样的力量是无穷的,但愿有更多的企业家能够关注和支持我们京剧票友的活动事业。

(2019/10/10)

从画境中走出的金牌京剧票房

张家界奇峰三千、秀水八百,是中国首批被选入世界自然遗产、世界地质公园、国家 5A 级旅游景区的地区。2018 年,全市各景区共接待海内外游客 8521.7 万人次,名列全国前茅。这里,生活居住着以土家族为主的 33 个少数民族,可谓民风朴

张家界京剧票友协会主要演员合影,杨晓红社长(后排右三)

实、民俗多彩、民歌动人。今天,从这里走出了一家金牌京剧票房,令我们感到格外兴奋。

张家界的京剧爱好者成立票友协会 20 年来,和其他金牌京剧票房一样,在参与和组织各种演出,深入基层、校园、军营、组织培训,对外联谊交流等方面取得了突出成绩,使得当地各民族父老乡亲在自家门口接触和了解了京剧,领略了国剧的魅力。放在其他地方,他们的工作虽然值得称道,但也不足为奇,

可这是在以少数民族为主的湘西北武陵腹地的山区,这就令人刮目相看了,他们的艰辛努力可想而知。这次他们上线的资料题目为《京剧入画来,家乡更精彩》,特别贴切。听到国粹京剧的天籁之音在这秀美山川中回响,令我们感受到一番别样的滋味。

我和这个票协的杨晓红会长是近两年才相识的,她为人的热情、对家乡的热爱、对京剧艺术的执着都给我留下了强烈印象。第14届"和平杯"复赛时,她也是湖南省推荐到天津的10名选手之一,可见实力不弱,虽没能进入决赛,但她毫不气馁、继续努力,在十月十二日首届"和平杯金牌京剧票房展演"中,演唱《生死恨》获得了观众的一致好评。谈到这个票房的未来时,杨晓红会长充满了信心。刚刚她在群里说,"欢迎来张家界共享山水京韵之美"。好个"山水京韵"!短短4个字,里面包含她多少美好的憧憬啊!

京剧作为国粹,是我们56个民族共同拥有的非物质文化遗产,让每个民族都能了解和接触京剧,让优美的京腔京韵响遍幅员辽阔的祖国大地,不仅仅对振兴京剧艺术,而且对促进民族大团结,树立中华优秀文化自信都有很大意义。相信杨晓红会长带领下的张家界京剧票友协会有这个历史担当,能够在全国山区僻壤中充分发挥示范引领作用。张家界京剧票友协会明天一定会更加灿烂辉煌,就像周贤贵老会长期望的那样,闻名海内外的张家界旅游胜地一定会再添上一张"文化名片"。

现在歌颂张家界的歌曲很多,遗憾的是还没有一首歌真正在全国唱响;现在创作和演唱的京歌也不少,遗憾的是还没有听到一首是赞美张家界的京歌;现在每年到张家界旅游的"老外"很多,遗憾的是还没有听说美轮美奂的京剧元素列入所提供的文化活动项目中。我们期待张家界京剧票友协会在这方面有大的建树和作为,让来张家界的人都能感受到山水京韵之美!

(2019/12/11)

上海"梅研会"改名"梅联会"值得借鉴

今天上线交流的金牌京剧票房是上海梅派票友联谊会,在这里我们看到了一位耄耋老人——王志群先生为学习和弘扬梅派艺术几十年不懈努力、无私奉献、东奔西走、努力奋斗的故事,令我们为之动容。过去,梨园界一直有"观众是衣食父母"的说法。现在,培养观众群体,提高票友整体演唱水平,仍然是振兴京剧艺术最重要的基础性工作。王志群先生为弘扬梅派艺术,把众多同好集结一起,组织了大量学习、联欢、演唱活动,在这方面做出了很大成绩。应该说，他是弘扬京剧艺术的功臣之一。

　　该会介绍中提到的把原先成立的上海"梅研会"改名"梅联会"，引发了我的一点思考。

　　现在京剧专业界，尽管还没有完全走出总体不景气的"低谷"，可是"京剧表演艺术家"的头衔却满天飞，有的年轻演员因在全国大赛中获得"金奖"就不知天高地厚，外地演出挂上这个头衔，有的连国家一级演员都没评上的专业演员收票友为徒，横标上也赫然标上这个头衔。凡此种种，真令人有点瞠目结舌。我想，票界朋友，尤其是那些演唱水平和知名度较高的票友，也要时刻警惕自我"膨胀"，

纪念海报

归根结底我们就是爱戏、票戏的票友。一些喜欢某种流派的票友集结在一起，大家一起学唱，互相切磋提高本来是件好事，但也未必要挂起"某流派研究会"的牌子。前一段我和马连良先生的入室弟子张克让先生有过一次交流，他就对各地成立这么多"马派研究会"不以为然。他很谦逊，尽管是公认的马派名家之一，但他仍然说和师父相比是天上地下之分。他说，现在全国成立了很多"马派研究会"，其实现在很多唱马派的，特别是票友，就是学了一些皮毛而已，更别说是领略马派的精髓，研究发展马派了。还是要踏踏实实下功夫学习，不能浮躁，不要固步自封、好高骛远。我个人是赞同张克让老师的意见的。我认为，王志群等人把"梅派研究会"改成"梅派票友联谊会"，真是有识之举，很值得我们借鉴。

　　再说一点题外话。现在以一些票友为主成立的社会团体组织，自行冠名"全国""中华"甚至"国际"等字样；一些地方举办的票友评奖活动（有些还是企业赞助的），也自称"全国"赛事，值得探讨。国务院于2016年修订的《社会团体登记管理条例》中第七条明确规定，"全国性的社会团体，由国务院的登记管理机关负责登记管理；地方性的社会团体，由所在地人民政府的登记管理机关负责登记管理；跨行政区域的社会团体，由所跨行政区域的共同上一级人民政府的登记管理机关负责登记管理"。2015年10月8日，中共中央办公厅、国务院办公厅印发的《关于全国性文艺评奖制度改革的意见》，也明确规定了举办全国赛事评奖应具备相应的资格。希望我们各地的票友协会组织很好地看看这些文件，在

我们组织、参与其他地方赛事活动、挂牌"某某分会"的时候，一定要在法治轨道上运行。守法、守规矩，才能使我们票友事业健康发展。一家之言，请大家指正。　　夕阳无限好，为霞尚满天。祝王老在弘扬梅派的过程中，就像那迎风傲雪的蜡梅，散发出更多的梅韵梅香！

（2019/12/13）

十年无私奉献　造就票房腾华

2018 腾华京剧社荣获第二届"和平杯"金牌京剧票房称号

今天上线的第二届金牌京剧票房展示交流的第十三家——天津腾华京剧社，是活跃在天津基层社区的一家京剧票房。他们能够从众多基层票房中跻身"金牌"行列，令人瞩目。

这个票房建团宗旨非常简单明确——"自娱自乐，服务社会"，体现了票房共有的特征。我对腾华京剧社，今年已有过3次近距离接触：第一次是他们在天津滨湖剧场参加天津市票友协会《百姓大舞台》的专场演出；第二次是接受"和平杯"组委会安排，在丰收节期间到天津子牙镇演出，演出后和他们全体成员组织了一次聚会；第三次是他们参加首届金牌京剧票房展演。感觉这个票房虽活动在最基层，但各个行当都有出彩的演员，乐队也很整齐，整体具有相当不错的实力。特别是这个社的和谐、友爱、奋进向上的氛围给我留下了十分深刻的印象。

这家票房从成立到成长壮大，得益于社区的大力支持，每周为他们无偿提供两次50平方米左右的活动场地；也得益于作为艺术指导的孙金贵老师，以及李莉等专业院团老师的热心辅导；更得益于张方祯社长领导团队的管理有方和无私奉献。

我想重点对张方祯社长个人的奉献精神谈点感受。

张方祯社长今年已经75周岁，本人一不拉、二不唱，只是一名京剧爱好者。作为一名企业退休员工、南开区日华里社区的居民，以志愿者的身份，2009年自觉担当起组建社区京剧票房的任务，一干就是整整10年，硬是把一个社区京剧票房搞得声名鹊起。日常活动和演出的经费靠大家交一点团费维持，不够的部分，张方祯自掏腰包补充（要知道，他每月也只有4千多元的退休金啊！），不是票友还比他小一岁的老伴儿，每次活动和演出都同他一起做打扫卫生、看管服装道具等具体服务工作。"一善之功不为难，难于不懈付年年。寒霜染鬓皱纹起，热情似火力无边。"这对可敬的老夫妇十年如一日地无私奉献，再加上张社长善于组织、精于管理、真诚待人，才使得这个票房不仅有很强的凝聚力，十年棒打不散，而且日益红火，终于"金牌加冕"！

2019年1月17日上午，习近平总书记视察了天津市和平区新兴街朝阳里社区，这里是全国第一个社区志愿服务组织诞生地。习近平总书记指出，"志愿服务是社会文明进步的重要标志"，是"奉献爱心的重要渠道""志愿者事业要同'两个一百年'奋斗目标、同建设社会主义现代化国家同行"。

张方祯同志用办好京剧票房、给票友们送上热心服务、给社区送上欢乐和谐，给广大居民送上精神文化食粮的实际行动，自觉践行社会主义核心价值观，"内化于心、外化于行"，既是我们金牌京剧票房领头人中的优秀代表，也是如火如荼"志愿者"服务的优秀代表。

孟子曰"爱人者，人恒爱之；敬人者，人恒敬之"。好人终有好报，向张方祯社长及他的老伴儿送上真挚的祝福！

祝腾华京剧社继续升腾，不断奏起华彩乐章！

（2019/12/16）

值得研究的"岳阳现象"

今天上线的金牌京剧票房是岳阳市五里牌社区京剧同心舞台。

这个剧社坐落在岳阳市五里牌社区票房。岳阳的市花是清香淡雅的栀子花，且自古就有"栀子同心"的美好用语，因此这个剧社取名"同心舞台"，希望在

岳阳市五里牌社区京剧同心舞台演唱活动
操琴者为刘举国社长(右三)

刘举国社长的带领下，同心办好票社，同心服务社会。建社11年来，这个"舞台"像一朵洁白无瑕的栀子花，美丽动人，散发着馥郁的清香。

今年10月底，我有幸应邀参加岳阳市第三届京剧票友艺术节，观看了全部4场的演出。他们票社演出的折子戏《杨门女将·寿堂》是突出的亮点。以"十

点评

257

大名票"高小玲为主演的几位演员都表演得情真意切,我亲眼见到很多观众当场落泪。刘举国操琴的文武场珠联璧合,足见同心舞台票房具有很强的实力。

今天借他们上线的机会,谈一谈对岳阳票友活动的感受。

谈到岳阳票友活动,不得不首先说"耀哥"(岳阳票友对刘耀荣会长的爱称)。耀哥原来是岳阳市政府龙舟办主任,策划组织了10届国际龙舟赛事,组织工作能力极强,是个"叱咤风云"的人物。2015年,岳阳京剧协会成立时他被推举为会长,由此开始,他以梦为马、不负韶华,在票界大显身手。如今虽已年过古稀,但仍然精力旺盛,倾心开拓着京协工作新局面。在他的推动下,现在票协、票社覆盖了岳阳各个区县社区,每两年举办一次的票友节,促进了票友活动的发展,使他们整体水平不断提高。

参加岳阳票友节,除了对"耀哥"这位领军人物敬佩外,感受最深的还是群众广泛的参与性。在参演的剧目中,有很多是群拉、群唱、群舞的,如30人参加的京剧协奏《迎春》。还有众多票友集体演唱的京歌《万紫千红梨园娇》《良好家风润心田》《咏梅》《领航新航程》《中国脊梁》《长征》等,就是一些现代戏的唱段,很多也是多人上台演唱,如有20多名老旦票友集体演唱的《八一三 怒涛汹涌》,三组老旦老生《军民鱼水情》等。在举行艺术节的岳阳会展中心剧场内外,到处是欢声笑语,一派喜气洋洋。在剧场前厅,我看到两位演唱《长征》的身着红军服装的70岁上下的演员,他们在那里互相矫正舞台动作,是那么专心致志。这美好的短短一瞬,在我心里却留下了永恒。陡然感觉在旅游胜地的岳阳,"风景这边独好"。

岳阳市政协副主席孔福建在开幕式的致词中,称岳阳的广大京剧票友已经成为"岳阳这座具有2500多年中华历史文化名城戏剧文化的生力军、主力军"。作为专业舞台戏剧艺术的京剧,现在成了经常性的群众文化活动的重要内容,这种"岳阳现象",带给我们很多思考,值得探究。

刘耀荣会长称刘举国副会长是他最为得力的帮手和兄弟,"兄弟同心,其利断金",二位同是琴票,共同奏起了岳阳京韵乐章。

岳阳票友有"二刘",舞台何愁不风流。

(2019/12/18)

老树根尤劲　逢春长新枝

今天上线的是重庆市大渡口区梅韵京剧团,通过杨世琼团长上传的资料和董有为会长的补充介绍,使我们了解到继武汉市青年会京剧团后,又一个有

重庆市大渡口梅韵京剧团重阳节慰问老年人活动

八十多年历史的"世纪票房"的前世今生。时间是最好的试金石,大浪淘沙,很多东西喧嚣一时却昙花一现,更有很多"千磨万击还坚劲",至今仍焕发着活力,就像我们京剧票房的发展。把这个票房继续办好是有很大意义的,它既是京剧作为国粹艺术具有强大生命力的象征,也是京剧票房具有顽强生命力的体现。

重庆大渡口梅韵京剧团最早成立于 1938 年抗日战争期间。当时作为陪都的重庆,汇集了全国政治经济文化的精英,以厉慧良挑班的厉家班等专业院团的落户,在我国大西南播下了京剧的种子,也带动了票房的兴盛。29 兵工厂京剧剧社(现在韵梅京剧团前身)在山城应运而生。"青山遮不住,毕竟东流去。"历经 80 年的风风雨雨,潮起潮落,重庆的京剧票友活动不仅没有消亡,而且延续至今并有了较大发展。杨世琼团长在介绍中说,"继承京剧的这面大旗现在是我们这代人扛着",这铿锵有力的话语,体现了她的责任担当。票房前辈应笑慰,擎旗自有后来人。

杨团长在介绍中,感谢了支持这个票房活动方方面面的人员和团队里多位默默付出无私奉献的成员,唯独没有提到自己,体现了这位 73 岁老大姐谦虚的品格。我想,这也是该票房具有很强凝聚力的一个重要因素吧。其实,我们都很清楚,领头人的素质往往是一个票房成败的关键。杨世琼团长作为高职院校退休老师,为坚守大西南这块京剧票友活动的沃土,付出了很大心血,做了大量艰苦工作。如今票房已经是老中青结合、队员近 50 人、各个行当流派较为齐全、排演剧目几十出、有自己文武场的山城大票房,她经常组织"走出去",参加联谊交流活动并热情接待众多来瑜交流的票房。为给票友提供更多演出机会,她还会多方筹措经费,东奔西走联系"台口",下基层、进校园、慰问敬老院。董会长介绍说,在 2019 年市协会组织的 29 场演出中,该团就参加了一半以上的演出,可见该票房的实力和演出的频繁。

在京剧形成发展的 200 多年里,有记载的票房历史有 150 多年。我想,随着时代变迁,尽管在票房的规模、人员的结构等方面发生了很大变化,甚至在票友、票房的概念上,以及票房具有的功能上也有了新的理解,但票房的特性没变,仍然是喜欢京剧的票友们的集结团体,是票戏过瘾自娱自乐的地方。没有经常性的演出活动,票社成员愿望得不到满足,何谈票房的巩固和发展,又怎能体现它传承发展京剧、娱乐大众、服务社会等一系列价值?听说这个票房平均每周都能演出 3 至 4 场,仅这一点就十分不易。试问,很多地方专业京剧院团每年又能演出多少场?

当前,我们党和政府十分重视弘扬祖国优秀民族文化,提出要坚持我们应有的文化自信,这对我们建立和发展京剧票房提供了空前的大好环境。老树根尤劲,逢春长新枝。衷心祝愿大渡口区梅韵京剧团这老树上的新枝叶,在祖国文艺的春天里,生长得越来越茂盛!

(2019/12/20)

华韵京剧票社　票友幸福家园

今天上线的是青岛华韵京剧社,这是一个 16 年来坚持每周活动雷打不动、常年演出不断、有三十余出常演折子戏作为保留剧目、文武场齐全的票房。青岛华韵京剧社称自己的票社是一个"和谐的大家庭",提出的口号是"弘扬京剧艺术,共建幸福家园"。

好一个"幸福家园"!我想,实现他们的这个口号,首先要把我们的票房建成票友的幸福家园。向大家介绍一下我所了解的该团的点滴情况:

这个票社的艺术总监是原青岛京剧团业务副团长吕德礼,常年给票友辅导、说戏,从没有收取过一分钱报酬。演出时,他说自己就是普通一员,有什么下手活,他就做什么。

社里年龄最大的 86 岁的施伯华老大姐,在她的帮教下,现在大家基本都能自己包头化妆。年岁大了,仍然坚持随团活动,她说,我就是不上台,在这个大家庭里和大家在一起就心里痛快,能帮多少就帮多少。老大姐心细手巧,票社旦角头面上的很多小物件,甚至连铁梅用的红灯都是她亲手制作的。

72 岁的宋广乐不拉不唱,就是愿意在票社里做义工,搬运道具。舞台上一桌二椅也是自己买木料制作的。他说,来这里高兴,给自己家里人干点活儿,乐意!

副社长邹积纯已经 73 岁，把每次演出具体事务安排得井井有条，像忠厚大哥关心照顾着每一位成员。

青岛华韵京剧社下社区活动

这个票社提倡一戏多人（常演剧目都设 A、B 角），一人多戏，每个人既能站中间，也能站边上。大家都是红花，也都是绿叶，从没有发生过为争主演、争上场互相挤压的现象。连艺术总监、正副社长都带头跑龙套，别人还能说什么！

排练和演出，乐队不拿一分钱，哪怕比演员付出得更多。有的乐师说："谁叫咱喜欢在这里呐"！

每次外出参加联谊等活动，大家都抢着自愿凑钱，条件好些的，你掏两千，我拿三千，经济条件稍差的，各拿三五百不等，大家既不攀比，也不埋怨。

各位主演的服装全部是自己花钱制作。有时邀请单位给些资金，也不发给演员，全部由会计管理，用于添置一些龙套宫女的服装和小道具，也有时贴补外出时聘请的乐队人员差旅费，为此大家没有一句怨言。

社长赵凤桂带队，2014 年在黄岛承办全国京剧票友演唱会期间，老母亲意外摔伤；前一段带队参加山东省第六届票友艺术节演出时，又逢她 93 岁老娘过生日，小孙女又发高烧，她两次都没顾得上回家。她说："自己的家，票社的家，都是我的家。我真不忍心把这些人放下回去照顾我的家。"寥寥数语，体现了她对社团里票友"不是亲人，胜似亲人"的感情。

青岛华韵京剧社目前是青岛数十家京剧票房的排头兵。这里充满了互相学习、互相帮衬的正能量，来这里"票戏"，让人感到幸福和温暖，这也成为让青岛广大票友特别羡慕的"金牌京剧票房"。

试想，一个都想突出个人、不讲团结合作，甚至互相倾轧的票房，怎能维持长久？更别说是发挥良好社会效益，为建设幸福家园做贡献了。

把票社办成票友自己温暖幸福的家园，是青岛华润京剧社坚持 16 年越办越红火的经验，也是我们票房共同努力的目标。

（2019/12/23）

点评

萍矿票社映山红　谁人不赞李懋龄

萍乡矿业集团京剧社演出后集体合影

今天上线的是金牌京剧票房萍乡矿业集团京剧社。

过去，提到萍乡矿业，人们很自然会想到那发生在 1922 年震惊全国的安源路矿工人大罢工，想到现代京剧《杜鹃山》那段脍炙人口的唱段"家住安源……"今天，在这个集团票社上传的资料和琳琅满目的演出剧照及视频里，更让我们领略了今天萍乡矿业人的精神风貌。

江西省票友协会熊素琴书记详尽热情的点评，让我们了解了社长李懋龄无私奉献及票社更多感人的事迹。从熊书记的介绍中，我们了解到李懋龄同志原是萍乡矿业集团副总经理兼总工程师，是 1993 年公布的国家第二批享受国务院政府特殊津贴的高级科技人才，退休后谢绝了外地煤矿业年薪百万的邀请，一心扑在票社建设上，成就萍乡矿业集团的另一番"事业"。这让我们深受感动。李总现在从事的事业是给广大矿工带来欢乐的事业，是甜蜜的事业。

我赞成熊书记对这个票房的评价，"萍矿京剧社不仅是萍矿企业文化的一面旗帜，也是江西票界的一面旗帜"。

企业从卖产品到卖质量一直到卖品牌，拼的就是企业文化。企业文化具有巨大的潜能，不仅是企业管理要务之一，也是企业的核心竞争力所在。职工文化生活是企业文化中的重要内容。煤矿产业工人工作环境艰苦，劳动强度很大，李总出于对开展好职工文化意义的深刻理解和高度自觉，组建萍矿京剧社，该社成员全部由企业退休人员或家属组成，其中不乏初学京剧者。让老年人拥有幸福的晚年，年轻人就有更可期的未来。在萍乡矿业集团的支持、专业老师手把手的辅导、社员票友的勤学苦练下，经过 15 年艰苦努力，终于使这个由退休产业工人为主的票房打造出一支过硬的票友队伍，成为活跃企业职工文化生活的重要力量。他们和其他金牌京剧票房一样，行当齐全，文武场齐备，演出剧目繁多。特别是他们编创的京歌、京舞，少则来十个人，多则几十人参演，在音乐、舞美、演唱上都有较高水平，在我见到的其他票房编演的同类节目中也属上乘之作。这个票社屡获殊荣，今年7月7日走进长安大戏院进行专场演出，上演了不同行当流派的12个节目，获得广泛好评。他们不愧是江西票界的第一梯队，是全国金牌京剧票房之一。

当我看到他们上传的在庆祝萍矿成立120周年晚会上表演自己创编的《中国京剧》视频时，感受到的是他们在创编、各个行当演出、乐队伴奏上的硬实力，更受到强烈感染的是这个企业退休员工热爱生活、乐观向上的精神面貌。不由得想说，这是萍乡矿业集团很好的形象代言人啊！

萍乡市的市花为杜鹃花。被誉为花中西施的杜鹃花也有"映山红"等别称，花开的时候十分的灿烂，唤起人们对美好生活的向往，它象征着国家繁荣富强和人们的幸福生活。萍乡矿业集团京剧社就是一朵盛开在我国煤炭矿业领域里的杜鹃花。

萍矿票社映山红，谁人不赞李懋龄。

（2019/12/25）

做一个有风度的京剧票友

今天上线的是湖北省武穴市龙潭京剧社，我们看到了一个位于鄂东偏僻县级市票房，从成立清唱社开始，坚持30年，几代领头人薪火传递，不断发展壮大，成为一个各个方面都具有实力的金牌京剧票房。我很同意周贤贵同志对这个票社是"鄂东京剧社团出色的排头兵，湖北值得宣传的突出典型"的评价，也赞成熊素琴书记、唐陈弟会长、赵滨兰秘书长、张俊芳团长等各位对这个票房及他们社长刘丽华的赞许。山西张杰同志十分专业又很有见地的议论，读后也令我受益匪浅。

刘丽华社长演唱《拾玉镯》

点评

这两年，在天津和武汉，我和刘丽华社长有过几次接触，给我印象深刻的是她为人处世的风度。

风度的本意是指人的举止姿态，是一个人内在实力的自然流露，是因为其具有了实力才显示出具有的魅力。

2018年举办第十四届"和平杯"，湖北省包括刘丽华在内的6名选手进入决赛，位列全国第一，荣获复赛团体金奖。可是连我也没有想到的是决赛结果

263

出来以后,湖北选手"十大名票"榜上无名,只有刘丽华社长一人进入了"双十佳"。在决赛现场,刘丽华演唱的《拾玉镯》,感情丰富,表演细腻,剧场效果很强烈,不仅湖北周会长,其他很多参赛的人员,甚至现场的观众,也对她抱有很大的期待。这个结果确实有点儿出人意料,一些人甚至为刘丽华没能进入"十大名票"而打抱不平。令我十分感动的是,刘丽华同志不仅坦然接受了这个结果,而且主动找到周贤贵同志说了很多安慰的话,怕这位已经78岁高龄的老领队情绪和身体受到影响。在"和平杯"决赛阶段,我见过也听说过很多领队做选手工作的事例,却第一次听说选手做领队工作的故事。这就是刘丽华同志的风度!

比赛是有输赢的,正确对待输赢是一种风度、一种能力、一种素质,也是一种智慧。我记得,当时湖北参赛的一名女选手获得三等奖以后竟然拒绝领取奖杯、证书,还对提携和帮助过她的周会长说了很多过激的话,气得老会长一下子血压升到210多。这位票友能够进入决赛,说明她具有一定演唱实力,就她心中期望值来说似乎没能赢得比赛,但她输掉的更是自己的风度。

能够冷静平和对待自己的某次失误,在别人的光彩面前保持平和心态的人,不仅更见风度,而且是自己进步的阶梯。输不起的也赢不起,即使某次比赛赢了,在人生奋斗的征途上其实也还是个输家。

据统计,28年来站上"和平杯"决赛舞台的海内外成人票友共999名,他们都是票友中的佼佼者。在这个舞台上,展示的是每个参赛票友的京剧才艺,展示的更是每个参赛票友的风度和素质。

一个票友的风度,不仅仅表现在参加一些赛事上,更是表现在日常参加票房活动的方方面面。例如,分配演员角色时让位,给伙伴主动当好助演,甚至跑龙套,尊师敬老,主动担负票社闲杂事务等。票房,是票友享受京剧来票戏的地方,也是展示、培养自己良好风度的地方。

向刘丽华同志学习,做一个有风度的票友。

(2019/12/27)

军缘京剧社礼赞

今天上线的金牌京剧票房是广州军缘京剧社。这个由离退休、转业军人及家属组成的京剧票友社团,勾起了我太多美好的回忆。

20世纪60年代初,我在南海舰队当兵,在参加舰队战士演出队期间,曾多次前往广州到舰队司令部演出,两次参加原广州军区文艺汇演,受到贺龙、聂荣臻、徐向前、叶剑英4位老帅接见,并两次在广州军区小剧场给贺龙元帅进行演出。我们演出队86岁的老队长如今还生活在广州海军干休所，今年初还收到他寄来的创作诗集。南海，是我朝思暮想、魂牵梦萦的地方。今天看到军区转业战友们组建京剧票社的消息，禁不住心情激荡。

广州军缘京剧社在部队营地内活动

对这个票社谈点感言，我不想用评议这个词，只想对这个全国唯一的部队金牌京剧票房使用"礼赞"！

亲爱的战友们，看到你们剧社成员年轻时穿军装的照片，一个个如花似玉、飒爽英姿，再看看扮装演唱京剧的现在，如一缕缕晚霞，美得灿烂、美得成熟。优雅和美丽将会永远伴随你们的一生。

我们这些当过兵的人，离开部队以后，也许未必做出过惊天动地的伟业，也许未必都成为出类拔萃的人才。但是可以骄傲地说，我们，没有玷污中国军人的名誉，也没有丢掉中国士兵的风采。当兵的历史，是一生中最光彩的一页，军人的情结、战友的友谊，是我们一生用之不竭的宝贵财富。你们用"军缘"为自己的票社起名，正是对这种无法割舍的部队和战友情怀的展示。

你们这群老兵，剑胆琴心。当兵的时候，"常思奋不顾身，而殉国家之急"，为了祖国和人民的安宁奉献青春，为建设世界一流的革命化、现代化的强大中国军队目标逐梦前行。退休转业了，为打造军营文化绿地，做精神文明建设排头兵，仍然燃烧着战士激情，唱出了快乐、唱出了精彩。看到战友们演出的剧照和视频，心中不自觉在歌唱"革命人永远是年轻"。

实事求是地说，你们这支95%以上成员对京剧零基础集结而成的队伍，能有今天这样的演出水平已经相当不错了。虽然和已经上线的一些金牌京剧票房相比总体水平还不能说有多高，但仍然能够深深打动我，无外乎还是一个"情"字，是你们这群老兵的精神感染了大家。

这个群里很多是部队的复员转业人员。例如，前段刚刚上线的大连市西岗区群芳京剧团团长吕树来，还有广东惠州老干部京剧协会会长翟建辉、天津市票友协会会长孙亭福、安徽票友协会副会长陈雯、绥化楷达京剧社秘书长赵滨兰、梅子姐姐、组委会办公室张志玉等，都是"战士退役不解甲，票界披挂又上阵"。只缘军旅情未了，服务人民为己任。

观看中华人民共和国成立70周年盛大阅兵式，看到我军威武之师的形

点评

象,以及强大的现代军事装备,抑制不住万分激动!我们骄傲,因为曾经是这铁甲洪流中的一员,强军里有我们做过的贡献。在全国风起云涌的京剧票房中,我们自豪,这里有我们部队的票房获得金牌。

今天,在这 2020 年辞旧迎新的日子里,请接受我这名老兵向广州军缘京剧社的美好祝愿!向群里当过兵还在为票友活动事业拼搏奉献的战友们致敬!

(2019/12/19)

创新是票房发展的永恒主题

南宁市工人文化宫京剧团演出后谢幕

广西素有"歌海"之称,广西国际民歌节(现更名"南宁国际民歌节")已从 1993 年创办至今。在中华人民共和国成立以前,广西戏剧以桂剧等地方戏为主,京剧一片空白。南宁市工人文化宫京剧团自 1952 年成立至今已有 68 年, 几乎见证了祖国南疆广西京剧活动的全部历史。我们看到,作为祖国五十六个民族大家庭共同拥有的国粹京韵,加入这八桂大地歌海的民族大交响中是多么令人感到兴奋。

南宁市工人文化宫京剧团之所以能够走过 68 年,不断得到发展,自然是因为京剧国粹艺术本身具有顽强生命力, 同时也是因为一批致力弘扬国粹艺术的传承人的坚持,是老团长张淑华、副团长骆洪俊、现任团长邹明等同志积极努力创新发展的结果。

我和自治区原副主席张文学同志、自治区政府原副秘书长季桂明同志有过几次交往,他们对京剧票友事业的积极支持,亲力亲为的办事态度给我留下了很深的印象。广西京剧院天津籍著名琴师张荣藻, 也是我认识了很久的朋友,他于 2002 年任会长的京剧爱好者联谊会,举办过 3 届京剧票友艺术节。广西京剧艺术促进会现任会长顾才源同志, 把京剧演唱会作为东盟博览会的活动内容之一,不遗余力推动京剧国粹艺术在东南亚的发展。正因为领导支持、伶票合力,才使得今天的广西"不仅是天下民歌手眷恋的地方,也是天下票友'票戏'的福地"。

对于这个票房，熊素琴书记做了准确精彩的点评，我完全同意。这里只对他们票房举办青少年京剧培训班再赘言几句。

以往，我们知道一些京剧院团设立少儿培训班，或是各地专门成立少儿京剧培训组织。今天第一次听说由票房来举办公益性的培训班。邹明团长面对成员老龄化等难以更快发展的现状，毅然决定举办青少年京剧培训班，既夯实京剧基础相对薄弱的自治区京剧发展的基础，也为助力京剧进校园活动培养骨干，还可以培养京剧人才，使票房不断吸收年轻的新鲜血液，这真是个一举多得的有识之举。据他们介绍，这个票房团员 20 人，京剧班学员 30 人（也视为票房一部分），最大年龄 85 岁，最小年龄只有六岁半，这是一组十分耐人寻味的数据。在全国金牌京剧票房中也是独一无二的。正是因为南宁市工人文化宫京剧团这种与时俱进的创新精神，才为票房增添了生机，成为在祖国南疆熊熊燃烧了 68 年的京剧火种。

司马迁在《史记·孙子吴起列传》中说："善战者因其势而利导之。"梁启超在《少年说》中也讲过"惟进取也故日新"。我们赞赏并学习他们创新发展的精神，并不是说一定要效仿他们的具体做法。很多时候，我们遇到困难，似乎"山穷水尽"，但只要坚持创新，因地制宜制谋略，乘势而上求发展，也会迎来一片"柳暗花明"。创新，在票房发展的路上一直是永恒的主题。

（2020/1/3）

重视金牌京剧票房的档案建设

今天上线的是哈尔滨市中华巴洛克星熠京剧团。在全国被评为金牌的京剧票房中，这是一个年轻而又充满希望的票房。说它年轻，是因为自 2015 年 3 月成立至今还不满 5 年；说它充满希望，是因为它是在中华巴洛克特色旅游景点中，因此大有发展潜力。

2019 年 5 月，我到过中华巴洛克风景区，经黑龙江国际京剧票友活动中心邸长庆老师介绍，巴洛克建筑是在 17—18 世纪基础上发展起来的一种建筑和装饰风格。"中华巴洛克"建筑就是把中式建筑和西洋建筑完美地结合，目前正努力打造成哈尔滨又一处特色旅游景点。

星熠京剧团刘节团长演唱《痴梦》

点评

267

在哈尔滨中华巴洛克星熠传媒公司赵振国总经理的倡议和支持下，由赵玉香、刘节任团长牵头组建了星熠京剧团，不仅给票友们提供了自娱自乐的场所，而且为日益增多的海内外游客提供了国粹京剧的演出。这个票房所处的环境和具有的独特优势，是其他票房难以匹敌的。我们为赵先生这有识之举点赞。

长风破浪会有时，直挂云帆济沧海。星熠京剧团目前已经具有较好的实力，且做出了不少成绩。我们有理由相信，随着中华巴洛克逐渐做大做强，一定会有越来越大的作为，成为熠熠闪光的冰城一颗星。

根据这个票房上传的资料，我想说一点重视金牌京剧票房档案建设这个话题。

票房档案，是票房真实的记录，是票房在传承弘扬京剧艺术方面，在各个历史时期发挥社会功能的重要见证，它既是票房自身的一笔宝贵且无形的资产，也是京剧发展的史料。海内外103家金牌京剧票房，从成立几年到八十多年不等，是票界组织的优秀代表，它不同于一般只是少数票友自娱自乐极少参加演出活动的票房，在中国京剧票房发展中起着示范和引领作用。重视档案建设，是一切希望有大作为的金牌京剧票房应该重视的工作。

建议大家能够留下以下八类历史资料。

一是组织状况类。成立票房时的批件、票社成员、领导班子组成和场地变动情况。

二是固定资产类。公有的服装、道具、乐器、音像设备等来源、增减造册在案。

三是组织演出类。每次演出过后，演出资料包括影像应比较系统地整理记录。

四是艺术培训类。包括对内对外的培训。

五是艺术创作类。票房自己编创的京歌、小戏等的原始资料（包括摄影和视频资料）。

六是奖励类。剧目、演员获奖的奖杯、奖牌及证书的复印件等。

七是新闻报道类。电视台、电台及各新闻报刊报道的录像、录音、照片及文字资料。

八是交流交往类。票房之间的交流交往，是票房发展的促进因素。

除此之外，还可以列出其他一些，如每年活动大事记，京剧艺术家、知名人士参加票房活动记录等，根据各票房自身实际情况而定。

档案建设是一件十分重要的工作。不能让宝贵的历史资料散失，造成难以弥补的损失。

票房档案的收集和整理看似比较烦琐，其实并不复杂，安排专人负责，很多时候就是举手之劳，只要有心、用心就行了。首届金牌京剧票房云南老干部局紫薇京剧团这方面就做得十分突出,有机会请他们给大家介绍经验。

一家之言,仅供大家参考。

(2020/1/6)

记住他,育华京剧社社长陈增秦

今天上线的是陕西西安市育华京剧社。

喜看票界千重浪,名伶竟当弄潮儿。当前专业京剧剧团总体没有摆脱市场不景气的局面,但不可否认票友活动却日益红火,因此越来越多的专业演员另辟新机,在票界找

陈增秦先生(前排右二)

到了施展抱负的用武之地。由于京剧传承以"口传心授"为主要手段,每个金牌京剧票房的成长,差不多都包含专业辅导老师的心血。有几家金牌京剧票房更是由原专业院团退下来的主演或演奏员亲自担纲团(社)长,如河北唐山市国韵京剧社社长、张君秋先生弟子国家一级演员王丽华同志,创建湖南怀化市京剧联谊会的老会长、与陈少云同挂头牌的沈明亮同志,原山西京剧院国家一级演奏员、太原群艺馆老年大学京剧团团长张杰同志,江苏南通伶工学社梅葆玖先生嫡传弟子正高级职称的韦红玉同志,等等。正是由于有了这些勇于担当的"弄潮儿",全国风起云涌的京剧票友活动才有了今天的精彩。如今,我们十分高兴看到又一位专业京剧资深琴师担任票房社长的信息,他就是组建育华京剧社的陕西京剧院退休琴师陈增秦同志。

陈增秦同志出于他对京剧无法割舍的情缘,于2012年牵头组建了"育华京剧社",也由于他几十年专业琴师的经历,专业精通、为人又好,使这个票房有了很大的号召力和凝聚力,因此很快发展起来。现在育华京剧社有40余人,且各个行当齐全,尤其在文武场上有很高水平,琴师就有5名。他为人热情,朋友众多,在"圈内"有很大名气,被大家戏称为特能办事的"陈副事长"。他自己说"我在各行各业里都有朋友,票房里的事就好办一些"。和其他票房相比,他聘请各个行当专业老师相对容易,各种演出机会更多。正因为如此,他组建的票房起点高、进步快、演出机会多,现在已经名副其实跨入西安乃至整个陕西

点评

269

票房的第一梯队，被西安市雁塔区文化馆引进为馆办团队，找到这个好"娘家",票房更是如虎添翼,有了更快的发展。

陈增秦同志,今年已经是耄耋之年,仍然充满激情,每周大部分时间都扑在了票房事业上,给任何票友拉琴从不拿一分报酬。我听说,一直到现在,西安的很多京剧晚会还是由他主持。看到这位80岁老翁在台上神采奕奕、活力四射地给票友主持节目,不知君作何感想?几年来,他不仅组织了大量演出活动,还亲自带队三进山城宝鸡,以及到湖北襄樊、海南三亚等地和兄弟票房进行联谊交流。为活跃生活,每年春暖花开之际,他还组织郊游、踏青等活动,炎热酷暑之时相约到蓝田、汤峪等地避暑并举办消夏晚会,使参加票房的票友感到其乐融融。他本人不仅实现着把毕生精力献给京剧的夙愿,也在这个温馨的小家园里尽情享受着老年的欢乐。西安电视台曾为他特意做了《艺家艺事》专访节目,传为佳话。

各行各业皆我友,四面八方都来风。伶票两界显风流,古城耄耋看陈公。

(2020/1/8)

京剧进校园活动三点建议

今天上线的是云南曲靖市文化馆京剧团。

这又是一个由文化馆创办的京剧票房。云南曲靖地区京剧团解散以后,几位分到了文化馆的专业演员挑起了传承京剧的大梁,组建了业余京剧团,使得国韵之声在祖国西南边陲继续奏响,发挥了比一般专业剧团还要大的作用。担任团长的文化馆副研究馆员田地同志,原是专业鼓师,他六行通透,昆乱不挡,能打、能拉、能唱,还能教;张燕梅等副团长以团为家,无私奉献。在文化馆的大力支持下,京剧团很快成长壮大,成为一家团结向上、实力雄厚、剧目丰富、演出频繁的优秀京剧票房。

在少数民族众多的云南,列入国家级、地方级的非物质文化遗产项目近九千个,基本全是少数民族优秀文化传统项目。在曲靖市非遗保护系列活动中,能够选择一家业余京剧团在最大的珠江源剧场展示国粹京剧艺术,进行专场演出,足见这个剧团的实力和影响之大。这朵红艳艳的杜鹃(曲靖市的市花)在繁花似锦的云南开得格外鲜艳。

看到曲靖市文化馆京剧团进校园的资料和影像,很受感动,他们不愧是京剧票房进校园活动中的佼佼者。

京剧进校园是金牌京剧票房普遍开展的活动。根据曲靖市文化馆京剧团提供的经验，今天想就这个话题提三点不成熟的建议供大家参考。

首先，精心选择进校园的剧目。要尽量选择既能展现京剧艺术之美，又能体现潜移默化教化作用的剧目。前不久，中央电视台在播放《空中剧院》栏目录制的第七届"和平杯"京剧

云曲靖市文化馆京剧团参加广场演出

小票友邀请赛汇报演出时，把一名"十小名票"演唱的《玉堂春》取消了，这件事给了我们很大的教育和启示，值得我们举一反三，深入思考。

同时，要注重演出的质量。别说是在祖国边远地区，就是在城里，进剧场看戏的青少年学生都是不多的。所以进校园演出，不论演出场地大小、学生观众多少，我们都应该认真组织，丝毫不应懈怠。因为这不是一般的票友在票戏过瘾，而是有使命担当的演出活动，所以尽量选择本票房里有实力、能出彩的演员，让孩子们零距离感受国粹艺术之美，从小开始树立对中华优秀文化的自信。

最后，活动中注意自身的良好形象。像曲靖市文化馆京剧团每次进校园活动，从不要校方招待，不给校方添一点麻烦，值得我们学习。连续11年走进的曲靖师范学院，赠送他们的锦旗上写的是"梨园翘楚扬国粹，德艺双馨育新人"，这就是对一个业余京剧团的极高评价。

"时来易失，赴机在速。"根据中宣部等四部委出台的《关于戏曲进校园的实施意见》，戏曲进校园在2020年要实现常态化、机制化、普及化，基本实现全覆盖。为此各地采取了很多举措，纷纷设立了专项资金给予支持。实现"全覆盖"的要求，仅靠现有的专业院团的力量是远远不够的，我们希望有更多的金牌京剧票房能够抓住这难逢的大好机会，在京剧进校园活动中发挥更大作用，以此来带动自身更快发展。

向曲靖市文化馆京剧团学习，在京剧进校园中大有作为。

(2020/1/10)

点评

厦门京韵鼓新浪　喜看白鹭上绿洲

今天上线的是厦门戏剧家协会京剧分会。

通过他们十分全面生动的介绍，我们欣喜地看到，在一大批致力京剧传

厦门戏剧家协会京剧分会演出《将相和》

承发展的有识人士坚韧不拔的努力下，国粹京剧在鹭岛上从播种到发芽，再到开花结果。

厦门京剧活动可圈可点的亮点很多。例如，被誉为"鹭岛一枝梅"的王守棠老师，1982年成立首个家庭票房"弘梅京剧社"，每周一次为梅派戏友请琴师吊嗓、授课。

例如，京协艺术指导胡维弘老师在厦门大学开办选修课，成立夏大京剧协会坚持至今超过20年，培养了近800名学生京剧爱好者，学生遍布全国各地，大多都是当地京剧票房的中坚力量。

例如，为促进两岸民间活动搭建桥梁，几次组织"两岸一家亲京剧缘"活动，并连续3年在海峡春晚上精彩亮相。

例如，连续组织七届"闽西南同城化京剧交流演唱会"。

例如，除组织了大量下基层活动外，还在忠仑公园、中山公园办了京剧角。

例如，与悦华小学签下京剧进校园计划，开创福建省首个京剧进中小学先例，由京协派专业老师对孩子们基本功、演唱进行训练，还组织校内外演出。2008年4月，上千名师生参加京剧展示讲座，京剧校园活动从此蓬勃开展。

例如，厦门京协5名票友登上了最近几届"和平杯"的决赛舞台，刘叶飘然小朋友入选了第六届"和平杯"京剧小票友邀请赛决赛。

……

看到他们上传的文字和丰富多彩的影像资料，不由得使人感叹，这哪里是京剧的"荒漠"，完全是生机盎然的一片京剧绿洲！

2010年7月8日，在筹备第十届"和平杯"时，我在电子邮箱里接到了厦门大学泰国留学生杨如意发来的询问参赛的信息。经过交流，我知道了他就是在厦门大学里参加京剧选修课以后爱上了中华传统艺术，这位年轻的泰国男学生对旦角艺术如痴如醉。从那以后，他在第十届、第十二届两次参赛"和平杯"，在2016年第十三届"和平杯"时演唱《霸王别姬》，以总分第7名成绩荣获"海内外十大名票"称号。回国以后，他向当地学生介绍京剧、教授京剧，成为中国京剧的泰国最好"知音"和热情传播者。这个小故事，从一个侧面反映了厦门京剧进校园活动取得的成绩。

在近几届的"和平杯"领队会上，我和周奇英会长有过近距离接触，她两次闯进"和平杯"决赛圈，70岁演出《红线盗盒》唱舞俱佳。她为人谦和、办事认真，对京剧艺术孜孜不倦、执着追求和全身心投入京协事业的热情给我留下了深刻印象。

厦门京剧活动发展兴旺的事实说明，京剧作为华夏宝贵的非物质文化遗产是我们共同的财富，有着强大的生命力，在祖国的每个地方都完全可以唱响，事在人为啊。借此机会，向为在厦门弘扬京剧艺术做出贡献的丁道荣老会长，周奇英现会长及各位理事会成员，厦门市人大常委会原副主任曾国珍，杨瑞良、任秀芳、孙玉清等各位辅导老师，支持京协的企业家杨建国先生等表示由衷敬意！向厦门的各位票友朋友送上美好的新春祝福！

厦门京韵鼓新浪，票界精英壮志酬。借问白鹭欲何往，故地又添新绿洲。

（2020/1/13）

票房应该重视思想建设

今天上线的是长春市京剧艺术活动中心。

通过冯淑云老师上传的资料，我们看到了一个 13 年前开始在高宪遵老先生三楼没有暖气的废旧仓库里，后来移到陈维良同志的车库里结社的票房。几位热爱京剧的票友于 2010 年成立了票房党支部，在陈维良书记的带领下攻坚克难，引领票房一路走来，经过 7 年努力，连创佳绩，得到了媒体的广泛关注与有关领导的高度重视和支持。曙光街道平阳

长春市京剧艺术活动中心党支部陈维良书记为票友制作道具

社区拨出三楼 430 平方米(小剧场 180 平方米，排练场 120 平方米，服装道具化妆间 130 平方米)提供给票社使用。他们由此更是如虎添翼，不仅常年坚持小剧场演出，还组织大量下基层、进校园等活动，具有规模的演出就达 300 余场，成为长春市第一大票房，有特色的全国金牌京剧票房。

深圳京剧票友联谊会会长赵维国说："看了冯淑云老师的文章，使我深深感受到，一个党支部就是一个战斗堡垒，一个党员就是一面旗帜，长春京剧艺术活动中心的健康发展就是闪光的榜样。"河北沧州郭枢良会长、厦门周奇英会长、江西熊素琴书记等在这方面也都发表了同感。我完全赞同赵维国会长这画龙点睛、一语中的的评价。

冯淑云老师向我介绍说，票房的人员都开玩笑称陈维良为"伟大的陈书记"，他的形象就是我们心目中的共产党员形象。这是多么高的评价呀！最近陈维良同志做了喉部大手术，发声都有困难，但仍然全身心扑在活动中心，热情地为大家服务。看到他们发的《迎春曲》小视频，陈书记唱不了，就扮演个彩婆子，再看到他手工制作的一件件小道具，包含的是他对票房建设"心似双丝网，中有千千结"之深情。在此我们祝愿陈维良同志身体健康！阖家幸福！感谢他提供的票房重视党建、重视思想建设的宝贵经验。

这里，我还想就重视票房的思想建设再说几句。

提到票房建设，人们普遍重视的是业务建设，例如票友的实力、文武场的水平、衣箱添置、演出等，这无疑是重要的。但是思想建设却是万万不可忽视的。票房是票友票戏的场所，是票友欢乐的家园，也应该是一个充满正能量的团体。

关于票房的思想建设，根据各票房的经验，我想归纳为注意一个"防止"，"提倡"四种精神。

防止票房成为散布传播流言蜚语的场所，特别是那些对党、对社会主义、对改革开放政策不满的言论，必须坚决抵制，决不能让他们在这里找到市场。

提倡"一棵菜精神"，克服梨园界旧戏班的一些陋习；提倡互爱互助精神，弘扬敬老尊师的传统美德；提倡勤学苦练攻坚克难的进取精神，努力提高自己的京剧修养和演唱水平；提倡无私奉献的公益精神，不能沾染"铜臭"气。

以上仅供大家参考。

（2020/1/15）

值得赞誉的"票友之家"

今天是"小年"，武汉市汉阳区文化馆金龙京剧社上传资料介绍经验，使我们在越来越浓的"年味儿"中嗅到了京剧的芳香。

这是继桥口区文化馆青年京剧团以后，武汉市又一个区文化馆全力支持京剧票房活动的生动例证。有这样一个好"娘家"，我们为这个票房的雷南安社长及票房成员们感到庆幸和高兴；拥有这样一个好社团，我们也向汉阳区文化馆表示祝贺！

"天空包容了游荡的云，在云朵的映衬下更加明亮；大海包容了激荡的浪花，在浪花的跳跃中更加迷人。云朵、浪花在天空与大海中相互辉映，光彩熠熠。"用此来形容汉阳区文化馆吸收金龙京剧社为馆办社团很是妥帖。在文化馆的安排下，金龙剧社送戏到26个社区，6个敬老院；又受武汉市委宣传部和市文联的委托,开展戏曲进校园的活动,为8所中学举办了京剧知识讲座,6所小学进行了京剧演出专场……文化馆因金龙京剧社的引入,群众文化事业单位的功能作用进一步得到体现;而金龙京剧社因为文化馆的大力支持,有了条件很好的固定排练和演出场地,得到了资金的支持,活动更加精彩,走进了长安大戏院,参加第六届中国京剧艺术节的演出……迈入了快速发展的新阶段。他们是相得益彰的典型,用现在时髦的词来讲也算是"双赢"吧。

小票友卫梦希在天津京剧院排练

就周贤贵会长对"雷氏三姊妹"的赞誉,也谈一点票友之家这个话题。

过去,我们经常提到"梨园世家",它是京剧传承中一个很鲜明的标志。我们却不大提起"票友之家"。今天,我们从汉阳"雷氏三姊妹"齐上阵,助推票房大发展的事例中看到了"票友之家"在传承京剧中的作用,像闻名天津的"十大名票"温学兰之家、李世勤之家,被评为"文化家庭"后,带动了市区家庭文化的建设;像闻名票界的温州唐陈弟之家,四兄弟皆是票友(包括琴票),唐陈弟本人被评为首批中国京剧票友社会活动家,又培养小孙女唐育琦获得"十小名票",进入中戏深造,小孙子唐育煊成为闪亮全国的小琴师。在熠熠闪光的各地京剧小童星中,除这可爱的小姐弟外,还有很多也是由于票友家长的影响着力培养的。如昨天在群里介绍的冯淑云带着小外孙女卫梦希到票房活动,最后登上"和平杯"决赛舞台;如吉林的"十大名票"刘艳波培养孙女郭子嫣获得"十小名票",浙江票友陈豪培养自己儿子陈彦吉获得"十小名票"等,这样的例子不胜枚举。在全国各京剧专业院校招收的学生中,真正出身梨园世家的并不多,绝大部分是由于喜爱京剧的家长带动,由专业老师打下基础。新时期大量涌现的票友之家,不仅是京剧薪火相传的一股重要力量,同时也带动了社会的和谐及文化家庭的建设。这种现象值得我们重视和很好地研究。

令人羡慕的票友之家,尽情享受京剧欢乐;多姿多彩的票友之家,传承国粹功不可没!

点评

275

感恩辅导老师，你们辛苦了！

重庆市老年大学国威京剧社各位辅导老师

今天上线的是重庆市老年大学国威京剧社。

在已经上线的两批"金牌京剧票房"中，我们看到了湖北省老年大学京剧团、湖南怀化老年大学京剧四班、山西群艺馆老年大学京剧团3个老年大学自办或是从京剧班里走出来的京剧票房。今天是第四个。据有关资料介绍，到目前，全国共有各级各类老年大学和老年学校6万多所，在校学员有800多万人。很多老年大学里开设了京剧班(包括京胡班)，它已经成为广大老年京剧爱好者学唱京剧、文化养老的好场所，成为培养京剧观众、传承京剧的重要阵地。4个老年大学金牌京剧票房，对全国老年大学京剧开班及发展具有示范引领意义。

这个票房组织健全，实力强，演出活动丰富，取得成绩显著……这里不再赘述。看到他们上传的"票房成立十周年暨荣获'和平杯'金牌京剧票房联谊会"的视频中，把6名辅导老师请上台，并为老师献花，心里很受感动，就此谈点儿心得。

一些从专业院团退休(也有部分在职)的京剧名家们，不辞劳苦、不计报酬，为传承京剧"鹤发银丝映日月，丹心热血沃新花"。像张卫华社长介绍的，他们票房辅导老师吴绿漪、李成统家住县区(单程200多千米)，每周往返，坚持教学；卞培兰老师身患癌症，一直坚持给大家上课，得到了同学们的极大尊重；怀化老年大学京剧四班老师周冬英，认真给同学们辅导，培养了钟桂芝成为"十大名票"，京剧四班成为"金牌京剧票房"，她一个学期至少上16节课，补助一共只有600元，学生来家学戏，她从没有收过一分钱；山西群艺馆老年大学京剧团张杰(国家一级演奏员)，辅导票友外还亲自为票友司鼓，他的夫人顾铁铭(也是正高级职称)亲自为票友操琴，完全是无偿奉献……

"饮其流者怀其源，学其成时念吾师。"懂得感恩，是中华传统美德。重庆市老年大学国威京剧社在这方面给我们做出了表率，值得效仿。

在"和平杯"京剧票友邀请赛29年的发展历程中,众多参赛的大小京剧票友都是在辅导老师的辛勤培育辅导下成长进步的。在评选出的百家"和平杯"金牌京剧票房中,绝大多数票房也得益于专业老师的热心参与和辅导。这些老师不计名利,以满腔的热忱辅导票友,倾注了极大的心血。他们为提高我国京剧票友的整体水平、加强各个京剧票房的建设、活跃各地的京剧票友活动做出了很大贡献。为了宣传和表彰他们的功绩,感谢他们的辛勤付出,"和平杯"组委会办公室已经拟定了"关于评选'和平杯'京剧票友金牌教师的方案",准备提交组委会讨论,拟在今年举行的第十五届"和平杯"京剧票友邀请赛中实施。这是"和平杯"发展历程中的一项新举措,相信会得到大家的拥护和支持。

借此机会,请张卫华社长转达我及群友们对各位辅导老师的敬意!提前给各位票友及亲爱的老师们拜年了!

(2020/1/20)

为柳铁京协点赞　喜广西丹桂飘香

我们继续进行第二届"和平杯"金牌京剧票房展示和交流活动。今天上线的是第二十八家——柳州铁路局京剧协会。

早在1998年第四届"和平杯"举办时,74岁的柳铁京剧协会会长刘德明就以《汾河湾》剧目进入了决赛,开创了

柳州铁路局京剧协会组织省外联谊活动

广西参与"和平杯"赛事的先河,从那以后,广西有10名选手先后在七届"和平杯"决赛场上亮相,有两位获得了"双十佳"。我和当时广西文化厅社文处左厚尧处长、群艺馆万立仁馆长是朋友,他们曾多次向我夸赞柳铁京剧票友活动。今天从吴小秋会长上传的文字及视频中我们领略了这个票房的风采。他们机构健全,活动从未间断,文武场齐备,有令人羡慕的排练、演出剧场;演出剧目繁多,组织京剧进校园,联谊交流频繁,获奖累累。在没有专业京剧院团的柳州,撑起了弘扬京剧的一片蓝天。

点评

学习他们票房的经验,我觉得有一点值得推广,那就是他们通过举办学习班请老师辅导等办法,较好地解决了文武场力量不足、演员化妆不能自理等问题,还发动会员自己动手制作一些简易道具、服装,充分利用自身优势,多次为当地票房、票友免费提供场面、化妆、服装等支持。这对那些有待于破解乐队伴奏等难题的很多票房应该能起到很好的借鉴作用。

在首届金牌京剧票房展示中,我们了解了1938年创办、后在2013年恢复的桂林市中山剧社,(顺便提一句,今年举办的第七届"和平杯"京剧小票友赛中,这个剧社的栗李晴阳演唱《牡丹亭》获得"十小名票"第三名,填补了广西大、小票友一等奖的空白)。在本届展示里,看到了有68年历史的南宁市工人文化宫京剧团;如今,我们又看到有35年历史的广西柳州铁路京剧协会。有谁会想到,在祖国岭南边陲的广西,竟有3家坚持这么长久而且这么优秀的京剧票房!我想,这一切缘于京剧强大的生命力,缘于广大票友对国粹艺术的爱!

广西的区花是桂花。宋代大词人李清照写过一首赞美桂花的《鹧鸪天》,他的上篇是"暗淡轻黄体性柔,情疏迹远只香留。何须浅碧深红色,自是花中第一流"。几十年来,广西南宁、柳州、桂林这3家金牌京剧票房,就像3株堪称花中第一流的"桂花",在八桂大地上因热爱京剧而生,又在弘扬京剧中成长。今天我们见到柳州铁路局京剧协会上传的丰富多彩的资料时,似乎又闻到她们散发出来的浓浓香气。

衷心祝愿广西京剧票友活动在顾才源会长的率领下,处处丹桂飘香!

(2020/3/16)

开拓创新的票房典型

今天上线的是常州天宁京剧票友协会,他们让我们看到了一家开拓创新的票房典型。

常州天宁京剧票友协会的历史算起来已经有30年了,辉煌过也沉寂过,自张祚云同志2014年接手会长以后,短短几年,不仅这个区级的票友组织再续辉煌,而且在全国搞得风生水起。熊素琴书记刚做的热情洋溢又中肯的评价,我十分赞同,这里想对他们开拓创新的举措再赘言几句。

2015年,在"微信"这个现代科技新事物刚刚开始的时候,张祚云会长就在全国率先搞起了"微信朋友京剧票友"联谊演唱活动,每年一届,到2019年举行第五届,命名为"第五届中国微信朋友圈京剧票友艺术节"时,由市委宣传部、市文旅局、市文联等联合主办,被逐渐打造成为常州对外的一张"城市文化名片"。这连续5届的"微信朋友圈京剧票友艺术节"真是别有洞天，让人眼前一亮，拍手叫绝！

2017年10月，他们承办了全国"第十四届省市京剧票友组织联谊研讨会"。一个区级票友组织能够承办这个全国票界高规格的活动，不仅需要胆量更需要缜密的组织工作和资金支持。记得我和天津票友戏迷协会会长孙亭福受邀参加这次活动，来机场接我们的是张祚云

常州天宁京剧票友协会演出后合影，
后排右起第七人为张祚云会长

常州天宁票友协会演出《华容道》

会长的女儿。在去宾馆的路上，她不停地向我们介绍全家支持父亲全身心投入票友事业的故事，我们很受感动。后来我才知道，这次活动所花的费用基本都是自筹的，张祚云会长一人就拿出了近六万元，要知道，他和老伴每月的退休金加起来也就八千元啊。齐丽华秘书长也自掏腰包解决了部分经费。他们对票友事业的奉献真是叫人动容！

2019年5月，剧社被命名为"尚小云京剧研究会常州分会"，并举行了揭牌仪式。

常州天宁京剧票友协会挂靠在天宁区文化馆，王小菲馆长对他们大力支持，提供了条件十分优越的排练和演出场所，下达演出任务时还给予资金资助。2019年底，这个票房又开创了票房和企业联姻的新路，"河北常州市商会"的会长冯维亚、秘书长李鑫亲自给张祚云团长授牌，宣告"常州市河北商会岳顺京剧团"正式成立，又是一个开拓举措！有天宁文化馆这个好"娘家"，那是如鱼得水；有河北商会的资金支持，更是如虎添翼；再有张祚云会长、齐丽华秘书长等这样既有无私奉献，又有开拓进取精神的领头人，这个票房的发展前景真是不可限量。

"丹心未泯创新愿，白发犹残求是辉"。(苏步青语)张祚云会长年近古稀，仍然雄心不减，不仅在票友事业这块沃土上辛勤耕耘，而且像年轻人那样朝气蓬勃，勇于开拓创新，为全国的票房建设提供了十分宝贵的经验。

感谢天宁区文化馆、常州河北商会对票房的支持！期待常州天宁京剧票友协会(岳顺京剧团)这块票房金牌发出更大的光芒！

点评

279

古城京韵报春来

宝鸡市群星京剧团演出后合影

今天,在这千花百卉争明媚的春分节气里,我们欣赏到宝鸡市群星京剧团上传的资料,感到了扑面而来的中国京剧票界春的信息。

宝鸡古称"陈仓""雍城",被誉为"炎帝故里、青铜器之乡",是周秦王朝发祥地。这里演绎着众多历史故事,像我们耳熟能详的"诸葛亮六出祁山""明修栈道,暗度陈仓"等就发生在这里。今天,从宝鸡群星京剧团的成长壮大,国粹艺术在这里弘扬的资料里我们看到了今天宝鸡人的精神文化生活,从他们上传的一幅幅精美的剧照,我们也看到了这个中华文明古城今天的亮丽风景。使人不自觉哼唱出"俱往矣,数风流人物,还看今朝"。

这个老中青少"四世同堂"的票房,行当齐全,流派纷呈,演员齐整,文武场实力很强。正像他们的名字"群星"一样,票房里群星闪耀,在宝鸡市独占鳌头。他们配合形势需要,创编的京歌、小戏、小品和含有京剧元素的作品都有较高的水平。炎帝故里子孙、可爱的宝鸡票友朋友们对京剧艺术的热爱至深,使皮黄之声在三秦大地上唱响。真是"古城底蕴深,千年吼秦腔。京剧有魅力,票友也疯狂!"

朱忠黔团长,这个文武全才的军官,既钟爱京胡演奏,又通音律。从"五六个人、两三秆枪"组建京剧小乐队活动"打游击"开始,到退休后继续投身票友事业,发展到现在实力雄厚的四十多人的大票房,跻身"全国金牌"之列,他功不可没。据了解,这个社团的名誉团长王东卯、花脸演员李江海都是从部队退下来的高级军官。这也引发了我的一些感想。

部队转退干部热爱京剧,喜欢唱两口儿、拉几下的人为数不少,但是能够把"独乐乐"变为"众乐乐"的却也不多,更甭说是像沧州郭枢良、大连吕树来、惠州翟建辉等转业军官,披挂上马担任票房社团团长,带领票友开创出一片天地的更是少见,像朱忠黔副军级退休干部作为票房带头人的更是凤毛麟角。这些部队锤炼出来的干部,战士的本色永不褪,换个岗位又冲锋!

(2020/3/20)

一张古县城的文化名片

今天上线的是"河南省固始县梨园会馆"。

说句实在话,通过金牌京剧票房,我才知道有这个固始县。经过朱忠黔同志的介绍,进一步了解到这个"唐人故里,闽台祖地",即两千多年古县的深厚文化底蕴。光武帝刘秀(公元前5年—公元57年),封李通为固始侯,并赠"欲善其终,先固初始","固始"由此

河南省固始县梨园会馆乐队
社长汝义恒先生(右一)

得名,并沿袭至今。很多的历史名人祖籍都在这里。朱忠黔同志还较为详尽地介绍了固始县这个中州大地京剧之乡200多年来的京剧传承发展情况,给我们补上了缺失的一课。江西熊素琴、保定白晓光、江苏于彪、福建周奇英、吉林冯淑云、沈阳张俊芳及西安杨建军等同人,对这个票房的优秀业绩都做了很高的评价,我十分赞成。这里也谈两点感受,供大家参考。

其一,"欲善其终,先固初始"。意思是若想得到好的结果,必须先打好坚实的基础。虽说这是两千年前东汉建立者刘秀的话,但是今天仍然有它的现实意义。固始县梨园会馆成立12年来之所以进步很快,取得很大成绩,是因为这个票社不仅成立之初基础就比较牢固,而且在以后的发展中又不断夯实着基础(请看他们的资料介绍)。我们各票房起点虽然不同,但夯实票房的基础是共同的课题。很多上线的金牌京剧票房这个方面都有很好的做法和经验。我们要把基础建设摆在最为重要的位置,票房从成立、发展,再到辉煌是需要许多年艰辛努力的,而基础不牢垮下去有可能就是一瞬间,我想这不是危言耸听!永远不要因取得的成绩故步自封,也不要被一时的光环遮住了眼。只有固根基、扬优势、补短板、强弱项,方能行稳致远。

其二,固始县是文化古县,源远流长、名人辈出,可却长期鲜为人知,不能不说是个憾事。今天,我们通过梨园会馆的介绍才对这个文化底蕴深厚的古县城略知了一二。这也证明了,一个优秀的京剧票房可以成为当地对外宣传的一张名片。在我国经济快速发展的今天,挖掘当地优秀历史文化资源,保护非物质文化遗产,已经列入各地党和政府部门的重要议程。这也给我们包括京剧票友在内的文化人提出了一个很大的课题,我们在这当中不仅可以有所作为,而且可以大有可为!例如,当我了解到明清时期两次收复宝岛台湾的民族英雄郑

点评

成功、施琅祖籍都在固始县，就有了一种冲动，面对这历史赐予的得天独厚的文化资源，我们票房是否也可以做些什么呢？我们每个票房所处的地域，都有着自己独特的自然人文环境和资源，是中华上下五千年灿烂文化的组成部分。京剧票房固然是票友们自娱自乐的社会团体，随着时代的发展，它存在的意义和发挥的作用已经远非昔比。但愿每个"金牌京剧票房"都能成为当地一张亮丽的文化名片。

（2020/3/23）

不可忽视的京剧票房借力发展

山西省文化馆京剧社演出剧照

今天上线的是山西省文化馆京剧社。

山西省文化馆京剧社从成立到发展一直备受省馆的支持。省馆为他们提供了大排练厅进行活动和排练，还为他们提供了电子天幕、灯光、音响等设备齐全的文化馆剧场，以及文赢公园舞台作为演出场地。

这个票社先后聘请了山西省京剧院十多名专业老师，经常来票社授课指导。其中包括京剧名家、京剧院名誉院长任岫云老师，国家一级鼓师张杰等，剧社主要演员和乐队成员差不多都得到过专业老师一对一的教授。

山西省文化馆京剧社能够在不太长的时间里发展起来，跻身全国金牌之列，不仅是他们努力的结果，像材料里介绍的业务社长赵慧闪、楚仲喜同志的感人事迹，以及他们剧社下基层、进校园，参加各种惠民演出并取得很好的成绩。但也得益于省馆和省京大的支持。

这个票社成员中，有3名票友获得了"和平杯"双十佳，其中演唱《罗成叫关》的吴万军与演唱《周仁献嫂》的赵越两位都是小生演员。这令苦于小生行当难寻的很多票房羡慕。由此也可见这个票房实力不凡。这里，我还想就另一位"双十佳"李祖英老师参赛"和平杯"介绍一点轶事，说一点题外话。

2002年，李祖英同志作为"四小名旦"李世芳之女报名参赛第六届"和平杯"，报送的剧目是《拾玉镯》，她的参赛在决赛群体中引起较大反响，大家窃窃私语。我至今清楚记得，此事在决赛评委会上也引起了争论，有的评委提出适当照顾梨园世家子弟，有利于京剧传承发展，李祖英同志只要差不多就可以被评为"十大名票",大家也可以理解。多数评委认为应该一视同仁,否则就失去了公信度,不利于这个赛事的发展。最后李祖英同志以总分第十二名的成绩获得了"双十佳"的称号,李老师本人也非常大度地欣然接受了这个结果。名家之后参赛,李祖英同志不是个例,像张君秋先生儿媳张新、刘长瑜先生侄子刘铮、袁世海先生公子袁少海等,都曾先后登上过和平杯的决赛舞台。评委会仍然坚持一视同仁、公平公正进行评选,得到广大票友的认同,这或许也是这项赛事能够坚持 30 年常办不衰的重要原因之一吧!

(2020/3/25)

昆明票界"五朵金花"

今天上线的是昆明市梨弘京剧票社。

在这春日浓浓的日子里,我们读到从春城昆明上传的金牌京剧票房经验,似乎看到了盛开的又一朵金花,欣赏了梨园票界又一道美丽的春景。

这个剧社先后经历了刘崇敬、李碧珍、陈宝珠 3 任社长,就像一场堪称完美的接力赛,每一棒不仅都跑出了自己的精彩,而且交接棒非常顺利。因此,使得这个约 30 人的不是很大的小团体,不仅能够坚持 27 个年头棒打不散,而且不断发展壮大。除了经常演出的数十个传统和现代剧目以

昆明市梨弘京剧票社获金牌京剧票房
陈宝珠社长(右一)

外,竟演出过 6 个全本大戏,在深入基层、服务社会、各种公益演出中取得累累佳绩,令人刮目相看!

我想,我们很多金牌京剧票房,都是成立时间很长,有的甚至长达七八十年。票房负责人大都从前任手中接过这个接力棒,至于如何跑好自己这一程,又如何选好下一程的领跑人,确实是个值得重视的大问题。各个金牌京剧票房的经验都证明了票房负责人就是这个票房的"灵魂人物",是票房成败的关键因素,很多时候,这个领头人在,就有希望,就能发展;一旦这个人离开了,有可能一切成绩就化为乌有。这就提示我们现任票房的社(团)长们,尤其是年长的负责人们,能不能把自己负责的哪怕是自己创建的票房一棒接一棒地很好"跑"下去,这已远远超出了个人荣辱的范畴,而是关乎京剧票友事业发展的大事情,我们应该站在这样的高度考虑问题,有这样的胸怀。

学习这个票社的经验，我对他们团结和谐的氛围印象深刻，陈宝珠社长介绍了很多这方面的事例。他们那种"有事大家帮，有困难大家扛"的精神，使"票社成为温暖和睦大家庭"的初衷，也是我们众多金牌京剧票房共有的显著特征。我想，不管你这个票房具有多么好的活动条件，得到各界多么大的支持，这都是票房健康成长的外部因素，而票房成员的组成结构，成员间包容、谦让、互学及团结和睦，才是内在发展的动力。"内因是变化的根据，外因是变化的条件，外因通过内因而起作用"，我们应该记住这个唯物辩证法原理，外修形象，内修素质。

1959 年，长春电影制片厂拍摄的以七彩云南为背景的《五朵金花》，至今让人津津乐道。在祖国西南边陲昆明，竟有 5 个京剧票房进入全国金牌京剧票房行列：云南省文化馆京剧团、省委老干部局紫薇京剧团、益友京剧票社、昆明芳华京剧团和今天展示的昆明市梨弘京剧票社。争奇斗艳，各有风采。这票房的"五朵金花"，不仅使春城昆明更加姹紫嫣红、妩媚动人，而且在京剧票界备受瞩目。

衷心祝愿昆明票界这"五朵金花"开放得更加绚丽多彩！

(2020/3/27)

票房提倡"一棵菜"　红花绿叶两生辉

南通市崇川区江东京剧团组织京剧进校园活动

今天上线的是江苏南通市崇川区江东京剧团。

我们领略京剧文化在南通这个千年文化古城里传承发展的时候，还真有一种"始觉今朝眼界开"（王安石赞美南通的诗句）的感觉。

2017 年底，我曾到过南通学访，深深被那里浓厚的京剧氛围所触动。这个江苏省的地级市，不仅有几十家京剧票房，有一大批热爱京剧的观众，京剧票友演出剧场经常爆满，更可喜的是有两家金牌京剧票房在引领风骚。像梅葆玖先生嫡传弟子韦红玉重新恢复的伶工学社，还有今天看到的由黄超任团长、张秀林等任副团长的崇川区江东京剧团。

这个票房具有其他各个金牌京剧票房共同的一些特点：组织健全、活动频繁、演员和文武场实力强、演出剧目丰富且能演大戏、对外联谊交流活动频繁、累累获奖等,是名副其实的票房中的"金牌"。除此之外,通过他们的介绍了解到,这个票房成立7年来还举办了鲍小华(小生)专场、黄超(裘派花脸)专场、张秀林(马派)专场,以及崔梅娟(程派)与京剧名家老师孙劲梅共同演出的全本《锁麟囊》专场。下面就这个话题谈一点感想。

"京剧是角儿的艺术",从某种意义上说,其含义也适用于京剧票房的建设。培养几个水平较高能够胜任大戏主演的票友演员,是提高票房整体质量扩大其知名度的关键因素之一。因此,像南通市崇川区江东京剧团这样,几次搭台,努力培养自己票房"角儿"的做法,是值得大力提倡的。

我在多年组织票友活动过程中,感觉我们票房和专业剧团的最大差距是在助演、宫女龙套配备等方面。所以,"京剧是角儿的艺术"也不全面,有谁说担当配角甚至跑龙套的演员表演、乐队伴奏不是艺术?更甭说京剧舞台的其他因素了。努力成为票友中的"角儿",当主角,唱大戏,固然也是很多票友追求向往的目标,但这并不是我们票友演唱京剧的初衷。我们票房在培养主演,同时更要提倡"一棵菜"精神,每个团(社)员既能当"红花",也能当"绿叶",同时还能饰演宫女、跑龙套,这不仅能提高京剧艺术的修养,也同样能收获京剧艺术带给我们的享受和快乐!

在上传的金牌京剧票房经验中,我们见到了很多能够挑大梁、实力强的票友,位置摆得很正,帮助伙伴练声排戏,跑龙套、搬运道具、打扫卫生,什么活儿都干,赢得了大家的尊重。还有不少票社负责人主动在活动演唱中让位,把时间让给大家;在演出中让台,把更多机会留给队员,此领队很是值得赞赏。这些在专业院团很难做到的,在票房里却很平常,时时在发生着。

我们向崇川区江东京剧团学习,既要重视培养自己的角儿,也要让"一棵菜"精神发扬光大!

刚刚看到这个票房今天正值乔迁之喜,获得了区文化艺术中心更大的支持,有了条件更加优越的排练和演出剧场。"有为才有位,有位更有为",我们在向他们表示祝贺的同时,也期待这个南通票界领头羊今后能绽放更大的光彩!

(2020/3/30)

高校梨园谱新篇　首功当推严崇年

今天上线的是陕西高校京剧协会。

京剧艺术之所以被称为国粹,是因为她积淀了中华民族五千多年的丰厚文化底蕴,它诞生至今,在不断发展与自我完善的过程中吸收了其他地方剧

陕西高校京剧协会部分成员合影

种、艺术门类之所长，并经过无数文人学者（包括很多高校教师）和京剧艺术家共同的改革与创造，使之成为中国戏曲艺术集大成者。

在京剧兴盛的年代里，由师生成立的京剧团在高校中星罗棋布，高校教师在促进京剧发展中做出了很大贡献。例如，我们所知道的，曾在北平女子文理学院任过教的齐如山先生就为梅兰芳编创过时装戏、古装戏，以及改编的传统戏有二十余出，号称朱（朱家溍）、刘（刘曾复）、吴（吴小如）三足鼎立的 3 位推动京剧发展的评论大家，都曾在高校教过书。其中，吴小如在天津的弟弟吴同宾先生也是大学教师出身，编著有《京剧知识词典》等多部作品，是第一届"和平杯"复赛、决赛评委，等等。这样的例子不胜枚举。

在专业京剧院团逐渐陷入低谷、高校京剧活动乏力的 1995 年，西安建筑科技大学严崇年教授率先吹响了全国高校弘扬京剧的集结号，由他倡议发起的省内十几所高校参加的"陕西高校京剧协会"成立。2000 年，在新世纪第一缕阳光的沐浴下，这个省级的高校京剧协会发展成"全国高校联谊研讨会"，连续6 届，每届参加的全国高校达到近百所，报名演唱的师生达二三百名，真是"忽如一夜春风来，千树万树梨花开"，有力地促进了全国京剧进高校校园的发展，让国粹艺术之花在更多青年学子们心中开放！严崇年先生功不可没！

严崇年教授获得过"国家科技进步三等奖"，享受国务院政府特殊津贴，本人也是"资深票友"，喜欢"小生"行当。几十年和他相濡以沫的夫人、副主任医师马元苃也是一位"资深旦角"票友。在严教授担任高校联谊会会长期间，夫人一直担任秘书长，这对伉俪珠联璧合、无私奉献、协力弘扬高校京剧事业的很多感人事例被广为传颂。

我在两年前收到了他们女儿严霆为父亲八十大寿、母亲七十七喜寿编撰的精美画册，记录了父母多年京剧活动中的一个个美丽瞬间（好一个孝顺的闺女）。原中共陕西省委书记、省人大常委会主任李溪溥同志，专为这本画册写了序言。足可见严马夫妇的贡献及这个协会的影响之大。

不久前，严教授把会长的接力棒交给了陆尧教授。相信陕西高校京剧协会在陆教授的带领下，一定会把"全国高校联谊研讨会"这个品牌继续做大做强！

借此机会，祝愿严崇年、马元苃两位耄耋老人，小生永远俊俏，旦角永远靓丽,在人生大舞台上继续演绎甜美的《春秋配》！

（2020/4/1）

弘扬京剧　舍我其谁

今天上线的是"梅兰芳故乡"京剧票友戏迷联谊会。

看到他们介绍的材料,不仅嗅到扑面而来的浓浓梅香,更感受到泰州京剧人对传承京剧的担当。

梅兰芳是举世闻名的中国戏曲艺术大师。泰州原是梅兰芳祖籍所在地, 是其祖父

"梅兰芳故乡"京剧票友戏迷联谊会在梅兰芳纪念馆举办演唱会

"同光十三绝"之一梅巧玲的出生地。梅巧玲的儿子梅雨田(谭鑫培琴师)、梅竹芬(名伶)及梅兰芳(梅竹芬之子)本人均出生于北京。现在北京、泰州均有梅兰芳纪念馆。说泰州和北京同是梅兰芳故乡也是毫无疑义的。

我们特别赞赏泰州党政领导部门及梅乡京剧人, 在梅兰芳先生祖籍所在地这一点上做足了文章,将其打造成一张亮丽的城市文化名片,不仅是海内外来宾必到之处,也成为京剧伶票向往的胜地。以至造成现在一些人提到梅大师故乡,只知有泰州,不知有北京的误解。

1985 年初,泰州"梅兰芳纪念馆"成立,2002 年 11 月 2 日,又建成全国第一家以表演艺术家命名的剧院——梅兰芳大剧院 (北京的梅兰芳大剧院 2007 年开业,比泰州晚了 5 年)。

泰州最有名的淮扬菜佳肴"梅兰宴",就是以梅大师的 18 个代表剧目为背景精心研制的大餐,如锦凤还巢、黛玉怜花、霸王别姬、贵妃醉酒等,让人们品味戏曲和烹饪文化的完美结合。当地在宣传梅兰芳故乡上真是独具匠心,令人赞叹！

泰州京剧票友戏迷联谊会直接冠以梅兰芳故乡的字样, 既体现了他们对梅兰芳大师的崇拜敬仰之情,也是向世人宣告今日梅乡人为弘扬京剧,特别是弘扬梅派艺术矢志不渝的决心和担当。孟子曰:"如欲平治天下,当今之世,舍我其谁也?"梅兰芳故乡的票友戏迷们似乎也在充满自信地向天下宣称:"弘扬京剧,特别是梅派艺术,当今票界,舍我其谁也?"

点评

287

黄平会长向我们介绍他们积极参与泰州每年一届的"梅兰芳艺术节",组织了一系列纪念梅大师的研讨和演唱活动,承办"首届全国高校京剧联谊演唱会""大运河沿线城市京剧票友演唱会",还有他们彩唱月、天天有戏、演唱赛、京剧进校园、送戏敬老院等一系列丰富多彩的活动。特别是创编的《京剧票界》小报,更是体现了他们弘扬京剧的自觉担当。这份报纸每月一期,迄今已经出刊 243 期,和某个专业京剧杂志相比,是我更喜爱的必读刊物,不仅因为它完全是公益性质,更是因为它是我们广大票友真正自己的报纸,内容翔实,信息量大,介绍京剧知识,宣传票房票友活动,为推动京剧票友事业摇旗呐喊,留下了一份弥足珍贵的史料!各位票界前辈及现任主编徐振斌等各位编辑人员功莫大焉!

就像《蓝色多瑙河》《拉德斯基进行曲》是维也纳新年音乐会必演曲目一样,他们在每次联谊演唱会开始,都会先由全体旦角来一段《贵妃醉酒》,真的很有意思!但愿国粹京剧、特别是美轮美奂的梅派艺术不断发扬光大,世世代代传承下去!

(2020/4/3)

牡丹飘香　金叶灿烂

"十大名票"张杰参加洛阳金叶京剧票社活动演唱

4 月上旬,作为"千年帝都,牡丹花城"的洛阳,正是牡丹花初开时节,此时我们学习洛阳金叶京剧票社的经验介绍,请允许我借用广州军缘京剧社才女林岭说的"牡丹飘香　金叶灿烂"作为这篇短评的题目。

我完全同意熊素琴书记对这个票房进行得十分全面准确的点评,也谈一点类似的感受。

这个有 13 年历史的票社,规模不大却很精干,具备了一个优秀京剧票房所有的特征。他们有坚强的领导班子,有大家共同遵守的票社《章程》,有很强的伴奏乐队,还有在各行当上有实力的票友演员。他们先后请到全国十多位京剧名家、琴师来票房指导,和全国十多个省市组织联谊交流活动、足见其活动能力之大。

一个只有 28 人的票房,竟能在央视"第四届京剧票友大赛"、《一鸣惊人》

《过把瘾》最佳拍档中,在第八届、第十四届"和平杯"决赛等全国性重要票友赛事活动中有选手入围并取得好成绩,可谓成绩"惊人"！我想,这和他们讲求票社质量密不可分。例如,每个新加入的成员必须符合"德艺双馨"的要求,经过本票社 3 人的介绍。这种做法很值得我们学习参

金叶京剧票社活动中

考。现在有些票房没有明确的门槛,成员良莠不齐,社(团)长们因为队伍较大,对很多想申请加入哪怕是水平很高的票友很难应允,同时又对感到令人"头痛"的个别成员毫无办法。我想,票房虽然不属于正式建制单位,但是否也应该建立起"优胜劣汰"的机制？这是留待我们,特别是金牌京剧票房今后研究的一个课题。

他们发布的《金叶社歌》是我第一次见到京剧票房自己编创的社歌,用来增强成员的集体荣誉感和凝聚力,真有点"眼前一亮"的感觉,很值得借鉴。

在去年第十四届"和平杯"决赛赛场,我认识了他们票社演唱《钓金龟》的李春晓同志,感觉她是位充满活力和激情的票友。今天,经晓军会长介绍才知道她多病缠身,体内安装有 5 个心脏支架,但酷爱京剧痴心不改,被票友誉为"李春晓精神"！我特别感动！由此我想到那句形容忠贞爱情的著名词句,"问世间情为何物,直叫人生死相许"。在票界,痴迷京剧的感人故事比比皆是,有些故事到了叫人震撼的地步。我前段所说的"京剧有魅力,票友也疯狂"就是出于我和票友相处的切身感受。我感觉,京剧票友是最多情的群体,一旦从喜欢到迷上了有魅力甚至有魔力的京剧,使自己的生活充满欢乐和精彩后,往往会一发不可收拾,直到"以身相许",视为自己生命中不可分割的一部分。

作为票友工作的组织者,我和各位会长、社团长一样,有幸能够为痴迷京剧的可爱的票友们做些事情,不仅是一种荣誉,更是一种责任！

(2020/4/6)

贵在坚持三十载　京剧茶座兰花香

今天上线的是贵州省文化馆实验京剧团。

他们上传的图文并茂的资料,介绍了这个由李孝彬等几位京剧爱好者自动搭班组成的票友小群体是如何坚持了 30 年,越办越红火,发展到现在有 40

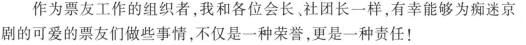

点评

余人规模,成为贵阳首屈一指的票房的历程和经验,其中可圈可点之处很多,熊书记评述得很全面,这里谈我个人两点突出感受。

首先,我特别赞赏李孝彬团长等几位京剧人的坚持。他们和很多票房领军人物一样,从票房初建就"咬定青山不放松",坚守这块阵地,以至于取得了今日优异的成绩,造就了辉煌。坚持,源于对京剧的热爱;坚持,也源于对弘扬京剧的自信。坚持,是一种可贵的品质。像李孝彬团长那样,看准了应该做的事情,就坚持到底,不断地"更上一层楼",给我们树立了榜样。《尚书》中说"为山九仞,功亏一篑"。讲的是,堆九仞高的山,只差一筐土也不能算成功。很多时候,一个初建时不错的团体、创意好的项目,中途遇到困难,似乎到了"山穷水尽",一些人就放弃了。其实,再运作一下,再努力一把,咬牙坚持下去,真有可能迎来"柳暗花明"。有前劲,没后劲,是很难成气候的。

其次,觉得他们开设的京剧茶座很有味道。茶馆,在中国是一个古老行当,多姿多彩的茶馆文化是我国的特色文化。李孝彬团长把独具中国特色的京剧文化和茶馆文化融合,开设京剧茶座,还自费装饰了小舞台,添置了必要的设施。三十年来风雨无阻,每周日下午活动。不仅成为京剧团演唱的小剧场,也成为当地爱好者欣赏京剧和联谊休闲的好场所,到目前,他们已经在茶座里演出了一千多场。锻炼了演员,也培养了观众。京剧茶社一直散发着兰花(贵阳的市花之一)的清香。

简单介绍一下我所了解的李孝彬团长。1991年首届"和平杯"时,贵阳票友孟祥辉演唱《将相和》获得了"十佳票友"称号(到第三届才改为"双十佳"),当时为他操琴的就是这个票社的李孝彬团长。李团长职业是主任医师,他不仅操琴自学成才,被赞为"云贵第一琴票",而且杨派老生唱得韵味醇厚。他不仅主持这个票房的全面工作,还开办了"京剧实验学校",每周一课,亲自讲课,坚持了20年有余。京剧茶座每周有戏,京剧实验学校每周有课,这每周"双有"中,孝彬团长付出了多么大的心血啊!

这个票房有两位票友进入过"和平杯"决赛,特别是王凤玲,在第七届、第十届、第十四届"和平杯"中均进入决赛,是贵州入选决赛次数最多的票友。王凤玲亲姊妹四人(王凤玲、王凤瑛、王凤菲、王晓红)是梅、张、荀、程4个青衣行当票友,都在这个票社,经常同台演出流水唱段,大受欢迎。这开放在云贵高原上的票友姊妹花,成为这个票房的名片,为山秀水美的贵州平添了一道美丽的风景,也是中国票界的一段佳话。

(2020/4/8)

德馨,票房的共同追求

今天上线展示的是安徽蚌埠市德馨京剧票友艺术团。

这是安徽省申报的唯一一家"和平杯"金牌京剧票房。在安徽数百家大小票房里独占鳌头。

看到这个票房以"德馨"取名,很自然想到刘禹锡那篇脍炙人口的《陋室铭》里的

安徽蚌埠市德馨京剧票友艺术团演出《红色娘子军》剧照

名句"山不在高,有仙则名。水不在深,有龙则灵。斯是陋室,惟吾德馨"。是啊,在票界里这个票房"山头"不高,却因成员的年轻化、实力强有名;他们正式成立票友艺术团十多年,资历也不深,却因为票社里充满着团结、齐心、积极向上的氛围,有了强大的气场和灵光。陈德团长的名字里也有个"德"字,她本人就是个"德艺双馨"的带头人,这个票友艺术团也确实是散发着青春气息的"德馨票房"。

看他们发来的演唱视频,感觉这个票房的乐队完全是专业水平,各行当的演员不仅相对年轻而且普遍功底不错,在班底、舞美、服装、化妆、道具等方面不亚于专业。每年省票友艺术节全省各地有数十家票房参加,只有他们一家在乐队、服装、化妆等方面全部自带自理,足见他们的整体实力。据了解,这个票社的服装、道具,90%以上都是票友们自己花钱置办的。像陈德团长,本人也属工薪阶层,十多年来省吃俭用,几乎把所有积蓄都用在了票房的建设上,仅服装(包括很多龙套、宫女服装、盔头、头面等)就置办了数十套,前后花了20多万元。票社每个成员,都乐于为票社的发展自觉做出贡献。他们介绍说,多数演出都是大家自掏腰包集资。例如,2018年12月,组织纪念荣获"和平杯金牌票

点评

291

房"暨庆祝改革开放40周年大型演出时,团领导、乐队老师带头捐款,团员们踊跃跟进,一天内就凑得一万五千元,保证了演出顺利举行。仅这一例,就嗅到了这个票社的德馨芳香。德馨,应成为票房的共同追求。

借此机会,我想对安徽省振兴京剧艺术交流中心说上几句话。

安徽省振兴京剧艺术交流中心的前身是"安徽省振兴京剧艺术基金会",是陈健同志(原为安徽省计委主任)离休后,于1993年4月在全国率先创立的普及京剧艺术的省级组织平台。2015年,陈健同志将接力棒交给了现任会长黄望芋同志。从1993年开始到现在,每年一届,组织全省京剧票友演唱会(现改为"票友艺术节"),各地的票房票友数百人集中到合肥,演出最少7场,最多11场。到2019年,已经连续组织了25届。他们热心为票友服务,拳拳之心可见日月。

安徽省振兴京剧艺术交流中心的会长黄望芋,副会长陈雯、孙瑾琦都是女同志,3位女将组成省级票友协会领导班子,在全国也是独树一帜。我在合肥参加活动时曾即兴编了几句顺口溜:三朵铿锵玫瑰,红颜不让须眉,同心振兴国粹,担责舍我其谁。今天,我们又看到安徽票界一朵铿锵玫瑰绽放,也以此献给可爱又可敬的陈德团长。

(2020/4/10)

与新中国同步的青城票房

呼和浩特市职工京剧团、一泽国剧社与京剧团老师们的合影

在喜庆欢快的《小开门》曲牌中,内蒙古呼和浩特市职工京剧团闪亮登场。

这个票房虽然身处祖国北疆,但是实力很强。除了在央视、长安大戏院亮相以外,先后有8名成员进入"和平杯"决赛,其中一名更是获得"十大名票",3名获得了"双十佳",4名获得"优秀票友",1名获得"评委会特别奖"。不仅是在内蒙古进入决赛人数最多、获奖最多的票房,就是在全国各金牌京剧票房中也属上乘。

这个票房从1951年建团至今已有69年,风风雨雨、砥砺前行,如今成为内蒙古领先全国的优秀票房,成功的原因是多方面的,其中有两点特别值得一提。

一是得益于内蒙古自治区京剧团的大力支持。20世纪60年代,以李万春领衔的内蒙古京剧团是个实力很强的京剧团,对这个票房给予了很大支持,现在自治区京剧团里年轻一代的专业演员也经常到这个票房来参加活动。票房的主要演员,几乎都经过专业演员"口传心授"。

二是得益于这个票房"王氏"祖孙三代领军人物。现任团长王俊生是1991年从他的父亲——时任呼市工人文化宫主任、职工京剧团的老团长王鸿光先生手里接过来的。王鸿光先生1951年创办这个团时,他的父亲(王俊生祖父)王文周先生就在票房操琴教戏。王氏一家三代,薪火相传,为这个69年的优秀票房倾注了大量心血。现在王俊生任团长,他的亲妹妹王惠玲女士任副团长,兄妹俩在团员全力支持下继续书写着这个青城票房的传奇和美篇。听有人戏称说:这是个票界的"王家班",王团长不赞成这个说法,他说:"我们的票房靠的是众人拾柴火焰高,一个人浑身是铁又能打几个钉!"

利用一点篇幅,简单介绍一下这个票房获得"十大名票"的金玮老师的有趣逸事。

金玮是内蒙古医学院心理学教授,首届"和平杯"时报送的是并不多见的程派剧目《羚羊锁》,由于录像质量很差,还时断时续,开始并没有进入决赛,因此,内蒙古在决赛中"全军覆没"。在复赛即将结束时,白晶环老师提出,这位老太太(实际她年龄并不很大)唱得还有些味道,请大家再仔细听听,能不能少让一个省份"剃光头"?评委会同意了。就这样,金玮同志算是勉强进入了决赛。

在王俊生团长陪同下,决赛中金玮同志一唱成名,她韵味十足的演唱得到了评委专家和天津观众的一致认可,登上了"十大名票"光荣榜。当年,内蒙古评选年度十大新闻人物,金玮同志因为获得京剧"十大名票"而榜上有名。在首届"和平杯"决赛现场,她和代表辽宁参赛的胞妹金玳相见,二位拥抱的画面定格在首届"和平杯"的画册上,也让我们对这份美好回忆无穷。

我和王俊生团长因"和平杯"结缘,他3次闯入决赛并获得过"双十佳",不少评委认为他继续努力有问鼎"十大名票"的可能,可惜因各种原因他没再参赛。1991年,是"和平杯"创办之年,也是他从父亲手里接过呼市职工京剧团团长之年,呼市职工京剧团和"和平杯"携手共同成长了近30年,借此机会,感谢王俊生团长对"和平杯"赛事一贯的大力支持!

(2020/4/13)

存在就是意义　坚持就是贡献

佛山市三水区老干部京剧社演出剧照

今天上线展示的是广东佛山市三水区老干部京剧社。

粤剧，起源于广东佛山，并享有"南国红豆"的美誉。粤剧起源于明朝中叶，是中国重要的地方剧种之一，是粤港澳地区的乡音，也是世界粤港澳广大华侨的乡愁。在国家 2006 年 5 月 20 日公布的第一批 518 项国家级非物质文化遗产名录中，粤剧和京剧一起名列其中。2009 年 10 月 2 日，由广东、香港和澳门联合申报，粤剧成功列入世界非物质文化遗产名录。

广东这个地方，几乎全部是粤剧观众，演唱京剧者可以说是寥寥无几。十四届"和平杯"，广东的票友取得了不俗的成绩，但仔细盘点，获奖的票友几乎没有土生土长的广东人。三水区老干部京剧社是 1985 年由 4 位南下的老同志组成的，一路发展到现在 30 人规模，在他们带动下佛山市已经发展成立 4 家京剧票房，票社所有成员中只有两位广东人，其他均来自五湖四海，是清一色的"外地人"。我想，能在佛山这个粤剧"窝子"里点燃京剧的火种，本身就很有意义，特别是张春荣接手团长以后，使这个京剧火种至今燃烧了 35 年，且越来越旺，十分了不起！这个票房，不仅为来广东的京剧发烧友们提供了学唱和享受京剧的场所，也为当地粤剧观众展示了京剧的精彩和美妙，"随风潜入夜，润物细无声"。我们今天且暂不评论这个票房艺术水平有多高，其存在和坚守本身就是意义，就是贡献！

20 世纪 60 年代，我在南海当兵时，满耳听到的全是广东音乐和广东戏（即粤剧）的演唱。记得在广州剧场观看粤剧名家红线女、文觉非的演出时，剧场里观众火爆的气氛至今还给我留下了难忘的记忆。开始我对粤剧还不能完全接受，耳濡目染接触多了，也感到挺有韵味。为适应当地观众，我们还特意创编了粤曲表演《心欢笑》，排演了高胡独奏《鱼游春水》，在广东各地演出很受欢迎。现在，广东音乐成了我这个地道北方人的挚爱，每逢央视《九州大戏台》栏目播放粤剧时，我也是热心观众。这一切，都是源于在广东受到的熏陶。回到今天的主题,介绍我的这点经历和感受,还是要说明三水区老干部京剧团存在的意义。

据有关统计,我国戏曲有 360 余种,构成了璀璨的"戏曲艺术宝库"。在戏曲百花园里,包括京剧在内的每一种戏剧都有它独特的魅力,都是中华优秀传统文化的重要组成部分。我注意到,过去央视在每年的春晚或戏曲晚会上京剧表演为数较多,现在也在悄然发生变化,很多优秀地方剧种的表演也频频上镜。央视 2017 年开始举办的《中国戏曲大会》栏目,也为弘扬中华优秀戏曲文化助力。

京剧是中华传统戏剧文化优秀代表,但也不能一家独大。京剧的振兴任重道远,京剧观众群的培养,也不是通过行政手段可以办到的。但愿经过我们京剧人的不懈努力,使作为国粹艺术的京剧在竞相开放的中华戏曲百花园里散发出更加迷人的芳香。

(2020/4/15)

淄川京韵无限美　颐泽兰菊分外香

今天上线展示的是淄博市淄川区颐泽京剧社。林岭评述他们是"淄川京韵无限美,颐泽兰菊分外香",十分生动贴切。我就借用作为这篇短评题目吧。

一个社区的"草根"京剧小票房,在淄博全市数十家票房中脱颖而出,被评为"全国金牌京剧票

郑兰菊(左一)社长获"晓月杯"京剧票友大赛金奖

房"。他们不仅因较强整体实力走进了长安大戏院,而且因致力弘扬张派京剧艺术令世人瞩目,书写了当今票界的一个传奇。

淄川区颐泽京剧社的成绩,固然是因为得到了所在社区的大力支持,每周无偿给他们提供至少四次活动场地,更是因为他们有一个出色的带头人——"郑兰菊"社长。

郑兰菊今年 56 岁,原是淄博一家煤矿的工会干部,她从小受父母影响喜欢京剧,5 岁就登台表演,演唱京剧至今已有 50 年的历史,可算是一名资深票友。这位痴爱京剧的共产党员,在社区领导支持下组建了这个社区票房。从这

点评

295

个票房有包括她自己在内5个喜爱张派票友的实际出发，着力在弘扬张派艺术上大做文章。他们自己设计的社标上镶嵌有张君秋先生的头像，既表达了他们对京剧大师的敬仰之情，也体现了他们票房的鲜明特色。郑兰菊本人拜张派传人蔡英莲为师，担任了"山东省张派京剧票友联谊会"会长。这个小小的社区票房，被授予"张派票友之家""张派京剧艺术传承基地"称号。2015年，竟组织了规模宏大的"纪念张君秋大师九十五周年诞辰，张派名家走进山东，与颐泽票友联谊大型演唱会"；2017年为纪念京剧大师张君秋先生逝世20周年，又在淄博大剧院举办了"张派流芳 君艺千秋"的张派名家与山东张派名票大型演唱会。张学浩、董翠娜夫妇、蔡英莲、张萍等张派名家都来参加活动，并向票友传授张派艺术，央视戏曲频道等众多专业媒体竞相报道。在弘扬张派艺术上尽了全力，也绽放出的夺目光彩！小票房大手笔，一声鸣唱天下知。他们用自己的行动，生动诠释了京剧票房是弘扬传承京剧流派艺术上的重要阵地，发挥着不可或缺的重要作用。

郑兰菊社长，既有淑慧雅淡"兰"的美丽，又有挺立秋风"菊"的气节。郑兰菊同志曾被评为"淄博市德艺双馨文艺家"、淄博市"三八红旗手""优秀共产党员"、区"共产党员时代先锋"，她的家庭还被评为"省文明之家"、市"十大好邻居"。她3次登上长安大戏院的舞台，2019年参加了文化和旅游部组织的一带一路文化交流出访拉脱维亚共和国。参加各种票友赛事屡屡获奖，特别是2018年参加了中国"晓月杯"京剧票友大赛，并获得金奖第一名的好成绩。"抗击疫情，票友不会缺席"的活动中，她创作演唱的《大爱·白衣战士》被中宣部"学习强国"选登。她是金牌京剧票房德艺双馨带头人的代表。

颐泽社区是山东省省级文明社区，全国最美志愿服务社区，郑兰菊同志就是这个最美社区里的最美京剧人，时时散发着兰菊芳香！

（2020/4/17）

架起中德文化交流的彩虹

德国京剧协会定期组织活动

今天上线的是"德国京剧协会"，这是海外5家"和平杯金牌京剧票房"之一。德华京剧团董亚平团长图文并茂的介绍资料，使我们看到一道

"中德文化交流的美丽彩虹"。

这个京剧协会自2012年成立，8年里演出200多场，其中包括了很多当地官方组织的重要演出和各种海外新年晚会、春节晚会等。看他们的活动视频，很难想到这是远在万里之外异国他乡的德国法兰克福。别说在外国，就是在国内，能组织这么多场较高水平的京剧演出也不是一般票房可以做到的。尤其是看到他们为在海外传播京剧文化，使德国观众能够更好地了解京剧，还编创了六七个德文道白的京剧小戏小品，他们还演出过德国作曲家贡德曼先生将安徒生童话名作《夜莺》改编的京剧、德文版的《界碑亭》，在法兰克福孔子学院坚持8年举办每周戏曲公开日活动，吸引众多欧洲中外戏曲爱好者参与。不仅如此，他们也在德国开展了"京剧进校园活动"，使德国少年儿童从小受到中国的国粹艺术感染。这一切，更使我们对这个海外票房有了震撼的感觉。

京剧是国粹，是海外华人共同的乡愁。在我们所了解的海外侨胞京剧活动中，绝大多数是一些热爱京剧的戏迷朋友跟着录像学，使用伴奏带唱，自娱自乐。找个琴师不容易，整堂乐队连想都不敢想，更别说是登台彩唱了。组织起来的海外京剧票房大多数也是以自娱自乐为主，整场演出的机会也不是很多。德国京剧协会最突出的特点是在大家自娱自乐的同时，视弘扬祖国国粹艺术为己任，不待扬鞭自奋蹄，真是有点"我不担当与阿谁"的精神！刘雅梅、董亚平、顾裕华等侨胞，在海外弘扬和传播中华优秀传统文化自觉担当的精神值得我们由衷赞佩！他们的这种担当，是出于中华文化深厚底蕴在心中的积淀，是出于一名炎黄子孙对老祖宗留下来的宝贵文化遗产的继承和传递的自觉，既是一种责任，也是一种精神。

由于语言和中西方文化差异，如何使京剧在海外传播？这是一个很大的课题。由此我想起一则流传已久的故事。1955年，在日内瓦会议上，放映了中国第一部彩色越剧电影《梁山伯与祝英台》，原来的剧情介绍很长，有几页纸，很难让人耐心看完。周总理就改成一句话："请大家看中国的罗密欧与朱丽叶"，效果极佳。这个故事对中西方文化如何交融给了我们很多启示。今天德国京剧协会匠心独运，编排的德文道白的几个京剧小戏小品、出版的中德两国文字介绍京剧的有关材料等，也是为西方观众了解京剧、欣赏京剧做的有益尝试，值得借鉴。

当前，国内新冠病毒疫情基本得到控制，海外的疫情还很严重。借此机会，我们祝愿德国京协会及海外所有的票友朋友们多多保重！待到共克时艰日，我们再聚首欢唱，各个京剧票房活动一定会更加红火，金牌更加闪亮！

点评

297

(2020/4/20)

对海外三家金牌京剧票房点评

海外京剧的一片热土

颐社李巧文演唱《天女散花》

一个京剧票房,有 38 年历史,文武场和衣箱齐备、行当齐全,活动从没有间断,公演过十多出全本大戏、几十场折子戏,正式立案并得到当地政府在排练场地、演出资金等诸多方面的支持,取得了国家颁发的"慈善机构"资格……看到这些,人们不禁会挑起大拇指点赞! 但有谁会想到,这个票房竟是在万里以外的北美洲——加拿大温哥华的颐社! 这不得不使我们更加为之惊叹!

1980 年创立这个票社的 10 名年龄均在 65 岁以上的台湾、香港移民,现都已作古。李巧文女士在介绍颐社的文字中特意一一列出了他们的名字,表达了对他们的深深怀念之情,使我也很受感动。是的,他们把中华国粹展现到加拿大,给西方多元文化增添了京剧的神韵和靓丽色彩,我们决不应该忘记他们。京剧,也不会忘记他们! 为此,我想再一次把这一个个闪光的名字记录下来:陶虞静芬、杨郭琦、金申禄、金蓓芬、朱大钧、朱沙月征、周亚纳、王廷楷、熊慧清、程毕玉清。

李巧文女士在移居加拿大前,可以说是文化上的高学历,京剧上的"白丁",自从参加了颐社,不仅使她自己的生活充满了阳光,而且逐渐成为担纲诸多剧目主演的名票,她两次进入"和平杯"的决赛,在第十二届"和平杯"海内外票友同台竞技的决赛舞台上更是以一折《天女散花》获得了观众和评委的一致好评,以总排名第 17 名的成绩荣获"双十佳票友"称号。如果是在国内,学戏几年进步很大不足为怪,但在异国他乡能有如此进步实属不易。巧文的成长历程是颐社海外传承京剧功劳卓著的生动写照。颐社不愧是海外京剧的一片热土,也是海外京剧票房中一颗闪亮的星!

请李巧文女士转达我们各位群友向蒋震社长及颐社各位成员的亲切问候! 回到国内时候,百家金牌京剧票房都是他们的家!

值得称道的美国休斯敦国剧社

今天,京剧票友海外兵团(借用熊素琴会长语)
又上演了一出"大戏"。以姚欣植为社长的美国休斯
敦国剧社用一幅幅丰富多彩的图文和视频介绍了
该社的情况。这里面既有获得首批"港澳台及海外
十大名票"的蓝育青女士的精彩亮相,也有该社当
红青衣虞晓梅女士由天津青年京剧团作班底演出
全本《状元媒》的视频;既有他们在姚欣植社长带领
下为驻休斯敦的各位使领馆夫人、各位女外交官演
出——这种在海外介绍传播京剧的方式特别令人
称道,也有该社大才子孔晓临先生对该社李阿姨(李
学娟老师)那妙笔生花的生动介绍……

休斯顿国剧社兰育青演唱《西施》

休斯敦国剧社被称为"美国西南部最富有影响
力的票房",坚持活动35年,注册会员四十多人,每
周日活动4个小时,逐渐培养出自己较强的演唱和
文武场队伍,并取得了骄人的成绩。这既归功于倾注诸多心血的旅美京剧名
家,更归功于六场通透、多才多艺、甘于奉献的姚欣植社长领导有方。这里,要
向姚社长特别致意! 尊敬的姚欣植会长,我们国内热爱京剧的人们,和你的社
员一样夸赞你,感谢你! 你的努力,不仅仅使休斯敦票社绽放光芒,更是给中国
京剧票友事业带来精彩!

和其他很多票房一样,这个京剧票房也称为"国剧"社。身在异国他乡的中
华子孙们,根系故土,热爱祖国优秀传统文化的拳拳之心,日月可鉴。

拉斯维加斯戏迷之家棒棒哒

今天,延洪祥社长向大家介绍了美国"拉斯维加斯戏迷之家"的情况,使
我们大开眼界。这个票房虽然只成立将近三年,却拥有很强的实力,完全可以
和国内优秀票房相媲美。他们吸收了很多旅居美国的票友,包括国家一、二级
专业京剧演员, 在40余名成员中就走出了两位"港澳台及海外十大名票"
——魁首卢德先和女花脸刘玥霞。不仅是演唱者,就是文武场也很强,在海外
京剧票社中独领风骚。

正是由于延社长等人对京剧国粹的热爱和努力传承, 才使得拉斯维加斯

延洪祥社长演唱《搜孤救孤》

历史上有了第一个京剧票社组织，第一次举办了京剧专场演出，并使京剧成为各种大型文艺庆典中必不可少的节目，他们也成为大陆京剧名家、名票在当地最好的接"亲"站。让中国国粹的天籁之音，在这个每年都有来自世界各地近4000万游客的"世界娱乐之都"的上空奏响！延洪祥先生功莫大焉！

2020年2月9日，拉斯维加斯票界将例行的春晚改为为支援武汉抗疫义演，在拉斯维加斯蓝天文化中心隆重举行。所筹善款用于购买医疗设备捐给武汉医院。延洪祥带头捐款，并演唱了《搜孤救孤》选段。

"云"游四海兴国粹　"九九归一"抒豪情

——"和平杯金牌京剧票房"网上交流综述

张志玉

伴随着"人间四月天"的到来,在全国人民抗击新冠肺炎取得阶段性胜利的时刻,由"和平杯"中国京剧票友邀请赛组委会办公室主办的第二届"和平杯金牌京剧票房"网上交流活动圆满结束了。从 2019 年 11 月 18 日开始,至 2020 年 4 月 21 日,共有 43 家"金牌京剧票房"通过"和平杯官微平台"的方式,在网上进行了展示与交流,并取得了很好的效果,受到广大票友的广泛称赞。正如朋友们所说的那样:近日只要你打开网络,打开"和平杯官微平台",你就会发现一家金牌京剧票房正在陆续亮相,一篇篇文章、一张张剧照……,忽如一夜春风来,千树万树梨花开!

当前,随着数字"云"技术的发展,"云文化"已经越来越多地融入社会的各个方面。通过网络进行"云交流"更使人们产生了"云"游四海的感觉,对京剧产生了"云"蒸霞蔚的效果,自然对宣传金牌京剧票房活动、宣传"和平杯"起到了重要作用。

"和平杯"京剧票友邀请赛是由和平区人民政府于 1991 年创意,在得到文化部、中央电视台的大力支持后,与中共天津市委宣传部、天津市文广局联合主办的活动。它是中国京剧史上首次由各地政府文化主管部门层层选拔,经权威部门认定,并由文化部授予"中国京剧十大名票、十小名票"等荣誉称号的全国性的业余京剧文化活动。已经连续成功举办十四届成人票友赛和七届少儿票友赛,享誉全国,波及海外,公认为是天津市的文化品牌。二十一届"和平杯",历经二十九年,发动全国三十个省、自治区、直辖市及港、澳、台地区京剧票友参加活动,同时还吸引了亚洲、欧洲、美洲、大洋洲的众多外国京剧爱好者参赛。它推出的 210 位"中国京剧十大名票""十小名票",20 位"港澳台及海外十大名票",像一颗颗火种有力地促进着业余京剧活动的开展,为中华民族伟大复兴增光添彩。

更令我钦佩的是"和平杯"所具有的与时俱进的精神,连续两届的"和平杯金牌京剧票房"网上交流活动便是它的写照。

似乎是巧合,两届"云交流"共展示了全国 99 家"和平杯金牌京剧票房"的经验和风采,有道是"九九归一",这是个好兆头,预示着"和平杯"将会有一个新的征程、新的辉煌。明年就是"和平杯"诞生30周年,我们用"云"游四海的方式迎来了他的"九九归一",应当庆贺,应当祝福。

那么,在当前的形势下,"和平杯"的"云交流"给了我们什么启迪与思考呢? 我认为应当包括以下几点:

一、"云"游四海标志着传统艺术与现代科技的结合

在一般人的印象中,戏曲,尤其京剧是属于老古董的东西,似乎和现代科技不容易交集,但"和平杯"做到了。它不仅在央视《空中剧院》播放,还进行了网络直播,通过"爱奇艺"让更多的人一睹风采。连续两届的"和平杯金牌京剧票房"网上交流,便是通过"微信群"进行的一次广泛的票友交流展示活动。

微信,可以说是21世纪人类交际的最重要的发明。它的及时性、即时性、互动性使世界在缩小。借助微信这一新生事物,"和平杯"在振兴京剧艺术、促进和平友谊方面又迈出了一大步!

票房是业余京剧爱好者联谊组织的俗称,在京剧发展史上具有重要地位。进入新时期以来,各地票房开创性地组织策划了京剧交流、比赛、联谊、巡回演出等活动,全心全意促进本地区京剧艺术普及和繁荣,热情推动京剧艺术繁荣发展。正是各地票房卓有成效的工作,才使"和平杯"这株民族文化的幼苗承受着阳光雨露,成为文艺百花园中的参天大树。

"和平杯"京剧票友邀请赛组委会十分了解各地票房起到的重要作用,因此研究决定,在2016年第十三届"和平杯"举办时,在海内外评选、命名并表彰出 "和平杯金牌京剧票房"。 首届共有海内外57家京剧票房获此殊荣。2018年又评选出第二届金牌京剧票房46家。可以说,"和平杯金牌京剧票房"共同在中国京剧史上写下了浓重的一笔,留下了光彩的一页!

这么多金牌京剧票房,这么丰富的经验,迫切需要交流和展示,并在此基础上总结和提高。应当怎么办? 哪种方法既经济又便利,效果还好? "和平杯"组委会办公室敏锐地选取了已经深入千家万户, 甚至融入人们生活的微信和微信群这种渠道。他们首先在技术上做了铺垫,将入选的"金牌京剧票房"建立了微信群,继而订立了"群规",要求所有入群者只能介绍本地振兴京剧艺术的举措和经验。很快得到了大家的响应。

于是,旨在展示各金牌京剧票房的成果,交流活动经验的"和平杯金牌京剧票房"网上交流活动启动了。首届"云交流"从2017年12月4日一直持续到

2018年4月26日,长达150天。上线的金牌京剧票房恰好是56家——56家票房56朵花。第二届"云交流"从2019年11月18日至2020年4月21日,长达142天。上线的票房是43家,恰好组成"九九归一"之势。一家家金牌京剧票房闪亮登场,形成了京剧发展史上前所未有的京剧票房经验大交流、大展示。

毫不夸张地说,这是"和平杯"京剧票友邀请赛组委会在发展民族优秀文化方面的又一创举!

二、"云交流"标志着业余京剧走向成熟

"云交流"有着巨大的信息量,这是记录新时期京剧票房现状及发挥巨大作用的珍贵史料,是提供给京剧票房学习借鉴的实用教材,是我国票界一幅充满诗情画意的美丽长卷。正是由于这99家"金牌京剧票房"有着深厚的内涵,才使交流能够走上"云端"。

连续两届的"云"游四海活动,以辽宁省沈阳市沈河区茂泉京剧社介绍发展史"打炮",以山东淄博市淄川区颐泽京剧社《颐泽花开京韵美》的经验"压轴",以德国京剧社"架起中德文化交流的彩虹"的体会"攒底",给人们展示了海内外各地振兴京剧的绚丽画卷。

他们有的在全省最早弘扬业余京剧活动;有的是全市第一家京剧票房;有的奋斗十几年推出"十大名票";有的致力于业余京剧活动八十多年;有的精心培养打造品牌;有的致力于打造"和平杯"人才基地;有的成为传播京剧的海外大使……

参加交流的票房有精彩的活动经验介绍;有精美的演出剧照、精彩的演唱视频;更有感人的票房负责人的奉献故事,令人感叹和激动。他们为了京剧的推广和传承,捧着一颗心来,不带半根草去,在全国各地扛起了传承和振兴京剧的大旗。

他们走出了票房,服务到基层,演出为群众。为了传播京剧,他们走进校园,集演出、普及知识和辅导为一体。为了传播京剧,他们举办少儿京剧培训基地。为了更好地继承和发展京剧艺术,他们自编自导自演京剧小品,编创具有京剧元素的扇子舞、长袖舞等。你方唱罢我登台,每一家金牌京剧票房的展示都有各自的特色,别有风采,这一切都为新时期的京剧票房注入了新的生机和活力。

这些经验都收集在"和平杯专刊"中,本文就不一一列举了。

难能可贵的是,还有许多有识之士提出了很多具有较高水平的理论思考。如"和平杯"的元老级领队周贤贵先生在《谈"琴票精神"》和《再谈"琴票精神"》

点评

303

中提出了要提倡为票友无偿服务的"琴票精神"。共同努力,营造出一种良好的"玩票"环境,显然对广大票友有利,对弘扬京剧有利,对彰显社会主义核心价值观也有利。

山西票房的领军人物张杰在《第二届"金牌京剧票房"展示交流工作带给我们的启示 》中指出,从第一届金牌京剧票房展示开始到现在,我们已经看到新时期的京剧票房完全不是过去意义上单纯的自娱自乐的场所了, 大部分票房承担起了社会责任,他们到厂矿、学校、军营、社区……到基层演出,为观众服务。为普及京剧艺术,他们还到学校或讲座或辅导,有的与企业文化、旅游文化相结合,组织大型的专题性的票友节、演唱会,等等,有声有色,成绩卓然,这中间涌现出的许多票房的票友、票房的带头人、优秀的企业家的动人事迹不胜枚举。我们说这确实是对过去票房旧有模式的一次历史性的改变。

在第一届交流中,江苏省镇江市康盛剧社吕国泰的《浅谈对京剧观众群和票房活动现状的思考》是一篇很有分量的论文。文中提出振兴京剧要唱好《借东风》和《草船借箭》,开展票房活动要"活动无围墙、排戏有门槛"等,发人深省,深有见地!

一项活动、一个品牌,能够用理性思维探讨它的发展历程,正是它走向成熟的标志。

三、"云交流"是京剧票房发展的重要平台

以网络形式开展的"和平杯金牌京剧票房"展示与交流工作,是继 1991 年首届"和平杯"京剧票友邀请赛之后的又一项利在当代、功在千秋的重大举措。全国各地及海外京剧票房的成果展示在人们面前, 使人们看到京剧艺术在发展过程中的一片片广阔天地, 这是记载和描述新时期全国及海外京剧票房状况的一个缩影, 应该是记录和反映京剧票友这个特殊的群体对于京剧所做的贡献的一个光荣榜。它将是政府及有关部门日后在制定振兴京剧措施时最详细的第一手材料,甚至成为续写新时期中国京剧史时最精彩的篇章。

中国京剧在 200 多年的演变发展过程中, 不仅完整地继承和发展了中国戏曲艺术的各种手法,造就和培养了众多杰出的专业人才,创立、形成了独具特色的诸多流派,而且熏陶着一代又一代的戏迷票友,营造活跃了无数票房。多年来,票友们如痴如醉地沉浸在京剧艺术中,并在自娱自乐中获得精神的愉悦和心理上的满足。难能可贵的是,他们所做的这些工作都是为了珍惜京剧自发而为。

"云交流"活动告诉我们,票房不仅仅是票友们唱戏的舞台,还是票友们心目中的一项重要事业。票友在京剧发展史上一直起着不可低估的作用,是京剧培养了票友,但同时票友也促进了京剧的发展,二者相互促进、相互依存,使得京剧薪火不断代代相传。

　　培养与提高票友的水平与票房的组织能力,应该成为振兴京剧艺术的重要环节。票友、票房的活动越多,影响面越广,生命力越强,京剧艺术的传播与普及就越红火。"和平杯"京剧票友邀请赛组委会正是基于此而独具慧眼,30年来呕心沥血,为振兴京剧做出了卓越贡献。

四、"云文化"是紧密配合形势,抒发百姓情怀的重要手段

　　第二届"和平杯金牌京剧票房"网上交流活动遭遇了全球性危机——新冠疫情。沧海横流方显英雄本色,"和平杯金牌京剧票房"在此时表现出群众文化固有的紧跟时势、服务人民的优良传统。

　　2020年2月7日,组委会办公室决定暂停经验交流,开展"抗击疫情,票友线上创作演出"活动。《通知》要求:在举国上下众志成城战胜新型冠状病毒的人民战争中,我们,热爱京剧国粹的票友们不会缺席。疫情发生以来,很多京剧名票、金牌京剧票房用编演京歌等特有的方式,表达了对党中央的无比信任,表达了对奋战在第一线的工作人员的一片深情,表达了对人民子弟兵危难时刻挺身而上的赞许,也表达了对战胜疫情,迎接百花盛开明媚春天的坚定信心。"和平杯公众平台"从今天开始,将陆续推出这些作品,为战胜疫情鼓劲、加油!

　　《通知》得到了全体人员的热烈响应,大家创作排练了105个节目,通过线上播出。

　　正如萍乡矿业集团京剧社社长李懋龄所说:出自票友的京剧文艺作品横空出世,以对京剧艺术的热爱抒发对党、对国家、对人民的爱,用一个个音符、一段段唱腔、一声声朗诵表达着票友对疫区的挂念和忧患,对舍己救人的白衣天使的赞美和对子弟兵的崇敬,歌颂抗疫英雄,对坚信抗疫胜利充满自豪感,鼓舞人心!票友不是专业胜似专业,因为往往是生活的感召、事件的震撼、心声的呼唤、激情的喷发催生出优秀的文艺作品。为"抗击疫情票友不缺席"活动叫好!为票友的抗疫作品叫好!

　　谁说票友是唱老戏、唱千百年前的事?你看,今天我们票友不是在学习以京剧艺术很出彩地表现现实生活吗?这次史无前例的活动将载入京剧票

点评

305

界史册！

五、票房的"云交流"活动必须有正确的引导

"和平杯金牌京剧票房"网上交流活动,以只争朝夕、不负韶华的精神,在全国京剧金牌京剧票房及其负责人,各省市区领队的共同努力下,做成了事业,形成了一道亮丽的风景,对于票房之间加深了解、增进友谊、彼此促进、互相鼓舞,推动全国各地的业余京剧活动起到了重要的促进作用。

除了各地票房的支持以外,很重要的一点就是活动组织者的正确引导。比如,活动一开始,组委会办公室就订立了"群规",要求所有入群者必须传播正能量,只能介绍本地振兴京剧艺术的举措和经验。这对于"微信群"这种开放式的自媒体十分重要,没有规矩不成方圆,正是这一"群规"保证了交流活动的健康发展。尤其在"战疫"的形势下,如果没有严肃的纪律,多么良好的愿望也不能实现。应当感谢的是,"金牌京剧票房"的全体同志很好地遵守了群规,这更是活动能够正常与健康进行的保障。

除了订立"群规"并随时注重规范以外,主办者"和平杯"京剧票友邀请赛组委会办公室主任寇援的点评也起到了重要作用。这些点评能够起到激励和引导作用,但要想做到每篇都有一个重点,每篇都有见地和水平实在是不容易。连续两届99家金牌京剧票房就需要每两天写出一篇高质量的评论,这可是个考验。

本人是个"写字的",深知个中辛苦。过去曾经为一个周刊写过专栏,别看一个礼拜写一篇,但要都写出特色来,可真需要才能、阅历与肯于吃苦的精神。我这三样都没有,只坚持了两个月,写了8篇就"缴械投降"了。后来,又给一家小报写"月评",坚持了1年,写了72篇,方才知道什么叫"累心"。于是由衷地佩服那些天天写稿发稿的专栏作家,觉得他们简直是神一样的存在。怎么会有那么多的角度,那么多的点子。如今,这样的"神人"就在身边。

看一看寇援的点评,篇篇都是精品,光题目就亮点频频。有的还具有理性思维和指导意义,如,购买公共文化服务的突出典型,"以演代训"的经验值得重视,找个好"娘家"使票房行稳致远破浪向前,上海"梅研会"改名"梅联会"值得借鉴,做一个有风度的京剧票友,创新是票房发展的永远主题,重视金牌京剧票房的档案建设。有的充满文采,如,老树根尤劲,逢春长新枝,喜看芙蓉国里芙蓉艳,从画境中走出的"金牌京剧票房"。有的突出特点,如,没有挂名的"和平杯"金牌接待站,值得研究的"岳阳现象","萍矿票社映山红 谁人不赞李

懋龄"等。选题如此,文章的结构、语言也同样精炼老道。或引经据典,信手拈来;或汪洋恣肆、金句不断。难怪票友们都说,看这样的点评是一种享受。

和寇援一样,很多同志都做出了贡献。"和平杯公众号平台"操盘手"梅子姐姐"是名副其实的幕后英雄。整个"云交流"的过程中,她始终是那个"腾云驾雾"的人。每天我们都能看到她耐心解答问询,及时提供服务,用心血编辑出一幅幅"美图"和一篇篇"美文",用瘦弱的身躯支撑起这样一个厚重的平台。

和前面所举周贤贵、张杰、李懋龄等同志一样,江西老会长熊素琴、河北保定的白晓光都付出了心血。他们写的点评文章和诗歌为大家鼓劲,为活动增辉。这些我们都能在文集中一睹风采。

做一篇文章,尚且"白首搔更短,一吟双泪流",更何况每篇都要有新意、新角度、新的切入点,实属不易。因此,从写评论角度,我们可以看到事业就是在不断提出课题、不断思考、不断解决中前进和进步的。

什么事情都贵在坚持,正所谓打江山不易、守江山更难。江山如此,事业亦如此。"和平杯"中国京剧票友邀请赛就是一项堪称"事业"的事业。它能够有今天的气候,正是坚持的结果。同样,"和平杯"京剧金牌京剧票房的网上交流能够成功,也是坚持的结果。

一项事业坚持 30 年,举办 21 届,终成了"名牌",可以说是"坚持"的赞歌。人世间还是有公道的,只有付出了,一直坚持下来,才能有成功的那一天!要想有所成就,就要努力,就必须有为实现自己目标坚持到底的精神。

当然,"坚持"必须有条件。首先是改革开放以来,尤其是党的十八大以来,群众文化蓬勃发展,形成并催生着包括活动、舆论、政策等诸多方面的大环境。其次,所坚持的必须是有群众基础的。"和平杯"正是植根于群众之中,才有了"坚持"下去的意义和价值。

除了上述两个条件外,还有三点与主办单位大有关系。

一是领导重视,二是提高认识,三是必须有一个常设机构和一批"能人"。我觉得这才是关键所在。天津市和平区人民政府为了"坚持"打造这一群众文化品牌,使之越办越好,特意成立了一个社会组织,专门负责"和平杯"京剧票友邀请赛的各项事宜。这个组织是一个常设机构,有批文、有编制、有经费、有办公地点。同时聘请多年负责"和平杯"常务事务的寇援来担任法人代表。这样就从制度上保证了"和平杯"能够坚持下去。

总之,连续两届史无前例的金牌京剧票房网上交流活动,是弘扬京剧艺术,传承国粹事业大发展、大繁荣做出的一次有益尝试,是中国京剧发展漫漫长河中走向"中兴"时期的又一重要标志!

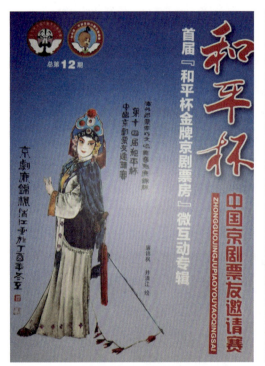

《和平杯》专刊第 12 期

《和平杯》专刊第 18 期

随　笔

　　在组织"和平杯"赛事过程中，我针对网上流传的两个有影响的言论、两个有影响人物的离世，写了几篇随笔，连同对票界活动的两篇思考短文一同收录在了这本集子里，算是对《和平杯纪实》的一个补充吧。

随笔之一：致"菜鸟"先生

早上，看到昨天群里吴美华女士复制转发的一个帖子，有位网名"菜鸟"的先生称呼参加"和平杯"决赛的港澳台及海外票友为"一堆菜鸟"，看后很不愉快，如鲠在喉、不吐不快，就借此平台对这位先生说几句话。

非常赞同台湾梁冰楠教授、湖北周贤贵会长及各位朋友的见解。港澳台票友，特别是旅居海外的京剧票友，在很难找到专业老师指点，又在文武场等条件很困难的情况下坚持研习京剧，并为京剧在海外的传播做出了很大贡献。他们把参加"和平杯"决赛当作是最好的联谊和交流机会，很多人花费众多，不远万里赶来参加这一盛会，其对京剧艺术的热爱，对中华民族文化的深厚感情日月可鉴，理应受到国人的尊敬和赞扬。这位先生取网名"菜鸟"，可以被认为是自谦，但以此评论他人，特别是评论作为我们一家人的海外票友，就很不合适甚至叫人生厌了。

"和平杯"是弘扬京剧艺术的大舞台，在没有减少，甚至增加国内进入决赛名额的情况下，从第十三届开始设立了"港澳台及海外十大名票"奖项，其初心是为了使国粹艺术更好地在海内外传播和弘扬。第十三届评出了首届"港澳台及海外十大名票"，他们是美国卢德先、秘鲁红音、美国蓝育青、英国格法、美国刘玥霞、美国徐涵芬、泰国杨如意、美国宋飞鸿、新西兰李玲，中国台湾地区的梁冰楠。单从演唱水平来说，一个个也是可圈可点，很多人并不亚于国内参赛甚至获得一等奖的选手，这次评选得到了伶票两界的普遍认可，认为这是振兴京剧的"十盏明灯"，是载入京剧发展史册上浓墨重彩的一笔，具有重要意义。我想，发帖的这位先生可能是犯了一些票友"自我感觉良好"的通病，这也是进步不快的一个原因。不知你的演唱水平和这些被你称为"一堆菜鸟"的相比如何？你如此讲话，不仅反映的是个人素质和修养有待提高，更是伤了港澳台及海外票友的心，对票友朋友极不尊敬实在是太不应该呀！

港澳台及海外选手进入决赛要符合参赛的条件，要经过复赛评委会审核，上一届和这一届都有落选的情况，并不是你这位先生说的"直通车""没有任何选拔"。的确，根据组委会的意见，进入决赛的门槛适当放宽了一些，相信对在海外弘扬京剧艺术有着热望的广大票友都是理解和支持的。这位先生说话前要做些了解工作，不要信口雌黄，以免以误传误。

本届"和平杯"将继续评选"港澳台及海外十大名票",由于参赛人员有 18 名,组委会决定评选的数额根据演员的水平和现场发挥情况由决赛评委会集体讨论决定总的原则是数量服从质量,还是要保持"十大名票"较高的总体水平,以利于今后活动的健康开展。

"和平杯"既是京剧票友最高的竞技舞台,更是海内外京剧票友联谊、交流的平台,是票友欢乐的节日。第十四届"和平杯"决赛在即,让我们共同努力,办好海内外票友的又一次盛会。

欢迎发帖的这位"菜鸟"先生继续关注"和平杯"的决赛,特别是港澳台及海外选手的第一场。我们真诚欢迎各个方面提出意见、建议。

312

随笔之二:老年京剧票友更加值得尊重
——致粉墨春秋先生

最近,有人把首场港澳台及海外专场的四位老年票友丑化截图后拼在一起,起名为 2018 年"和平杯"四大名旦。发到网上,引起一些人的围观嘲讽,广大票友对此十分反感。没有想到的是这位网名叫"粉墨春秋"的先生在"正韵国际京剧艺术高级顾问团"微信群里竟然进行了转发。

这个群里的很多老师知名度很高,在广大票友中有很好的声誉,被大家视为良师益友。"粉墨春秋"先生,对您虽不了解,但我想您可能也是位在京剧艺术上很有造诣的专家,千万不要毁坏了这一美好的形象,我想群主也绝不想把这个群变成为嘲笑票友的群,容忍发这样的内容。不说别的,就图片里那位 85 岁的澳大利亚女士起码也是奶奶辈的人,热爱京剧一辈子,登台唱京剧,这次又荣获"港澳台及海外十大名票"称号,不久央视《空中剧院》播出的第十四届"和平杯"颁奖晚会还会出场,被广大票友传为佳话。人都有个老啊,就把她们看成我们的老妈妈、老奶奶吧。别再拿我们的长辈们取笑了,您想没想到图片这几位长辈看了会有什么感受?热爱京剧的众多老年朋友看了又会有什么感受?别说图片中这几位演唱的剧照要比这好看的多得多,就真是形象不够美,中华传统文化美德中不是还有句"儿不嫌母丑"的话吗?!没有戏迷票友队伍的扩大,没有票友活动的日益红火,京剧又怎能发展振兴!我所接触过的京剧名家少说也有上百位了,对票友们,哪怕是水平很低的初学者都是很友好和尊重的。不知"粉墨春秋"先生以为如何?

随笔之三：中秋佳节，对京剧票房活动的几点思考

中秋佳节，特别是在中华人民共和国成立 70 周年的喜庆活动中，各地的京剧票友组织，尤其是各金牌京剧票房组织的京剧票友演唱活动往往都是不可或缺的节目，这些琳琅满目的活动令人目不暇接，成为当地一道道亮丽的风景。由此引发了一些思考，愿意提出来与大家共同探讨。不当之处，请大家指正。

思考之一：当前，在振兴京剧的道路上，专业京剧仍然没有摆脱不景气的整体状况，而京剧票友活动却越来越红火，各地京剧票房的数量不仅与日俱增，而且活动的质量也在快速提高。这从侧面说明了，作为中华国粹的京剧仍然有着强大的生命力，这对于我们树立应有的文化自信，提供了一个典型且生动的例证。

思考之二：京剧票房伴随着京剧的诞生而诞生、发展而发展，但是其存在的意义已经大大扩展。它不仅仅是票友们聚集一起自娱自乐的场所，而是从独乐乐到众乐乐，为了解决人民日益增长的美好生活需要和不平衡不充分的发展之间这个矛盾而存在的其中一环，服务基层，愉悦群众。

思考之三：当前各地京剧票房风生水起，大小票房估计不下数千家，除了少数挂靠在企事业单位以外，多数票房的活动经费严重不足。有的票房为了组织一场演出活动所需的几千元、几万元资金，跑断了腿、磨破了嘴。就是在这种困难情况下，仍然乐此不疲，甚至自掏腰包，呈现给广大群众一台又一台京剧文化餐。我们应该理直气壮地向各级政府部门呼吁：票房是戏迷票友活动组织，它不仅是推动弘扬发展京剧艺术的主力军，是延拓京剧艺术的功臣，而且是实现中华民族伟大复兴中国梦的充满正能量的社会组织，理应给予充分关注和大力支持。

思考之四：票房组织的负责人应该得到更大的尊敬。关于票房负责人辛勤耕耘、无私奉献的事迹，我们见到的、听到的太多太多，每每使我们感动不已。你们不仅是京剧事业发展的功臣，而且是社会主义核心价值观的带头践行人。有你们辛勤的汗水浇灌，才使得当前中秋、国庆的京剧票友演唱活动繁花似锦。历数海内外已经评选出的 103 家金牌京剧票房，最大的共同点就是家家都有杰出的负责人。京剧发展的史册上会铭记大家的功绩！喜迎中华人民共和国成立 70 周年的五彩焰火里有你们的一抹色彩！值此中秋佳节，我们向这些可敬的票房领军人致以最大的敬意！

思考之五：前不久，我在网上看见一篇文章，讽刺一些演唱水平不高或初学京剧的人"妄称为票友"，称有些票房排演的集体节目是"糟蹋京剧"。我想，这位先生的见解本也无可厚非，但把这个观点提出并发表出来，那就会产生社会影响，负有社会责任了。我本人是不赞成这个观点的，这里只想提两点：一是要大力保护广大京剧爱好者学习京剧的积极性。"票友"的概念也是不断发展变化的，学习京剧，提高艺术修养，享受快乐，陶冶情操，称自己为"票友"碍着谁、妨害谁，又有什么不好？更不要说任何专业名家名票都不是与生俱来的。二是很多京剧票房编排了大量专业京剧院团不想干也不干的集体演唱、舞蹈或是京剧元素的节目，这也正说明了从某种意义上说，京剧票房活动也是群众文化活动的重要组成部分，票房所承担的任务和专业院团承担的任务是既有联系又有区别的。我想，我们振兴京剧，就应是专业、业余两轮驱动、双翼齐飞，既要继承发展它美轮美奂的舞台艺术，也要弘扬整个的"京剧文化"。

各位可亲可爱的票友们，让我们在这美好的中秋佳节，在国庆70周年的喜庆日子里，用那皮黄天籁之音，尽情地唱起来！舞起来！

随笔之四："湖北现象"的三点启示

由湖北炎黄京剧票友协会周贤贵会长一手策划和操办的第六届海内外京剧名家名票湖北（黄州）行圆满结束了。省老干部和黄冈市主要领导参与之多，政府支持力度之大，演出阵容之强，在国内各省市票友活动中都堪称一流。像这样有影响的票友活动在湖北还有不少，就我所知道的，2015年周会长组织的纪念世界反法西斯战争暨中国抗日战争胜利70周年大型京剧票友交响演唱会，也是被广为传诵的经典。在全国各省市票友协会组织中，湖北独树一帜，已经成为应该加以研究的"湖北现象"。

票友活动红火，必须要有优秀的领头人。这是"湖北现象"带给我们的启示之一。周贤贵同志作为资深的群众文化工作者、三十多年票友协会的负责人，现已77岁高龄，身患高血压疾病，仍然奋力拼搏、无私奉献、活力四射。谈到他的日常工作，我曾开过这样的玩笑：常年上"蹿"下"跳"，到处煽"风"点"火"。上，获得各级领导的支持；下，深入各个地区，和票房、票友建立了深厚的友谊；煽，煽起弘扬国粹的旋"风"；点，点燃各地支持京剧票友活动热情的"火"焰。如果没有周会长这样的卓越带头人，湖北票友活动能有今天这样的局面是不能想象的。

票友活动发展,必须赢得各级领导的大力支持。这是"湖北现象"带给我们的第二点启示。周会长事业成功的重要秘诀之一在于善于争取各级领导的支持。这次在黄冈市举行的票友演唱会,他就邀请了身在武汉市的十多位老领导,驱车百余公里前往观看。黄冈市市长等主要领导也参与其中。据我了解,周贤贵同志所组织的多项活动大都有"贵人"相助,或提供演出场地,或提供资金。在很多地区票友协会苦于经费紧缺的情况下,湖北却基本没有为活动经费犯愁过,黄州的活动,三十多位名票嘉宾、一百多名省内外演唱票友食宿行费用全部报销,哪个省市能够做到?能说这不是一个值得研究的"湖北现象"吗?

票友活动普遍开展,既要有"高原",也要有"高峰"。这是"湖北现象"带给我们的第三点启示。看看两年前他们组织的京剧交响演唱会,以及这次黄州演唱会的节目单,人们自然给予这样的评价:这是目前国内高水平的票友演唱会,可以展现国粹京剧的魅力,对懂京剧的人很是过瘾,对不大懂京剧的也会有很大的感染力。周会长是能人,会干工作,很注意工作的亮点,时不时就出"彩",有点睛之笔。我说:"工作有亮点,事业有干头,群众有瘾头,工作人员有劲头,领导才有兴头,媒体就有炒头。"随着时间的推移,我们的很多工作也许都被人们遗忘了,留在人们记忆中的可能就是这些"亮点"。领导给予支持,也很可能来自他们参与的你所组织的亮点活动。

这就是值得重视和研究的"湖北现象"。

随笔之五:深切悼念陈健大哥

惊闻我们全国票界德高望重的老大哥、安徽省振兴京剧艺术基金会创办者和老会长陈健同志,于 2018 年 11 月 24 日下午三时逝世,十分悲痛。

2010 年,在第十届"和平杯"举办时,陈键同志被组委会授予"和平杯杰出贡献奖"。

陈健同志原为安徽省计划委员会主任,离休后于 1993 年 4 月成立全国首个"振兴京剧艺术基金会"并被推选为会长,创立了普及京剧艺术的省级组织平台。

安徽振兴京剧艺术基金会成立后,创办《京剧之友》报,与安徽广播电视台联合举办《京剧票友天地》等栏目,组织京剧票友培训活动,创办"合肥市少儿京剧培训班",举行各种规模的京剧名家、名票演唱会,举办"第三届中国京剧票友节"等,开展了大量振兴京剧的卓有成效的活动。

陈健同志积极支持"和平杯"的赛事,将每年"基金会"成立纪念日的演出活动作为"和平杯"安徽地区的预赛,对预赛选出的选手,在参赛前由"基金会"出资统一安排时间、场地,并聘请专业化妆师、服装师和乐队,举行专场演出,现场录像录音后按时报送给"和平杯"组委会。

基金会成立17年来,共组织安徽京剧票友参加了8届"和平杯"中国京剧票友邀请赛,共获评"十大名票"两名,"双十佳票友"3名,"优秀票友"14名,并分别在第一届、第三届全国戏迷票友大赛中各获评"金奖"1名。

由于陈健同志领导基金会在振兴京剧方面做出的显著成绩,他本人曾荣获中国传统文化促进会颁发的"振兴京剧功勋奖"。

我和陈健同志有过多次接触。他曾经被组委会确定为首届"和平杯"的三位特邀嘉宾之一,从第二届开始,陈键会长一直亲自带队参加"和平杯"的赛事活动。1997年10月中旬,我受邀参加了他一手操办的"第三届中国京剧票友节",全国各地来到合肥的票友竟然达到千名以上,成为一次盛况空前的"票友盛会",在中国京剧票友发展史上留下了闪亮的一页。后来,我也曾两次去合肥参加活动并学习取经,一直为他那种对振兴京剧的执着、忘我的工作精神、对票界同人们的真情所感动。

由安徽陈健同志、广东张作斌同志、湖北周贤贵同志、北京李钧同志、天津刘增惕同志共同发起策划的"省市京剧票友组织联谊研讨会",如今已经连续进行了15届,成员单位由原来的5家扩大到了近二十家。在推动我国京剧票友事业快速健康发展的进程中发挥了越来越大的作用。如今,除了周贤贵大哥健在以外,其他几位都逝世了。我们祝愿逝者安息,生者奋然。

愿皮黄的天籁之声伴随陈健大哥一路走好,京剧票友事业纪念碑上一定会刻上他闪光的名字。

随笔之六:深切悼念简祥富先生

惊闻简祥富先生逝世的噩耗,深陷悲痛之中。

翻开近代京剧票友活动的历史,无论如何都不能绕过的一位人物就是简祥富先生。2010年,"和平杯"组委会评选命名表彰首批10名"中国京剧票友社会活动家",简祥富先生名列榜首。

从1990年至2021年的31年中,由他策划和主要承办的全国和海内外京剧票友联谊活动近百次。其中最值得赞扬的是首创全国京剧票友自己的节日——中国京剧票友节(后改为"中华京剧票友艺术节")、"全国京剧票友送戏万里行",包括送戏到香港特别行政区、台湾地区,还有送戏到亚、欧、美洲的众多国家。他组织全国的京剧票友晋京联谊暨观摩活动,参与中央电视台春节戏曲晚会等,受到了广大京剧爱好者和社会各界的高度赞赏,获得很大的成功,为票友事业的红火发展做出了重大贡献,也使他在全国票界获得了很高的声望。

中国京剧票友社会活动家简祥福先生

为了弘扬京剧艺术,促进票友事业发展,他生命不息、奋斗不止、鞠躬尽瘁、死而后已。2009 年,已经 73 岁高龄的他身患重病(中期鼻咽癌),这也没有动摇他的意志和决心,他一直没有停下为票友事业奔波劳累的脚步,一直到 85 岁离世。默默地履行着他"为振兴祖国瑰宝——京剧,奉献剩余年华,为它奔走、为它辛劳、为它受怨、决不动摇"的誓言。

我和简祥富先生交往很多,曾多次邀请他参加"和平杯"决赛阶段活动,也曾几次受邀参加他组织的活动,在组织港澳台及海外票友参加"和平杯"赛事中,也得到过他的大力协助。他那一心想干事、决心干成事的精神,以及不在乎旁人如何议论,拼了老命也要为自己钟爱的事业奋战到底的风骨,都给我留下了极其深刻的印象。

简祥富先生的去世是我国票界的一大损失,我们为失去这样一位票界的领军人物深感痛惜。

愿简祥富先生一路走好。

随笔

随笔之七:"和平杯"抒怀

2014 年 10 月 15 日,习近平总书记在文艺工作座谈会上的讲话中指出:"中华优秀传统文化是中华民族的精神命脉,是涵养社会主义核心价值观的重要源泉,也是我们在世界文化激荡中站稳脚跟的坚实根基。增强文化自觉和文化自信,是坚定道路自信、理论自信、制度自信的题中应有之义。"

学习习近平总书记的重要讲话精神，使我们对于国粹京剧的弘扬，有了更加坚定的文化自信，对于办好"和平杯"京剧票友邀请赛，有了更加清醒的文化自觉。

弹指间，"和平杯"走过了 32 年的历程。我也进入耄耋之年。作为一名群众文化工作者，能为这项影响全国、波及世界的群文活动，从呱呱坠地到过了而立之年做出自己的贡献，既感到幸运，也感到自豪。"和平杯"已经完全融入我的血液里，成为我生命中的一部分。

在"和平杯"的发展历程中，担任复赛、决赛、嘉宾的众多京剧名家德艺双馨，公平公正评选，满腔热忱辅导票友；各地群文界的同行，承续并发扬我国群众文化工作的光荣传统，为组织这项群文活动倾心竭力；各个京剧票房协会、京剧票房的领军人物，为组织票友活动无私奉献，为弘扬京剧国粹，为社会和谐，满足广大群众精神文化需求做出了巨大贡献，票友队伍迅猛发展，丰富多彩的票友活动已经成为一道道亮丽的风景线。在他们身上，发生着太多太多生动感人的故事，一直激励我攻坚克难、不断进取，我努力向大家学习，汲取营养，一直沉浸在感动中。能够结识全国一百多位京剧名家，数百位各省市票界及京剧票房优秀的领军人物，数千名各省市(包括港澳台)及海外近 20 个国家优秀京剧票友，和大家一起为弘扬京剧国粹艺术努力拼搏，共享京剧票友事业发展带来的欢乐，是一种幸福。

如今，"和平杯"已经唱响全国，正在走向世界，在我国京剧发展史册上书写了浓墨重彩的一页，在数以百万计海内外京剧爱好者中有极大关注度，被誉为京剧票友最高竞技舞台和欢乐的节日。

由于年龄原因，我即将从"和平杯"的组织工作岗位上退下来。我深深感谢各级党政领导对这项全国性公益文化活动的高度重视！深深感谢方方面面的鼎力支持！祝福广大京剧票友在学习演唱京剧中，给自己的人生带来更多的精彩！

祝福我们钟爱的京剧艺术在新时代创造新的辉煌！祝福"和平杯"！

附　录

　　出于对担任过"和平杯"决赛评委的各位京剧名家的感谢，现将历届"和平杯"京剧票友邀请赛、"和平杯"京剧小票友邀请赛决赛评委名单恭录如下。同时，将《天津日报》《光明日报》《和平杯》专刊两篇文章作为附录。这几篇文章，以及何永泉老师、周贤贵大哥在序言中对我的谥美之词，使我受宠若惊，就作为对我的时时鞭策和激励吧。

历届"和平杯"中国京剧票友邀请赛评委

（以姓氏笔画为序）

1991年第一届"和平杯"评委

评委主任：刘瑞森

决赛评委：马长礼　从鸿逵　王晶华　刘秀荣　齐致祥　刘雪涛
　　　　　汪正华　吴同宾　李荣威　张庭萱　龚和德　舒　适

1993年第二届"和平杯"评委

评委主任：刘瑞森

决赛评委：王晶华　刘秀荣　孙荣蕙　刘雪涛　陈云超　李庆春
　　　　　贺永华　张庭萱　程　之　程正泰　薛亚萍

1996年第三届"和平杯"评委

评委主任：刘国富

决赛评委：王金璐　王晶华　云燕铭　刘雪涛　李丽芳　李荣威
　　　　　莫　宣　程正泰

1998年第四届"和平杯"评委

评委主任：刘增禔

决赛评委：王晶华　云燕铭　卢子明　刘秀荣　刘雪涛　刘增禔
　　　　　李荣威　李蔷华　高宝贤　程正泰

2000年第五届"和平杯"评委

评委主任：刘增禔

决赛评委：孙　岳　张春孝　李鸣岩　王婉华　李蔷华　钳韵宏
　　　　　赵慧秋　杨乃彭　刘增禔

2002 年第六届"和平杯"评委

评委主任:蔺永钧
决赛评委:孙　岳　刘秀荣　刘连群　刘增褆　杨乃彭　李鸣岩
　　　　　吴钰璋　姚玉成　赵慧秋

2004 年第七届"和平杯"评委

评委主任:高长德
决赛评委:王梦云　邓沐玮　刘连群　张春秋　沈键瑾　杨乃彭
　　　　　赵慧秋　高长德　萧润德　温如华

2006 年第八届"和平杯"评委

评委主任:高长德
决赛评委:马长礼　王梦云　邓沐玮　刘雪涛　刘连群　沈健瑾
　　　　　杨乃彭　张春秋　赵慧秋　高长德　薛亚萍

2008 年第九届"和平杯"评委

评委主任:高长德　何永泉
决赛评委:王立军　邓沐玮　李　莉　李崇善　孙毓敏　何永泉
　　　　　沈健瑾　张艳玲　高长德　郭跃进　薛亚萍

2010 年第十届"和平杯"评委

评委主任:杨乃彭
决赛评委:王晶华　李　莉　李文敏　李崇善　杨乃彭　宋昌林
　　　　　张艳玲　赵景发　萧润德

2012 年第十一届"和平杯"评委

评委主任:何永泉

决赛评委:王晶华　邓沐玮　李文敏　李崇善　任德川　何永泉
　　　　　尚明珠　张艳玲　萧润德

2014 年第十二届"和平杯"评委

评委主任:王　平　何永泉
决赛评委:王　平　朱宝光　刘连群　孙丽英　何永泉　沈健瑾
　　　　　陈　琪　金喜全　薛亚萍

2016 年第十三届"和平杯"评委

评委主任:何永泉
决赛评委:王玉珍　孙丽英　许玉琢　李少波　杨乃彭　何永泉
　　　　　张　萍　罗长德

注:
刘瑞森:时任天津市文化局副局长
刘增禔:原天津市委统战部部长、时任天津市京剧票友协会会长
高长德:原天津市文化局副局长、时任天津市剧协主席
刘国富:时任文化部社文司副司长
蔺永均:时任文化部社文司副司长

2018 年第十四届"和平杯"评委

评委主任:何永泉
决赛评委:于万增　任德川　刘连伦　许玉琢　李经文　何永泉
　　　　　张　萍　张克让　郭跃进

2020 年第十五届"和平杯"评委

评委主任:何永泉
决赛评委:王玉珍　叶金援　朱宝光　李经文　何永泉　侯丹梅
　　　　　郭跃进　龚苏萍　温玉荣　薛亚萍

2022 年第十六届"和平杯"评委

评委主任:何永泉

决赛评委:朱世慧　江其虎　杜镇杰　李经文　何永泉　沈健瑾
　　　　　张　萍　张克让　赵葆秀　崔　伟

2007 年第一届"和平杯"京剧小票友邀请赛

评委主任:高长德

决赛评委:王梦云　杜　鹏　李　光　李炳淑　李佩红　杨乃彭
　　　　　高长德

2009 年第二届"和平杯"京剧小票友邀请赛

评委主任:王　平　何永泉

决赛评委:王　平　李经文　李炳淑　何永泉　张艳玲　郭跃进
　　　　　康万生　谭孝曾

2011 年第三届"和平杯"京剧小票友邀请赛

评委主任:王　平

决赛评委:王　平　邓沐玮　安云武　李　莉　闫　巍　郭跃进
　　　　　康万生　续正泰　薛亚萍

2013 年第四届"和平杯"京剧小票友邀请赛

评委主任:何永泉

决赛评委:艾金梅　孙丽英　朱宝光　李经文　何永泉　奚中路
　　　　　龚苏萍　康万生

2015 年第五届"和平杯"京剧小票友邀请赛

评委主任:何永泉

决赛评委:赵景勃　何永泉　李经文　康万生　杜　鹏　奚中路
　　　　　倪茂才　闫　巍

2017 年第六届"和平杯"京剧小票友邀请赛

评委主任:何永泉

决赛评委:王玉珍　许玉琢　孙丽英　何永泉　张克让　赵景勃
　　　　　奚中路　龚苏萍

2019 年第七届"和平杯"京剧小票友邀请赛

评委主任:何永泉

决赛评委:王玉珍　邓沐玮　朱宝光　李经文　何永泉　辛宝达
　　　　　沈健瑾　张关正

2021 年第八届"和平杯"京剧小票友邀请赛

评委主任:何永泉

决赛评委:田玉珠　李静文　何永泉　张关正　陈　琪　赵永伟
　　　　　赵景勃　赵　群　高　彤　郭跃进

2023 年第九届"和平杯"京剧小票友邀请赛

评委主任:何永泉

决赛评委:田玉珠　朱宝光　李静文　何永泉　何佩森　张　萍
　　　　　陈　琪　赵永伟　赵景勃

十届菊坛盛会　廿载梨园春秋
花儿为什么这样红
——和平区 20 年不辍打造"和平杯"
中国京剧票友邀请赛文化品牌

又是金秋菊黄时,一场文化大餐、一台梨园盛会如期而至。

她拥有最大的戏剧舞台,从繁华都市到边陲重镇,从黄土高原到椰林海岛……

她拥有众多的粉丝,从 5 岁幼童到八旬老翁,从炎黄子孙到不同肤色的外国戏迷……

她拥有持久的生命力,20 年来春华秋实、长盛不衰。

她就是遍布华夏大地、盛开在海河之畔的艺苑奇葩——"和平杯"中国京剧票友邀请赛。

花儿为什么这样红?源于 20 年的精心培育、锲而不舍;源于深植中华沃土、盛开百姓心田。这朵传统艺术之花,傲然绽放、红似火焰、灿如朝霞。

花儿这样红
她根植于中华民族的沃土

素有"北京学艺、天津唱红"美誉的天津,是京剧演员唱红的重要"码头",而和平区则是唱大戏、演国剧的大舞台。"唱红中国,中国唱红"这句行话指的就是坐落在和平区的中国大戏院。漫步在公园、广场、社区,处处可以看到京剧爱好者操琴吊嗓,锣鼓阵阵、琴声悠扬、韵味悠长。

伴随着改革开放的春风,如何满足人民群众日益增长的文化需求?大家在思考。1990 年,京津两地联合举办的"纪念徽班进京 200 周年票友联谊赛"提供了以京剧为载体,开展群众文化活动的契机。一场"津门中青年京剧十佳票友选拔赛",取得意想不到的成功,在全市引起轰动。这给和平人以思考:能不能在全国范围内搞一场评选"中国京剧十大名票"的比赛? 在文化部和本市宣传文化部门的支持下,和平区政府承办的"和平杯"在翌年启动。

一石激起千层浪。首届"和平杯",21 个省、市、自治区竞相报名参赛。仅河北省就有上万名票友参加分区选拔赛。作为一个区级政府组织的赛事,在全国范围内一呼百应,实不多见。随着"和平杯"在中国大戏院隆重揭幕,1800个席位,场场爆满。移至第一工人文化宫,2000多张票又连连告罄。连演13场,盛况空前,更有大量求票不得而前往听戏过瘾的"场外观众"。决赛由电视直播,千家万户在荧屏观赛。天津大街小巷,到处是"和平杯"的广告。中央媒体,本市各主要媒体,境外多家报刊对赛事进行了报道。"票友赛"成为人们街头巷尾热议的话题。

从此,"和平杯"一发不可收,一办就是20年,成为全国唯一由各地文化主管部门层层选拔、文化部认定,并授予"中国京剧十大名票"荣誉称号的文化活动。迄今,共评选"十大名票"100名,"双十佳票友"200名,报名参加选拔赛的票友近百万人次,观众人数上千万人次。2009年,"和平杯"被授予"全国群众文化品牌"。

"和平杯"一届一届地办下来,得益于各方的支持。多位党和国家领导人到津观看演出,有的还欣然题词。市委宣传部领导担任组委会主任。张君秋、袁世海、梅葆玖、尚长荣等一大批京剧大师和赵慧秋、杨乃彭、李经文等知名艺术家都参与过这项赛事,有的担任评委,有的现场助演,还有的亲自为票友示范指导。天津的京剧院团全力以赴配合演出,一些知名演员甚至为票友跑龙套、当配角。届届"和平杯"的舞台总是名家荟萃,群星闪烁!

花儿这样红
她盛开在人民群众的心田

"广泛的群众性"是"和平杯"的最大特点。票友参赛没有门槛儿,不论职业、文凭、年龄,都可报名参赛。参赛者既有学者和企业家,也有普通打工仔;既有社区居民,也有港澳台和外籍人员。今年举办的第十届"和平杯",各省、市、自治区和港澳台地区都有代表队和观摩团参加,首次实现了华夏大地京剧票友的大团圆。美国、日本、泰国等外籍京剧票友也参加了决赛,充分体现了国粹艺术的恒久魅力与"和平杯"在海内外的深远影响。

坚持从群众中来。"要想当名票,参加'和平杯'",如今已经成为广大戏迷的共识。经过层层选拔的票友登台亮相,念唱做打舞,韵味绵长,颇见功力,引来台下一片喝彩声。当选的"十大名票"届届生辉,展现了令人信服的水平。票友们痴迷和热捧"和平杯",留下许多感人的故事。湖北省票友冷永和4次参赛、他的同乡刘易红三进津城,终于圆了"十大名票"之梦;河南选手杨正明手臂骨折,打着石膏、忍着伤痛演唱《断臂说书》;当年两岸交流尚不通畅,但台湾票友程梅华毅然首赴内地参赛,摘得首届"十佳票友"桂冠;黑龙江选手王彩玲身患癌症,为了心中的艺术,她中止化疗参赛,最终荣获"二等奖",她激动地说:"京剧艺术是我的第二生命,在和平杯登台彩唱是我的夙愿,感觉自己的身体又焕发出活力!";广东一位票友年逾八旬,重病在身,仍寄来参赛的录音带。他说:"我已没有气力彩唱这段戏,但仍要用声音表达对京剧的挚爱!"他辞世后,评委才听到这段绝唱,无不潸然泪下……

坚持到群众中去。"和平杯"把舞台延伸到农村、社区和企业,在活跃群众文化活动中发挥了巨大作用。数百位获奖票友如星星之火遍布全国,成为国粹艺术的传播者,当地"振兴京剧"的中坚力量。"名票"杨晓云在新疆桃李满天下,许多票友拜她为师倍感荣耀;"名票"顾丽娜,曾多次参加中央电视台戏曲春节晚会演出;科技工作者金玮被评为"名票"后,入选内蒙古自治区"十大新闻人物";山东票友陈长庆当选"名票"后,成为国家一级演员;"名票"田胜强创办了"山东胜强京剧学校",培育了一大批京剧新苗。在优秀票友的带动下,群众京剧活动在各地开展得如火如荼。1993 年,"和平杯"举办全国京剧知识竞赛,4 万多名戏迷踊跃答卷,2000 封来信建言献策。2005 年,"中国京剧十大名票巡演团"赴广东、山东、河北等地义演,好评如潮。近年来开展的"名家、名票慰问民政救助对象专场演出""名家名票进社区"等活动,让普通百姓过足了戏瘾,体验到京剧的魅力。

《光明日报》这样评价:"和平杯"开创了由文化部为"十大名票"命名的先河。其影响已超出天津市,在全国甚至世界票友界都有很大号召力。她不仅是业余京剧活动的亮丽风景线,更是群众文化工作的成功典范。

花儿这样红
她得益于党和政府的精心培育

精心出精品,恒心铸品牌。从呱呱坠地,到弱冠之年。和平人 20 年痴心不改、辛勤耕耘、创新进取,把一个群众文化活动打造成全国知名文化品牌。

坚持政府主导。尽管文化部一般不参与地方主办的活动,但至今仍牵头主办"和平杯"。天津市委、市政府多次把"和平杯"列入改善人民生活的 20 件实事。和平区作为主办和承办单位,20 年历经 5 届班子,薪火相传,始终将这一赛事纳入群众文化的重点工程,并在财力上给予保证,先后投入了近千万元。

坚守公益方向。"和平杯"名气的增大,让许多商家看到了商机。"和平杯"不为所动,坚持不冠名、不牟利,不搞商业运作。面对"快男、超女"等快餐文化,有人提议"和平杯"能否增加选秀元素,包装炒作?但"和平杯"始终坚持不庸俗、不低俗、不媚俗,保持了国粹艺术的高雅本色。

建立完善机制。为确保"和平杯"成为高水平的赛事,设立了机构,确定了专职人员,制定了完备的规则。每次大赛,都认真研究,精心策划。"和平杯"建立了严密的评选制度,坚持彩唱,层层选拔,好中选优;聘请京剧名家和专家担任评委,全程公证,确保赛事的权威性和公正性,尽管规模不断扩大,但始终运转有序。

注重继承创新。"和平杯"历经 20 年,届届都有新的举措:先后放宽了年龄和资格限制;推出小票友邀请赛;请观众投票参与评选;表彰振兴京剧"十大杰出人物"和"十大社会活动家"等,不断为"和平杯"注入生机与活力。

依靠领军人物。"和平杯"的一条成功之道,就在于拥有一批爱戏、懂戏,视京剧艺术为生命的核心人物。和平区原文化宫主任寇援,既是"和平杯"的发起者之一,也是每届赛事的"执行指挥"。天津市青年京剧团原副团长、和平杯"艺术总监"白晶环年逾古稀,但届届全程参与,精心筹划。张志玉、扈其震等许多老同志凭着对京剧艺术的热爱,不辞辛劳,为"花儿"的盛开倾注了心血。

从"弘扬民族文化,振兴京剧艺术",到"发展群众文化,建设和谐社会","和平杯"走过了坚实的 20 年,这朵艺苑奇葩必将在文化大发展、大繁荣的百花园中越发开得娇艳动人!

《天津日报》(2010 年 10 月 23 日 1 版)

"和平杯"京剧票友邀请赛为何 30 年经久不衰

1991 年,天津市和平区文化馆在各级主管部门的支持下,举办了首届"和平杯"中国京剧票友邀请赛,全国的票友、京剧迷都可免费报名参与,经过评比选出"十大名票"。30 年过去了,报名参赛的票友从国内扩展到全球,海外华人票友报名的人数与日俱增,近些年又增加了"小票友赛"。据初步统计,"和平杯"已连续成功举办了 15 届成人票友赛、7 届少儿票友赛。覆盖全国,影响海外,五万余名京剧票友参与活动。一个地方文化馆,是如何将一项群众文化活动持续 30 年并推向全国走向世界的?

老百姓的"和平杯"

寇援,77 岁,一头银发,精神矍铄。1987 年他任天津市和平区文化馆馆长,2004 年退休后,依然在"和平杯"中国京剧票友邀请赛常设办公室忙碌着。

亲历了"和平杯"的 30 年,让寇援欣慰的不仅仅是票友们在表演艺术上呈现出的日益精湛的水平,更让他骄傲的是,"和平杯"已是全国首批群众文化品牌,荣获全国第十五届"群星奖"服务项目奖,成为我国公共文化服务领域的"知名品牌",天津市的一张"文化名片",它给许多百姓,特别是退休老人的生活带来了"精气神"。

第十五届"和平杯"十大名票获得者吴华飞,早年遭遇不幸,她一边打工一边抚养孩子读书。想起那段日子,吴华飞苦笑:"身心疲惫,难以支撑。"到京剧院团做清洁工,让她有更多机会接触京剧,童年爱唱爱跳的天性得到释放。京剧就像一束阳光照进了她的生活,经过刻苦学习,她站到了票友展示的最高平台上。

荣获第十四届中国京剧"十大名票"的张志国,是河北省石家庄的一名出租车司机,他经常边开出租车边听京剧,没人时就亮起嗓子放开唱;天津地铁司机支帅是位 30 岁出头儿的小伙子,从小受票友父亲的熏陶,迷上了唱老生,他演唱《捉放曹》选段,台风沉稳老成,被评为"十大名票";票友李巧文从 50 岁开始在加拿大温哥华学习京剧,共参加了 3 届"和平杯",最后,一曲梅派代表剧《廉锦枫》,59 岁的她把少女演绎得惟妙惟肖,荣获一等奖,并夺取"第二届港澳台及海外十大名票"第一名。

寇援介绍,"和平杯"坚持公益属性,离不开天津市委市政府、和平区委区政府的支持。"和平杯"不仅连年列入和平区政府重点政务目标,也多次列入天津市政府为老百姓办实事的内容之一。他粗略算了一笔账:"30 年'和平杯'总计花费 2053 万元。政府投入 1658 万元,企业赞助 395 万元,绝大部分都是政府投入。1991 年首届'和平杯'需要打电话动员各省帮忙组织参与,到今天一呼百应,这与邀请赛始终得到党和政府部门一贯大力支持,坚持走惠民的群众路线,坚持是老百姓的'和平杯'至关重要。"

公平公正 薪火相传

一项群众文化活动能坚持 30 年,始终保持高品质,自会成为弥足珍贵的品牌;一名群艺工作者能扎根人民,与京剧票友相知厮守几十年,是一种了不起的坚守。寇援不是梨园行里的人,也不是票友。但是在天津青年京剧团国家一级演员、中国戏剧家协会会员石晓亮的眼里,他用 30 年成就了一件弘扬国粹,推动京剧事业繁荣发展、薪火相传的大好事。

对于文化馆馆长这个职务,寇援有自己的看法:"做社会群众工作的人,不一定是专家、行家,但应是'社会活动家',对群众不仅满怀深情,还要有激情,善于调动各个方面积极性,借助各个方面的力量,八面来风。"

票友们说:"'和平杯'十大名票的荣誉,跑关系跑不来,钱也买不来。"寇援认为,这样的评价是对"和平杯"的最大肯定,也是它能常办不衰的重要原因。

30 年来,"和平杯"评选得到票友们普遍认可。

寇援介绍,"和平杯"评选有很多细节保障着邀请赛的公平公正。比如"和平杯"评委都是全国有一定影响的京剧艺术家,天津评委人数不超过总评委人数的 50%;又如,评选不采取现场打分办法,而是演出后,经评委认真评议再出成绩,不搞幕后交易;组委会制定严格纪律,工作人员决不接受任何财物;再如赛事采取以省、自治区、直辖市集体组队报名的方式;对获奖选手重在精神鼓励,不发现金不搞物质刺激;还有对专业京剧院团、京剧院校、正常退休人员的报名给予一定限制;聘请司法公证部门进行赛事全过程监督公证;等等。

2007 年,"和平杯"又增加了小票友邀请赛,在和平杯的影响下,少年儿童学习京剧的热情也很高涨。石晓亮演出之余,开办了"天津旭日国韵京剧艺术实验基地",带了不少小徒弟,已经涌现了两名"和平杯"的"十小名票"。他认为,"和平杯"的社会影响力推动了小朋友喜爱京剧、学习京剧的热情,促进了戏曲进校园工作开展,对国粹的继承和发展有巨大的贡献。

(本报记者　刘茜　陈建强)

《光明日报》(2021 年 6 月 3 日 13 版头条)

功德无量的"和平杯"

崔　伟

京剧有着辉煌的历史成就。但以往我们多关注的是京剧艺术家的身手贡献,似乎往往忽视同样具有重要意义的一个方面,那就是承托京剧发展的土壤——观众,特别是那些衷心拥趸的戏迷、票友、票房。京剧 200 多年,票房、戏迷遍及大江南北,甚至海内外,这是京剧独特的文化现象,也是支持京剧发展,储备京剧人才的沃土。无论早年谭鑫培的琴师陈彦衡,还是前后"四大须生"的言菊朋、奚啸伯,甚至专业出身的余叔岩,哪个不是出身票界,受益票房呢?

近年来,京剧传承发展重视专业的多,关注观众与票房少,这恐怕也造成了京剧"内热外冷"、生存不佳。因此,天津的"和平杯"中国京剧票友邀请赛就有着中流砥柱的作用,它坚持 31 年的辉煌业绩,特别是团结全世界京剧爱好者和票房、票友的精神凝聚力,不但对京剧的传承发展做出了巨大的民间贡献,历届评出的"和平杯十大名票",更是足以体现当代京剧表演艺术在票界的藏龙卧虎,耕耘出京剧文化的无限民间生机。

"和平杯"出现在天津不是偶然的。这既缘于天津市、区领导和有关部门对民族文化的由衷珍视与高度责任感，也和津门源远流长的京剧文化氛围密不可分。京剧的 200 多年历史，许多精彩是在天津呈现的，无论是人才培养，还是演出市场的炽热兴旺，天津都是足以称作"京剧艺术的一方圣土"。特别是天津历史至今观众和票房对京剧传承、发展、创造的巨大推动，通过这座北方历史文化名城中观众与社会对从业者的热情拥戴，分明褒贬，体现了天津人爱戏的热情、懂戏的禀赋，以及爽直火热的性格。中国京剧艺术若没有天津这块热土的培育，不但会缺乏观众的鼓励，也会失去艺术的严格检验。因此，当 31 年前的"和平杯"这个专门为戏迷搭台的赛事在天津应运而生，中国戏曲的发展也才有了全方位的推进平台，戏迷票房展现身手的靓丽窗口。

"和平杯"至今已走过 31 年历程，其创造了多少辉煌，广大观众是见证人；它对京剧发展做出的那些贡献，社会与历史也会铭记不忘。这是一支民间力量对京剧传承的无私贡献，更是天津这一方京剧热土对京剧发展的鼎力支撑。"和平杯"和组织者之所以值得铭记与感佩，就在于其并非是"吃这碗饭"的。他们完全是对京剧的热爱在支撑，并因为爱而深谋远虑看到京剧发展必须要有戏迷和票房这两者的兴旺发达。没有高水平的戏迷，哪来高水平的京剧艺术检验与知音？没有票房的活跃与发展，哪有京剧土壤和绿洲呢？因此，我们不能不佩服"和平杯"组织者、实施者持之以恒背后的文化自信与自觉。他们在做着极为重要的基础性工作，默默、平凡、艰难、奉献，但却神圣而坚韧。他们这才是以面对业余者的坚持，在践行着习近平总书记殷切嘱托的"戏曲事业繁荣发展关键在人！"中，热爱京剧、赏识京剧的一个重要"人"的群体——戏迷、票友。

"和平杯"在我心中是很神圣与具有威信的，这不能不归功于寇援先生为主的工作团队。31 年来，是他们以热情打造出优质的"和平杯"平台，更以公正、专业树立起"和平杯"的威信。当代京剧 30 多年来的戏迷人才、海内外优质票房的发现、推出，引得大家纷纷称赞着：几乎没有英雄不是出自"和平杯"；而带动和引领各地京剧票房发展，似乎无论大江南北和海内外，也几乎没有不把自己的成就评价与能否在"和平杯"崭露头角和得到承认作为最高考量参照的。以我工作经验和有限的对寇援等的了解，深知他们工作艰难不是常人能够想见的。"和平杯"是他们呵护培养起的"孩子"，达到现在的口碑和威信，他们付出了巨大心血，体现出了高尚的人格，显现出对京剧艺术深沉的爱与责任。特别是今年，蒙"和平杯"组织者信任，我首次较深入参与了评选工作，由衷地体会了组织者对这项工作的严谨认真。评选环节处处依照章程，评委对每个选手匿名评选，且无不要写出评价意见、打分数。评委之间互不知悉，独立评判。这种评选的严格不亚于国家级评奖,而且更不存在人为的平衡、照顾。

"和平杯"31 年坚持不易、成功不易。戏迷票友应该感谢它,京剧应该感谢它,京剧历史也会铭记它。我愿意为"和平杯"揄扬,也愿意为这个极有意义和威信的评选服务!

第十六届"和平杯"京剧票友邀请赛专刊卷首语

寇援主任与"和平杯"

扈其震

在本期《和平杯》杂志上占用几个页码,向读者讲讲我所了解的"和平杯"组委会办公室的寇援主任,自认为非常有必要,也很有意义。或许通过透视这样一位不寻常的人物,能够让人们更深刻地认识、理解"和平杯",并给各地的文化界的基层领导与众多戏迷票友们以某种启迪。以前在本刊发表的其他文章中,也有对寇主任的介绍和赞美,但大都是只言片语、零散不整。所以笔者写下了这篇拙文。这里杜绝溢美之词,只是如实地讲述寇主任的人生足迹,讲他工作中的小故事,讲这样一位老党员、老水兵,在三十多年中与"和平杯"京剧票友邀请赛所建立的亲密关系和所做出的杰出贡献。读者可以从寇主任身上发现一位优秀的社会文化工作者的人心和人性,感受到纯洁的党性在这位老者身上多年如一日地熠熠闪光!

"和平杯"京剧票友邀请赛最初称为"和平杯"中国京剧票友邀请赛,文化部社会文化司、中央电视台戏剧音乐频道等单位都曾参与过主办。自 1991 年创办,至今整整 32 年了。当初刚创办时,时任文化部常务副部长的高占祥同志欣然为邀请赛写来题词"振兴京剧艺术,促进和平友谊",对这项全国范围的赛事给予坚定支持。这样一个影响全国并波及海外的大型群众文化活动;这样一个受到文化部认可,并在中央电视台戏曲频道录播颁奖晚会汇报演出的京剧票界的节日盛会;这样一个为振兴京剧艺术、繁荣中华优秀传统文化做出重要贡献的文化品牌,如今是有口皆碑、深入人心、声誉日隆。"和平杯"的品牌还曾获得文化部的褒奖。读者诸君您可曾想过,"和平杯"能够坚持到现在并取得巨大成功的因素,到底有哪些呢?

放眼全国,改革开放伊始,借思想解放之风,各地都争先恐后地举办各种类型、大小不等的文化活动。各级电视台,各省市的群艺馆、文化馆纷纷承办,很多政府部门与企业商家也给予支持。但几十年过去了,至今能够坚持下来的,数一数还有几个?绝大多数都是虎头蛇尾,搞了几届之后就偃旗息鼓了。当然原因是多方面的,笔者在此没有指责的意思,只是说明,一项有意义的公益性的全国大型群众文化活动能够坚持下来,经历风风雨雨,几十年初心不改、宗旨不变,非常非常不容易!

而"和平杯",如今旗帜鲜艳,风头正盛,在中国京剧发展史上已经写下了浓墨重彩的一笔。"和平杯"对我国业余京剧事业发展的促进;对少儿京剧人才的培养和示范;对群众性的京剧艺术的普及与传播;对各地票房的正确引领和激励;对中华优秀传统文化的继承与创新;对中国国粹向海外多个国家的宣传,这多方面的功绩和历史意义不会被人们忘记。

分析和总结"和平杯"的成功经验,可以说有:我们赶上好时代呀;天时地利人和呀;各级党政领导部门与专业艺术家的大力支持呀;等等,很多因素。但我说,如果没有寇援主任几十年的坚持与奉献,没有他发挥出的顶梁柱的重要作用,没有他的领军和挂帅,"和平杯"肯定就会是另外一番模样,或许早已经夭折了。

事在人为。一个关键人物的作用绝不能低估!

任何辉煌的事业都是人干出来的。在波澜壮阔的文化事业中,往往领军挂帅的人物特别重要,他的个人品德、人性、学识、能力、胸怀、格局、胆略、智商、情商、骨气乃至人格魅力,都起着决定性的把关、掌舵的作用。领军挂帅之人是灵魂人物,常常能够决定一项事业的走向、成败、规模大小和社会影响力,还能决定这项事业的时代地位如何和历史意义怎样。

寇援主任到底具备哪些优异品德和过人才华?他对"和平杯"的贡献具体体现在哪些方面呢?请容笔者一一道来:

1.寇援主任有智慧、有勇气、有能力填补文化活动的空白,富于社会主义文化事业的垦荒开拓精神

首届"和平杯"中国京剧票友邀请赛于 1991 年在天津成功举办。这项全国范围的大型赛事就是寇援主任提出初步方案,然后综合和平区文化局、和平文化宫的智囊团的智慧,再联系上级相关的领导部门,听从各方面意见,并吸收了 1990 年北京天津两地的"十佳"京剧票友联谊赛的经验后,反复推敲完善成熟的。这项活动一经推出,立刻引起文化部社文司的高度重视,并给予大力支持;更引起了全国很多省市的强烈反响,并积极报名参加。

当时寇援担任和平文化宫的"一把手",在改革开放中勇闯新路,他提出的文化事业单位改革的原则和办法,被当作先进经验向全国相关单位多次介绍。他领导的文化宫曾被评为 "全国先进文化馆"。20 世纪八九十年代,在全国3000 多位群艺馆、文化馆(宫)的正馆长中,寇援馆长的知名度公认为排在前四名之内。他干工作不仅能圆满完成上级布置的各项任务,还不甘平庸,不混日子,不满足按部就班、得过且过,常常勇敢地开拓新领域,大胆地策划新活动,奖励员工提供"金点子"方案,目的只有一个:积极响应党中央、国务院号召,尽最大力量满足和丰富群众日益增长的精神文化生活。

以寇援主任为核心创办了"和平杯",并提出了对一等奖选手命名"中国京剧十大名票"(后来又有"中国京剧十小名票")的响亮"称号",是他偏爱京剧艺术吗?非也。他既不会唱西皮二黄,更不会拉京胡打板,与京剧票界和京剧名家也素无来往,家族中也没有什么人是票友。之所以殚精竭虑地创办这项大型赛事,完全不是凭借个人爱好,全部是从国家的文化大业出发,考虑到中国京剧艺术在新时期所遇到的窘境和低迷;考虑到振兴国粹,必须要靠专业剧团和票界戏迷的两翼齐飞,他自觉自愿并义无反顾地担起了这项重任。而且一干就是三十多年。寇援于 2004 年从单位退休,但他宝刀不老,退休后又为"和平杯"忙碌操劳了将近 20 年。他提议的单独设立"港澳台及海外十大名票"奖项,是针对海外票友的特点和实际情况,充分鼓励海外票友们参赛的积极性,激励中国国粹向世界各国广泛传播的一个举措, 很有必要和眼光。到目前为止,"和平杯"已经成功举办的 16 届成人票友邀请赛,评选命名的 160 名"中国京剧十大名票"和 30 名"港澳台海外十大名票",早已成为传播和繁荣京剧艺术的火种,撒遍海内外各地,为弘扬中华国粹做出了巨大贡献!"和平杯"的大舞台推举他们一朝出名,他们凭借自己的名声与艺术又去促进京剧发展。有些名票则"下海"了,被专业京剧院团吸收为专业演员。

2.寇主任做到了与时俱进,勇于创新,甘愿奉献,将"和平杯"当作生命的组成部分

"和平杯"赛事,同其他的公益性事业一样,完全做到了"与时俱进,不忘创新"。寇援主任对此保持着清醒的头脑:从事这项有影响有意义的文化活动,既要不忘初心,不改宗旨,坚持原则,保持公正;又要随着时代发展,不断增添新的活力,充实新鲜内容,吸取有益因素,确保赛事能够逐渐丰满、健康发展,让"和平杯"的品牌随时增光添彩。

2007年，为了更好地贯彻党中央、国务院新颁发的《关于进一步加强和改进未成年人思想道德建设的若干意见》，寇援主任经过深思熟虑，并与各方面协商，组委会又推出了"和平杯"中国京剧小票友邀请赛，为全国各地的少儿京剧培训活动进行交流经验、充分展示京剧小票友的风采、促进未成年人的素质教育搭建了一个非凡的大平台。"中国京剧十小名票"从此在海内外叫响，并日益深入到众多学习京剧、喜爱戏曲的各民族孩子们心里。这项创新，具有非凡且深远的意义，不仅完善了"和平杯"的赛制，更是做了件功德无量的好事。对于增添和促进广大孩子们对中国传统戏曲的喜爱和学习、传承我国优秀传统文化、教育未成年人提高综合素质、展示新时代中国少年儿童的崭新形象，都有极大的促进作用。事实证明，这些荣获"中国京剧十小名票"称号的前8届的80名小朋友，如今有很多都进入了各地戏曲院校，有不少进入了专业京剧院团，有的还带了徒弟、收了学生，成为当地少儿京剧培训的骨干和榜样。今年第九届又有10名"十小名票"光荣诞生，这些戏曲小明星是中国京剧事业的希望和未来！

不仅仅如此。不满足成年人和少儿的大小票友隔年轮回的精彩舞台比赛。寇援主任时刻不忘"和平杯"的创新和发展。

寇援主任不在已经取得的耀眼成绩面前沾沾自喜，他没有停下前进的脚步。他把海内外的各地领队、众多票友和票房老师与负责人视作亲人，对各地票友的业余京剧活动的动向非常关注，经常听取各地的信息反馈，时时开动脑筋，为"和平杯"不断增添新的内容。寇主任创意组织的评选"和平杯杰出贡献奖"与"中国京剧票友社会活动家"就是让人眼前一亮的好措施。到去年为止，共评选了10名"杰出贡献奖"，4届共40名"中国京剧票友社会活动家"。这两个荣誉称号，是对各地那些热衷于繁荣京剧事业、促进群众业余京剧振兴的社会人士的最高褒奖，对他们事迹和贡献所做的充分肯定和高度赞扬也是深得民心之举。

寇主任目光远大，胸怀宽广。他提议的评选和命名"和平杯金牌京剧票房"项目又是一次非同寻常的创举。大家知道，票友开展日常艺术活动，甭管是排练还是演出，基本上离不开京剧票房。文武场面(伴奏)、行头(服装)道具、排练场地、化妆勒头、口传心授专业指导，等等，缺哪一项都不叫京剧了。所以京剧活动比起唱歌、朗诵、说相声那些文艺活动，要复杂、深奥、琐碎、费钱得多。票房是支撑、促进业余京剧活动的大本营和后方基地。开展海内外票房的经验交流、评选命名，立刻引起了强烈反响，获得了极大支持。到目前为止，评选出3批131家"和平杯金牌京剧票房"，在海内外发挥出了显著的示范样板作用，吸引那些热爱京剧的戏迷们前来参加活动，接受票房的指导和扶持，从票房中获取艺术营养,从而提高自己的京剧表演艺术水平。

为了更好地促进我国少儿京剧事业的发展,培养更多的孩子成才,让国粹后继有人,寇援主任还策划组织了"中国少儿京剧培训基地"命名挂牌,并设立"中国少儿京剧杰出贡献奖",专门奖励那些在幕后默默为培养孩子学戏而付出无数智慧和汗水的戏曲老师们。这两项奖励的设立,更是引起社会一片赞誉之声。至 2023 年年底,共命名了 40 家"中国少儿京剧培训基地",表彰了 40 名致力于少儿京剧活动的杰出老师,授予他们"中国少儿京剧杰出贡献奖"。

多年以来,寇主任还策划组织了在北京政协礼堂的"和平杯"大小名票的汇报演出、"和平杯十大名票惠民专场演出""和平杯金牌京剧票房展演"系列活动、"十大名票"组团赴海外演出、名家名票下基层慰问演出、"和平杯"创办 30 周年纪念演出,等等,都取得了非常好的社会效益,引起了轰动效应。

3.寇援主任在工作中出于公心,坚持真理,一身正气,不怕得罪有关领导与名家评委

已经长达 32 年了,主管"和平杯"活动的上级党政领导换了一茬又一茬,每届比赛特邀的京剧名家、专家评委累计有一百多人了。寇主任每年每届都要和上级领导与不同的名家、专家打很多的交道。请示、汇报、商议、建议、把关、定向、处理大赛中临时出现的问题,确保赛事健康有序地进行……寇主任既对领导与名家们心怀尊敬,坦诚无私地商议协调"和平杯"各项工作,又出于公心,敢于坚持真理,为了"和平杯"的尊严和声誉,在特殊时刻不怕得罪个别的领导与不称职的极个别评委。能做到这一点,谈何容易啊!

由于多种原因,"和平杯"的经费近年遇到了非常大的困难。按照惯例,如此大规模的"和平杯"每届举办都是天津市与和平区有关部门拨款几十万元。组委会不仅不收取报名费,还向少儿选手给予演出补贴。也不接受商家企业的赞助。这样做的根本目的就是为了确保比赛的公正公平,就是表明"和平杯"是公益性的、政府主办的、利国利民的文化事业,必要的政府投资是为了弘扬国粹艺术,活跃群众文化生活,传承和发展优秀传统文化。现在财政紧张,有位领导就向寇主任提出:向每位参赛选手收取几千元的报名费吧,这样咱们搞大赛就有了经费保证。寇主任听了,坚决反对此种不明智的做法,坚定地维护"和平杯"的宗旨和声誉。

寇主任宁愿得罪特邀来的京剧名家评委,也要全力维护"和平杯"的尊严,保证赛事的公平公正,让真正有实力的优秀票友能够荣获"一等奖"。公布获奖名单后,那些获得"十大名票"称号的各地真正有水平的票友与寇主任都非亲非故,根本不知道这里的内情,寇主任也不会向选手披露评选过程。他只是在幕后默默地操劳工作着,一身正气地维护着"和平杯"不能沾染邪气歪风,必须健康稳妥地向前发展。

4.寇援主任具备出众的组织能力、协调能力、指挥能力、团结能力,口才文笔俱佳

寇援主任记忆力强,思维敏捷,做起事情来干练从容。举办这样大规模的涉及海内外的文化赛事,有多少事情需要沟通、协调、联络、组织呀,在确定每届的大赛筹备阶段时,寇主任要与多个主办单位和承办单位的领导们反复请示、汇报,修改完善方案;在宣传方案和发动各地的选手报名时,寇主任要与各地的领队和有关文化部门、京剧票房、培训基地进行沟通联络,通报情况;在聘请各地的多位著名京剧艺术家和著名专业演员、著名京剧专家担任评委时,要诚挚地讲明"和平杯"的意义和影响,讲明白评委劳务费不高,需要评委们多多付出辛苦;在联系落实协助演出的专业京剧院团、汇报演出剧场中国大戏院、选手入住的宾馆等事项时,又要本着尽量节俭,为大赛和来津的领队、助演、老师、选手们节约经费的原则,做到少花钱多办事;在办公室或电话里接待各地选手的咨询情况、询问比赛评选名次等过程中,又要耐心和蔼,亲切解释……特别是疫情前每届在天津进行决赛的那十来天的时间里,寇援主任日夜忙碌,说话不停,常常是大赛还没结束,他已经哑了嗓音。"和平杯"比赛期间,他既是运筹帷幄的主帅,又是冲锋陷阵的大将,在一线中摸爬滚打,与上上下下、生生熟熟各方面人员和睦相处,说他是"和平杯"的核心人物、灵魂人物,丝毫不为过!

寇主任不仅口才了得,文笔还特别出色。当年他当兵时创作了大量的部队舞台文艺节目,所属水兵演出队在全军都很有名气!他在和平文化宫当一把手期间,写的一系列有关文化事业改革的论文,曾获得文化部"科研成果金奖",几次被评为全国一等奖,受邀到十多个省市区讲课。近一两年他在网上对一百多个"和平杯金牌京剧票房"所做的点评文章,抓住每个票房的个性特点,深入浅出,满怀感情,篇篇有特色,句句有温度,已经引起了极大反响,并已经在《和平杯》杂志上结成专集出版。

5.寇援主任为人正直,廉洁奉公,拒收礼品,两袖清风,保持了一名老党员的本色

寇援主任生性耿直,为人正直,几十年来保持一颗党员初心,最看不惯歪风邪气。有不少选手在获奖后寄来当地的土特产品以表示感谢之情,可每次他都让工作人员把物品再邮寄回去。有的人在决赛期间偷偷塞给他红包,他坚决不收,并向对方提出严肃批评。组委会办公室的办公经费,在他的监管下每一笔都有正当去处,每分钱都用在事业中,所有账目都能够经得起任何的审计查账。

寇主任人品端正,这就有了说话理直气壮的底气,就有了敢于对权威人士说"不"的胆略,就有了干事业的全身心投入,就有了维护"和平杯"声誉的高风亮节。

一言以蔽之,寇援主任的品德和能力是全方位的、综合性的,是不可多得的、杰出的文化事业基层领导者。

寇援早把"和平杯"化作了生命中的一部分,他为这项大型赛事做出了不可取代的突出贡献。反过来说,"和平杯"也成就了寇援主任,这座大舞台让寇主任大显身手、大展才华。"和平杯"已经与寇援密不可分了。

有关领导、京剧名家对他的高度评价有很多,在此摘录几条:

著名京剧专家、"和平杯"决赛评委会主任何永泉先生,在两年前的文章里写道:"和平杯邀请赛所涉及的方方面面非常广,工作量之大难以想象,寇援主任一项一项都要亲自安排落实,付出了大量的心血,数年来他的辛勤付出大家历历在目,因此,他荣获了'感动和平先进个人'的光荣称号。"又说:"2004年,他从馆长位置上退下来了,但是'和平杯'组委会办公室主任这个职务还是要继续担任。这一干又是17年,他把全部精力都投入如何把'和平杯'办得更好、参与的群众更多、影响更大更广泛上来。十几年来,他就吃住在组委会办公室内,日夜为'和平杯'的发展、创新操劳。先后创意组织了评选'中国京剧票友社会活动家'、评选'和平杯金牌京剧票房'等多种活动,受到了京剧票友和广大喜爱京剧朋友们的欢迎。从以上这些事例中,我们就可以感受到'和平杯'在他心目中所占据的位置了。"

天津青年京剧团国家一级演员、著名武丑石晓亮说:"寇主任用三十多年成就了一件弘扬国粹、推动京剧事业繁荣、薪火相传的大好事!"

曾任天津市文化局副局长、天津市戏剧家协会主席的高长德同志,在十多年前的文章里夸赞"和平杯"组委会的工作人员说:"他们始终如一,从创建之初的联谊活动,到现在成为知名文化品牌,倾注了他们的心血和创造。每临决赛阶段,寇援同志总是因睡眠不足眼睛充满血丝;因说话过多嗓音嘶哑,而活动一结束他来不及好好休整,又投入了下一届的准备工作。……文化部授予寇援同志'全国群众文化之星'称号,他赢得了广大票友和戏迷们的尊重!"

　　2023年第九届"和平杯"京剧小票友邀请赛已经圆满结束。进入新的一年,寇援主任有可能出于多种原因,就要从"和平杯"组委会办公室主任的位子上卸任了。估计今后他不会再操心、忙碌"和平杯"邀请赛的各项事情了。对此,笔者深表遗憾,但也非常理解。满怀崇高的敬意,笔者在此深深祝福这位德高望重的老者,在今后的岁月里颐养天年、享受天伦、健康长寿,欢度好快乐的晚年!

2023年12月7日

《和平杯》专刊22期文章